KERST AAN WILLOW LAKE

EERDER VERSCHENEN IN DE AVALON-SERIE

Dicht bij het vuur

Achter de wolken

Zon over het water

Maanlicht over het meer

Droom van een zomer

Schitterende ijsster

Zon op het water

Zomer aan het meer

Susan Wiggs

Kerst aan Willow Lake

Roman

Een schaatsje van zilver

Kort verhaal

HarperCollins

FSC
www.fsc.org
MIX
Paper | Supporting responsible forestry
FSC® C021394

Voor het papieren boek is papier gebruikt dat onafhankelijk is gecertificeerd door FSC®
om verantwoord bosbeheer te waarborgen.
Kijk voor meer informatie op www.harpercollins.co.uk/green.

HarperCollins is een imprint van Uitgeverij HarperCollins Holland, Amsterdam.

Oorspronkelijke titel: *Candlelight Christmas*

Vertaling: Joost Poort

Oorspronkelijke titel: *The St. James Affair*
Vertaling: Canisia Campo
Omslagontwerp: HarperCollins Holland
Omslagbeeld: © Canva
Zetwerk: MatZet B.V., Huizen
Druk: ScandBook UAB, Lithuania, met gebruik van 100% groene stroom

ISBN 978 94 027 1376 3
ISBN 978 94 027 6434 5 (ebook)
NUR 302
Eerste druk in deze editie oktober 2023

Originele uitgave verschenen bij MIRA Books ®, Toronto, Canada.
Deze uitgave is uitgegeven in samenwerking met Harlequin Enterprises ULC.
HarperCollins Holland is een divisie van Harlequin Enterprises ULC.

www.harpercollins.nl

Deel 1

Kerstaugurken

Het is onduidelijk waar de kerstaugurk vandaan komt. Niemand schijnt het precies te weten. Handgeblazen glazen kerstversieringen in de vorm van een augurk, gemaakt in Lauscha in Duitsland, bestaan al sinds 1847 en worden gekoesterd door veel gezinnen, maar tegenwoordig is de vormgeving een stuk moderner. Het kind dat de augurk als eerste in de boom ziet hangen, krijgt een extra cadeautje van de kerstman, en de eerste volwassene heeft het hele komende jaar geluk. Waarschijnlijk is het gewoon een verkooptruc, maar wie houdt er nu niet van cadeautjes en geluk?

De kerstaugurk inspireerde me tot het schrijven van dit recept voor kleurrijke augurken. Aangezien je deze augurken niet echt inmaakt, zijn ze a) gemakkelijk te maken en b) niet eeuwig houdbaar.

In zekere zin dus net als het hart van een vrouw.

Snelle augurken

250 milliliter water
250 milliliter witte wijnazijn
2 theelepels zout
1 eetlepel suiker
handvol verse dille
hele peperkorrels en gepelde tenen knoflook
Kirbykomkommers (of gewone komkommers, in de lengte in kwarten gesneden)
Rode radijzen, dun gesneden

Vul glazen potten met de komkommers en radijzen, wat een mooi kleurig effect geeft. Voeg de kruiden en knoflook toe. Meng het water, azijn, suiker en zout in een pot met een deksel en schud tot de suiker is opgelost. Giet over de komkommers in de potten. Sluit de potten af en zet ze in de koelkast. De augurken zijn de volgende ochtend klaar en blijven een maand goed. Gooi eventuele restjes na die maand voor de zekerheid weg. Hoe langer de komkommers in het pekelwater zitten, hoe zachter ze worden, en als je díé metafoor niet begrijpt, kan ik je verder niet helpen. Kortom, als je van vers en knapperig houdt, laat deze augurken dan niet te lang staan.

(Bron: zelfbedacht; gebaseerd op richtlijnen van Ohio State University Extension, 2009)

Proloog

Kerstmis het jaar daarvoor

Er zijn ergere dingen dan Kerstmis vieren met je exman, dacht Darcy Fitzgerald, haar auto voor het huis parkerend. Een wortelkanaalbehandeling zonder verdoving bijvoorbeeld. Dat was waarschijnlijk erger. Een noodlanding in een klein vliegtuig misschien. Verplicht Silas Marner lezen op school. Bevroren ledematen, aangevallen worden door een krokodil, een bedorven oester op je bord, hoofdluis.

Zich schrap zettend voor de komende paar uur, somde ze de vele dingen op die erger waren. De wielen van haar auto ploegden door de smeltende sneeuw terwijl ze de smalle parkeerplaats in draaide.

Om ervoor te zorgen dat Huntley zou beseffen dat hij een bijzondere vrouw had verloren, had ze zich extra mooi aangekleed. Maar diep in haar hart wist ze dat het een onzinnige gedachte was; Huntley Collins had in geen tijden meer echt naar haar gekeken. Hij was gelukkig met een nieuwe vrouw, en dat was dat.

Toen ze de tas met cadeaus uit de achterbak tilde, stapte ze in een plas grijze, half gesmolten sneeuwdrab. Haar adem stokte toen het ijskoude water haar suède schoenen met de lage stilettohakken doordrenkte. Snel deed ze een stap achteruit, waardoor ze uitgleed op een stuk ijs en met haar achterwerk in een berg vieze sneeuw belandde. De zak met cadeaus scheurde open, en haar feestelijk verpakte pakjes rolden over de grond.

'Geweldig!' Ze gromde terwijl ze opstond en probeerde de smurrie van haar rok te vegen. Misschien was het ergste aan deze dag nog wel dat ze vrijwillig meewerkte aan de schijnvertoning. Huntley had haar overgehaald om Kerstmis samen te vieren, zodat ze de feestdag niet zouden verpesten voor de anderen. Kennelijk was het niet van belang dat zijn onverschillige gezelschap het kerstfeest zou bederven voor haar.

De Fitzgeralds en de familie Collins waren al tientallen jaren vrienden en buren. Zodoende waren de twee Collinszonen en de vijf Fitzgeralddochters samen opgegroeid. Ze deelden herinneringen aan verstoppertje spelen, surfen op Cupsogue Beach, grappen die ze met elkaar hadden uitgehaald, bier dat ze hadden gestolen om zichzelf moed in te drinken voor schoolfeesten, geheimen die ze hadden gedeeld. En de herinnering aan leugens die verteld waren.

Aangezien Huntleys oudere broer getrouwd was met Darcy's oudere zus, leek het erop dat de families voor altijd met elkaar verbonden zouden zijn. Maar 'voor altijd' bleek opeens voor Huntley ongeveer vijf jaar. Net voor Thanksgiving was Darcy erachter gekomen dat hij vreemdging. Uitgerekend met zijn exvrouw. Toch was ze vandaag hierheen gekomen – omwille van haar stiefkinderen, Amy en Orion, hoewel ze weinig verwachtte van die twee norse, wrokkige tieners.

Omdat ze vijf jaar lang deel had uitgemaakt van hun leven, had ze zorgvuldig cadeaus voor hen uitgekozen. En in een moment van zwakte had ze ook een cadeautje gekocht voor Huntley, zodat er ook iets voor hem onder de boom zou liggen. Ze wist namelijk zeker dat Amy en Orion te veel met zichzelf bezig waren om een cadeau voor hun vader uit te zoeken. En op het moment waren ze waarschijnlijk ook te veel in de war om dat te doen.

Het kleinste pakje – de jodelende plastic augurk – lag in een plas ijswater. Volgens een oude traditie stond de eerste persoon die de augurk in de boom ontdekte een grote verrassing te wachten. Ze zette de augurk aan met de schakelaar op de achterkant. Het ding maakte een verstikt geluid en gaf toen de geest.

'Verrassing,' mompelde ze. Met een grimmige uitdrukking op haar gezicht liep ze de traptreden naar de voordeur op.

Deel 2

Dat je een alleenstaande vader bent, is geen excuus om je kinderen junkfood voor te zetten. Op een gegeven moment moet je je tanden op elkaar bijten en leren koken als een man.

Enorme pan spaghetti

Blik hele tomaten van 400 gram
110 gram boter
1 ui zo groot als je vuist, gesnipperd
Parmezaanse kaas
450 gram spaghetti, beetgaar gekookt

Laat de eerste drie ingrediënten samen drie kwartier sudderen en pureer dan met een staafmixer of in een keukenmachine. Giet over de hete spaghetti en bestrooi met Parmezaanse kaas.

Hoofdstuk 1

Eind van de zomer

Logan O'Donnell stond op een platform dat dertig meter boven de grond hing en maakte zich klaar om zijn tienjarige zoon over de rand te duwen. Een lichte bries blies door de bomen en liet beneden in het bos de gevallen bladeren ritselen. Tussen drie platformen hing de kabel van een tokkelbaan, rank als een draad in een spinnenweb, geduldig wachtend. Onder de draad stortte de Meerskillwaterval zich in een rotsachtige kloof.

'Ik ga dit mooi niet doen.' Logans zoon, Charlie, trok zijn schouders op tot ze bijna de rand van zijn helm raakten.

'Kom op,' zei Logan, 'je zei dat je het wilde doen. En de andere kinderen vonden het geweldig. Die wachten nu allemaal aan de overkant. Het gerucht gaat dat ze daar een zak Cheetos aan het delen zijn.'

'Ik ben van gedachten veranderd.' Koppig stak Charlie zijn kaak naar voren. Logan wist maar al te goed wat dat betekende. 'Denk maar niet dat ik dit ga doen.'

'O, Charlie. Het is net alsof je vliegt!' zei Logan. 'Je houdt toch van vliegen?' Natuurlijk hield hij van vliegen. Tenslotte was Charlies stiefvader piloot. Logan onderdrukte de gedachte zodra hij opkwam. Er waren maar weinig dingen zo somber als nadenken over het feit dat je kind een stiefvader had, zelfs als het geen kwade kerel was. Wat dat betrof had Charlie in ieder geval geluk gehad. Maar het bleef deprimerend.

Zijn zoon was altijd de hele zomer bij hem. Gedurende het schooljaar woonde hij met zijn moeder en stiefvader in Oklahoma, ver weg van Logans huis in de staat New York. Hij vond het vreselijk om zo'n eind van zijn zoon vandaan te wonen. Als Charlie niet bij hem was, had hij het gevoel dat hij een arm of een been miste. Het was fijn dat hij wist dat Charlie het goed kon vinden met zijn stiefvader, dat zijn zoon in ieder geval een warm nest had, maar het was verschrikkelijk om hem zo te moeten missen.

Wanneer ze wel bij elkaar waren, probeerde hij alles te halen uit de tijd die ze samen hadden. Hij plande de hele zomer rond Charlie. Dat betekende onder andere dat hij vrijwillig kampleider was op Camp Kioga, waar al jaren een zomerprogramma was voor kinderen uit het dorp en kansarme kinderen uit New York. De tokkelbaan over Meerskill Falls was nieuw en al snel de favoriete attractie van iedereen. Nou ja, de favoriete attractie van bíjna iedereen.

'Dit is de laatste dag van het kamp. Je laatste kans om van de tokkelbaan te gaan.'

Charlie ademde beverig uit. Toen bekeek hij het tuig, dat bestond uit stevige stoffen riemen en metalen gespen. 'Het leek me heel leuk, tot ik erover nadacht.'

'Weet je nog dat je niet van de steiger in Willow Lake durfde te springen? En toen deed je het toch en vond je het fantastisch.'

'Ja, hállo. De steiger is iets heel anders dan dit.'

'Ik weet zeker dat je dit geweldig zult vinden. Geloof me nu maar.' Logan klopte op Charlies helm. 'Moet je zien hoe goed dit ding beveiligd is. Het tuig, de gespen, de extra touwen. Er kan echt helemaal niets mis gaan.'

'Yo, Charlie!' riep een kind vanaf het platform aan de overkant. 'Kom op!'

Die aanmoediging kwam van André, Charlies beste vriend. De twee jongens waren al de hele zomer onafscheidelijk. Als iemand Charlie kon overhalen, was het André. Hij was een van de kinderen uit New York die meededen aan het programma. Voor André, die in een armoedige straat in The Bronx woonde, was dit een zomer waarin hij veel dingen voor de eerste keer deed. Hij was voor het eerst met de trein gegaan, en het was de eerste keer dat hij in Ulster Country was, waar Camp Kioga aan de noordelijke oever van Willow Lake lag. Het was voor het eerst dat hij in een blokhut sliep, wilde dieren van dichtbij zag, zwom en pootje baadde in een meer met kristalhelder water... En dat hij rond het kampvuur zat met nieuwe vriendjes en spookverhalen hoorde en vertelde. Het geweldige aan het kamp vond Logan dat alle kinderen gelijk waren, ongeacht hun achtergrond.

'Ik wil het eigenlijk wel doen...' zei Charlie.

'De keus is aan jou, maatje. Je hebt gezien hoe het moet. Het enige wat je hoeft te doen, is bij de rand gaan staan en één stap naar voren zetten.'

Charlie zei niets. Zwijgend staarde hij naar de waterval die donderend het ravijn in viel. De fijne waternevel maakte de lucht koeler.

'Hé, maatje,' zei Logan, die zich afvroeg wat de afwezige blik van zijn zoon veroorzaakte. 'Waar denk je aan?'

'Ik mis Blake,' zei hij, zo zachtjes dat Logan hem nauwelijks kon verstaan boven het geraas van de waterval uit. 'Als ik terug ben bij mama, zal Blake er niet meer zijn.'

Logans hart ging uit naar de jongen. Blake was Charlies hond geweest, een kleine bruine terriër die heel oud was geworden en waar de jongen dol op was geweest. Helaas was Blake in het begin van de zomer doodgegaan. Blijkbaar zag Charlie ertegenop om terug naar een huis te gaan waar het hondje hem niet meer opwachtte.

'Dat kan ik me voorstellen,' zei Logan. 'Maar je hebt geluk gehad dat Blake zo lang je beste vriend is geweest.'

Starend naar de planken van het platform zei Charlie: 'Ja, dat is ook zo.' Hij klonk echter niet overtuigd.

'Het is heel verdrietig om een hond te verliezen. Daarom nemen wij er geen. Het is te pijnlijk als je afscheid moet nemen.'

'Ja,' stemde Charlie in. 'Maar ik vind het nog steeds fijn om een hond te hebben.'

Logan knikte. 'Vertel me eens iets leuks over Blake.'

'Ik had nooit een wekker nodig om op tijd op school te zijn. 's Ochtends kwam ze mijn kamer in en groef een tunnel naar mij toe onder mijn dekbed, net als een konijn, en dan spartelde ze tot ik opstond.' Hij glimlachte flauwtjes. 'Ze werd oud en traag. En toen kon ze niet meer op het bed springen, dus moest ik haar optillen.'

'Ik weet zeker dat je dat heel lief deed.'

Charlie knikte. Er viel een korte stilte. 'Pap?'

'Ja, jongen?'

'Ik wil denk ik een nieuwe hond.'

O jee. 'Je kunt het er morgen met je moeder over hebben, wanneer je haar weer ziet,' zei Logan, zijn zoon een klopje op de schouder gevend. Ja, dacht hij, Charlies moeder mocht mooi het ongemak en de troep van een hond hebben.

'Oké. Maar pap?'

'Ja, maatje?'

'Gisteravond vertelden een paar kinderen enge verhalen in de blokhut.' Terwijl hij praatte, pulkte Charlie aan een draadje dat uit het tuig stak.

'Je bent op zomerkamp. Enge verhalen horen erbij.'

'André vertelde een verhaal over mensen die zelfmoord hebben gepleegd door van een rots boven deze waterval te springen.'

'Dat verhaal heb ik ook gehoord. Het is heel lang geleden gebeurd, in de jaren twintig van de vorige eeuw.'

'Dat kan wel zijn, maar de geesten zijn er nog steeds.'

'Die doen echt niets met de tokkelbaan.'

'Hoe weet je dat?'

Logan wees naar de groep kinderen en kampleiders op het platform in de verte. 'Zij zijn allemaal zonder problemen aan de overkant gekomen. Dat heb je zelf gezien.' Zo te zien hadden de kinderen de tijd van leven; ze aten Cheetos en deden alsof ze Tarzan waren.

'Doe het nog eens een keer voor, pap,' zei Charlie. 'Ik wil het je zien doen.'

'Geen probleem.' Logan zekerde Charlie aan de veiligheidskabel en zichzelf aan de katrollen. 'Je zult het echt geweldig vinden.' Met een grijns op zijn gezicht stapte hij van het platform in het luchtledige, ondertussen zijn duim opstekend naar Charlie.

Zijn zoon stond met zijn armen over elkaar geslagen op het platform en keek naar hem met een sceptische blik. Om de waterval vanuit een heel ander, waanzinnig perspectief te bekijken, ging Logan op zijn kop hangen. Hoe kon een kind dit nou niet leuk vinden?

Zelf zou hij het fantastisch hebben gevonden als hij vroeger een vader had gehad die met hem een tokkelbaan af wilde gaan. Een vader die wist dat er een verschil was tussen leuke dingen doen en lanterfanten, een vader die hem aanmoedigde in plaats van hem te commanderen.

Hij maakte een overdreven sierlijk gebaar met zijn armen toen hij op het andere platform landde. Paige Albertson, ook kampleider, wees naar Charlie. 'Vergeet je niet iets?'

'O ja, mijn enige zoon. Oeps.'

'Waarom staat hij daar nog steeds?' vroeg Rufus, een van de kinderen.

Een ander kind zei: 'Hij is vast bang.'

Logan negeerde hen. Zoals hij daar aan de overkant stond, zag Charlie er klein en eenzaam uit. Kwetsbaar.

'Is alles goed?' vroeg Paige. Ze legde haar hand op Logans arm.

Paige was verliefd op hem, dat wist hij. Hij zou zelfs willen dat hij hetzelfde voor haar voelde, want ze was erg leuk. Tijdens het schooljaar was ze kleuterleidster en in de zomer vrijwilligster op Camp Kioga. Ze had het uiterlijk van een cheerleader en de soort enthousiaste, ongecompliceerde persoonlijkheid die de meeste mannen onweerstaanbaar vonden. Dit was het meisje waarvan zijn ouders hoopten dat hij haar zou tegenkomen: knap, evenwichtig, uit een goede familie. Was dat misschien waarom hij niets voor haar voelde?

'Hij durft niet,' zei Logan. 'En dat vindt hij heel erg. Ik had verwacht dat hij tokkelen fantastisch zou vinden.'

'Niet iedereen houdt ervan. En onthoud dat de wereld niet vergaat als hij het niet doet.'

'Daar heb je een goed punt.' Logan salueerde naar haar, waarna hij weer van het platform sprong en naar de overkant gleed. Het geluid van de katrol en de kabel klonken hem als muziek in de oren. Man, wat was dit leuk.

'Net als Spiderman,' zei hij toen hij het platform bereikte. 'Ik zweer het, dit is het coolste wat je ooit hebt gedaan.'

Behoedzaam schuifelde Charlie over de houten planken van het platform naar de rand. Logan stak zijn hand uit naar de beugels om hem aan de katrol te zekeren. 'Dit wordt een kleine stap voor Charlie,' zei hij theatraal, 'en een enorme sprong voor –'

'Pap, wacht!' riep Charlie, achteruit deinzend. 'Ik wil toch niet.'

Logan keek naar de houding van zijn zoon – afgezakte schouders, knieën die letterlijk knikten. 'Meen je dat nou echt?'

'Maak me los.' Onder de rand van de helm was Charlies gezicht lijkbleek, en hij hield zijn groene ogen wijd opengesperd.

'Het is niet erg om van gedachten te veranderen, maar ik wil niet dat je achteraf spijt krijgt, Charlie. Weet je nog dat we het laatst over spijt hadden?'

'Als je de kans hebt om iets te doen maar het dan niet doet en later zou willen dat je het toch had gedaan,' mompelde Charlie.

Wat zo'n beetje Logans huwelijk in een notendop was. 'Ja,' zei hij. 'Als je morgen aan het afscheidsdiner zit, denk je dan niet dat je zou willen dat je toch van de tokkelbaan was gegaan?'

Terwijl hij het tuig uittrok, keek Charlie met een verlangende blik naar de kabels en katrollen. Oké, gaf hij tegenover zichzelf toe, er is een reden waarom dit je zo ergert. Het zat hem dwars dat Charlie met aanmoediging van zijn moeder uiteindelijk de sprong van de steiger had gewaagd, maar dat hij de jongen niet kon overhalen om van de tokkelbaan te gaan. Even moest hij de neiging bedwingen om zijn zoon gewoon vast te pakken, hem in het tuig te snoeren en van het platform te duwen. Op die manier zou Charlie niet worden gehinderd door zijn angsten.

Maar toen hoorde hij in zijn hoofd zijn eigen dwingende vader: ga naar buiten en vecht met die jongen. Je bent toch geen lafaard? Al O'Donnell was een bazige, luidruchtige en veeleisende vader geweest, en Logan had een grote hekel aan hem gekregen terwijl hij opgroeide. Dat had geleid tot een gespannen relatie die zelfs nu nog woelig was.

Op het moment dat Charlie was geboren, had Logan een eed gezworen. Hij zou nooit zo'n vader worden. 'Oké, jochie,' zei hij, zijn best doend om opgewekt te klinken. 'Misschien een andere keer. Kom, dan klimmen we samen naar beneden.'

Het laatste diner van de zomer op Camp Kioga werd als een banket opgediend in de enorme eetzaal van het hoofdpaviljoen. De maaltijd bestond uit spaghetti met rode saus en kaas en alles erbij en erna: knoflookbrood en een saladbar, watermeloen en roomijs toe. Er zouden prijzen worden uitgereikt, ze zouden liedjes zingen, moppen vertellen, hun dankbaarheid uitspreken en afscheid van elkaar nemen.

Ook de families van de kinderen die aan het kamp hadden deelgenomen waren uitgenodigd voor het diner. De ouders waren blij om hun kinderen weer te zien en wilden alles weten over hun zomer op het kamp.

De zaal, waarvan de muren bedekt waren met geverfde roeispanen en kleurige geweven dekens, ademde historie uit. Het oude camp in het Catskillgebergte bestond al sinds de jaren twintig van de vorige eeuw. Zelfs mensen als Logans grootouders dachten met nostalgie terug aan de zomers die ze als kind in de tochtige blokhutten hadden doorgebracht, zwemmen in het zuivere, koele water van Willow Lake, varen in de zomerzon, rond het kampvuur zitten en elkaar spookverhalen vertellen. In bijna honderd jaar waren de tradities nauwelijks veranderd.

De kinderen waren echter wel veranderd. In de hoogtijdagen van zomerkampen waren het de kinderen van de ultrarijken die naar plekken als Camp Kioga kwamen: de zonen en dochters van de Vanderbilts, Asters en Roosevelts. Tegenwoordig was het een veel gemengder gezelschap. De groep van deze zomer bestond uit kinderen van politieke kopstukken en tycoons uit Manhattan, bekende zangers en topatleten, gemengd met kinderen uit New Yorkse achterstandswijken.

De organisatoren van het programma voor de kinderen uit New York, Sonnet en Zach Alger, hadden flink uitgepakt voor het eindfeest. Naast het diner was er vanavond ook een optreden van Jezebel, een hiphopzangeres die onlangs de hoofdrol had gespeeld in een populaire realityshow. Camera's op Camp Kioga hadden de grillige ster gevolgd terwijl ze op het kamp bezig was met de kinderen. Vanavond waren de enige camera's echter die van trotse ouders en grootouders.

Charlie was zenuwachtig van opwinding omdat hij wist dat hij een prijs voor zwemmen zou krijgen. Toen hij en André hun stoelnummers hadden, gingen ze naast elkaar aan een van de tafels zitten.

Paige, die bij Logan in de buurt stond, leunde naar hem toe en zei: 'Die twee zijn zulke goede vrienden geworden. Nu de zomer voorbij is, gaan ze elkaar vast heel erg missen.'

'Ja, het zou leuk zijn als ze contact houden, maar dat zal niet meevallen, aangezien André in New York woont en Charlie op een militaire vliegbasis in Oklahoma.'

'Dat zal ook niet makkelijk zijn voor jou.'

'Ik kan je niet eens uitleggen hoe zwaar dat is, maar... we slaan ons er doorheen. Met Thanksgiving zie ik hem weer, en ik heb hem helemaal voor mezelf met Kerstmis.'

Op dit moment leek Kerstmis nog zo ver weg. Hoe zou hij zichzelf bezighouden wanneer Charlie straks weer bij zijn moeder was? Hij had zijn werk, een goed lopend verzekeringskantoor dat hij had opgericht in Avalon, het dorpje waar hij woonde. Hoewel het hem voldoening gaf om vrienden en dorpsgenoten te helpen en hij er goed mee verdiende, vond hij zijn werk wel dodelijk saai.

De reden waarom hij zich in Avalon had gevestigd, was dat hij dan dicht bij Charlie zou zijn. Maar nu Charlies moeder hertrouwd en verhuisd was, overwoog hij veranderingen aan te brengen in zijn leven. Drastische veranderingen.

Op dat moment kwam zijn zus India de zaal binnen. Haar zoontjes, de tweeling Fisher en Goose, hadden ook de zomer op het kamp doorgebracht. Charlie had het erg leuk gehad met zijn neven, die op Long Island woonden, waar India en haar man een kunstgalerie runden.

Met haar rode haar en gekleed in haar… bijzondere zijden gewaad, was ze een opvallende verschijning. Bijna huilend liep ze snel naar haar zoontjes, die dezelfde haarkleur hadden als zij, en knuffelde hen. 'Hebben jullie het leuk gehad op kamp?'

'Het was geweldig,' zei Fisher.

Goose knikte instemmend. 'We hebben dingen voor je gemaakt.'

'Heel lelijke sieraden. En we gaan ervoor zorgen dat je ze draagt,' voegde Fischer daaraan toe.

Glimlachend zei ze: 'Als jullie ze hebben gemaakt, zijn ze vast heel mooi.'

'En oom Logan heeft ons geleerd hoe je scheten moet aansteken.'

'Dat klinkt inderdaad als iets wat mijn kleine broertje zou doen.' India keek Logan aan. 'Nou, je naam is al gevallen, maar ik zal je toch even voorstellen.' Ze gebaarde naar de vrouw die achter haar stond. 'Darcy, dit is mijn broer, die het eigenlijk verdient om in de hoek gezet te worden maar om de een of andere reden kampleider is.'

'En meester in scheten aansteken,' zei de vrouw. Ze stak haar hand naar hem uit. 'Ik ben Darcy Fitzgerald.'

Glimlachend pakte Logan haar hand vast. De open uitdrukking op haar gezicht beviel hem. Haar haren droeg ze in een losse paardenstaart, en de blik in haar bruine ogen was direct. De hand die hij vasthield, was klein maar stevig, en ze had een charmante scheve glimlach. Om een hem onduidelijke reden was hij ineens in haar geïnteresseerd.

'Kom je ook een kind ophalen?' vroeg hij. 'Welke is van jou?'

'Geen één, de hemel zij dank.' Ze rilde.

'Allergisch?' vroeg Logan.

'Zoiets, ja.'

'Dan ben je naar de verkeerde plek gekomen.' Hij gebaarde om zich heen, naar de zaal vol opgewonden, hongerige kinderen. Voor hem was het een paradijs. Zelf was hij dol op kinderen. Hij hield van grote, luidruchtige, warme gezinnen. Dat maakte het des te tragischer dat zijn enige kind alleen in de zomer en met Kerstmis bij hem was.

'Op één iemand na,' zei Darcy, zich omdraaiend naar het podium, waar de bandleden hun apparatuur aan het opbouwen waren. 'Ik ben een enorme fan van Jezebel.'

'Dat moet wel. Camp Kioga ligt vrij afgelegen.'

Ze knikte. 'Ik besloot India's uitnodiging om mee te gaan aan te nemen. Misschien was het leuk om een weekend buiten de stad door te brengen, dacht ik.'

'Dus je woont in New York?'

'In SoHo. Ik had dit weekend niets te doen. Ja, ik ben die zielige vriendin met wie iedereen medelijden heeft, helemaal alleen en met een gebroken hart.' Hoewel ze het op luchtige toon zei, klonk er ernst door in haar stem.

'O, dat is niet leuk. Dat gebroken hart, bedoel ik. Ik hoop dat je er snel overheen bent.'

'Dank je,' zei ze. 'Het heeft tijd nodig. Dat zegt iedereen tenminste. Ik probeer dingen te doen die me afleiden, maar het vervelende van een hart is dat je er niet tegen kunt liegen.'

'Niet lang, in ieder geval. Kan ik misschien iets doen om je te helpen?' Zodra Logan de woorden had uitgesproken, had hij spijt van zijn aanbod. Hij had geen idee hoe hij een vrouw met een gebroken hart moest helpen.

'Door me niet naar de details van mijn leed te vragen.'

Mooi, dacht hij.

Ze keek rond in de grote, drukke zaal. 'Waar kan ik hier ergens een borrel halen?'

'Het is niet zo'n soort feestje.'

'Oeps. Nee, natuurlijk niet.' Nadat ze haar tas had neergezet, trok ze haar jas uit. Daaronder droeg ze een vormeloos Tshirt dat ze kennelijk had gekocht bij een optreden van Jezebel in Madison Square Garden. 'Ik denk dat we beter kunnen gaan zitten,' zei ze, om zich heen kijkend. 'Het lijkt erop dat India een tafel heeft gevonden.' Zijn neefjes, Charlie en André waren al langs het buffet geweest en zaten te smullen.

'Kom,' zei hij, en hij legde zonder erbij na te denken zijn hand tegen haar rug terwijl ze samen door de eetzaal liepen.

Ze keek hem aan, en hij zag iets in haar blik. Was het verwarring? Herkenning? Zelf voelde hij vanbinnen ook iets gebeuren. Vond hij haar aantrekkelijk? Nee, dat kon niet. Ze was niet zijn type. Net als Paige was ze het soort vrouw dat zijn familie zou goedkeuren, maar in tegenstelling tot Paige was ze niet schattig. Ze was… grappig en ironisch en ze sprak met een kostschoolaccent dat op een of andere manier niet geaffecteerd klonk. Waarom hij dat ineens zo interessant vond, was hem een raadsel.

Bij het buffet gingen ze beiden aan een andere kant van de tafel staan. 'Dit lijkt niet op het eten dat wij vroeger op kamp kregen,' zei ze.

'Waar ging jij op kamp?'

'Walden, in Maine.'

Wat haar nog 'geschikter' zou maken in de ogen van zijn ouders, maar Logan besloot zich daar niet door te laten beïnvloeden. 'Ik heb een idee,' zei hij. 'Wat zou je ervan zeggen als we –'

'Hé, pap!' riep Charlie. Hij gebaarde dat Logan naar de tafel moest komen. 'Moet je kijken. Ik ben Mr. Potatoe Head!'

Charlie had zijn gezicht versierd met groenten van de saladbar: ringen groene paprika als bril, een kerstomaat als neus en reepjes wortel als de slagtanden van een vampier.

'O, dat is briljant,' zei Logan. 'En het ziet er zo smakelijk uit.' Hij wendde zich tot Darcy, die haar bord op de tafel zette. 'Mijn zoon, Charlie, het wonderkind. Charlie, dit is Darcy.'

'Leuk om u te ontmoeten.' Zoals Logan hem had geleerd, keek Charlie haar recht aan en stak toen zonder aarzeling zijn hand uit. Het beleefde effect werd een beetje bedorven doordat zijn hand vies en plakkerig was.

Logan zag Darcy verstarren terwijl ze hem kort de hand schudde. 'Hoi, Charlie,' zei ze. 'En hoe heet je vriend?'

'Dit is André. Hij heeft een kikker in zijn zak, dus kijk uit.'

'Dat zou je tegen niemand zeggen,' zei André, al was hij duidelijk trots op zijn vondst.

'André en Charlie zijn deze zomer heel goede vrienden geworden,' legde Logan uit. Charlie knikte. 'Beste vrienden voor altijd. We hebben een bloedeed gezworen.'

'Niet met echt bloed,' legde André uit. 'Met ketchup.'

'Klinkt lekker.' Darcy veegde onopvallend haar handen af aan een servet. 'Zijn je ouders ook hier, André?'

'Mijn moeder komt morgen. Ik wou dat ik niet terug hoefde naar de stad.'

André's moeder, Maya, werkte als kindermeisje in Manhattan. Volgens André bracht ze meer tijd door met de kinderen van haar werkgever dan met haar eigen kroost.

Logan kende die situatie als geen ander. Als kind was hij grotendeels opgevoed door kindermeisjes. Zijn ouders, die het altijd druk hadden gehad met werk en sociale verplichtingen, waren afstandelijke maar indrukwekkende figuren geweest in zijn wereld, een dynamiek die hij níét wilde doorgeven aan zijn eigen zoon.

'Ze zien eruit als een formidabel stel,' merkte Darcy op terwijl ze naar de jongens keek, die nu schermden met hun vorken.

Logan knikte. 'Ze zullen elkaar missen na deze zomer. Gisteravond heb ik een Skypeaccount voor hen allebei aangemaakt, zodat ze met elkaar kunnen bellen.'

'Dat is erg aardig van je.'

'Ik bén erg aardig. Heeft mijn zus je dat niet verteld?'

'Dat was niet nodig. Je vertelt het me net zelf. Maar ik meen het, dat was aardig van je.'

Gelukkig waren de toespraken tijdens het eten kort. Olivia en Connor Davis, die samen het kamp beheerden, heetten iedereen welkom en gaven de microfoon toen aan Sonnet Alger. Stralend van enthousiasme verwelkomde Sonnet de families en vrienden van de kinderen.

Sonnet was Charlies aangetrouwde tante, de stiefzus van Charlies moeder, Daisy. Toen ze net was afgestudeerd, was Sonnet een gedreven jonge vrouw geweest die vol overgave een succesvolle carrière had nagestreefd. Maar pas nu, nu ze net getrouwd was en samen met haar man Zach een leven opbouwde, was ze echt gelukkig. Ze straalde zoals alleen een vrouw die onlangs liefde had gevonden dat kon doen. Zach stond in de coulissen naar haar te kijken met een dromerige, verliefde uitdrukking op zijn gezicht.

Logan was blij voor hen. Ze hadden het niet makkelijk gehad, wist hij. Misschien werkte het zo. Misschien moest liefde telkens opnieuw op de proef gesteld worden. Hij had gedacht dat hij wist wat liefde was, maar kijkend naar stellen als Sonnet en Zach Alger besefte hij dat hij er helemaal niets vanaf wist. Aan de ene kant was het leuk om hen zo gelukkig met elkaar te zien, aan de andere kant benadrukte hun geluk de pijnlijke leegte die hij zelf voelde.

Op het podium zong Jezebel kindvriendelijke versies van een aantal van haar populaire nummers. De kinderen en zelfs sommige ouders vonden het geweldig, ze klapten en stampten mee op de maat van de muziek. Tijdens een bijzonder boos klinkend nummer – Put Back the Things You Stole – keek hij naar Darcy, die was gestopt met eten en vol bewondering naar de zangeres keek.

Het ergerde hem dat hij Darcy zo intrigerend vond. Ze leek een gecompliceerde vrouw, en hij was niet goed met gecompliceerde vrouwen.

Na afloop van het optreden liep iedereen naar het strand, waar een kampvuur was aangestoken.

'Dit is onze laatste avond hier,' zei Sonnet tegen de groep. 'We hopen dat jullie een stukje van Camp Kioga mee naar huis nemen. De mooie plekken die jullie hebben gezien, alle nieuwe dingen die jullie hebben geleerd, de avonturen die jullie hebben beleefd. Goed, ik heb nog een kleine opdracht.' Het gekreun van de kinderen negerend, ging ze verder: 'Het is heel eenvoudig. Jullie moeten allemaal een van deze enveloppen pakken en een kerstkaart aan jezelf schrijven.'

'Een kerstkaart? In de zomer?'

'Aan jezelf.' Ze liet een pot met pennen rondgaan. 'Zet je thuisadres op de envelop. En kijk niet zo naar me. Op deze manier weet je in ieder geval zeker dat je dit jaar één kerstkaart krijgt. Ik verzamel ze straks allemaal en zal ze de week voor kerst op de bus doen. Schrijf gewoon een kerstwens aan jezelf op de kaart. Vertel niemand wat je schrijft. Dit is alleen voor jullie. Vrienden en ouders, jullie kunnen hetzelfde doen als jullie willen.'

Met het kaartje op zijn knie begon Charlie zonder aarzeling te schrijven. Tot zijn verbazing zag Logan dat Darcy hetzelfde deed. Logan had allerlei wensen, maar wat hij het allerliefst wilde, was meer tijd met Charlie doorbrengen. Het enige wat hij kon doen, was ervoor zorgen dat de tijd die ze samen doorbrachten perfect was.

En dat was wat hij uiteindelijk op zijn kaart schreef.

Zorg ervoor dat Charlie een fantastische kerst heeft.

Toen hij klaar was met schrijven, plakte hij zijn envelop dicht, schreef er zijn adres op en gooide hem in de mand. Darcy deed hetzelfde, waarna ze haar hoofd in haar nek legde en naar de prachtige sterrenhemel keek. 'Het is moeilijk om je de winter voor te stellen op een avond als deze,' zei ze.

'Dat is waar. Hoe is kerst in jouw familie?'

Ze verstarde en keek hem toen recht aan. 'Belachelijk,' antwoordde ze. 'Ik heb vier zussen. Kerstmis is altijd één grote chaos. En dit jaar...' Die zin maakte ze niet af.

'Wat is er dit jaar?'

'Ik denk niet dat ik de gekte dit jaar aankan.'

'Is er een alternatief?'

'Ik zou naar een ashram kunnen gaan. En jij? Is er een typische O'DonnellKerstmis?'

'Mijn ouders zijn in de winter graag in Paradise Cove, Florida. Meestal komen we daar bij elkaar. Charlie vindt het heerlijk om al zijn neefjes en nichtjes te zien.'

'En jij? Wat zou jij graag doen?'

De vraag overviel hem. Het was lang geleden dat iemand hem dat had gevraagd. 'Wat ík graag zou doen? Ik ben gek op familie. Op vrienden en lekker eten. Ik wil bij Charlie zijn,' zei hij. 'Ik zat erover te denken om met hem te gaan snowboarden, maar dat valt niet mee in Florida.'

'Snowboarden klinkt leuk. Is er een skiresort hier in de buurt?'

'Saddle Mountain,' was zijn antwoord. 'Het is hoogstens twintig minuten rijden. Ik heb geweldige herinneringen aan de tijd die Charlie en ik daar samen hebben doorgebracht. Hopelijk kan het open blijven.'

'Financiële problemen?'

'Niet dat ik weet. Het is al jaren in handen van één familie. Nu de eigenaar met pensioen gaat, zoekt hij een koper.'

'Waarom koop jij het dan niet?'

Hij ging verzitten zodat hij haar recht kon aankijken. 'Kun jij gedachten lezen? Dat zat ik ook te denken, en het zou mogelijk zijn als ik investeerders kan vinden. De meeste mensen vinden het een krankzinnig idee.'

'De beste ideeën zijn soms de krankzinnigste.'

Hij grijnsde. 'Zo denk ik er ook over.'

Er gingen nu zakken met marshmallows rond. Logan pakte alvast stokjes voor hemzelf en Darcy. 'Hoelang ken je India al?' vroeg hij.

'Vanaf ons eerste jaar op de universiteit. We waren allebei lid van het koor en de skiclub.'

Een Benningtonmeisje, dus. Hoewel hij probeerde niet te generaliseren, viel dat niet mee, want alle vrouwen die aan Bennington hadden gestudeerd, leken precies op elkaar. 'Dus je zingt en je skiet.'

'Zo vals als een kraai, en ik snowboard.'

'Je houdt van snowboarden?'

'Ja. Vooral op een koude, zonnige dag. Of op wat voor dag dan ook, eigenlijk. Snowboarden is voor mij wat ademen is voor anderen.'

Een atletische vrouw. Verdorie. Hij was gek op sportieve vrouwen.

'En na de universiteit?' vroeg hij, nu nog geïnteresseerder.

Ze wendde haar blik af. 'Toen heb ik een paar verkeerde beslissingen genomen,' zei ze. 'Oké. Dus Avalon. Schitterend dorp, maar piepklein. Hoe ben je hier terechtgekomen?'

'Charlies moeder,' antwoordde hij, gebarend naar zijn oogappel, die op dat moment marshmallows aan zijn stokje reeg. 'Ik ben hierheen verhuisd om dichter bij hem te zijn. De ironie wil dat zijn moeder hertrouwd is en uit Avalon is vertrokken. Nu woon ik nog steeds hier en is Charlie alleen in de zomer en met de feestdagen bij mij.'

'Het spijt me dat te horen. Kinderen maken het leven een stuk moeilijker.'

'En ze maken het fantastisch.'

Ze schoot in de lach. 'Dat zal ik dan maar van je aannemen.'

Hoewel hij probeerde de marshmallows langzaam te roosteren, vlogen ze toch in brand. Hij blies ze uit en hield haar het uiteinde van het stokje voor. 'Verschroeide marshmallow?'

'Dank je.' Met een beweging die hij ongelooflijk sexy vond, hapte ze een hele marshmallow van het stokje. 'Heerlijk,' zei ze.

Het verbaasde hem hoe fijn hij het vond om met haar te praten. Ze had iets ongedwongens, iets oprechts. 'Vertel me eens wat meer over je leven in SoHo.'

'Het is niet slecht. Ik ben niet zo lang geleden verhuisd naar een kleine flat – met de nadruk op klein – en ik werk op Madison Avenue.'

'Reclamebureau?' Hij at de andere marshmallows op, genietend van de zoete, licht geschroeide snoepjes.

'Goed geraden. Inderdaad.'

Hun schouders raakten elkaar even. Opnieuw voelde hij die aangename prikkeling.

Ze keek hem verwonderd aan.

'Luister,' begon hij, 'vind je het leuk om te gaan varen wanneer de kinderen naar bed zijn?'

Weer lachte ze. 'In het donker?'

'Een boottochtje op Willow Lake in het maanlicht. Aangezien het de eerste keer is dat je hier bent, mag je dat echt niet missen.'

'Alleen wij twee?'

'Wat jij wilt. We kunnen India vragen of ze meegaat, of niet... als je gebroken hart al genoeg geheeld is.'

'Klinkt leuk,' zei ze luchtig. 'Jíj klinkt leuk, Logan. En wat mijn hart betreft...' Ze zuchtte. 'Komen we echt over dat soort dingen heen? Of gaan we gewoon maar door?'

'Goede vraag.'

'En?'

Toen hij haar blik zag, was hij ineens heel blij dat hij een nachtelijke boottocht had voorgesteld. 'Ik weet het niet.' Wauw, dacht hij. Dit was veelbelovend. 'Ik ben blij dat India je hierheen heeft meegenomen. Mijn familie probeert me doorlopend te koppelen.'

'Waarom? Is er iets mis met je?'

'Dat hangt ervan af aan van wie je het vraagt. Je bent toch niet bang in het donker, hè?'

Lachend antwoordde ze: 'Ik ben nergens bang voor, behalve misschien –'

'Pap. Hé, pap, moet je kijken!' Charlie drong zich tussen hen. In zijn hand hield hij een lange stok met een marshmallow aan het eind. 'Ik en André voeren een marshmallowgevecht.'

'Met brandende marshmallows,' vulde André aan. Hij trok het puntje van zijn stok, waar een brandende marshmallow aan zat, naar achteren om het snoepgoed af te schieten.

'Allemachtig, dat moet je niet doen!' Snel pakte Logan hun de stokken af. 'Dit spul brandt in als napalm.'

'We zullen op het water mikken,' zei Charlie. Andere kinderen volgden nu zijn voorbeeld en schoten ook brandende marshmallows af.

'Wel verdraaid,' zei Logan. 'Charlie, soms kan ik je wel... Sorry, ik ben zo terug!' riep hij tegen Darcy, waarop hij alle stokken in beslag ging nemen. Tegen de tijd dat hij daarmee klaar was en de kinderen naar hun hutten had gestuurd, was Darcy opgestaan. Ze had haar tas om haar schouder gehangen.

'Ik ga naar bed,' zei ze. 'Bedankt voor het aanbod. Misschien een andere keer.'

Geweldig, dacht Logan. Echt geweldig. 'Luister, de bar van dit paviljoen gaat open voor volwassenen zodra de kinderen in bed liggen. Zullen we samen iets drinken nadat –'

'Pap, moet je luisteren.' Charlie kwam naar hem toe gerend. 'Eugene wil vanavond weer griezelverhalen vertellen. Heel erg bloedige.'

'Je hebt een hekel aan enge verhalen.'

'Precies. Daarom moet jij vanavond toezicht houden in de blokhutten.'

Zijn hoofd schuddend, zei Logan: 'Ik denk het niet.'

'Pap, dit is mijn laatste nacht bij jou.' Charlie speelde zijn hoogste troef uit.

Een bekend gevoel van verscheurdheid overviel Logan. Als alleenstaande vader had je vaak het gevoel dat er van twee kanten aan je werd getrokken. Ach, misschien hadden alle ouders dat. 'André en jij kunnen gewoon lol hebben met jullie tweeën. Je hoeft niet naar de enge verhalen te luisteren.'

'Pap –'

'Hé, Logan,' kwam Darcy tussenbeide. 'Ik kan beter gaan. Morgen gaan we al vroeg terug naar New York.'

Nee, laat haar niet gaan, zei een stemmetje in zijn hoofd. 'Wat als we –'

'Het was leuk om kennis met je maken,' zei ze. 'En met jou, Charlie. Tot ziens.'

Logan keek haar na en draaide zich toen om naar Charlie. 'Kon je niet zien dat ik bezig was, maat?'

'Dat je een vrouw aan het versieren was. Ja, dat kon ik zien.'

'En toch stoorde je me.'

'Ik maak me zorgen om die enge verhalen.'

'Ik maak me zorgen over jouw manieren.'

Naar de grond kijkend, zei Charlie: 'Sorry, pap. Ik wil gewoon heel graag dat je vannacht in de hut bent.'

Logan kon zijn zoon nooit lang weerstaan. Hopelijk betekende dat niet dat hij zich gemakkelijk liet inpalmen. Maar Charlie was echt doodsbang voor enge verhalen sinds zijn nichtje Bernie hem vorige zomer het verhaal over de bloedige teen had verteld. De arme jongen had wekenlang nachtmerries gehad en sliep tot op de dag van vandaag met zijn sokken aan.

Toen hij zich weer omdraaide, zag hij Darcy Fitzgerald over een met lampen verlicht pad naar de parkeerplaats lopen. Voor het eerst in tijden had hij iets sterks, iets échts gevoeld. Anderzijds, een van de eerste dingen die ze hem had verteld, was dat ze niet van kinderen hield. Het was uiteindelijk dus wel goed dat ze niets begonnen waren, hield hij zich voor.

Hoofdstuk 2

'Ik ben echt woest op je,' zei Darcy tegen India terwijl ze van Camp Kioga naar hun hotel in het nabijgelegen dorpje Avalon reden.

India keek haar aan met gespeelde onschuld. 'Wat bedoel je?'

'Je weet heel goed wat ik bedoel. Je broer. Het lag er zo dik bovenop.'

'Darcy, ik móést het gewoon proberen.'

'En zo subtiel ook. Dit zou een ontspannend, vergeetaljezorgen vriendinnenweekend zijn. En jij hebt er een koppelpoging van gemaakt.'

'Ik heb je voorgesteld aan mijn broertje, dat is alles.'

'Hij is geen kind meer.' Darcy kreeg het beeld van Logan O'Donnell maar niet uit haar hoofd. Lang, met een atletisch lichaam. Een volle bos rood haar, niet schreeuwend rood, maar glanzend en golvend kastanjebruin haar, wat ze belachelijk sexy vond. En zijn glimlach. Hij had een ontspannen glimlach waardoor ze – ook al was het maar heel even – vergat dat een man haar ooit verdriet had gedaan. 'Hij hééft een kind,' voegde ze eraan toe.

'Dat moet dan mijn schattige neefje Charlie zijn,' zei India. 'Dank je dat je me daaraan herinnert.'

'Luister, volgens mij heb je me de eerste keer niet goed verstaan,' zei Darcy. 'Ik ben niet op zoek naar een kerel, en al zéker niet naar een kerel met een kind.'

'Niet alle mannen zijn zoals Huntley Collins,' merkte India op.

'Dat besef ik. En op een dag zal ik die waarheid omarmen. Maar ik ben nog niet klaar voor een nieuwe relatie.'

'Je bent al een jaar gescheiden.'

Gescheiden. Verpletterd was een beter woord.

Ze was getrouwd geweest met een man die in alle opzichten de juiste voor haar leek te zijn. Als alleenstaande vader had Huntley samen met zijn ex gedeelde voogdij over zijn kinderen Amy en Orion gehad.

Darcy was verliefd geworden op hen alle drie en had haar hart opengesteld voor het gezin. De kinderen, hoe dierbaar ze haar ook waren, hadden echter ook de hand gehad in het mislukken van haar huwelijk. Naarmate ze ouder werden, waren ze afstandelijker geworden tegen Darcy. En uiteindelijk hadden ze zichzelf ervan overtuigd – of ze hadden zich door hun moeder laten overtuigen – dat hun ouders weer een stel wilden zijn.

De dag dat haar huwelijk was ingestort, stond in haar geheugen gegrift, hoewel ze er ondertussen aan kon denken zonder ineen te krimpen. Huntleys dochter, Amy, was naar haar toe gekomen met een gemaakte glimlach op haar gezicht. Tegen die tijd had Darcy die glimlach herkend. Het was een grimas, de grijns van een niet bijzonder goede actrice die wist dat haar talent beperkt was, maar die dat niets interesseerde.

'Hij gaat vreemd,' had Amy gezegd, 'met onze móéder.'

Darcy's hart was overgeslagen. Toen, zich vastklampend aan ontkenning, had ze het afgedaan als een verzinsel. 'Je vader en je moeder zijn vrienden, dat is alles.'

'Nee hoor, ze hebben weer een relatie. Kijk maar naar deze email.' Amy's toon was triomfantelijk geweest. 'In het mapje met concepten. Zo communiceren ze met elkaar. Ze versturen hun mails nooit, maar loggen in op dezelfde emailaccount en lezen de concepten. Alleen pakken ze het niet erg slim aan. Omdat ze hun berichten niet goed wissen, zitten ze nog steeds in de map.'

'Onzin,' had Darcy gezegd. Maar op het moment dat Amy de woorden 'hij gaat vreemd' had uitgesproken, had haar lichaam het signaal gegeven dat ze moest opletten, moest luisteren. Haar hart had de waarheid herkend voor haar brein begreep wat er aan de hand was. Het bloed in haar aderen was veranderd in ijs. Ineens had ze het gevoel gehad dat ze van een afstand naar haar eigen leven keek, alsof ze plotseling in een andere werkelijkheid leefde. 'Je moet de emails van je vader niet lezen,' had ze verwijtend gezegd. Het gezeur van een stiefmoeder, net zo effectief als een chihuahua die niet kon blaffen.

'Jij ook niet,' was Amy's antwoord geweest. Toen was het meisje in tranen uitgebarsten en had haar hoofd snikkend op Darcy's schoot gelegd.

Dat, had Darcy zich gerealiseerd, was het eerste teken geweest dat haar huwelijk op springen stond. Niet de concepten in de mailbox, die uiteraard onomstotelijk bewezen dat Amy gelijk had, maar het feit dat Darcy zelf al maanden die concepten in Huntleys mailbox las. Als het op computers aankwam, was hij achteloos en niet erg handig. Ze was niet op zoek geweest naar iets specifieks. Ze had gewoon… gezocht. Naar antwoorden. Naar redenen waarom ze geen liefde meer van zijn kant voelde komen. Naar de reden waarom hij haar emotioneel had verlaten, als een reiziger die uitcheckte in een hotel waarnaar hij nooit meer zou terugkeren.

Ze zeggen dat er geen winnaars zijn bij een scheiding, maar Darcy kwam erachter dat dit in haar geval niet waar was. Niet alleen was ze haar echtgenoot kwijtgeraakt, maar ook haar gezin, een manier van leven. Ze was de helft van haar bezit, haar thuis en het vertrouwen in haar eigen mensenkennis kwijtgeraakt. Ook Huntley was een verliezer. De affaire met zijn ex was snel uitgedoofd, en voor zover ze wist, was hij tegenwoordig vrijgezel. Maar er waren winnaars: de sluwe Amy en haar broer Orion. Ze hadden geen stiefmoeder gewild, en nu was Darcy uit hun leven verdwenen.

Het verrassende was nog wel dat ze hen miste. Ze hield niet meer van Huntley. Het was niet moeilijk geweest haar gevoelens voor iemand die haar hart had gebroken te smoren met zijn verraad. Haar liefde voor de kinderen kon ze alleen niet zo makkelijk onderdrukken. Toen ze met Huntley getrouwd was, waren Amy en Orion acht en tien geweest. Ze hadden haar zoveel geluk geschonken. Vijf jaar later waren ze veranderd in tieners die doorlopend de strijd met haar aangingen. Toch had ze zelfs op de momenten dat ze vreselijk vervelend en manipulatief waren van hen gehouden. Zelfs nu kon ze niet vergeten hoe het had gevoeld om deel uit te maken van een gezin, van een druk leven samen. De wetenschap dat ze hen nooit meer zou zien, nooit meer zou vasthouden of aanraken, was haast onverdraaglijk.

Binnen de Fitzgeraldfamilie was Darcy degene van wie iedereen had verwacht dat ze kinderen zou krijgen. Tenslotte was ze getrouwd met een man die al kinderen had, en ze had altijd gezegd dat ze er meer wilde. Ze had het heerlijk gevonden om stiefmoeder van Amy en Orion te zijn. Tot alles was veranderd. Het verdriet dat ze haar hadden aangedaan met hun gekonkel, had haar op een fundamentele manier veranderd. Van een vrouw die dacht dat ze alles kon hebben – een man, een gezin, een carrière – was ze veranderd in een vrouw die niets meer van een gezinsleven wilde weten. 'Ik ben er nog niet klaar voor om een nieuwe man te ontmoeten,' zei ze tegen India. 'Het is net alsof ik gisteren nog het idee had dat ik een gelukkig getrouwde vrouw was.'

'En nu ben je een gelukkige vrijgezelle vrouw.'

'Die van plan is dat te blijven. Ik wil ver uit de buurt blijven van mannen, en al helemaal van mannen met kinderen. Dus je hoeft niet te proberen me te koppelen aan die lekkere broer van je.'

'Vind je hem een lekker ding?'

'Waag het niet dat tegen hem te zeggen.'

'Ik was net van plan hem een appje te sturen om het hem te vertellen. Hemel, waar zie je me voor aan? En daarbij gaan de woorden "broer" en "lekker" niet samen in mijn hoofd. Echt niet.'

'Je bent zijn zus, ja.'

'Ik probeer je gewoon te helpen, Darcy. Bekijk het van de positieve kant: je huwelijk duurde maar kort, dus je hebt niet al te veel tijd verspild.'

'Het was de bedoeling dat het mijn énige huwelijk zou zijn.'

'Het volgende zal voor altijd zijn. Wacht maar af.'

'Precies. Ik ben aan het wáchten. "Voor altijd" is het wachten waard. Dus doe geen pogingen meer om mij en je broer bij elkaar te brengen.'

Toen ze een bocht om reden, kwam het dorpsplein van Avalon in zicht. Badend in de laatste gouden zonnestralen, bezat het dorp aan het meer een sprookjesachtige charme. Het leek recht uit een reisbrochure over de prachtige Catskills te komen: schitterende glooiende heuvels, die waren getooid met de overdaad van de late zomer, kleurig geschilderde huisjes langs de oever van het meer, bootjes met witte zeilen die nog een tochtje op het water maakten voor het donker werd.

Darcy's adem stokte even bij het zien van zoveel pracht: de dieppaarse schemerlucht die werd weerspiegeld in het rimpelloze water, de sterren boven de heuvels in de verte, de lichtjes van het dorp.

De bekoorlijkheid en rust van de landelijke omgeving betoverden haar. Ze had te lang in Manhattan gewoond. Het was goed om een tijdje in de natuur te zijn, de open hemel en het ongerepte landschap om haar heen te zien. 'Oké,' zei ze, 'ik heb je vergeven. Het is hier zo mooi. Dit is een welkome afwisseling op de sokkenwinkel waar ik vanuit mijn raam in New York op uitkijk.'

'Dat ben ik met je eens. We zouden Logan vaker moeten opzoeken.'

'Hij zei dat hij hierheen verhuisd was om dicht bij Charlie te zijn.'

'Ja, dat klopt. Charlie werd geboren in de zomer nadat hij en zijn ex waren geslaagd voor hun eindexamen.'

'Zo jong waren ze nog...' zei Darcy op peinzende toon.

'Onderschat nooit wat voor stomme dingen tieners kunnen doen. Ik maak me doorlopend zorgen over wat mijn jongens zullen uithalen. Logan was behoorlijk wild toen hij op school zat. Toen Daisy in verwachting bleek te zijn, kwam ze hiernaartoe om bij haar familie te zijn. Hoewel ze verwachtte dat ze de baby alleen zou moeten opvoeden, verraste Logan iedereen, zelfs onze ouders. Hij nam de verantwoordelijkheid, verhuisde hierheen en werd een geweldige vader. Nadat hij op zijn eigen kosten had gestudeerd, begon hij hier een bloeiend bedrijf. Ik vind het geweldig dat hij zo'n grote, positieve verandering in zijn leven heeft ondergaan, maar onze ouders kunnen er nog steeds niet over uit dat hij dit pad heeft gekozen.'

'Dat meen je niet. Zijn ze niet trots op hem?'

'Jawel, maar ze hadden andere plannen voor hem. Het was hun bedoeling dat hij net als alle andere brave O'Donnells naar een prestigieuze universiteit zou gaan en daarna de leiding over het familiebedrijf zou overnemen. In plaats daarvan kwam hij hier terecht, waar hij een verzekeringskantoor begon en een vader voor Charlie werd. Volgens mij hebben mijn ouders er ondertussen wel vrede mee, maar ze vinden nog steeds dat hij verkeerde keuzes heeft gemaakt.'

'Ouders,' zei Darcy, naar het glinsterende water kijkend. 'Waarom belasten zoveel ouders hun kinderen toch met hun eigen verwachtingen? Ik voldeed al niet aan wat mijn ouders van me verwachtten op het moment dat ik een meisje in plaats van een jongentje bleek te zijn.'

'En terecht. Hoe haalde je het in je hoofd?' merkte India droogjes op.

'Zo'n zware last, vijf dochters,' zei Darcy. 'En nu is maar één van hen een respectabele getrouwde vrouw. Lydia en haar o zo perfecte Badgley Collins.'

'Huntleys oudere broer. Hoe gaat iedereen daarmee om?' wilde India weten.

'We zijn allemaal vreselijk beleefd. Mijn ouders kennen die van Huntley en Badgley al sinds hun studententijd. Daarom worden we geacht goed met elkaar te kunnen opschieten, wat er ook gebeurt.'

Darcy had het te moeilijk gevonden om haar familie te vertellen dat Huntley haar had bedrogen. Het gevolg was dat ze er geen idee van hadden hoeveel moeite het haar kostte om te doen alsof de scheiding soepel was verlopen, alsof Huntley haar hart niet onherstelbaar had beschadigd. 'Ik zie nu al op tegen de feestdagen. We vieren ze al tientallen jaren samen, het ene jaar bij de ene familie, het andere jaar bij de andere. Mijn moeder en Rachel Collins zijn nu al het gezamenlijke Thanksgivingdiner aan het plannen.'

'Je zou de feestdagen met ons kunnen vieren,' opperde India.

Darcy stelde zich de uitdrukking van afschuw op het gezicht van haar ouders voor als ze hun dat vertelde. Hun feestdagen volgden altijd precies hetzelfde patroon. Het begon elk jaar met een Thanksgivingdiner waar Martha Stewart jaloers op zou zijn. Daarna begon het feestseizoen pas echt: plannen, cadeautjes kopen, eten, muziek. Vorig jaar had ze geprobeerd te delen in de feestvreugde, wat een grote fout was geweest. De stress had haar bijna de das omgedaan. Ze werd misselijk bij het idee dat ze toastjes met zalmmousse zou moeten eten in het bijzijn van haar exman.

'Wat zeg je ervan?' vroeg India. 'Mijn familie zou het geweldig vinden als jij ook komt.'

'Meen je dat?'

'Absoluut. Meestal gaan we allemaal naar het huis van mijn ouders in Florida, in Paradise Cove. Het is een enorm huis aan een privéstrand, een paradijs voor surfers. Je zou op het fijne zand kunnen zitten met een heerlijke cocktail in je hand en je ex in zijn sop gaar laten koken.'

'Surfen? Weet je hoe verleidelijk dat klinkt?'

'Dat is precies wat ik wil doen. Je verleiden.'

'Misschien dat ik je aanbod aanneem. Maar wacht eens even. Is je broer daar dan ook?'

'Yep.'

Onwillekeurig stelde Darcy zich Logan O'Donnell voor in een bermuda en teenslippers op een schitterend strand in Florida. 'Ik zal erover nadenken,' zei ze. Waarschijnlijk zou ze aan niets anders kunnen denken.

India tuurde de schemerige straat in en zette toen de koplampen aan. 'Doe mij een plezier en kijk eens of ze in de folder van het hotel zeggen hoe we moeten rijden. We logeren in de Inn at Willow Lake.'

In het handschoenenvakje vond Darcy een kleurige folder, en ze bestudeerde hem. 'Ze hebben kamers in het centrum, en het hotel zelf ligt aan het meer.'

'Wij logeren in het hotel, aan het meer.'

'Het is niet moeilijk te vinden. Je moet gewoon de Lakeshore Road volgen, dan komen we er vanzelf. In de brochure ziet het er geweldig uit.'

'Dat zal het ongetwijfeld ook zijn. O trouwens, de eigenaren, Nina en Greg Bellamy, waren vroeger Logans schoonouders.'

'Wat? Zijn ex is hun dochter?'

'Het gevaar van in een klein dorp wonen. Uiteindelijk is iedereen met elkaar verbonden.'

'Was hij lang getrouwd met Charlies moeder?'

'Nee. Hoewel ze hun best deden om hun huwelijk te laten slagen voor Charlie, realiseerden ze zich allebei dat het niet goed zat. Het was moeilijk om hem zo krampachtig te zien proberen hun relatie intact te houden. Uiteindelijk eindigde het met een hoop... drama. Misschien dat Logan het je ooit allemaal vertelt.'

'Waarbij je ervan uitgaat dat ik het wil weten. En dat hij het me zou willen vertellen.'

'O, Darcy. Ik weet dat je nog steeds verdrietig bent, maar ik kan je verzekeren dat je je over een tijdje beter zult voelen. Logan had het een tijdlang behoorlijk zwaar na zijn scheiding, maar hij is er ook overheen gekomen.'

'Je bedoelt dat hij meteen een nieuwe vriendin had.'

'Volgens mij is dat typisch iets wat mannen doen. Ze gaan er vaak vanaf dag één weer op uit. Maar hij heeft nog geen serieuze relatie gehad. Alleen maar verschillende... scharrels. Daisy, zijn ex, is nu hertrouwd en woont in Oklahoma met haar nieuwe man. Daarom koestert Logan de tijd die hij met Charlie heeft. Hij en zijn ex hebben gedeelde voogdij over Charlie.'

Darcy dacht terug aan het jongetje, een vertederende combinatie van onschuld en ondeugd, met het golvende rode haar van zijn vader. 'Eerlijk gezegd is Charlie een van de vele redenen waarom ik niet geïnteresseerd ben in je broer. Hij is vast een lief kind, maar ik heb een relatie gehad met een man die kinderen had, en daar ga ik niet opnieuw aan beginnen. Ik ben van de plan de rest van mijn leven heerlijk kinderloos te blijven.'

Hoofdstuk 3

Het afscheid van Charlie was een soort ritueel geworden. Eerst gingen ze samen naar Logans huis, waar ze zijn kamer opruimden. Op die manier zou Charlie al zijn spullen weer kunnen vinden wanneer hij er volgende keer was. Daarna pakten ze zijn plunjezak in en reden naar het centrum van het dorp om iets te eten en afscheid te nemen van vrienden en kennissen.

Er waren al sporen van de herfst en het begin van het schooljaar te bekennen. Suzanne Bailey, de eigenaresse van de boetiek ZuZu's Petals, stond op de stoep voor haar winkel te kibbelen met Adam Bellamy. Die laatste was een nieuwkomer, hoewel hij tot een familie behoorde die al heel lang in Avalon woonde. Adam woonde pas sinds kort in het dorp en was brandweerman. Aangezien hij en Logan allebei van buitensporten hielden – mountainbiken, snowboarden, wildwaterkanoën en bergbeklimmen – waren ze bevriend geraakt. Suzannes man, Jeff, was ook brandweerman. Waarschijnlijk was hij op dit moment aan het werk. Zoals altijd ruzieden Suzanne en Adam, dit keer blijkbaar over de plek waar ze haar uitverkooprekken had neergezet.

'Ik wil jullie aangename gesprek niet onderbreken,' zei Logan. 'Maar Charlie wil graag afscheid nemen.'

Terwijl Adam zich omdraaide, verscheen er een glimlach voor Charlie op zijn gezicht. 'Jammer dat je moet gaan, maatje. Ik zal een oogje op je vader houden.'

'Cool,' zei Charlie. 'Zorg ervoor dat hij zich niet in de nesten werkt.'

'Dat doet hij toch altijd, maar ik denk dat ik hem wel aankan.' Adam zag eruit alsof hij alles aankon. Niet alleen was hij fors gebouwd, hij was ook al drie jaar op rij winnaar van een trappenloopmarathon in New York.

Nadat ze Charlie een knuffel had gegeven, zei Suzanne: 'Ik kan me nog herinneren dat je al je kleren voor het nieuwe schooljaar bij mij haalde. Ik mis die tijd.' Toen ze zag dat er een schaduw over Charlies gezicht gleed, voegde ze er snel aan toe: 'Kijk, dit is voor jou.' Ze gaf hem een leeslampje op zonneenergie, een product dat ze in haar winkel verkocht. 'Voor tijdens het reizen.'

'Wauw, bedankt!' zei Charlie.

'Kom je weer hierheen met Thanksgiving?"

'We gaan altijd naar Florida.'

'Dat is afzien.' Adam gaf hem een klopje op zijn schouder.

'Met Kerstmis, dan?' wilde Suzanne weten. 'Of lig je dan ook op het strand in Florida?'

'Tenzij we een beter aanbod krijgen,' zei Logan.

Charlie trok aan zijn mouw. 'Gaan we nu naar de bakkerij, pap?'

'Ja, we gaan naar de bakkerij.'

'Vet, ik zoek wel een tafel uit.' Na die woorden liep Charlie richting de Sky River Bakery voor zijn laatste bezoek aan de plek waar ze zijn lievelingstaartje maakten: een éclair met glazuur van esdoornsiroop.

'Hij is echt gegroeid deze zomer,' zei Suzanne. 'En hij gedraagt zich ook alsof hij ouder is.'

Logan knikte. 'Dat gereis tussen zijn ouders maakt hem blijkbaar snel volwassen.'

'Charlie is een geweldige jongen,' merkte Adam op. 'Als ik ooit kinderen krijg, kom ik bij jou voor advies.'

'Dank je. Ik probeer te wennen aan het parttime vaderschap, maar het blijft ellendig. Dat joch is mijn alles, en ik mis hem zo ontzettend als hij er niet is.'

Suzanne knikte. 'Stort je op je werk. Dat doe ik ook.'

'Wat, om te ontsnappen aan je saaie bestaan?' vroeg Adam. 'Dat zal ik tegen Jeff zeggen.'

'Oppassen, jij.' Ze sloeg hem zachtjes met een kleerhanger.

Somber mompelde Logan: 'Me op mijn werk storten, is nu niet bepaald ontsnappen.'

'Je bent een prima zakenman,' zei Adam. 'Dat moet je toch een goed gevoel geven? Iedereen die ik ken, heeft zijn verzekeringen bij jou lopen.'

'Voor al uw verzekeringen.' Het was Logans slagzin. 'Echt, ik vind mijn werk zo saai dat ik het nauwelijks in woorden kan uitdrukken. Ik ben een verzekeringskantoor begonnen om dicht bij Charlie te kunnen zijn. Het is winstgevend werk dat je alleen tijdens kantooruren hoeft te doen. Maar sinds hij met zijn moeder is verhuisd, is het gewoon werk, meer niet.'

Adam haalde zijn schouders op. 'Zoek dan werk dat je wel leuk vindt. Dat heb ik ook gedaan.' Hij was directeur van een groot internationaal bedrijf geweest, maar was veel blijer in zijn huidige baan als brandweerman en brandinspecteur.

'Ik zit erover te denken om Saddle Mountain over te nemen,' zei Logan. Elke keer wanneer hij erover nadacht, werd het idee aantrekkelijker.

Hem verbluft aankijkend, vroeg Suzanne. 'Het skioord? Je maakt zeker een geintje.'

'Misschien niet.'

'Je bent gek.'

'Ik wil wedden dat ze dat ook tegen jou zeiden toen je aankondigde dat je een winkel ging openen,' merkte Adam op.

'Die weddenschap zou je verliezen.' Hoewel ze het op vinnige toon zei, leek ze zijn geplaag leuk te vinden.

'Ik moet achter Charlie aan,' zei Logan.

Adam knikte. 'Ik loop met je mee. Ik heb honger. En ik wil meer horen over je nieuwe plan.'

Toen ze de bakkerij binnenliepen, zagen ze dat Charlie aan een tafel met een kleurig geëmailleerd blad zat te wachten. Met een verlangende blik hij naar de heerlijk ruikende taartjes in de vitrine. Zoals elke ochtend waren de meeste tafels bezet door de gebruikelijke mengeling van dorpelingen en toeristen. Aan de muren hingen schitterende foto's die waren gemaakt door Daisy Bellamy, Logans exvrouw. Hoewel ze naar een plek hier ver vandaan was verhuisd, werd hij nog steeds op allerlei manieren aan haar herinnerd. Ze was tenslotte een Bellamy, en die waren alomtegenwoordig in Avalon.

Naar de prachtige natuurfoto's kijkend, voelde hij een vreemd soort afstandelijkheid. Hij miste haar niet, hield niet meer van haar, hoewel het de vraag was of hij dat ooit wel echt had gedaan. Maar hij miste wel het gezinsleven dat ze hadden gehad, de dagelijkse dingen, de gezelligheid, de leuke momenten die ze hadden gehad met Charlie.

Adam liep naar de toonbank en bestelde voor zichzelf en Logan koffie en fruittaartjes, en voor Charlie diens favoriete eclair en een beker warme chocolademelk. 'En wanneer ga je dit nieuwe plan uitvoeren?' vroeg hij even later aan Logan.

'Welk nieuwe plan?' vroeg Charlie, waarna hij een grote hap van zijn éclair nam.

Logan schudde even zijn hoofd om aan te geven dat dit niet het juiste moment was om over dat onderwerp te praten.

'Zijn nieuwe plan om net zo geweldig te worden als ik,' antwoordde Adam, en hij tikte met zijn koffiekop tegen Charlies beker. 'Je vader zegt dat hij een coolere baan nodig heeft.' Met één hap verslond hij een half taartje.

'Ja, tijdreiziger. Of superheld,' opperde Charlie.

Op ernstige toon zei Logan. 'Dat ben ik al, maar dat mag je tegen niemand zeggen.'

'Echt waar?'

'Je denkt toch niet dat ik de hele dag aan een bureau verzekeringspolissen zit te lezen? Dat is alleen maar een dekmantel voor mijn ware identiteit.'

'Wat is je ware identiteit?'

'De Zilveren Snowboarder.'

'Vind je het leuk om te snowboarden met je vader?' vroeg Adam.

Charlie knikte. 'Er is niets beters.'

'Zelfs niet die eclair?'

'Nou ja... er is bijna niets beters.'

Toen Adam zijn koffie op had, zei hij: 'Ik moet ervandoor, mannen.' Hij en Charlie gaven elkaar een boks, en Adam gaf hem daarna plechtig een hand. 'Pas goed op jezelf. Doe goed je best op school, en ik zie je wanneer je weer hier bent.'

'Oké, Adam. Zorg dat het dorp niet afbrandt terwijl ik weg ben.'

'Dat laat ik niet gebeuren.' Hij legde een paar biljetten op tafel. 'Gaan we later mountainbiken?' vroeg hij aan Logan.

'Absoluut.' Waarschijnlijk was een lange fietsrit precies wat hij later vandaag nodig zou hebben, als hij na Charlies vertrek het gevoel had dat er een gapend gat in zijn borst zat. Hij en Adam reden regelmatig de fietsroutes in de heuvels rondom Avalon, onder alle weersomstandigheden.

Hoewel Charlie zijn eclair heel langzaam opat, jaagde Logan hem niet op. Ze zeiden er niets over, maar wisten allebei dat het afscheid waar ze zo tegenop zagen snel naderde.

Zodra ze de bakkerij uit liepen, zou het onvermijdelijke proces beginnen. Charlies moeder wachtte op hem in de Inn at Willow Lake, het hotel van haar ouders. Wanneer ze in Avalon was, logeerde ze altijd daar. Het was Logans taak om hun zoon over te dragen en te doen alsof dat iets geweldigs was, een groot avontuur voor Charlie. 'Gedeeld ouderschap' klonk als een goed idee, tot het in praktijk werd gebracht. In werkelijkheid brak zijn hart elke keer wanneer hij afscheid moest nemen van Charlie.

Zijn telefoon trilde, wat betekende dat hij een bericht had ontvangen. Het was van Daisy.

We zijn er bijna. Zijn jullie al zover?

Shit.

'We moeten gaan, maatje.' Logan legde een fooi naast de biljetten van Adam. 'Vergeet je spullen niet.'

Nadat hij zijn Camp Kiogabaseballpet had opgezet, zei Charlie: 'Goed, ik ben klaar.'

Even later stapten ze in de auto. Logans auto was een felgele jeep, een goed voertuig voor de sneeuw die in de winter viel.

Avalon zag er vandaag uit als een van Daisy's perfecte foto's. De bladeren aan de bomen kregen net herfstkleuren, het meer was kalm en glad, en de overdekte brug over de Schuylerrivier trok de laatste toeristen van het zomerseizoen. Het zou nog steeds heet zijn in Oklahoma, op de luchtbasis waar Charlie met zijn moeder en stiefvader woonde.

'Kijk je uit naar het komende schooljaar?' vroeg Logan.

'O ja. Ik kan niet wachten.'

'Dat weet ik. School is jouw werk, maatje. Je doet het vast heel goed dit jaar. Ga je bij het voetbalteam?'

'Absoluut. Voetbal is cool.'

Voetbal was Logans halve leven geweest, als kind en zelfs toen hij op high school had gezeten. Hij kon zich nog herinneren hoe fantastisch het voelde om een goede wedstrijd te spelen, een goal te maken. Zijn vader was naar bijna elke wedstrijd komen kijken. Het was het enige geweest wat een band tussen hen smeedde. Maar uiteindelijk was de sport té belangrijk geworden. De behoefte om te presteren op het veld was te groot geworden. Op school was hij zo vastbesloten geweest om indruk te maken op zijn vader, dat hij had doorgespeeld met een blessure. Dat had uiteindelijk geleid tot verschillende knieoperaties en bijna tot een verslaving aan pijnstillers.

Hij moest zich erbij neerleggen dat hij geen van Charlies wedstrijden zou zien. Maar misschien was dat niet zo erg. Tenslotte kon hij andere dingen met zijn zoon doen. Camp Kioga in de zomer, snowboarden of Florida in de winter, dagelijkse telefoongesprekken, er zijn voor Charlie wanneer hij maar kon. Hopelijk zou de tijd die ze samen hadden genoeg zijn.

Ze stopten voor het hotel, een oud landgoed aan het meer. Het hoofdgebouw, met de brede veranda en het uitkijktorentje, werd weerspiegeld in het glinsterende water. Zijn verdriet verbergend, pakte Logan Charlies plunjezak en rugzak en liep toen richting het hotel. Charlies moeder kwam de voordeur uit gelopen.

Het verbaasde hem niet dat Daisy er fantastisch uitzag. Ze was altijd een schoonheid geweest, al op school. En net zo opstandig en roekeloos als hij op die leeftijd, wat de reden was geweest dat ze onbedoeld zwanger raakte. Haar blonde haar was kortgeknipt, en ze had een grote glimlach op haar gezicht. Er was veel veranderd sinds hun schooljaren. Het boze, roekeloze meisje was een vrouw geworden, een moeder. Met één arm hield ze haar baby vast. Achter haar stond haar echtgenoot, Julian Gastineaux, kapitein bij de luchtmacht. Hij was lang, had donker haar en was vandaag in burger.

'Charlie Boy!' Daisy sloeg haar vrije arm om Charlie heen en trok hem dicht tegen haar en de baby aan.

Logan bekeek het vanaf een afstandje. Een buitenstaander.

'Kijk eens naar je zusje,' zei ze. 'Ze is zo enorm gegroeid.'

Grijnzend kuste Charlie de donshaartjes op het hoofd van de baby. 'Hé hallo, prinses Caroline,' zei hij, waarna hij zich omdraaide naar zijn vader. 'Pap, moet je kijken. Ze is echt zo schattig.'

'Heel erg schattig,' stemde Logan in.

Charlie liep naar Julian en gaf hem een knuffel. 'Hoi Daddy Boy.' Zo sprak hij Julian altijd aan, wat Logan mateloos irriteerde.

'Man, ik kan mijn ogen niet geloven,' zei Julian. 'Je bent lang geworden, vriend.'

Logan en Julian knikten even naar elkaar. Hoewel ze geen vrienden waren, respecteerden ze elkaar. En ze hielden allebei van Charlie.

'Gefeliciteerd,' zei Logan. 'Het is een heel mooie baby.'

'Dank je.'

Voorzichtig nam Charlie zijn zusje over van zijn moeder. Toen vroeg hij haar en Julians aandacht voor de roeispaan die hij had beschilderd en waar alle kinderen van het kamp hun naam op hadden gezet.

Zich tot Daisy wendend, zei Logan: 'Nou, Charlie heeft al zijn spullen. Hij is klaar om te gaan.'

'Dank je.' Ze keek hem aan met haar blauwe ogen, die nu de ogen van een vreemde waren. 'Hoe is het met jou?'

'Goed.' Het voelde nog steeds surrealistisch om te praten met deze vrouw, die ooit veel voor hem had betekend. Ooit was hij niet alleen lichamelijk intiem met haar geweest, maar had hij ook geweten wat ze dacht, waar ze van droomde en naar verlangde. Nu was ze iemand die hij niet meer echt kende. Het was duidelijk dat ze verder was gegaan met haar leven. De baby was daar het onomstotelijke bewijs van. Ze had een nieuw bestaan opgebouwd.

Zelf kon hij niet met zekerheid zeggen of dat ook voor hem gold. Hij woonde nog steeds in het huis dat Daisy en hij, dromend over de toekomst, samen hadden gekocht en verbouwd. Hij had nog steeds dezelfde baan. Dezelfde vrienden. Hetzelfde leven, maar dan zonder zijn gezin.

'Je ziet er goed uit,' merkte ze op. 'Het zomerkamp heeft jou en Charlie allebei goed gedaan.'

Dat was in ieder geval leuk om te horen. Toen hun huwelijk op zijn einde had gelopen, had Logan weinig oog gehad voor zijn uiterlijk. Hij had slecht gegeten en te weinig bewogen. Toen hij eenmaal was opgekrabbeld uit de puinhopen van hun echtscheiding, had hij zijn frustratie verwerkt door te gaan mountainbiken, te roeien op het meer en de lokale bergen te beklimmen. Daarnaast had hij besloten zijn rol als alleenstaande vader serieus te nemen en had hij zich verdiept in gezonde voeding en koken alsof het leven van zijn zoon ervan afhing. Het was fijn dat Daisy het verschil opmerkte.

'Charlie heeft het geweldig naar zijn zin gehad op Camp Kioga. Hij zal je vast en zeker alles over zijn avonturen vertellen.'

'Ongetwijfeld.'

Ondertussen was Julian spullen aan het inladen. Daisy's stiefmoeder, Nina, kwam de veranda op gelopen en zwaaide naar Logan. Ook zij had een baby, een jongetje van ongeveer één.

Eén grote, gelukkige familie, dacht Logan. Hij voelde zich ineens een onhandige kluns zoals hij daar stond, niet meer echt verbonden met de Bellamy's. Ooit was hij hierheen gekomen om feestdagen te vieren, om samen te eten of te picknicken op het gazon. Nu was zijn enige rol om Charlie te overhandigen en weer weg te gaan.

'Eh... Julian wordt ergens anders gestationeerd,' zei Daisy. Ze wendde haar blik af en keek toen naar de grond.

Hoewel Logan haar niet meer zo goed kende als vroeger, kon hij zien dat ze nerveus was. 'Wat betekent dat?'

'Dat we gaan verhuizen.'

'Waarom krijg ik het gevoel dat dit geen goed nieuws is?'

'Julian wordt overgeplaatst naar luchtmachtbasis Yokota.'

Hij kneep zijn ogen half dicht. 'Waar is dat in hemelsnaam?'

Voor ze antwoordde, slikte ze. 'In Fussa. Dat is in, eh... Japan.'

Logan vloekte hartgrondig.

Hoewel ze haar gezicht vertrok, verontschuldigde hij zich niet. Wat was een vloek als hij hoorde dat hij zijn zoon ging verliezen?

'De voogdijregeling blijft gewoon hetzelfde,' ging ze snel verder. 'Alleen wordt de... de reistijd langer.'

'Dat is geweldig, Daisy. Echt fantastisch.'

'Er gaan elke dag vliegtuigen van Tokyo naar Amerika, zonder tussenstop. Dat heb ik gecheckt. We zullen ervoor zorgen dat het werkt, Logan. Dat zweer ik.'

Hij wierp een kwade blik in de richting van Julian. Als officier bij de luchtmacht had hij een opwindende carrière. Dat was mooi voor hem, maar minder mooi voor Logan en Charlie. 'Wanneer?'

'Meteen na de kerstvakantie. Er is een school op de basis. Charlie zal een nieuwe cultuur leren kennen, een nieuwe taal leren. Ik heb al een leraar gevonden om hem Japanse les te geven. Er zal een heel nieuwe wereld voor hem opengaan. Dit is een geweldige kans voor hem...' De woorden rolden van haar tong alsof ze het rijtje positieve punten uit haar hoofd had geleerd.

'Geweldiger dan tijd doorbrengen met zijn vader?'

'Hij zal nog steeds evenveel dagen bij jou zijn.'

'Hebben jullie het hem al verteld?'

'Nee, dat gaan we vandaag doen.'

Logan haalde een hand door zijn haar. 'Goede genade.'

'We moeten dit als iets positiefs brengen voor Charlie.'

'Juist.' Naar zijn zoon lopend om afscheid te nemen, deed hij zijn best om zijn emoties in bedwang te houden. 'Ik heb het geweldig naar mijn zin gehad met jou,' zei hij nadat hij zich naast Charlie op één knie had laten zakken. 'Wat een fantastische zomer.'

'Yep. Eh… kan ik mijn roeispaan hier laten? Er is te weinig ruimte om hem mee te nemen.'

De jongen had geen idee dat hij binnenkort naar de andere kant van de wereld ging verhuizen. Waarschijnlijk zou hij nog heel veel meer dingen moeten achterlaten. 'Natuurlijk. Ik zal hem goed voor je bewaren, maatje.'

Charlie staarde naar de grond. Zijn kin trilde. 'Dank je, pap.'

Afscheid nemen was altijd zo vreselijk moeilijk. Hij moest zijn zoon geruststellen, hem verzekeren dat alles goed was, ook al was dat helemaal niet zo. 'Het komend schooljaar wordt echt super. En je hebt een nieuw zusje om mee te spelen.'

'Ja, dat is wel zo.'

'En we zullen elkaar elke dag spreken,' zei hij. 'Zoals altijd.'

'En ik zie je met Thanksgiving.' Het was hartverscheurend om te zien hoe hard Charlie zijn best deed om positief te blijven.

'Absoluut.'

'En met Kerstmis zijn we samen.'

'Precies. Misschien dat we dit jaar in Avalon blijven in plaats van naar Florida te gaan. Ik zou een seizoenpas voor Saddle Mountain kunnen kopen. Misschien dat ik zelfs gewoon het hele resort koop.'

'Oké.' Charlies lippen trilden toen hij flauwtjes glimlachte.

Logan nam de jongen in zijn armen. Ondanks alle opmerkingen over hoe hij gegroeid was, voelde Charlie zo klein en kwetsbaar aan. Ze zouden hem meenemen naar het andere eind van de wereld, waar Logan hem niet kon zien of aanraken, niet zijn geur kon inademen of naast hem kon liggen terwijl hij 's avonds in slaap viel. 'Ik zal je missen.'

'Ik jou ook.'

'Oké. Nog één kus en een knuffel.'

Een stevige omhelzing. Logan drukte zijn lippen tegen het warme, zijdezachte rode haar van zijn zoon. 'Tot ziens, jochie.' Het koste hem grote moeite niet te laten merken dat het voelde alsof zijn hart uit zijn borst werd getrokken. Toen kwam hij overeind en liep naar zijn auto. Net voor hij de parkeerplaats op liep, keek hij over zijn schouder en zag hij dat Charlie werd omringd door zijn andere familie. Maar Charlie draaide zich om en keek naar hem. Snel toverde Logan een glimlach op zijn gezicht, en hij stak zijn hand omhoog om hun speciale groet te brengen: wijsvinger en pink omhoog, net als bij een rockconcert. Daarna draaide zijn zoon zich weer om naar de anderen, die druk stonden te praten.

Het gat in Logans borst was zo groot en zo grillig als de Grand Canyon.

Hij vloekte weer, en zonder erbij na te denken, brak hij Charlies roeispaan doormidden.

'Je ziet eruit alsof je wel een vriend kunt gebruiken,' zei een stem achter hem.

Snel draaide hij zich om. Darcy Fitzgerald kwam naar hem toe gelopen met een weekendtas in haar hand. 'Of een cursus omgaan met woede,' voegde ze daaraan toe, een blik op de roeispaan werpend.

Logan zuchtte. 'Ik heb net mijn zoon overgedragen aan zijn moeder. Dat is nooit een geweldig moment.'

'Wat ellendig voor je. Ik weet dat zoiets moeilijk is.'

Welnee. Ze had geen idee. Maar hij was niet van plan met haar te bekvechten. 'Ik kom er wel overheen,' zei hij, waarna hij de stukken van de roeispaan opraapte. De roeispaan waarvan hij had beloofd dat hij er goed op zou passen. Om het gesprek op een ander onderwerp te brengen, vroeg hij: 'Je gaat terug naar New York?'

'Inderdaad.' Genietend hief ze haar gezicht op naar de zon. 'Het is niet makkelijk om hier weg te gaan op zo'n mooie dag.'

Hij vond het vervelend dat hij Darcy tegenkwam op dit kwetsbare moment, terwijl zijn gevoelens nog zo rauw waren door het nieuws dat Daisy hem zojuist had verteld.

'India zei dat Charlie een groot gedeelte van de tijd in Oklahoma woont.'

'Dat klopt.'

'Dat is vast heel moeilijk voor je.'

'Elke keer wanneer ik afscheid neem van Charlie ben ik daar kapot van.'

'Wat erg voor je.'

'Ik moet ervandoor,' zei hij.

'Weer aan het werk?'

'Inderdaad.'

'Je zus zei ook dat je een eigen bedrijf hebt. Is dat zo?'

Waarschijnlijk vroeg ze het gewoon uit interesse, maar haar vraag irriteerde hem. Misschien viste ze naar informatie over hem. Had hij een vaste baan en een regelmatig inkomen? Was hij een aantrekkelijke partij? Een goede vangst? Een duiveltje in zijn hoofd dwong hem te zegen: 'Toevallig sta ik op het punt van carrière te veranderen. Weet je nog dat ik het over dat skiresort hier had? Dat ga ik overnemen.' Hij had geen idee waar die woorden vandaan kwamen. Blijkbaar sluimerde het besluit al langer in zijn hoofd. Ineens waren het de oprechtste woorden die hij had uitgesproken sinds hij elf jaar geleden tegen Daisy had gezegd: 'Ik vind dat we de baby moeten laten komen en hem samen moeten opvoeden.'

De meeste vrouwen zouden zich snel uit de voeten maken als ze een man hoorden zeggen dat hij zoiets riskants ging doen als een skiresort overnemen. Zo'n actie was ongeveer hetzelfde als op paarden wedden of meedoen aan de loterij. Darcy's reactie verraste hem dan ook volkomen.

'Dat is geweldig,' zei ze.

'Geweldig verstandig of geweldig gestoord?'

Ze schoot in de lach. 'Dat hangt ervan af aan wie je het vraagt.'

'Ik vraag het aan jou.'

'Waarom? Doet het ertoe wat ik ervan vind?'

Niet echt, dacht hij. Ooit, lang geleden, was de mening van anderen heel belangrijk voor hem geweest; de mening van ouders, leraren, coaches. Er was een tijd geweest dat hij zoveel belang had gehecht aan wat zijn vader van hem vond dat hij zichzelf had verloren. Dat kon hij nu wel toegeven. Hij had zichzelf verloren in een zoektocht naar perfectie – op het voetbalveld, op school, in zijn werk.

Toch was uit het ergste wat hem was overkomen het mooiste in zijn leven voortgekomen: Charlie. Sinds hij vader was geworden, had alles wat hij deed in het teken van Charlie gestaan.

Nu hij tegen Darcy had gezegd dat hij het skiresort ging kopen, voelde hij een... vonk opspringen. Het was het gevoel dat je kreeg als je ineens een fantastisch idee had. Het was lang geleden dat hij zoiets had ervaren. Sinds Charlie met zijn moeder was verhuisd, had hij geprobeerd te doen wat hij moest doen: verder gaan met zijn leven, zorgen dat zijn bedrijf goed liep, sparen voor zijn pensioen, op tijd naar de tandarts gaan voor controles. Hij had alles volgens het boekje gedaan, en wat had dat hem opgeleverd? Charlie zou nog verder weg verhuizen, wat bewees dat goed gedrag niet altijd werd beloond. Hoe hard hij ook zijn best had gedaan, het had alleen maar tot sleur geleid. Het was tijd dat hij zichzelf wakker schudde. Hij was lang genoeg braaf geweest. 'Ik ben er klaar voor om dit risico te nemen,' zei hij tegen Darcy. 'Neem jij risico's in het leven?'

'Dat heb ik in het verleden wel gedaan.' Even raakte ze met haar vinger haar onderlip aan, een onbewust gebaar. 'Maar de laatste tijd niet. Vroeger nam ik het ene risico na het andere. Soms ging het mis en eindigde het rampzalig. Toch denk ik dat ik mezelf leuker vond toen ik meer durfde te wagen.'

Wat een vreemde opmerking. Hij wilde er meer van weten. Een goed gesprek was precies wat hij nu nodig had. Misschien dat het zou helpen zijn verdriet te verdrijven. 'Vind je het misschien leuk om –'

'Aha, daar ben je!' riep India, die snel haar hen toe kwam lopen. 'Ik vroeg me al of ik mijn broertje nog zou zien voor ik vertrek.'

Logan omhelsde haar. 'Je hebt geluk.'

'De jongste van het gezin,' zei India tegen Darcy. 'Niet dat je dat zou zeggen, met zijn lengte.' Breed glimlachend keek ze van haar broer naar haar vriendin. 'Het is leuk om te zien dat jullie goed met elkaar kunnen opschieten. Ik wist wel dat het zou klikken. Pap en mam zijn dol op Darcy.'

Nee toch hè? Het laatste wat hij wilde, was gekoppeld worden door zijn familie. 'Is dat we aan het doen zijn?' vroeg hij. 'Zijn we aan het klikken?'

Darcy haalde haar schouders op. 'Ik hoor geen geklik. Hé, India, wist je dat je kleine broertje een skiresort gaat kopen?'

'Ja, natuurlijk,' zei India. 'Erg grappig.'

'Ze gelooft je niet,' merkte Darcy op.

'Dat komt nog wel.'

India keek hem met grote ogen. 'Dat ga ik tegen pap vertellen.'

'Ze verlinkte ons vroeger ook altijd,' vertrouwde hij Darcy toe. Even stelde hij zich zijn vader voor met een paars aangelopen gezicht en wolken stoom die uit zijn oren kwamen. 'Wat haal je je in vredesnaam in je hoofd? Ben je helemaal gek geworden?' zou Al O'Donnell roepen.

'Ja, misschien ben ik inderdaad gek geworden, pa.'

India omhelsde hem. 'We moeten gaan. Doe geen rare dingen, oké?'

'Goed.' Hij voelde zich wat ongemakkelijk toen hij zich tot Darcy wendde. 'Het was leuk om je te leren kennen.'

'Dat vond ik ook,' antwoordde ze, haar tas om haar schouder hangend.

'Ik zie je met Thanksgiving,' zei India.

Er was nog iemand van wie Logan afscheid moest nemen: Charlies vriend André. André's moeder was met de trein gekomen, dus hij zette hem af op het station. Maya Martin was oogverblindend mooi, met haar crèmekleurige huid, weelderige zwarte haar en schitterende slanke benen. Toch leek ze kwetsbaar en afgetobd. Logan wist dat ze een hoop had meegemaakt in haar leven, en hij wist hoe zwaar het was om een alleenstaande ouder te zijn. Verder kende hij haar niet goed. Dus toen ze op het perron stonden en Maya hem bezorgd en met gefronst voorhoofd aankeek, zette hij zich schrap voor wat ze zou gaan zeggen.

'Kan ik je heel even spreken?' Ze leek nerveus, alsof ze verwachtte dat er elk moment iets rampzaligs kon gebeuren. Iets verderop stond André te praten met een paar andere kinderen die aan het zomerkamp hadden deelgenomen.

'Ten eerste wil ik je bedanken omdat je André zo'n fantastische zomer hebt bezorgd.' Er klonk een vaag Caribisch accent door in haar stem.

'Het was geweldig om zijn kampleider te zijn. Ik zal hem bijna net zo erg gaan missen als ik Charlie mis.'

'Niet bij je kinderen zijn is zwaar. Het is iets makkelijker als je weet dat ze het naar hun zin hebben en omringd worden door goede mensen. Zijn zusje was zo jaloers. Angelica is deze zomer naar het kindervakantiekamp van de YMCA in Tribeca gegaan. Volgend jaar is ze oud genoeg voor Camp Kioga, en daar is ze heel erg blij om.'

'Ik kijk ernaar uit om haar te leren kennen.'

'Charlie en André kunnen heel goed met elkaar opschieten,' ging Maya verder. 'Een beste vriend hebben is zo waardevol.'

Logan knikte instemmend. 'Toen ik kind was, had ik een beste vriend die Doug heette. Doug Tarski. Iemand met wie ik avonturen en geheimen kon delen, dingen kon maken. Heeft André je verteld over het fort dat ze hebben gebouwd?'

'Ja, ze hebben het zo leuk gehad. Ze...' Plotseling brak haar stem.

'Maya? Hé, is alles goed met je?'

Met zichtbare moeite beheerste ze zich. Ze haalde een keer diep adem en ontspande haar handen, die ze tot vuisten had gebald. 'Ik... Dank je dat je het vraagt. Eerlijk gezegd heb ik deze zomer wat problemen gehad.'

'Iets waar ik je bij kan helpen?'

'Ik... Misschien. Ja.' Snel wierp ze een blik op André om er zeker van te zijn dat hij haar niet kon horen. 'Luister, ik zal proberen het kort te houden. André's vader is geen goede man. Sterker nog, hij is een van de stomste fouten die ik in mijn hele leven heb gemaakt. Hij dealt drugs, en toen ik daarachter kwam, heb ik hem het huis uit gegooid. Vorig jaar zwoer hij dat hij op het rechte pad was, en ik heb toen met hem afgesproken. Tijdens die afspraak vertelde hij me dat hij in de moeilijkheden zat, grote moeilijkheden, en dat hij alleen maar één kleine gunst nodig had. Daarna zou alles opgelost zijn. Ik kan mezelf wel voor mijn kop slaan dat ik zo stom was om hem te geloven. Ik bezorgde een pakketje voor hem. Dat was alles. En voor ik het wist, werd ik gearresteerd. Omdat ik geen advocaat kon betalen, kreeg ik er een toegewezen. Hij... regelde een soort schikking, maar ik moet toch naar de gevangenis.' Haar ogen waren gevuld met paniek en tranen.

Met een misselijk gevoel in zijn maag zei Logan: 'O, man.'

'Ik ben geen slecht mens,' zei ze. 'Stom, misschien, maar niet slecht. Ik heb zo'n spijt van wat ik heb gedaan, maar daar kan ik nu niets meer aan veranderen.'

'Oké, wat gaat er nu gebeuren?'

Ze slikte, wendde haar hoofd af zodat André haar gezicht niet zou zien en depte haar ogen droog. 'De rechtbanken hebben meer zaken dan ze aankunnen, dus ik hoor pas in december hoe ik gestraft word. Volgens mijn advocaat bestaat de kans dat ik alleen een voorwaardelijke straf krijg, aangezien ik nog nooit eerder veroordeeld ben. Ik bid dat het zo is, maar dat is niet gegarandeerd. De maximale straf is eenentwintig maanden.' Het kostte haar zichtbaar moeite om die laatste woorden uit te spreken.

Logan voelde tintelingen op de huid van zijn nek, maar hij hield zijn gezicht in de plooi. 'Als je... Als je er een tijd niet zou zijn, wat gebeurt er dan met de kinderen?'

'Dat is de reden waarom ik je dit allemaal vertel. Ik heb niemand. Mijn familie woont op Haïti. Ik heb geen plan. Het enige wat ik kan doen, is de rechter smeken me niet naar de gevangenis te sturen omwille van mijn kinderen. Maar ik weet niet of hij daar gevoelig voor zal zijn. In het... In het ergste geval zullen ze in de pleegzorg terechtkomen.' Haar lichaam schokte terwijl ze snikte. Ze zag eruit alsof ze gebroken was en elk moment uit elkaar kon vallen.

Met een brok in zijn keel sloeg hij zijn armen om haar heen. 'Wat erg voor je. Ik heb nog nooit zoiets meegemaakt, maar ik kan me voorstellen hoe verschrikkelijk dat moet zijn. Langzaam maakte ze zich los uit zijn omhelzing, duidelijk haar best doend om haar emoties te bedwingen. 'Ja, het is een ellendige situatie. Het probleem is... Ik heb niet veel vrienden. De mensen voor wie ik werk... Ik heb het tot nu toe verborgen kunnen houden, maar ik weet dat ze niets voor André en Angelica zullen doen wanneer ik het hun vertel.' Nadat ze haar ogen met haar mouw had afgeveegd, lachte ze even humorloos. 'De moeder van de vader van mijn kinderen woont in New Jersey, maar ik kan haar niet om hulp vragen. Ik wil niet dat iemand van die familie voor hen zorgt,' vervolgde ze. 'Mijn advocaat zegt dat de pleegzorg tegenwoordig erg goed is. Dat de kinderen allerlei mogelijkheden krijgen om zich te ontwikkelen. Maar toch, het blijft...'

'Pleegzorg.' Hij maakte haar zin af. En toen, zonder dat hij wist waar de woorden vandaan kwamen, zei hij: 'Als blijkt dat je niemand hebt, zal ik voor je kinderen zorgen.'

Maya bewoog geen spier. Het leek zelfs of ze was gestopt met ademhalen. 'Dat meen je niet.'

'Dat meen ik wel,' zei hij. 'Met heel mijn hart.' Hij was niet zozeer verbaasd over het aanbod dat hij haar had gedaan, wat hem vooral verbaasde, was hoe zeker hij was van zijn beslissing. Hij was vastbesloten haar te helpen. 'Luister, waarschijnlijk heb je mijn hulp helemaal niet nodig. Maar als dat wel zo is, sta ik voor je klaar.'

'Echt waar?' fluisterde ze, nog steeds roerloos. 'Meen je het echt?'

'Ja. Als je kinderen door iemand anders verzorgd moeten worden, zal ik dat doen.'

'Een engel, dat ben je.' Er liepen tranen over haar wangen. 'Een engel van vlees en bloed.'

Hij lachte in een poging de situatie iets luchtiger te maken. 'Gelukkig leg je de lat niet hoog. Geloof me, ik ben verre van een engel.'

Deel 3

Manneneten

Er worden een hoop zaken geregeld onder het genot van bier en eten. Een man kan beter nadenken als hij eet.

Bierkaasspread

1 blok pittige Cheddar van 900 gram, geraspt
1 kleine ui, kleingesneden
2 tenen knoflook, kleingesneden
1/2 theelepel chilisaus
1/4 theelepel paprikapoeder
1 fles donker bier van 350 milliliter, op kamertemperatuur
zout en peper naar smaak
ter garnering: takjes tijm

Mix de eerste vijf ingrediënten op een lage stand in een kom tot ze goed gemengd zijn. Voeg geleidelijk het bier toe en klop het er goed doorheen. Blijf kloppen op een iets hogere stand tot het mengsel romig is. Breng op smaak met zout en peper. Dek af en zet in de koelkast. Maximaal twee weken bewaren. Serveer met toastjes of maak er tosti's mee.

(Bron: Southern Living, 2007)

Hoofdstuk 4

Soms was het een goed idee om je te laten leiden door een impuls die in eerste instantie krankzinnig leek. Zodra de werkweek begon, sprak Logan af met zijn twee beste vrienden, Adam Bellamy en Jeff Bailey, de man van Suzanne. Ze maakten hun mountainbikes vast aan het rek achter op zijn jeep en reden de kronkelende bergweg op.

'Ik hoop dat jullie klaar zijn voor een stevige rit,' zei Logan, 'en daarna een zakelijke bespreking. Hij had hun verteld over zijn idee om het resort op Saddle Mountain te kopen. In het felle licht van deze septemberochtend leek het alsof de heuvels rond Willow Lake bedekt waren met een bonte sprei. De rit naar het skiresort vervulde Logan met nostalgie – naar de jongen die hij ooit was geweest en naar Charlie, de jongen die hij grootbracht. De jongen die naar het andere eind van wereld ging verhuizen.

Hij was nonstop bezig geweest met zijn nieuwe onderneming. Hij had overlegd met de huidige eigenaar en een gedetailleerd ondernemingsplan opgesteld. Er was maar één probleem, en dat was geld. Hij had heel veel geld nodig, meer dan door een particulier viel op te brengen. Dus moest hij investeerders aantrekken. Daarom had hij gebeld met bankiers, makelaars en particuliere investeerders. Als verzekeringsagent in Avalon kende hij heel veel mensen, en er waren verschillende personen geïnteresseerd. Ook had hij een expert op het gebied van financiering in de arm genomen. Hij zei dat de financiële situatie er voorlopig goed uitzag. Er was nog een hoop werk te verzetten, maar Logan was vastberaden.

Ook had hij over zijn plan gepraat met zijn vader, die zoals verwacht schamper had gereageerd. Toch wilde hij dat zijn vader het resort zou zien, en hij had hem overgehaald vandaag de berg op te rijden om het idee te bespreken. Hij had Al zelfs een aandeel in de onderneming aangeboden. Uiteraard had Al gedaan alsof Logan een grap maakte, maar hij had ermee ingestemd om een kijkje te komen nemen, gewoon om het te zien.

Maar eerst de fietsrit. Hij, Jeff en Adam zoefden een uur lang over de paden, die pistes zouden worden wanneer de sneeuw viel. Terwijl hij over het hobbelige terrein reed, liet hij zijn gedachten de vrije loop. Als hij eenmaal de boel had overgenomen, zou het een resort worden dat het hele jaar open was. Hij zou mountainbikeroutes aangeven met wegwijzers, en ze zouden de grootste stoeltjeslift aanpassen, zodat fietsers die konden gebruiken om naar de top van de berg te komen. Elke ochtend wanneer hij wakker werd, dacht hij na over zijn resort, fantaseerde erover, in het diepst van zijn hart wetend dat hij er een succes van kon maken. Hij had mensen weleens horen zeggen dat ze hun passie hadden ontdekt. Dit, was hem al heel snel duidelijk geworden, was zijn passie.

De paden werden omzoomd door groene struiken, hier en daar onderbroken door stroompjes. In de winter zouden de stroompjes bevriezen en worden bedolven onder een dikke laag sneeuw. Hard trappend reed hij over de heuvels en door de dalen. Zijn armen waren bedekt met een laag stof en zweet. Het uur dat ze hadden gereserveerd voor hun rit was al snel voorbij en met tegenzin reden ze terug naar de opzichterswoning op het resort.

'Geweldig,' zei Jeff, het stof van zijn korte broek vegend. 'Heerlijke manier om de dag te beginnen.'

'Ik dacht wel dat je het fijn zou vinden. Volgend jaar is hier een hoop meer te doen in het laagseizoen.' Nadat hij zijn helm had losgemaakt, dronk Logan gretig zijn bidon half leeg. De andere helft van het water gebruikte hij om het zweet en stof van zijn gezicht te wassen.

Even later kwam de eigenaar van het resort naar hen toe gelopen vanuit zijn grote chalet. Het was een enorm gebouw dat in de jaren vijftig de oorspronkelijke herberg was geweest, maar het was verbouwd tot een B&B en de woning van de eigenaar. Logan wist al dat hij zijn huis in het dorp zou verkopen en hier zou gaan wonen als de koop doorging. Het was een gigantisch chalet, veel te groot voor hem alleen, maar het zou praktisch zijn om op het resort te wonen, zeker in de periode net na de overname.

Gekleed in een spijkerbroek en een geruit shirt, met zijn grijzende baard die nodig geknipt moest worden, zag Karsten Berger eruit als een houthakker. 'Jullie zijn echt gestoord,' zei hij, naar de fietsen gebarend.

'Mountainbiken is supervet,' zei Adam. 'Je zou het eens moeten proberen.'

'Wie weet doe ik dat ook wel. Goed, de deur staat open als jullie meer water of iets te eten willen.'

Op dat moment draaide er een glimmende zwarte auto van de weg de parkeerplaats op en stopte voor het huis.

'Allemachtig,' mompelde Adam, kijkend naar Al, die uit het chique zwarte voertuig stapte. Het op maat gemaakte pak van Logans vader werd bestoven met het fijne zand dat door de wind over de parkeerplaats werd geblazen. 'Je hebt me nooit verteld dat je vader Darth Vader is.'

'Ja, hij heeft wel een beetje de uitstraling van een slechterik.' Als kind was Logan altijd opgetogen maar ook enigszins bang geweest wanneer hij zijn vader zag. Nu arriveerde Al O'Donnell in het resort als de paus die op staatsbezoek was – met een gevolg: de chauffeur van zijn elegante zwarte wagen, zijn persoonlijke assistente, een humorloze, broodmagere vrouw die Miss Teasdale heette, en twee mannen die eruitzagen als bodyguards maar waarschijnlijk vooral zijn fortuin bewaakten.

'Bedankt dat je bent gekomen, pap. Dit is Karsten Berger. Saddle Mountain is al sinds 1949 in het bezit van zijn familie.'

'Aangenaam kennis te maken,' zei Karsten.

Al knikte naar hem. 'Een bedrijf blijft niet vaak zo lang binnen de familie.'

Lachend antwoordde Karsten: 'Sommige mensen zouden misschien zeggen dat ik traag van begrip ben. Ik had de boel al jaren geleden moeten verkopen.'

'En waarom verkoop je het resort nu dan wel?'

Logan had de situatie meerdere keren over de telefoon uitgelegd aan zijn vader. Al geloofde niet dat hij zo'n grote financiële stap moest zetten zonder de zaak meerdere keren van alle kanten te bekijken. Saddle Mountain balanceerde al jaren op de rand van sluiting. Karsten wilde met pensioen en had meer geld in de onderneming moeten steken dan hij had gedaan. Er was een groot vastgoedbedrijf dat interesse had in het resort. Het nadeel was echter dat deze ontwikkelaar alleen maar vakantiehuisjes zou willen verkopen. Hij zou een standaard renovatie uitvoeren, wat betekende dat het een zielloos, doorsnee skiterrein zou worden. Karstens andere mogelijkheid was het skioord verkopen aan iemand uit de omgeving, die de unieke kanten van het resort tot hun recht zou laten komen. En daar kwam Logan in beeld.

'Ik ben ouder dan de bergen om ons heen,' antwoordde Karsten. 'Mijn kinderen en kleinkinderen willen het niet overnemen.'

Al knikte. 'Ik weet hoe dat voelt. Je werkt hard om iets op te bouwen dat blijvend is, maar dan is er niemand om je werkt voort te zetten.'

'Goh, pap. Waarom zou je subtiel zijn als je ook een moker kunt gebruiken om je boodschap te laten aankomen?' vroeg Logan. Hij begon er nu al spijt van te krijgen dat hij zijn vader had uitgenodigd om te komen. 'Kom, dan maken we een rondje over het resort, zodat je het kunt zien.'

Het was een gezellig skiresort dat was ontworpen in de stijl van een Tirools skioord in de Oostenrijkse Alpen. Het middelpunt was het grote bruinmetoranje chalet in dezelfde stijl. Vijf stoeltjesliften liepen in verschillende richtingen over de berg.

Op deze berg hadden hij en Charlie veel geweldige dagen doorgebracht. Hier hadden ze samen genoten van de sneeuw en de schitterende omgeving, van de snelheid waarmee ze op hun snowboards de berg af stoven. Hij was eenvoudigweg bij zijn zoon geweest en zo ontsnapt aan al het andere: zijn saaie werk, zijn huwelijk dat niet werkte, de dagelijkse uitdagingen van het ouderschap. 'Het ziet er een beetje verwaarloosd uit, maar het is een juweeltje,' zei hij.

'Meer dan een beetje verwaarloosd,' merkte Al op terwijl hij zijn hand boven zijn ogen hield en naar het chalet keek.

'Het resort heeft de op een na grootste hoogtedaling in de staat New York. Duizend meter.'

Adam, die nooit zijn mening onder stoelen of banken stak, zei: 'Het zou weleens een van die ideeën kunnen zijn die zo gestoord zijn dat ze slagen.'

'Hoe zie je dat voor je?' Er verscheen een geërgerde uitdrukking op Als gezicht.

Vroeger was Logan bang geweest voor die norse blik. Nu niet meer. 'Het is helemaal geen gestoord idee. Dit resort ligt maar een paar uur van New York. Het zal niet meevallen om de financiering rond te krijgen, maar ik weet dat ik hier een succesvol skioord van kan maken.' Hij keek uit over de heuvels en stelde zich voor hoe het in de winter zou wemelen van de skiërs en snowboarders, en in de zomer van de mountainbikers, wandelaars en bergbeklimmers. Of zijn vader zijn plannen nu goedkeurde of niet, hij zou een manier vinden om die droom te verwezenlijken.

'Waarom dit resort?' wilde Al weten. 'Waarom nu?'

'Omdat Saddle Mountain veel voor me betekent. De plek is uniek, en ik weet precies wat ik ermee wil doen. In de winter zijn Charlie en ik hier wanneer we maar kunnen.'

Al fronste zijn voorhoofd. 'Ik wist niet dat je zo graag skiede.'

Dat verbaast me niets, dacht Logan. Als kind had hij nauwelijks bestaan voor zijn vader, behalve wanneer hij voetbal speelde. 'Ik kwam hier vroeger heel veel met mijn vrienden van school,' bracht hij Al in herinnering. 'Toen ik nog jonger was dan Charlie, leerde ik hier al snowboarden.'

Zijn knieblessure had hem letterlijk en figuurlijk buiten spel gezet. Het enige wat hij had gedaan, was pijnstillers slikken en feesten. Dat was het begin geweest van een neerwaartse spiraal. Toen hij besefte dat hij Daisy zwanger had gemaakt, had hem dat in één klap ontnuchterd en had hij zijn leven weer op de rails gekregen. Hoewel zijn knie soms nog pijn deed, weerhield hem dat er niet van om samen met zijn zoon te sporten. Hij wilde niet een vader zijn die vanaf de zijlijn toekeek. Hij wilde zelf actief met Charlie meedoen.

Samen met Karsten gaf hij de anderen een rondleiding door het chalet. Ze wandelden door de karakteristieke slaapkamers zien, met de beukenhouten meubels en bedden die gemaakt waren van dikke takken. Aan een kant van het resort was een spa gebouwd, een combinatie van Scandinavische tradities en Aziatische innovatie die op een vreemde manier werkte. In het pand hing hier en daar een gong in plaats van jachttrofeeën.

De bar heette de Powder Room. De meubels en verdere inrichting waren gemaakt van gerecyclede onderdelen van een stoeltjeslift, en aan de muur hingen ouderwetse houten ski's. Op de kaart van het restaurant stond het soort gerechten waarmee je jezelf wilde volstoppen na een dag op de skipistes: macaroni met kaas, chili con carne, gebraden kip...

Logan liep het terras van het restaurant op, dat uitzicht bood op de heuvels. Even later kwam zijn vader naast hem staan.

'Dit zou ook een perfecte plek zijn om de tokkelbaan te hangen,' zei Logan. 'Die zou zowel in de zomer als de winter veel mensen trekken.'

'Je bent vastbesloten dit te doen,' merkte Al op.

'Correctie. Ik bén het al aan het doen.'

'Jongen, ik juich je ondernemingszin alleen maar toe. Het bedrijfsplan dat je hebt opgesteld, is indrukwekkend. Maar dat neemt niet weg dat resorts een groot ondernemersrisico zijn. Je kiest een moeilijke weg.'

'Als het makkelijk was, zou iedereen het doen.'

'Ik begrijp niet waarom je dit doet,' zei zijn vader. 'Je hebt een goed lopende zaak opgebouwd in het dorp. Je bent een uitstekende adviseur op het gebied van verzekeringen...'

'Verzekeringen die ik afsluit voor anderen die risico's nemen terwijl ik zelf nooit een kans waag.'

Alsof Logan niets had gezegd, vervolgde zijn vader: 'En het heeft je zoveel opgeleverd.'

'Is dat zo?' vroeg Logan. 'In welk opzicht?'

'Je hebt een schitterend huis, een winstgevend bedrijf en je wordt gerespecteerd door de mensen in Avalon.'

Dat waren de dingen die er het meest toe deden voor zijn vader. Logan wist dat Al het nooit zou begrijpen, maar toch probeerde hij het uit te leggen. 'Ik heb altijd op veilig gespeeld omdat ik me verantwoordelijk wilde gedragen. Maar hoewel ik een goede echtgenoot was, liep mijn huwelijk op de klippen. Ik ben een goede vader, en nu verhuist mijn zoon naar Japan. Ik ben een goede zakenman en ik vind mijn werk zo dodelijk saai dat ik mezelf soms het liefst met een hamer op mijn hoofd zou slaan.'

Blijkbaar liet Als Ierse bloed zich even gelden, want hij zei bedachtzaam: 'Dat is nu eenmaal het getij van het leven. Eb en vloed.'

'Niet van mijn leven. Ik ben het zat om altijd maar te doen wat veilig is. Vanaf nu leef ik mijn leven zoals ik dat wil. Dat betekent dat ik risico's neem en dingen doe die ik belangrijk vind. Ik wil iets creëren.'

'Wat wil je creëren?' Zijn vader leek oprecht verbijsterd. 'Een veredelde speeltuin?'

'Dit is een project waar ik een passie voor heb. Ik heb grote plannen voor Saddle Mountain. Meer mountainbiken in de zomer. De tokkelbaan. Klimlessen. IJsklimmen in de winter.'

'Je houdt geen rooie cent over.'

'Ik heb belangrijkere dingen dan geld verloren, en dat heb ik ook overleefd.'

Al ijsbeerde over het terras, twijfelachtige blikken werpend op de groen met gouden heuvels, het schitterende uitzicht op Willow Lake en Avalon beneden in de vallei. 'Dat gevoel van onrust ken ik wel,' zei hij toen opeens. 'Ik ben ook ooit jong geweest. Maar het is een krankzinnig plan. Het is niet dat ik je niet vertrouw of dat ik je geen goede zakenman vind. Maar dit wordt je financiële ondergang, en daar wil ik niet mijn goedkeuring aan geven.'

'Het plan is om er een succes van te maken, geen fiasco.' Logan deed zijn best om zijn toon neutraal te houden. Jaren van woede en wrok sudderden net onder het oppervlak. 'En ik heb jouw goedkeuring niet nodig.'

'Je hebt hier niet goed genoeg over nagedacht,' hield zijn vader vol. 'Charlie gaat verhuizen naar een ver land, en daarom ben je in paniek. Je mist hem en probeert het gat te vullen.'

Aha. Dus Al was tegenwoordig ook amateurpsycholoog. 'Al zou dat zo zijn, wat dan nog?' vroeg Logan.

'Neem nooit een beslissing als je in paniek bent. Dat werkt niet.'

'Ik ben niet in paniek, en het gaat werken.'

Geërgerd zei Al: 'Je zult een enorme schuld op je nemen. Dat kan heel vervelend aflopen.'

'Alleen als ik die niet meer kan terugbetalen.' Om een of andere reden moest hij denken aan wat Darcy Fitzgerald had gezegd – hoe ze vroeger het ene risico na het andere nam.

Deel 4

Een ontbijt met een flinke scheut drank erin is de beste manier om de feestdagen te beginnen.

Advocaatpannenkoeken met whiskyboter.

190 gram bloem
1 eetlepel suiker
2 1/2 theelepel bakpoeder
1/2 theelepel zout
1/2 theelepel nootmuskaat
250 milliliter advocaat
2 eetlepels olie
1 geklopt ei

Meng bloem, suiker, bakpoeder, zout en nootmuskaat door elkaar in een kom. Maak een kuiltje in het midden en schenk er de advocaat, olie en het ei in. Meng goed tot een glad beslag.

Schenk 60 milliliter (1/4 cup) beslag op een hete bakplaat of in een hete pan. Keer de pannenkoek om met een spatel als er bubbeltjes op de bovenkant verschijnen en bak dan tot de onderkant goudbruin is.

Tip: Vet een metalen koekjesvorm in met bakspray en schenk het beslag erin om pannenkoeken in leuke vormpjes te maken. Dit verhoogt je aanzien bij vrienden en familie.

Serveer warm met whiskyboter en esdoornsiroop.

Whiskyboter

115 gram zachte boter
2 eetlepel bourbon
1 eetlepel esdoornsiroop
1/2 theelepel kaneel
1/4 theelepel nootmuskaat

Meng alles door elkaar. Bewaar in de koelkast tot je het wilt opdienen.

(Eigen recept, geïnspireerd door echte gebeurtenissen)

Hoofdstuk 5

'Sorry, volgens mij heb ik je niet goed verstaan,' zei Darcy tegen haar zus Lydia. 'Ik dacht even dat je zei dat Huntley van plan is naar het Thanksgivingdiner te komen.' Zij en Lydia hadden afgesproken in een lunchroom op Madison Avenue. Hoewel ze het druk had met een groot project op haar werk, had ze tijd vrijgemaakt om de plannen voor de feestdagen te bepreken met haar zus. Iets waar ze nu al spijt van begon te krijgen.

'Nee, je hebt me goed verstaan,' verzekerde Lydia haar. 'Je weet dat onze families de feestdagen altijd samen vieren. Het zou heel vreemd zijn als we daar ineens mee stopten.'

'Weet je wat pas echt vreemd is?' vroeg Darcy. 'Mij dwingen Thanksgiving te vieren met mijn ex in dezelfde kamer. Dát is vreemd.'

'Kom op, Darcy. Er zijn op zijn minst twintig gasten. Je hoeft niet eens met hem te praten.'

Ik zal dezelfde lucht moeten inademen als Huntley, dacht ze woedend. 'Ik vind het ongelooflijk dat je denkt dit voor mij acceptabel is.'

'Ik ben nog steeds getrouwd met Huntleys broer, of ben je dat soms vergeten? Dat plaatst mij in een heel vervelende positie.'

'En waar plaatst het míj?' kaatste Darcy terug.

'Aan de andere kant van de kamer, pratend en drinkend met vrienden en familie, zoals we altijd hebben gedaan.'

'Wat we altijd hebben gedaan werkt niet meer voor mij.' Darcy probeerde zich voor te stellen hoe het zou zijn om Thanksgiving op de traditionele manier te vieren, hoe ze zou moeten doen alsof er niets aan de hand was terwijl ze vanbinnen doodging. Ze zag het gezelschap voor zich: vrienden, gezinnen, familie, iedereen vrolijk en opgewonden terwijl ze het goede servies op tafel zetten en hun beste gerechten bereidden voor de feestmaaltijd. Het feest zou gevierd worden in het huis van de Fitzgeralds op Long Island, het huis waarin ze was opgegroeid. De grote, warme keuken met de ouderwetse haard en de rustieke esdoornhouten tafel zou gevuld zijn met kletsende vrouwen, en met mannen die een stuk pompoentaart of wat vulling voor in de kalkoen probeerden te stelen. Hoewel het beeld nostalgie opriep, wist ze dat het verschrikkelijk zou zijn om de schijn te moeten ophouden, te moeten doen alsof de scheiding zo pijnloos was geweest dat ze in één kamer kon zijn met Huntley.

'Lydie,' zei ze op kalmere toon, 'ik hou heel veel van je, maar ik weet zeker dat ik spontaan uitslag krijg als ik Huntley zie.'

'Kom, jullie zijn als vrienden uit elkaar gegaan.'

'Ik heb een nieuwtje voor: geen enkel echtpaar gaat als vrienden uit elkaar.'

Darcy worstelde met de beslissing. Je stelde je familie nu eenmaal niet teleur, niet als je een dochter van de Fitzgeralds was. Maar in de krankzinnige realiteit waarin ze sinds haar scheiding leefde, was loslaten belangrijker geworden. De dag voor Thanksgiving belde ze India. 'Ik heb zitten denken over je uitnodiging. Hoe zou je familie het vinden om een verschoppeling in huis te hebben met Thanksgiving?'

Zonder enige aarzeling antwoordde India: 'We zouden het geweldig vinden als je komt. Dat weet je.'

De hemel zij dank! Ze wilde dat Thanksgiving dit jaar anders zou zijn, daarom klampte ze zich vast aan deze uitnodiging. Wat was India toch ontzettend lief en invoelend. Een belangrijke ontdekking die Darcy tijdens en na haar scheiding had gedaan, was dat vrienden de mensen waren die voor je zorgden als je familie je in de steek liet.

'We zijn al in Florida. Denk je dat je nog een vlucht kunt regelen?'

'Dat zal geen probleem zijn. Ik kom er wel. Waarschijnlijk ben ik vroeg op Thanksgiving bij jullie. Een lastminutereis is zo geboekt als je alleen reist.'

Ze hield zich voor dat ze het fijn vond om in haar eentje te reizen. Echt. Alles was zoveel makkelijker als je dingen alleen deed. Vanwege haar werk zou ze voor het eind van het weekend terug moeten vliegen, maar ze keek verlangend uit naar een paar dagen zon.

Dit had ze hard nodig. Ze had behoefte aan een feestelijk samenzijn met mensen die haar niet veroordeelden. Het zou heerlijk zijn om haar voeten te laten wegzinken in het witte zand van een strand in Florida, zo ver mogelijk van haar oude leven vandaan. Ze wilde even ontsnappen aan de werkelijkheid. Dat was wat ze wilde.

Dus hield ze zich aan haar woord en stapte 's morgens heel vroeg in het vliegtuig. Het was het tijdstip waarop de meeste mensen aan het ontbijt zaten of hun kalkoen in de oven zetten voor het Thanksgivingdiner. India had haar een berichtje gestuurd waarin ze haar vroeg wat bloemen voor op tafel mee te brengen. Verder schreef ze dat de keukendeur open was, zodat Darcy gewoon binnen kon lopen.

Op het vliegveld huurde Darcy een auto, en ze stopte bij een slijterij die adverteerde dat ze met de feestdagen langer open waren. Met behulp van de navigatieapp op haar telefoon vond ze het huis van de O'Donnells, een luxueuze woning in ranchstijl met grote tuinen en een orangerie, slechts een paar stappen verwijderd van een schitterend zonnig strand. De omheinde, exclusieve wijk was het oude Florida op zijn best, een buurt met brede boulevards omzoomd met bomen waar Spaans mos vanaf hing, glanzende auto's op brede opritten, perfect verzorgde gazons en huizen met grappige namen. Eén heette Pirate's Cove, en ze zag een huis dat Gem of the Ocean was genoemd. Hier woonde duidelijk de elite, wat haar een indruk gaf van hoe rijk en bevoorrecht de O'Donnells waren.

Er waren ergere dingen dan Thanksgiving vieren met mensen die niets van haar wilden behalve haar gezelschap, dacht ze met een grijns. Zelf was ze onder iets minder luxe omstandigheden opgegroeid. De O'Donnells waren steenrijk dankzij het succesvolle scheepvaartbedrijf van Al O'Donnell. Ze konden het beste van het beste betalen.

De familie Fitzgerald was welgesteld maar niet echt rijk te noemen. Met vijf dochters was een tweede huis in Florida ondenkbaar geweest voor haar ouders, die allebei hoogleraar waren. De Fitzgeralddochters waren opgegroeid met rijkeluiskinderen, zonder echt deel uit te maken van die wereld. Regelmatig was ze de minder bedeelde vriendin geweest die mee mocht op vakantie met meisjes die met hun ouders naar exotische, luxueuze bestemmingen reisden. Ze was het soort vriendin geweest dat in de smaak viel bij ouders: beleefd, bescheiden, geen bedreiging voor de populariteit van hun eigen dochters. Daar had Darcy nooit problemen mee gehad. Op die manier had ze aardig wat van de wereld kunnen zien. Ze had een beurs gekregen voor de universiteit, waar ze had uitgeblonken in sport en haar beste vriendin, India O'Donnell, had ontmoet.

Florida verwelkomde haar met stralende zonneschijn. Het voelde goed om even te ontsnappen aan de kou en natte sneeuw van Manhattan, de drommen mensen en de uitlaatgassen van de files in de donkere, natte straten. Ze had haar mooie Thanksgivingbloemstuk op de doos met flessen drank gezet, en met die wankele lading in haar handen duwde ze de keukendeur open met haar rug, vastbesloten geen ravage aan te richten.

'Ik bén er!' zong ze. 'India? Heb je me gemist? Ik heb genoeg drank meegenomen om Huntley Collins én zijn gruwelijke, wrede kinderen te vergeten.' Behoedzaam schuifelde ze de keuken in en zette de kartonnen doos op de tafel neer. Toen ze het bloemstuk van de doos pakte, zag ze Logan O'Donnell.

Logan O'Donnell met zijn brede schouders en rode haar en verpletterende glimlach. Haar hart sloeg over. Hoewel ze hem sinds het eind van de zomer niet meer had gezien, betekende dat niet ze niet aan hem had gedacht. Integendeel; ze dacht elke dag aan hem.

'O, hemel,' zei ze. 'Beloof me dat je niet veroordeelt om wat ik net zei.'

Hij grijnsde. Ja, inderdaad, een verpletterende glimlach. 'Ik ben niet degene die mensen die worstelen met een drankverslaving zal veroordelen.'

Onwillekeurig grijnsde ze terug. Ze kon er niets aan doen. 'Gebruik, niet misbruik. Alcohol kan heel nuttig zijn. Het helpt me over mijn ellendige huwelijk en nog ellendigere scheiding heen te komen.'

'Dus je was getrouwd. Met... Huntley Collins? Geen wonder dat het niet werkte. Niemand kan getrouwd blijven met iemand die Huntley Collins heet.'

'Goed punt.' Misschien deed ze te luchtig over haar mislukte huwelijk, maar ze vond het moeilijk om helder na te denken wanneer Logan in de buurt was. Vandaag droeg hij een korte broek en teenslippers, en zijn blote borst was bedekt met een dun laagje zand. Hoewel ze probeerde niet te kijken, merkte ze op dat hij echt rood haar had. Zijn kastanjekleurige borsthaar kwam bij elkaar in een naar beneden wijzende pijl. Ineens wilde ze dat ze stijlvolle kleren had gedragen tijdens haar vlucht, in plaats van een legging en een vormeloos Tshirt.

Hij hielp haar de flessen in de drankkast te zetten. Wodka, tequila, rum, bourbon. 'Dit is zand naar de woestijn brengen,' zei hij. 'Je bent bij de familie O'Donnell. We hebben hier evenveel drank als water.'

'Het is mijn bijdrage aan het feest. Dat en dit geweldige bloemstuk voor op tafel.' Het was een krankzinnige creatie van paradijsvogelbloemen die in de vorm van een kalkoen waren geschikt.

'Mooi,' zei hij. 'Mijn moeder vindt het vast schitterend.' Toen ze alle spullen hadden uitgeladen, gebaarde hij met zijn hand om zich heen. 'Welkom in Sea Breeze. Ja, mijn ouders hebben hun huis een naam gegeven. Ik had er niets mee te maken.'

Ze keek rond in de keuken. Granieten aanrecht, roestvrijstalen apparatuur, uitzicht op de eindeloze Atlantische Oceaan. 'Het is fantastisch. Ik ben zo blij dat je familie me te gast wil hebben.' Opnieuw liet ze haar blik door de keuken gaan. 'Waar is iedereen?'

'Op het strand,' zei hij. 'We doen een stranddag.'

'Klinkt goed. Ik ben nog nooit op het strand geweest met Thanksgiving.'

'Ik ben teruggekomen om de kalkoen in de oven te zetten en alvast een paar bijgerechten te maken.'

O, hij kookte ook nog? 'Ik ben onder de indruk.'

'Wacht maar tot je mijn eten proeft. Ik ben een ster in de keuken.'

Waarschijnlijk was hij een ster in elke kamer van het huis, dacht ze. 'Wacht even. Dit moet in de krant.'

'Wat?'

'Het is Thanksgiving, en een man kookt het hele feestmaal in zijn eentje.'

'Nu niet meer,' zei hij. Hij gooide haar een kookschort toe. 'Jij gaat me helpen.'

'Dat is een eerlijke deal. Denk ik.'

'Ik weet het goed gemaakt,' zei hij. 'Trek je strandspullen aan, en dan help je mij in de keuken. Als we klaar zijn, gaan we de anderen opzoeken op het strand.'

'Klinkt als een goed plan.'

Haar tas voor haar dragend, bracht hij Darcy naar een zonnige logeerkamer met witgeverfde houten jaloezieën. De overtrek van het dekbed was bedrukt met een tropische print, en in de aangrenzende badkamer lagen zachte handdoeken opgestapeld.

'Je hebt hier alles wat je maar nodig kunt hebben,' zei hij. 'Mijn moeder vindt bezoek heerlijk.'

'Wat een geweldige kamer. Beter dan in een vijfsterrenhotel.'

'Als je iets vergeten bent – er liggen spullen in de kast. Extra badpakken, ochtendjassen, teenslippers, noem maar op. Gebruik wat je nodig hebt.' Nadat hij haar tas op het bamboe bagagerek had gezet, liep hij de kamer uit.

Ineens besefte Darcy dat ze voor het eerst sinds jaren blij was dat het Thanksgiving was. Toen ze haar koffer opendeed, fronste ze haar voorhoofd. In haar haast had ze de vorige avond slecht ingepakt. Haar badpak was oud en eerlijk gezegd nogal... suf. Het was het badpak waarin ze baantjes trok bij de West Village YMCA.

Van de vijf Fitzgeraldzussen was Darcy de minst stijlvolle wat kleding betrof, iets wat ze ruiterlijk toegaf en wat haar niet dwarszat. Ze had nu eenmaal geen oog voor mode. Waarom was ze niet gaan winkelen met haar zus Kitty om wat nieuwe kleren te kopen voor deze uitstap? Kitty had stijl; ze zou Darcy hebben geholpen bij het uitkiezen van leuke zomerjurkjes en sandalen, misschien een badpak dat er niet uitzag als iets wat ze op school had gedragen tijdens trainingen van het zwemteam.

‘Dat is nog waar ook,’ mompelde ze, het lichtblauwe badpak omhoog houdend. ‘Dit ís het badpak waar ik op school in trainde.’ Ze had haar gebrek aan stijl altijd ruimschoots gecompenseerd met haar atletische prestaties. Vanaf het moment dat ze kon lopen, had ze aan sport gedaan: zwemmen, skiën, waterpolo, volleybal… Als er maar beweging aan te pas kwam, deed ze vol overgave mee.

Toen ze het badpak tegen het licht hield, zag ze tot haar ontzetting slijtgaten op een aantal cruciale plekken. ‘Geweldig,’ mompelde ze. ‘Echt geweldig.’ Ze deed de kast open, waarin een degelijk zwart badpak hing. Het was een paar maten te groot, maar het enige andere wat ze zag, waren een paar schandalige lapjes stof. Sommige mensen zouden het een bikini noemen, Darcy noemde het belachelijk. Maar er zat niets anders op. Hoewel ze zich er ongemakkelijk in voelde – de bikini was geel en had strikjes – paste het minuscule ding perfect.

Ze verborg haar lichaam onder haar strandtuniek – een afdankertje van een van haar zussen, al jaren oud, tuttig maar praktisch – en trok een paar afgetrapte sandalen aan. Toen haalde ze een kam door haar haren, zette een grote zonnehoed op en pakte haar tube met zonnebrandcrème en haar zonnebril.

‘Klaar voor het strand,’ zei ze toen ze weer de keuken in liep. ‘Hoe kan ik je helpen?’

Logan was takjes rozemarijn en salie en klontjes boter onder de huid van de kalkoen aan het stoppen, ondertussen een kookles van Jamie Oliver volgend op een tablet.

‘Jamie Oliver?’ vroeg ze.

‘Heeft me alles geleerd over koken,’ zei hij zonder zijn blik van het scherm te halen. ‘Ik vind hem geweldig.’

‘Ben je altijd geïnteresseerd geweest in koken?’

‘Het is een relatief nieuw project. Ik ben ermee begonnen toen ik een alleenstaande vader werd. Op dat moment wist ik dat ik meer moest leren maken dan maaltijden in de magnetron stoppen. Ik heb nooit een vader willen zijn die zijn kind alleen maar afhaaleten en junkfood voorzet.'

'Heel goed. Nou, geef me iets te doen.'

'Aardappels schillen?'

'Dat moet me denk ik wel lukken.'

Samen met hem in de keuken werken, voelde op een of andere rare manier... huiselijk. En nog veel vreemder: ze vond het heel erg fijn.

Over het algemeen hield ze niet zo van koken, en de laatste tijd was ze ook al niet zo dol op mannen, dus het verbaasde haar hoeveel ze genoot van dit moment.

'Je hebt me niet verteld dat je gescheiden bent,' zei hij.

Het leek wat beschuldigend te klinken, alsof het haar plicht was om dat met hem te delen. Maar dat was absurd. Ze had hem slechts één keer ontmoet, aan het eind van de zomer. Het was niet alsof ze hem haar hele levensverhaal hoefde te vertellen.

Maar hier was ze dan, in zijn huis – het huis van zijn familie – en hij had haar een directe vraag gesteld. Hij vroeg het gewoon uit beleefdheid, hield ze zich voor. Hoe kon hij weten dat het de vraag was die ze meest haatte? Het was net alsof iemand vroeg: 'Hoe kom je aan dat enorme, afzichtelijke litteken?'

'Ja,' zei ze eenvoudigweg, wetend dat hij meer uitleg verwachtte. 'Ik was vijf jaar getrouwd.'

Met snelle, geroutineerde bewegingen sneed hij een ui in kwarten, die hij vervolgens in de braadslee gooide. 'Het was maar een vraag,' zei hij. 'Ik wil mijn neus niet in jouw zaken steken.'

'O, dat deed je ook niet,' verzekerde ze hem snel. Hoe krom het ook was, ze vond het geruststellend dat ze allebei gescheiden waren. Het was een beetje als een andere schipbreukeling ontmoeten, die precies begreep wat je had doorgemaakt.

Ze herinnerde zich dat ze Logans ex afgelopen zomer had gezien en vroeg zich af in hoeverre hij al over zijn scheiding heen was. De herinnering aan zijn blik toen hij zijn zoon had overgedragen aan zijn ex stond haar nog bij. Ja, natuurlijk. De moeder van zijn kind was een beeldschone blondine met een stralende glimlach. Wie weet was hij zelfs nog steeds verliefd op haar.

'Ik wilde weten of de kust veilig was,' zei hij.

'De kust?'

'Voor ik probeer je te versieren.'

Ze slikte moeizaam. Misschien vergistte ze zich wat betreft zijn ex. 'Je gaat proberen me te versieren?'

Nadat hij zout over de kalkoen had gestrooid, antwoordde hij: 'Ja, misschien.'

Het koste haar moeite om adem te halen. Ze dacht terug aan de eed die ze na afloop van haar mislukte huwelijk had gezworen. 'Hoe kom ik erachter of je me aan het versieren bent?' vroeg ze, haar angst verbergend achter haar luchtige, plagende toon.

Hij grijnsde. 'Dat merk je vanzelf. Ik ben in ieder geval blij dat je niet het gevoel hebt dat ik me met je jouw zaken bemoei. Misschien dat ik me later nog meer met je bezighoud.'

'Ik kan niet wachten.'

Toen hij de kalkoen in de braadslee had getild, zei hij: 'Als je dit eenmaal proeft, zal je blij zijn dat ik vrijgezel ben. Dit wordt de lekkerste kalkoen die je ooit hebt gegeten.'

'Hoe komt het dat jij degene bent die in de keuken staat?' wilde ze weten.

'Ik doe dit vrijwillig. Later helpt iedereen mee.'

'En dan breekt de hel los?'

Lachend antwoordde hij: 'Daar komt het wel op neer.'

'Vertel me eens wat meer over de Thanksgivingtradities van de familie O'Donnell. Doen jullie iets bijzonders?'

'Niet tenzij je gekibbel tussen familieleden, prikkelbare kinderen en te veel eten bijzonder vindt.'

'Dat klinkt allemaal heel herkenbaar. Weet je zeker dat we niet familie van elkaar zijn?' Zij en Logan hadden heel veel gemeen. Aan de ene kant was het fijn dat ze na zo'n korte tijd zo vertrouwd met elkaar waren. Van de andere kant betekende dat waarschijnlijk ook dat een relatie tussen hen nooit zou werken. Zij en Huntley hadden veel overeenkomsten gehad, maar uiteindelijk was hun huwelijk toch op de klippen gelopen. 'Waar kibbelen jullie over?' vroeg ze.

'Tegenwoordig zijn het meer de kinderen die kibbelen. Hoewel mijn vader op het moment niet erg over me te spreken is.'

'Waarom niet?'

'Ik heb een nogal impulsieve carrièrestap gezet. Dat wil zeggen, ik heb mijn stabiele, lucratieve, voorspelbare, saaie bedrijf verwisseld voor een krankzinnige, riskante, onzekere onderneming.'

'Heb je het over dat skiresort in de buurt van je dorp?'

'Ja. Leuk dat je dat nog weet.'

'Het klinkt geweldig. Gefeliciteerd.'

'Mijn familie denkt dat ik gek ben geworden.'

'Ik weet hoe dat voelt. De eerste keer dat ik mijn ouders teleurstelde, was toen ik geboren werd.'

'Hoezo, had je een staart of zo?'

'Heel grappig.'

'Ik heb gehoord dat ze die kunnen weghalen.'

'Het ging meer om waar ik níét mee geboren werd.'

'Wat was dat?'

'Een penis. Na vier meisjes verlangden ze wanhopig naar een jongen.'

'Je hebt vier oudere zussen. En ik dacht dat ik het zwaar had met India en China.'

'Hoe komt het eigenlijk dat je zussen vernoemd zijn naar exotische landen en jij naar een vliegveld?'

'Excentrieke ouders. Ik ben allang blij dat ze me niet Madagaskar of Sri Lanka hebben genoemd.'

'Nog iets wat we gemeen hebben: excentrieke ouders. De mijne zijn allebei hoogleraar Engels. Mijn zussen en ik zijn vernoemd naar literaire personages. Excentriek maar acceptabel dus.'

'Darcy. Ik kan me niet herinneren dat ik een Darcy ben tegengekomen tijdens de colleges over Engelse literatuur die ik heb gevolgd.'

'Een hint: het is een achternaam.'

Hij schoot in de lach. 'Je bedoelt Fitzwilliam Darcy? Ze hebben je vernoemd naar Mr. Darcy?'

'Het wordt nog erger. Mijn zusters heten Mary, Kitty, Lydia en Lizzie. Mijn volledige naam is Darcy Jane.' Ze benadrukte elke naam door een stuk aardappel in een pan met koud water te gooien.

'Je gaat me niet vertellen dat Lydia ook nog getrouwd is met een dominee.'

'Erger nog. Een man die motiverende lezingen geeft in heel het land en ook nog eens de broer van mijn ex is.'

'Ineens wordt het me allemaal duidelijk. Je bent naar Florida gekomen om te ontsnappen aan het twijfelachtige genoegen van een Thanksgiving met de hele familie.'

'Precies. Het is zoveel makkelijker om goed op te schieten met de familie van anderen.'

'Dat is waar. En ik kan je alvast vertellen dat dit een onvergetelijk diner wordt.' Hij schoof de enorme braadslee in de oven en keek toen om zich heen, zijn handen afvegend aan een handdoek. 'Dit is het voorlopig. We hoeven de rest pas over drie uur te doen. Laten we naar het strand gaan.'

Weer die verpletterende glimlach. O, waarom had hij zo'n verpletterende glimlach?

Hoofdstuk 6

Samen met Darcy Fitzgerald in de keuken werken, was niet vervelend. Dat moest Logan toegeven. Hij vond het leuk om met haar haar te praten. Hij vond háár leuk, net zoals afgelopen zomer, of misschien zelfs nog leuker dan toen. Dat verbaasde hem, aangezien hij bijna nooit – of zeg maar gerust nooit – geïnteresseerd was in vrouwen die al waren goedgekeurd door zijn familie.

Ja, hij vond haar leuk, maar ze was niet zijn type. Het leven was eenvoudiger zonder de complicaties die een gescheiden vrouw met zich meebracht. En qua uiterlijk was ze ook niet zijn type. Zeker niet op het moment, met die slaphangende hoed en vormloze tuniek. Ze zag eruit als een wandelende kapstok. Toch had ze een sprankelende persoonlijkheid en een aantrekkelijke glimlach. Ze was het soort meisje met wie je vrienden was, meer niet. 'Tijd voor het strand,' zei hij. 'Ik weet zeker dat je het grandioos vindt.'

'Wijs me de weg, geachte heer.'

Hij liep de serre door en hield de achterdeur voor haar open. Het huis van zijn ouders was voorzien van elke luxe: een zwembad dat de indruk wekte dat het overliep in de zee, schitterende tuinen, sinaasappelbomen, een tennisbaan, een golfbaan naast de tuin, een schilderachtig paadje dat door een broedgebied van vogels naar het strand leidde.

'Een aardig optrekje,' merkte ze droogjes op. Ze bleef even staan om een foto van een groep slapende flamingo's te maken met haar telefoon.

'We zijn hier elk jaar met Thanksgiving. Het is natuurlijk geen traditionele omgeving voor deze feestdag.'

'Tradities worden overschat,' zei ze.

'Ja? Welke?'

'De soort tradities waarbij je gedwongen wordt in dezelfde kamer te zijn met mensen die je niet wilt zien en dan moet doen alsof je het naar je zin hebt.'

'Au,' zei hij.

'Dat zijn de tradities waar ik het zojuist over had.'

'Nou ja, als je het zo zegt...'

'Sorry.' Er verscheen een grijns onder de wijde rand van de hoed. 'Mijn scheiding heeft duidelijk zijn sporen nagelaten. Ik kom er wel overheen. Net zoals jij over de jouwe heen bent gekomen, neem ik aan?'

'Ik ben er uiteindelijk redelijk heelhuids uit gekomen. Het moeilijkste is dat ik Charlie zo'n groot gedeelte van de tijd niet zie. Dat is heel erg zwaar.' Zijn kaken op elkaar klemmend, dacht hij terug aan de afgelopen maanden. 'Het ergste is dat hij binnenkort met zijn moeder en stiefvader naar Japan verhuist.'

'Jeetje, Japan?'

'De man van mijn ex werkt bij de luchtmacht. Ze verhuizen meteen na de kerst en ze blijven daar drie jaar.'

'Een lastige situatie, lijkt me.'

'Het is zwaar ellendig, maar ik moet ervoor zorgen dat het gaat werken. Charlie pendelt al een paar jaar heen en weer tussen zijn moeder en mij, dus wat vliegen betreft is hij een echte veteraan.'

Door al het heenenweergereis tussen zijn ouders was Charlie een onafhankelijke reiziger geworden. Maar de brede grijns die op zijn gezicht verscheen zodra hij Logan op het vliegveld zag, was die van een kleine jongen. En wanneer Logan zijn zoontje met zijn rugzak en rolkoffer de aankomsthal van het vliegveld binnen zag lopen, kostte het hem elke keer grote moeite om zijn tranen te bedwingen. Maar hij hield zich in voor Charlie en zei tegen zijn zoon dat hij trots op hem was. De grondstewardess die verantwoordelijk was voor minderjarigen die zonder begeleiding reisden, kon Charlie niet bijhouden wanneer hij naar zijn vader rende om hem te omhelzen. Elke keer wanneer hij en Charlie herenigd waren, voelde Logan een bijna overweldigende golf van liefde en opluchting.

'Als hij echt zo'n veteraan is, hoef je je nergens zorgen over te maken.'

'Maar een intercontinentale vlucht? Ik vraag me af of hij dat wel aankan.'

'Hoe kijkt Charlie ertegenaan?'

'Goede vraag.'

'Hij zou je nog best weleens versteld kunnen doen staan. Zelf was ik als kind een echte avonturier – altijd bereid om overal heen te reizen.'

Logan kon zich haar moeiteloos voorstellen als kind, met vlechtjes en geschaafde knieën. Toen dacht hij weer aan zijn zoon. 'Soms is Charlie ineens heel erg voorzichtig. Afgelopen zomer hadden ze een tokkelbaan op Camp Kioga, maar hij wilde er niets van weten. Zelfs niet toen alle andere kinderen er al vanaf waren gegaan.'

'Ik ben geen expert, maar ik denk dat bijna alle kinderen bang zijn voor het onbekende. De meeste volwassenen trouwens ook, nu ik erover nadenk.'

'Jij zou die tokkelbaan geweldig vinden,' zei hij.

'Hoe weet je dat?'

'Gewoon een vermoeden.'

Glimlachend keek ze naar de grond. Hij kreeg een vreemd gevoel vanbinnen bij het zien van die glimlach.

Toen ze bij het eind van het pad op het strand kwamen, zei ze: 'Nou, dit is een geweldige plek om thuis te komen. Wat dat betreft boft Charlie in ieder geval.'

'Het is aardig van je om dat te zeggen. Ik hoop dat hij ook het gevoel heeft dat hij boft.'

'Waarom zou hij dat niet hebben? Moet je kijken waar we zijn.'

Samen liepen ze het warme zand van het strand op. Hij hoorde haar snel inademen toen ze haar hand op haar hoofd legde om te voorkomen dat haar hoed werd meegevoerd door de bries.

'Fantastisch,' zei ze, om zich heen kijkend. Op dit deel van het strand stonden strandhuisjes. Dichter bij de branding zag ze gezinnen die onder parasols bij elkaar zaten. Er speelden kinderen in de golven, en stelletjes liepen op hun blote voeten door het mulle zand. 'Dus dit was jouw speeltuin toen je jong was? Het is grandioos.'

Ze liepen naar het huisje van de O'Donnells. Ja, de familie O'Donnell woonde al zo lang in Paradise Cove dat ze hun eigen huisje hadden, iets wat alleen was voorbehouden aan mensen die hier al jaren woonden. Het strandhuis was versierd met de traditionele canvas strepen en ingericht als een ouderwetse salon, met tropische potplanten en een grote ventilator aan het plafond, gestoffeerde ligstoelen en een kleine koelkast, die vast gevuld was met drankjes. Ernaast, tegen de buitenmuur, stonden surfplanken in volgorde van grootte.

In de verte waren Charlie en zijn neefjes en nichtjes aan het bodyboarden in de golven. 'Charlie is de jongen met de rode zwembroek,' zei Logan, en hij wees zijn zoon aan.

'Ik herken hem nog van afgelopen zomer.'

'Pap!' riep Charlie. 'Yo, pap!' Hij sprong op en neer, zwaaide met zijn bodyboard en rende toen samen met de andere kinderen richting branding.

'Zo te zien heeft hij het goed naar zijn zin.'

Logan knikte. Charlie bewoog met een atletische soepelheid die Logan eraan herinnerde dat hij geen kleine jongen meer was. Elke keer wanneer hij Charlie na lange tijd weer zag, stond hij er versteld van hoeveel zijn zoon veranderd was. Niet alleen in lengte en gewicht, maar ook in zijn gedrag. Dankzij zijn Japanse les had hij de basis van een tweede taal geleerd, en hij hield nu van snacks met zeewier en van echte noedelsoep. Hij had tegen Logan gezegd dat hij ernaar uitkeek om in het buitenland te wonen, met de trein te reizen en excursies te maken naar pagodes en tempels. Het was iets positiefs, hield Logan zich voor, zijn mantra van de afgelopen maanden. Deel uitmaken van twee gezinnen bood Charlie kansen. De kans om te ervaren hoe het was om in ander land te wonen met zijn moeder. De kans om op Thanksgiving te surfen met zijn vader.

Toch vond Logan het gedeelde ouderschap vreselijk frustrerend. Zelfs na een paar maanden was er alweer zoveel veranderd. Charlie had een nieuw kapsel. Hij droeg kleren die Logan nog nooit had gezien.

'Hij krijgt de kans om iets van de wereld te zien,' zei hij tegen Darcy. 'Maar het besef dat je zoveel van het leven van je zoon mist, is ellendig.'

'Op dit moment mis je niets,' zei ze. 'Hij is hier en hij heeft de tijd van zijn leven.'

'Daar heb je gelijk in. Laten we naar mijn familie lopen, zodat je hen kunt begroeten.' Zijn ouders, zussen en zwagers zaten op loungebanken en in canvas ligstoelen rond het strandhuisje, allemaal met een drankje in hun hand.

'Zo samen lijken ze wel een modereportage in een reisblad,' merkte Darcy op.

'Ja? Ze hebben ooit echt zo in een tijdschrift gestaan,' zei hij. 'We moet ik zeggen.'

'Echt waar?'

'Town & Country, 2002. Een trots moment in het leven van mijn moeder.'

Darcy lachte hardop, alsof hij een grap maakte. Maar het was geen grap. Met haar gezin in een glossy staan, was een van de hoogtepunten in Marion O'Donnells bestaan geweest. Uiterlijke schijn was vreselijk belangrijk voor zijn ouders. Ze wilden dat de wereld hen zag als geslaagd op elk vlak: succesvol in zaken, de duurste auto's, kinderen op de beste scholen, de beste familie die er bestond. Tot op de dag van vandaag hadden ze geen idee hoeveel druk dat op een kind legde.

Maar Logan was nu volwassen. Hij was over die dingen heen en had nooit een beschuldigende vinger uitgestoken naar zijn ouders. Soms moest hij alleen wel toegeven dat er redenen waren – redenen waar hij nooit lang bij had stilgestaan – waarom hij zo verknipt was geweest.

'Doet dat niet iets met je?' wilde Darcy weten. 'Als je er altijd moet uitzien als een familie in een tijdschrift?'

Ze las zijn gedachten. 'Ja, dat doet het zeker.'

‘Waarom doen ouders dat?’

‘Weet ik niet. Ik probeer in ieder geval zelf niet zo’n ouder te zijn.’ Hij zweeg even en keek naar Charlie, die zijn bodyboard links had laten liggen en nu wankelend rondliep met een rode plastic emmer op zijn hoofd. ‘Ik geloof niet dat mijn zoon worstelt met perfectionisme.’

‘Goed gedaan. En ik ben blij voor hem.’

‘Kom, we laten iedereen weten dat je er bent en dan gaan we het water in. Eh… hou je van zwemmen?’

Haar gezicht straalde toen ze glimlachte. ‘Ja, ik hou van zwemmen. Heel erg, zelfs.’

Hij wist niet goed waarom hij dat grappig vond. ‘Hé!’ riep hij, naar het strandhuisje lopend. ‘Kijk eens wie ik heb betrapt terwijl ze in ons huis rondsloop.’

India slaakte een gilletje en sprong op om Darcy te omhelzen.

Ja, zijn zus gilde. Het deed er niet toe hoe oud ze was, als ze opgewonden was, gilde ze.

‘Je bent er! Daar ben ik zo blij om.’

Tot zijn opluchting gilde Darcy niet terug.

‘Bedankt voor de uitnodiging,’ zei ze, Logans ouders aankijkend. ‘Jullie huis is schitterend. Ik ben echt heel blij dat ik hier ben.’

‘We vinden het heel fijn dat je kon komen.’ Zijn moeders glimlach was warm en verwelkomend. Het was Logan duidelijk dat Darcy Fitzgerald haar goedkeuring kon wegdragen. Hij wist altijd precies wanneer zijn moeder alleen maar beleefd deed en wanneer ze écht blij was om iemand te zien. Darcy was van het type dat bij zijn moeder in de smaak viel: een dochter uit een goed nest – wat dat ook mocht betekenen – hoogopgeleid, een jonge vrouw met klasse. Een meisje dat waarschijnlijk zou veranderen in een vrouw als Marion O’Donnell.

Logan vond het soms leuk om vrouwen mee naar huis te nemen die absoluut niet voldeden aan het ideaalbeeld van de O’Donnells. Zo had hij een vriendin gehad met meer piercings dan een speldenkussen, die ook nog paars haar had. Een andere had zich voorgedaan als multietnisch, met haar in alle kleuren van de regenboog en tatoeages van verschillende stammen. En de laatste was een kunstenares geweest die met eetbare verf werkte. Hij had hen allemaal leuk gevonden, maar uiteindelijk had een van hen beiden de relatie toch verbroken. Er had iets niet goed gevoeld of niet geklopt; op een of andere manier hadden ze niet bij elkaar gehoord.

Op dit moment was er niemand. Niet omdat hij het niet probeerde. Logan was dol op vrouwen, op hun gezelschap, de hevige gevoelens, de seks. Hij wilde verliefd zijn. Door de jaren heen had hij toegekeken terwijl zijn vrienden relaties kregen, gingen samenwonen, verder gingen met hun leven... Soms, in het holst van de nacht, wanneer alles stil en donker was, voelde hij een enorme eenzaamheid. Hij probeerde niet meer te willen dan wat hij had: goede vrienden en familie, en bovenal Charlie.

Toch was de belangrijkste les die hij had geleerd van het vaderschap dat hij niets liever wilde dan een gezin. Soms was de eenzaamheid onverdraaglijk, vooral omdat hij zich juist volledig aan iemand wilde binden. Hij wilde een gezin. Meer kinderen, broertjes en zusjes voor Charlie. Maar zijn leven liep niet zo. Hij kwam vrouwen tegen, sprak met hen af, het klikte, ze gingen met elkaar naar bed, het was allemaal erg fijn. Voor een tijdje. Maar dan realiseerde hij zich ineens dat het niet meer dan fijn was, dat ze elkaar niet echt blij maakten, elkaar niet het geluk gaven dat hij zocht. 's Nachts werd hij dan wakker en besefte dat deze relatie ook niet was wat hij wilde; hij was nog steeds op zoek naar iets wat zij hem niet kon geven.

Terwijl hij zich in stilte beklaagde over zijn belabberde liefdesleven, werd Darcy door iedereen verwelkomd. Zijn vader maakte al een drankje voor haar klaar. Het was zijn speciale cocktail, gemaakt met drieëntwintig jaar oude rum uit Cuba die een van de klanten van zijn scheepsbedrijf illegaal had geïmporteerd en hem cadeau had gedaan.

Goed, ze was niet zijn type, maar toen ze haar ontspannen, vrolijke lach liet horen en met haar blote voeten van het warme zand genoot, kon hij zijn ogen niet van haar af houden. Wat de reden ook was –

eenzaamheid of gewoon behoefte aan seks – Darcy Fitzgerald was net een gebraden kalkoenboutje voor hem. En hij was vreselijk hongerig.

'Een toost,' zei Al O'Donnell. 'Welkom op Sea Breeze.'

'Dank je.' Darcy nipte aan haar glas. 'Ik overweeg een carrière als klaploper. Al, dit is heerlijk. Ik dacht dat ik helemaal niet van rum hield.'

Logans vader straalde. 'Dan heb je tot nu toe niet de juiste rum gedronken.' Al O'Donnell vond het heerlijk om mensen die dat in zijn ogen verdienden te laten genieten van verfijnde dingen.

'Als jullie al zo vroeg beginnen met feesten, moet ik het rustig aan doen met de drank,' zei Darcy.

'Thanksgiving draait nu eenmaal om overdaad,' stelde Marion haar gerust.

Lachend zei India: 'Mijn ouders zijn grotere feestbeesten dan wij ooit zijn geweest.'

Bernie, Logans wijsneuzerige nichtje mengde zich in het gesprek. 'Tante India zegt dat ze haar studententijd nooit was doorgekomen zonder jou.'

Nadat ze haar drankje had neergezet, zei Darcy: 'Ze overdrijft.'

'Helemaal niet,' wierp India tegen. 'Je hebt me geholpen met vergelijkende literatuurwetenschap én met wiskunde.'

'Je hebt me niet verteld dat je een bolleboos bent,' merkte Logan op.

'Je hebt me er niet naar gevraagd. En als je dat wel had gedaan, had ik het ontkend.'

'Het is perfect surfweer,' zei hij. 'Wil je proberen te surfen? Wie gaat er nog meer mee het water in?'

'Ik ga mee,' zei zijn zwager Bill. China's man was gek op alles wat met sport en beweging te maken had. Hij en Logan waren goede maatjes.

'Ik ook,' zei Darcy.

Het verbaasde Logan dat ze meteen bereid was het te proberen. 'Oké. India's surfplank is waarschijnlijk geschikt voor jou. Hij is groot, dus lekker stabiel.'

Ze knikte maar koos een kleine, wendbare surfplank uit. 'Dit lijkt me een goede.'

'Dat is een erg snelle plank,' merkte Logan op. 'Geen goede keus voor een beginner.'

'Ik probeer het gewoon,' zei ze met een glimlach. 'Ik kan vrij goed mijn evenwicht bewaren.'

Logan besloot niet met haar in discussie te gaan. Tenslotte zou ze er snel genoeg achter komen of de plank geschikt voor haar was of niet.

Nadat ze hun planken hadden ingesmeerd met een dikke laag was, maakte Logan het *surf's up*gebaar met zijn hand en liep naar de oceaan met zijn lievelingsplank. Hij keek over zijn schouder om iets tegen Bill te zeggen, maar de woorden bleven in zijn keel steken. Darcy Fitzgerald was de onvermoede reden waarom hij met stomheid was geslagen.

In eerste instantie besefte hij niet eens dat zij het was. Toen zag hij de grote zonnehoed en de zonnebril, die ze bij haar strandtas had laten liggen. Ze had haar vormeloze tuniek uitgetrokken en zo het fantastische bikinilijf daaronder onthuld. De charmante maar onmodieuze vriendin was plotseling veranderd in een godin. Met moeite slaagde hij erin om niet naar haar te staren, maar allemachtig! Darcy was misschien niet zijn type, maar ze was in ieder geval wel gebouwd als zijn type. Zich onbewust van zijn blik, boog ze voorover om de surfplank aan haar enkel vast te binden.

'Lieve moeder Maria,' fluisterde Bill. 'Herinner me eraan dat ik getrouwd ben.'

'Papa! Papa!' Fishers hoge stem schalde door de lucht. 'Ik heb een pruik van zeewier voor je gemaakt. Kom hem passen.'

'Dat zou je eraan moeten herinneren,' zei Logan, nog steeds zijn blik op Darcy gericht houdend. Ze kromde haar rug even en schudde haar haren uit. Toen boog ze zich opnieuw sierlijk voorover zodat hij haar perfecte billen kon zien en pakte de plank op. Logan probeerde niet hardop te kreunen.

Dit, realiseerde hij zich, zou allemaal gesmeerd lopen. Hij surfte hier al van kinds af aan. Elke golf, elke stroming was vertrouwd. Maar zij zou hulp nodig hebben en hij was de aangewezen persoon om haar die hulp te geven. Dan zou hij zijn handen om haar middel leggen en die strakke buikspieren voelen en…

Terwijl ze naar hem toe waadde in de weinig verhullende gele bikini, vroeg hij zich af of hij haar moest waarschuwen dat ze haar bovenstukje – of broekje – zou kunnen verliezen in de golven.

Nee.

Hij liet zijn surfplank zakken om zijn opwinding te verbergen. 'Klaar?' vroeg hij.

'Helemaal.' Haar ogen glinsterden terwijl ze naar de golven keek.

Op dat moment liep India het water in met een surfshirt in haar hand. 'Trek dit aan,' zei ze, haar vriendin het shirt gevend.

Spelbederver, dacht Logan. Maar het surfshirt spande als een tweede huid om Darcy's lichaam, zodat hij nog steeds al haar vormen kon zien. 'De beste golven zijn daar,' zei hij, gebarend met zijn hand. 'De branding is leuk om in te beginnen. Natuurlijk zijn de grote golven geweldig, maar misschien kun je beter eerst wat oefenen.'

'Pap! Kijk eens!' Charlie kwam door de branding naar hen toe gerend en spetterde daarbij zoveel water omhoog dat Logan en Darcy allebei nat werden. Zijn emmer omhoog houdend, riep hij: 'Ik heb een zeebarbeel gevangen!'

'Jee, maatje,' zei Logan. 'We zijn allebei meteen doorweekt dankzij jou.'

'O, sorry.'

'Ken je Darcy nog?'

'Ja, van afgelopen zomer. Hoi.'

'Hoi, Charlie.'

Met zijn mond half open hangend, staarde de jongen naar haar. Hoewel hij pas tien was, had hij blijkbaar ook al last van de hersenverweking die vrouwen konden veroorzaken. Hij hield de emmer weer omhoog. 'Wil je mijn zeebarbeel zien?'

‘Hoe zou ik zo’n aanbod kunnen afslaan?’ Glimlachend boog ze voorover om in de emmer te kijken.

Logan moest al zijn zelfbeheersing aanspreken om niet naar haar borsten te kijken. ‘Dat is een mooie vis,’ zei ze.

‘Ja.’ Charlie keek zijn vader aan. ‘Mag ik hem houden, pap?’

‘Een zeebarbeel? Wat moet je nou met een zeebarbeel?’

‘Gewoon, naar hem kijken.’

‘Wat ben je toch een grappenmaker.’ Logan woelde met zijn hand door Charlies natte, zilte haar.

‘Wat ben jij toch een brompot,’ kaatste Charlie zoals altijd met een glimlach terug.

Logan werd overspoeld door een golf van liefde voor de jongen. Zijn zoon was geen klein jochie meer. De ronde appelwangetjes en het hoge stemmetje waren verdwenen. Nu was hij een grappige, slimme, soms een beetje brutale jongen. Een jongen die niet immuun was voor vrouwen in gele bikini’s…

‘Als je er maar voor zorgt dat hij niet verdrinkt.’

‘Het is een vis. Die kan niet verdrinken.’

‘Als je een vis in te weinig water houdt, heeft hij na een tijdje te weinig zuurstof en kan hij stikken.’

De glimlach verdween van Charlies gezicht. ‘Dan laat ik hem weer vrij.’

‘Oké. Dat is een goede beslissing. Nou, ik moet Darcy surfles geven, dus –’

‘Pap.’

Logan draaide zich om naar Darcy, maar ze was verdwenen. Bezorgdheid bekroop hem. Misschien was ze omver geduwd door een golf of meegesleurd door een onderstroom. Met zijn hand boven zijn ogen keek hij naar het huisje van de badmeester.

‘Pap –’

‘Niet nu, Charlie.’ Logans stem klonk bevelend. ‘Ik moet eerst Darcy vinden.’

‘Maar –’

'Ik wil geen woord meer horen.'

Zonder verder iets te zeggen, pakte Charlie zijn arm en draaide hem toen om, zodat hij naar de horizon keek. Hij wees naar iets op het water.

Sodeju. Darcy lag op haar surfplank en peddelde naar de landtong, waar grote golven ontstonden – helemaal in haar eentje. Onmiddellijk peddelde hij achter haar aan. Ze was hier nog niet eens een uur. Als goede gastheer kon hij haar niet laten verdrinken.

Op een of andere manier was ze erin geslaagd een flinke voorsprong te creëren. Zo te zien was ze goed in peddelen: ze maakte snelle, diepen slagen die haar vanavond spierpijn zouden bezorgen. Toen er een golf haar richting op kwam gerold, schreeuwde Logan een waarschuwing naar haar. Het kon gevaarlijk zijn als haar plank werd meegevoerd. Maar tot zijn verbazing liet ze zichzelf onder water zakken en kwam boven nadat de golf was gepasseerd.

Oké, dacht hij, enigszins opgelucht. Blijkbaar wist ze hoe ze tegen golven in moest peddelen. Maar toch moest hij haar waarschuwen voor ze bij de echt grote golven aankwam. De zee was verre van kalm vandaag. Hoewel hij zo hard peddelde als hij kon, kon hij niet bij haar in buurt komen, en de golven maakten zoveel lawaai dat schreeuwen geen zin had. Ze voer tegen een steile golf op en verdween uit het zicht toen ze over de top was gegleden. In de verte vormde zich een grote golf die meteen aan snelheid won. Ze stopte met peddelen en draaide haar surfplank om.

Nee, o hemel, nee! 'Darcy!' schreeuwde hij, hoewel hij wist dat ze hem niet kon horen. 'Wacht!' Hij floot om haar aandacht te trekken, maar dat had geen enkel effect. In een flits zag hij het ergste wat er kon gebeuren voor zich: ze kreeg de surfplank op haar hoofd, werd door de stroming verder de zee in gesleurd en door een golf onder water geduwd. En hij voelde zich verantwoordelijk omdat hij haar in haar eentje zo ver de zee in had laten gaan. Met een vloek peddelde hij in de richting van waar hij haar voor het laatst had gezien.

Toen zag hij iets bewegen boven op de golf en stopte met peddelen.

Met open mond keek hij toe terwijl ze langs hem surfte, een gebaar naar hem makend. Met haar fantastische lijf, een brede glimlach op haar gezicht en wapperende haren zoefde ze langs hem heen, als de Venus van Botticelli.

Gefascineerd door haar soepele, beheerste bewegingen staarde hij naar haar terwijl ze zigzaggend door de tunnel van de golf schoot. Het leek alsof haar voeten aan de surfplank zaten vastgelijmd. Ze bereed het water moeiteloos, met één hand die net het water raakte voor meer evenwicht. Uiteindelijk kwam ze in de buurt van de branding en dook het water in.

Nog steeds kon hij zich niet bewegen, verbijsterd als hij was door dit schouwspel. Het was heel lang geleden, veel te lang geleden dat een vrouw hem had verrast. Te laat zag hij dat er een enorme golf op hem af kwam gerold. Hoewel hij zich van zijn plank liet rollen, duwde het water hem toch richting de bodem van de oceaan.

'Dit,' zei Logan, 'is nu de coma na een echte feestmaaltijd.' Hij lag onderuitgezakt op de bank in de door zijn moeder perfect ingerichte woonkamer, met zijn voeten op haar peperdure salontafel. Op de televisie was een sportwedstrijd aan de gang, de derde van die dag. Het geluid van het publiek was een zacht gemurmel, nu en dan afgewisseld met gejoel. In de kamer naast de woonkamer speelde Charlie een bordspel met zijn neefjes en nichtjes. Inez, de huishoudster, was in de keuken met zijn zussen, waar ze het overgebleven eten opborgen en de boel opruimden na het uitgebreide diner.

Darcy, die net zo onderuitgezakt lag, draaide haar hoofd in zijn richting. 'Bedoel je dat je niet meer wilt surfen?'

Hij lachte en dacht terug aan hoe ze als een godin over het water had gegleden. 'Wat, denk je dat je me hebt verslagen?'

'Het was helemaal niet mijn bedoeling om je te verslaan. Ik vind surfen gewoon heerlijk en krijg niet vaak genoeg de kans om het te doen.'

'Waar heb je zo goed leren surfen?'

‘Op Long Island. Ik ben mijn hele schooltijd lang strandwacht op Cupsogue Beach geweest. Toen ik daarna op de universiteit zat, heb ik een jaar in Australië gestudeerd, dicht in de buurt van Bondi Beach.’

‘Cool.’ Logan had atletische meisjes altijd sexy gevonden. Ze straalden een soort zelfverzekerdheid uit die hij erg aantrekkelijk vond. En Darcy had die zelfverzekerdheid te over.

‘En jij?’ vroeg ze. ‘Jij deed het ook niet slecht.’

‘Het verbaast me dat ik je nooit ben tegengekomen op Cupsogue Beach,’ zei hij. ‘Het was een van de plekken waar ik in de zomer het liefst heen ging.’

‘Waarschijnlijk heb ik je weleens gewaarschuwd dat je te dicht bij de golfbreker zwom toen je nog een mager jochie was.’

Ja, ze was even oud als zijn zus, bedacht hij. Vier jaar ouder dan hij. ‘Je had een praatje met me moeten maken.’

‘Misschien heb ik dat ook wel gedaan. Of misschien was het de bedoeling dat we elkaar pas nu leren kennen.’

Om een of andere reden vond hij het een fijn idee dat ze steeds dichter bij elkaar waren gekomen zonder zich van de ander bewust te zijn. Tot nu toe dan. Het was zo gemakkelijk om met haar om te gaan. En nu had hij dat onuitwisbare beeld in zijn hoofd: een godin in een gele bikini, surfplank aan haar voeten geplakt, lang haar dat achter haar aan wapperde. Ze was voor hem aantrekkelijker dan ooit.

Toen het even spannend werd op het sportveld, leefden de andere mannen op.

Al zette zijn bierflesje met een klap op tafel. ‘Verdraaid, dat is mooi spel,’ zei hij. ‘Ik heb altijd gevonden dat je op school voor football had moeten kiezen, jongen.’

Logan lachte even, hoewel de opmerking van zijn vader hem ergerde. ‘Als ik het me goed herinner, had ik het zo druk met voetballen dat er weinig tijd voor andere dingen overbleef.’

‘Je máákt tijd voor dingen die belangrijk voor je zijn.’

Vastbesloten niet te happen, zei Logan: ‘Op dit moment wil ik tijd maken voor de pompoentaart die mam heeft gebakken.’

'Ja, dat klinkt heerlijk,' stemde Bill in.

Ethan, zijn andere zwager, stond kreunend op van de bank. 'Ik ga vast hongerig rondhangen in de keuken.'

'En jij?' vroeg Logan aan Darcy. 'Pompoentaart of notentaart?'

'Altijd pompoen.'

'Hé, volgens mij hoorde ik iets over taart,' zei Logans nichtje Bernie. Zijn andere neefjes en nichtjes kwamen samen met Charlie de kamer in gerend.

Terwijl Ethan de desserttrolley de kamer in reed, zei Inez: 'Ik heb een geheim wapen. Ik doe slagroom op mijn pompoentaart en strooi daar dan klein gehakte, met esdoornsiroop geglazuurde noten overheen.'

Charlie keek van de ene taart naar de andere. 'Ik kan niet kiezen.'

'Inez, je wordt nog eens mijn dood,' zei Logan.

'Je bent geweldig, Inez.' Na die woorden klom Charlie tussen Logan en Darcy op de bank.

Bedankt, jongen, dacht Logan. Heel erg bedankt.

'Arigato,' zei Charlie voor hij een hap van zijn taart nam.

Fisher keek op van zijn bordje. 'Hij kent al een hoop Japanse woorden.'

'Ja,' stemde Goose in. 'Charlie spreekt tegenwoordig Japans.'

'Kijk je ernaar uit om naar Japan te verhuizen?' vroeg Bill aan Charlie.

'Het wordt echt supercool.' Charlie propte nog een grote homp taart in zijn mond.

'Waar kijk je het meest naar uit?' wilde China weten. Ze was onderwijzeres, dus ze wist hoe ze kinderen aan het praten moest krijgen.

Charlie haalde zijn schouders op. 'Weet ik niet. Ik ben er nog niet. Mijn leraar Japans zegt dat ik het eten vast lekker ga vinden en dat de cultuur me zal aanspreken. Wat is cultuur eigenlijk?'

'Alles,' antwoordde Bernie. 'Duh. Mam, wanneer gaan we Charlie opzoeken in Japan?'

Haar oudere zus Nan beantwoordde haar vraag. 'We kunnen hem

daar niet opzoeken. Hij woont daar met zijn andere familie, en zij zijn de vijand.'

'Helemaal niet,' snauwde Charlie.

'Charlie heeft gelijk,' zei China. 'Ze zijn niet de vijand. Hoe kom je daar in hemelsnaam bij?'

Nan bleef overtuigd van haar gelijk. 'Als mensen uit elkaar gaan, worden ze vijanden.'

'Dat is grote onzin. Zeg tegen Charlie dat het je spijt dat je dat hebt gezegd.'

'Sorry,' mompelde ze.

'Soms heb ik dat gevoel ook,' gaf Charlie toe.

Ineens had Logan geen trek meer. Hij vond het verschrikkelijk dat het zo voelde voor Charlie. Was er een manier om ervoor te zorgen dat Charlie niet werd verscheurd door zijn loyaliteit aan hem en aan Daisy? Een manier om hem te beschermen tegen het leven dat zijn ouders hem gegeven hadden? Hij had er niet om gevraagd om het kind te zijn van twee mensen die niet bij elkaar hoorden. Charlie wilde gewoon deel uitmaken van een gezin, een normale jongen zijn. Logan dacht niet dat hij op dit moment de aangewezen persoon was om Charlie een goed gevoel te geven over zijn verhuizing naar de andere kant van de wereld.

'Hé,' zei hij, 'je bent in Florida, je hebt vandaag op een surfplank gestaan, je hebt een heerlijk Thanksgivingdiner en pompoentaart gegeten. Dus het leven is goed.'

'Ja.' Charlie knikte instemmend.

'We hebben heel veel om dankbaar voor te zijn,' ging Logan verder.

'Yep.'

'Vrienden en familie,' zei China.

Marion vulde aan: 'Volle buiken en de heerlijke zonneschijn van Florida.'

'Taart die zo lekker is dat ik de hele wereld vergeet.' Darcy keek Logans moeder aan. 'Marion, ik vind het echt heel fijn om hier bij jullie te zijn.'

'Ik wou dat je langer kon blijven,' zei Marion.

Logan keek op zijn horloge. 'Nu je het zegt, ik moet er zo vandoor. Mijn dienst begint zo.'

'Wat? Eten we nu in ploegen?' vroeg Bill.

'Charlie en ik serveren het Thanksgivingdiner in Ryder House, een huis voor kinderen die niet bij hun familie wonen.'

'Zijn het weeskinderen?' Het was Bernie die dit vroeg.

'Sommige kinderen wel. Anderen zijn er alleen tijdelijk. Er kunnen veel verschillende redenen voor zijn.'

'Mag ik mee?' vroeg Bernie.

'Ja, als je wilt helpen.' Hij keek de kamer rond. 'Heeft nog iemand anders zin om mee te gaan?'

'Ja, ik,' zei Darcy. 'Ik moet iets doen om uit mijn *after dinner*coma te komen.'

Met Charlie en drie andere kinderen goed ingesnoerd op de achterbank en Darcy op de voorbank zat de auto vol. De achterbak stond vol met taarten die Logan gisteren had besteld bij de Sky High Pie Company, zijn bijdrage aan het feestmaal. Tijdens de rit baadden de luxueuze huizen in het gouden zonlicht van ZuidFlorida, maar toen ze Paradise Cove achter zich lieten, verloor de omgeving al snel haar charme.

Op de achterbank zette Nan Over the River in en de rest zong mee. Er was echter geen rivier te zien, of witte sneeuw, alleen deprimerende winkelcentra die er allemaal hetzelfde uitzagen: nagelsalons, pandjeshuizen, wasserettes, geldleners.

Er stond een metaalgazen hek om het Ryder Centre. Hoewel er op het welkomstbord stond dat het gebouw een 'plek van hoop' was, straalde het vooral wanhoop uit. Dit was de plek waar mensen hun kinderen heen brachten als ze die niet meer wilden of niet meer voor hen konden zorgen. Hoewel de sociaal werkers en vrijwilligers gedreven en bevlogen waren, konden ze nooit echt een familie vervangen.

'Is dit iets wat je vaker doet?' vroeg Darcy.

'Yep. Ik help hier al samen met Charlie sinds hij groot genoeg was om een stuk taart te serveren.'

'Dat is aardig van je,'

'Is dat zo?' Hij stopte naast een rij busjes met het Ryderlogo op de zijkant, een brandende kaars die door twee handen werd beschermd. 'Ik zou altijd willen dat ik meer kon doen.'

'Er is altijd meer te doen,' mompelde ze.

'Ik heb medelijden met de kinderen die hier wonen,' zei Bernie. 'En ik vind het een beetje spannend om ze te ontmoeten.'

Terwijl hij de achterklep van de terreinwagen open deed, stelde Logan zijn nichtje gerust. 'Kinderen zijn kinderen. Meestal bouwen ze hier een leuk feestje met Thanksgiving.'

Samen droegen ze de taarten naar binnen en naar de serveertafel. Er waren de hele dag al diners gehouden, met wisselende groepen kinderen en vrijwilligers. Sommige van de kinderen woonden voor langere tijd in Ryder House terwijl anderen er alleen deze dag waren. Er zaten al kinderen rond tafels met daarop bloemstukjes, crêpepapier versieringen en kaarsen. De rij voor het buffet bewoog langzaam voort langs het heerlijke eten. Aan de andere kant van de ruimte speelde een bluegrassband.

'Zijn jullie klaar om te helpen?' vroeg Logan, schorten uitdelend aan Charlie en zijn neefjes en nichtje. 'Het is onze taak om taart te serveren.'

'Oké.' Net als zijn nichtje Bernie leek Charlie een beetje verlegen tegenover de kinderen, maar hij wilde duidelijk ook graag helpen. Ze gingen aan het werk. Voorzichtig sneden ze punten taart af, die ze op witte porseleinen bordjes legden, waarna de kinderen ze konden pakken.

Hoewel er werd geglimlacht en bedeesd werd bedankt voor de taart, was de sfeer in de zaal melancholiek. Sommige oudere kinderen keken wat bedremmeld omdat ze begrepen dat dit liefdadigheid was. Logan overhandigde een bordje met bessentaart aan een jongen die er ongeveer even oud uitzag als Charlie. Zijn kleren waren schoon maar afgedragen, en er hing een soort vermoeidheid om hem heen waardoor hij veel ouder leek. Behoedzaam nam de jongen zijn bordje aan, mompelde een bedankje en schuifelde naar een tafel.

Ik zal nooit meer klagen over mijn leven, dacht Logan. Toen zag hij dat Darcy geen taart serveerde, maar op haar hurken in de speelhoek zat en toekeek terwijl een groepje kinderen samen speelde. Ze leek zo levendig, omringd door de kinderen, zo ontspannen. Dat verbaasde hem na haar opmerking van afgelopen zomer, waaruit hij had geconcludeerd dat ze een hekel aan kinderen had. Ze was een puzzel voor hem. Een puzzel die hij veel te aantrekkelijk vond dan goed voor hem was.

Misschien kwam het gewoon doordat hij de laatste tijd nogal wat tekort was gekomen op het romantische vlak. In de afgelopen maanden had hij zelfs niet één afspraakje gehad. Op de eerste plaats omdat hij niemand was tegengekomen in wie hij op die manier geïnteresseerd was. Op de tweede plaats omdat hij het veel te druk had gehad met Saddle Mountain. Hij had gedaan wat hij zich had voorgenomen en verschillende investeerders aangetrokken die samen met hem het skiresort hadden gekocht. Hoewel de overdracht goed verliep, was het een hoop werk. Werk dat zijn hele leven opslokte. Er bleef heel weinig tijd over voor een sociaal leven. Sinds hij de contracten had ondertekend, had hij zeven dagen per week twaalf uur per dag gewerkt, en dit Thanksgivingweekend was de eerste vrije tijd die hij had. Over een week zou de berg opengaan voor skiërs. Het kostte allemaal zoveel energie dat hij bijna oververmoeid was. Maar het project gaf hem voldoening, iets wat zijn verzekeringsbedrijf hem nooit had geschonken.

De band speelde traditionele nummers terwijl jongere kinderen rondrenden en deden alsof ze dansten.

'Tijd voor de *hokey pokey*,' kondigde de zanger aan door zijn microfoon. 'Kom op, allemaal. Niet zo verlegen. Voetjes van de vloer.' De *hokey pokey* was een groepsdans waar veel mensen aan konden deelnemen.

Logan liet zijn blik door de ruimte gaan en zag dat Darcy op hem af kwam lopen. 'O nee toch,' mompelde hij, op zijn hoede vanwege de ondeugende fonkeling in haar ogen.

'Je hoorde wat hij zei,' zei ze. 'Geen laf gedoe.'

'Ja, pap,' plaagde Charlie hem. 'Geen laf gedoe.'

Gelaten deed Logan zijn short af en hing het op. 'Jij gaat ook mee, maatje.'

'Mooi niet.' Charlie stak koppig zijn kin omhoog. 'Daar komt niets van in.

Darcy was onvermurwbaar. Ze greep Charlie met één hand en Logan met de andere. 'Kom, jongens.'

Hoewel hij zich voor gek voelde staan, sloot Logan aan in de cirkel van joelende kinderen en dwong zichzelf de *hokey pokey* te dansen. Darcy danste vol overgave, en hij kon zijn ogen niet van haar af houden toen ze bij het *shake it all about* kwamen. Wauw, wat een lichaam.

Zodra Charlie had gezien dat zijn neefjes en nichtje en een paar oudere kinderen ook de dansvloer op waren gegaan, had hij zich over zijn verlegenheid heen gezet. Lachend bewoog hij op de muziek, omringd door kinderen die, al was het maar een paar minuten, leken te vergeten dat ze dakloos, verwaarloosd of mishandeld waren.

Toen Darcy zag dat Logan naar haar keek, lachte ze. 'Dit,' riep ze, gebarend naar de dansende, lachende kinderen, 'is dus precies het effect dat de *hokey pokey* moet hebben!'

Hoofdstuk 7

Op de dag na Thanksgiving stond Darcy vroeg op. De schitterende logeerkamer gaf haar het gevoel dat ze in een andere wereld was. Dat was in ieder geval iets om dankbaar voor te zijn. Toen ze een blik op haar telefoon wierp, zag ze dat ze een paar gesprekken en berichtjes van haar ouders en zussen had gemist. Ze haalde haar schouders op; misschien dat ze hen later vanaf het vliegveld zou bellen.

In sommige opzichten was het onverwacht pijnlijk geweest om deze Thanksgiving niet bij haar familie te zijn. Het stak haar dat Huntley in plaats van haar aan de Thanksgivingtafel had gezeten. Zelfs terwijl ze had geproost en gegeten met de O'Donnells, had ze verlangend gedacht aan de subtiele humor van haar vader, de perfect gekruide kalkoenvulling van haar moeder en het geroddel en gelach van haar zussen. Ze had hun geklets en de plagerige manier waarop hun ouders met elkaar praten gemist, en het diepe gevoel van veiligheid dat deel uitmaken van een familie met zich meebracht. Maar Huntleys aanwezigheid zou een domper op de hele dag hebben gezet.

De beste manier om niet te blijven hangen in het verleden was vooruit kijken, bracht ze zichzelf in herinnering. Dat was haar reden geweest om de Thanksgivingdrukte op het vliegveld te trotseren en naar Florida te reizen. Ze stond op, liep naar het raam, deed de houten jaloezieën open en keek uit over de tuinen.

De tropische ochtend bezat een bijzondere schoonheid. De lucht was al warm, en volgens de tabel met de getijden die aan de muur hing, was het een perfecte dag om te surfen. Snel trok ze haar geleende bikini, strandtuniek en slippers aan, waarna ze naar het strand liep.

In de ochtendstilte maakte ze haar smaakpapillen wakker met een calamondin, een vrucht die leek op een mandarijn, die ze van een boom plukte. Ze vertrok haar gezicht toen ze de bitterzoete schil en het zurige vruchtvlees proefde. Daarna plukte ze een paar sinaasappels en stopte die in haar tas.

'Je kunt niet van het strand wegblijven, hè?'

Blozend draaide ze zich om. 'O… hoi, Logan.'

'Hoi. Je bent vroeg op. Het is nog geen zeven uur.'

'Ik wilde nog wat langer van het strand genieten voor ik vertrek. Vanavond moet ik terug naar New York.'

'Vind je het erg als ik je gezelschap houd?'

Erg? Vond ze dat érg? 'Dat vind ik juist gezellig,' antwoordde ze.

Ze liepen in stilte, een stilte die ze aangenaam vond. Om een of andere reden voelde ze zich erg op haar gemak bij Logan. Het was leuk om bij hem te zijn, leuk om met hem te praten. Erg leuk om naar hem te kijken, hoewel ze deed alsof ze achterom keek in plaats van naar hem. De lucht rook naar magnolia, en de zee en de zachte bries voerden golven van warmte mee.

'Je ouders hebben een fantastisch huis hier.'

'Ja, we boffen heel erg.'

'Sommige mensen zouden jullie verwend noemen.'

'Ja, goed. Verwend. Maar wel op een goede manier.' Hij grijnsde.

'Dat is waar,' zei ze. 'Dat was echt een goede daad, dat helpen bij het kindercentrum.'

'Bedankt dat je bent meegegaan. Ik dacht dat je allergisch voor kinderen was.'

'Als ik ze niet doorlopend om me heen heb, vind ik ze niet vervelend. Zeker niet als het kinderen zijn zoals in Ryder House. Het is fijn om te helpen.'

'Absoluut. Ik heb heel veel geluk gehad in mijn leven, en dat wil ik nooit als iets vanzelfsprekends zien. Het voelt als een voorrecht om te kunnen helpen.'

'Daar heb je gelijk in. De roes van het helpen. Ook wel de *hokey pokey* genoemd.'

Lachend zei hij: 'Het was leuk dat je zo enthousiast meedeed.'

'Ik pas me makkelijk aan.' Toen ze opkeek, werd ze betoverd door de verschillende kleuren blauw van de zee en het roze licht van de opkomende zon. Een paar honderd meter verderop zag ze een eenzame jogger over het strand rennen; links van hen deed een vrouw aan ochtendyoga. De rest van het strand was het domein van de zeemeeuwen en strandlopers.

Bij het strandhuisje van zijn familie bleef Logan staan, en hij haalde er twee surfplanken en twee stukken was uit. Ze smeerden hun planken in. 'Oké,' zei hij toen ze klaar waren. 'Tijd om te surfen.'

Ze knikte en trok haar ruimvallende strandtuniek uit. Zonder naar hem te kijken, wist ze dat hij haar van top tot teen opnam. Zijn blik voelde als een golf van hitte op haar blote huid.

Hij deed niet eens de moeite om te doen alsof hij niet staarde. 'Zonnebrand?' vroeg hij, haar een tube voorhoudend.

'Dank je.' Ze smeerde de crème op alle plekken waar ze zelf bij kon terwijl hij hetzelfde deed. Toen trok ze haar surfshirt aan, een strak shirt met driekwart mouwen.

'Je bent een stukje vergeten in te smeren,' zei Logan. 'Draai je om.' Nadat hij zich op één knie had laten zakken, liet hij zijn handen over de achterkant van haar bovenbenen glijden.

Ze werd overrompeld door het gevoel van zijn blote handen op haar huid. Het was zo lang geleden dat een man haar had aangeraakt dat ze bijna was vergeten hoe dat voelde. Tot op dat moment had ze zich niet gerealiseerd dat ze het had gemist.

Tegen de tijd dat hij klaar was en weer naast haar stond, was ze enigszins van de wijs. 'Dank je,' zei ze, hopend dat haar gedachten niet van haar gezicht af te lezen waren. Ze was nooit erg goed geweest in het verbergen van haar emoties.

'Graag gedaan.' Hij pakte zijn plank op. 'Heel graag zelfs.'

Samen liepen ze naar de branding. Het warme water stroomde om haar enkels in een ritme dat aan haar trok. Dit was een van de redenen waarom ze zoveel van de oceaan hield: de constante beweging, het tijdloze ritme, het mysterie onder het oppervlak, de rauwe kracht. 'Kom, dan gaan we op zoek naar een paar goede golven.'

'Ik sta straks weer voor gek naast jou,' zei hij beschuldigend.

Ze lachte. 'Kijk en leer.'

Toen ze ver genoeg de zee in gewaad waren, gingen ze op hun surfplanken liggen en peddelden naar het diepere water. De golven waren ruig, maar voorbij de landtong was de oceaan kalmer.

'Wat een schitterende ochtend,' zei hij, schrijlings op zijn surfplank zittend en uitkijkend over het water.

'Inderdaad. Laten we deze golf proberen.' Ze wees naar een glasachtige rol van water die op hen afkwam.

'Oké.'

Ze peddelden in hetzelfde tempo, en toen de golf hun planken snelheid gaf, stonden ze allebei op. Hardop lachend liet ze zich meevoeren op de stroom. Darcy genoot volop; ineens was ze blij dat ze leefde. Een paar jaar geleden was ze gaan surfen met haar stiefkinderen. De herinnering drong zich ongevraagd aan haar op. Maar op deze ochtend maakte die haar niet verdrietig.

Toen ze ongeveer een uur gesurft hadden, zag ze plotseling iets bewegen in haar ooghoek. Een aantal donkere vormen gleed onder het oppervlak van het water door, een verzameling vloeibare schaduwen.

'Hé, Logan!' schreeuwde ze, om zich heen kijkend. Haar hart bonsde.

Hij had het ook gezien, en een paar seconden later kwamen de donkere vormen boven het wateroppervlak uit en sprongen in een sierlijke boog door de lucht.

'Dolfijnen!' riep ze uit. 'Ik ben nog nooit zo dicht bij dolfijnen in de buurt geweest!' De dieren sprongen weer op uit het water, en ze voelde de wind en de waterspetters terwijl ze langs haar schoten. Het was een magisch moment. Er waren geen woorden voor.

De dieren leken het leuk te vinden om zo dicht bij mensen te zijn. Ze zwommen onder water dichtbij, zich voortbewegend met hun gespierde lijven en spatten druppels omhoog wanneer ze bovenkwamen. Het was zowel intimiderend als indrukwekkend, en Darcy voelde zich bevoorrecht dat ze deel mocht uitmaken van hun wereld. Haar verwondering was zo groot dat ze zich weer even kind voelde.

Na nog een paar sprongen zwommen de dolfijnen verder de zee in en verdwenen uit het zicht. Toen Darcy Logan aankeek, zag ze dat hij net zo betoverd was als zij. Het feit dat ze dit samen hadden gemaakt, creëerde ineens een intense band. Dat deden onvergetelijke ervaringen met mensen.

Hij gebaarde naar haar dat er een grote golf aankwam, en ze lieten zich samen richting de branding glijden.

Nadat Darcy haar haren uit haar gezicht had geveegd, grijnsde ze naar hem. 'Nou,' zei ze, 'dat zie je niet elke dag. Ik ben zo… Het was zo overweldigend! Ik weet niet wat ik moet zeggen. Ik bedoel, ik ben aan het bazelen, maar echt, Logan, ik…'

Hij onderbrak haar woordenstroom met een kus. Zo snel ging het. Het ene moment wauwelde ze over dolfijnen en het volgende moment hield hij haar gezicht tussen zijn handen en kuste haar met een rauwe, vurige passie die haar de adem benam. Een tel lang verstarde ze van schrik, maar toen liet ze zich tegen hem aan zakken. Ze voelde zijn onbekende lichaam tegen het hare, proefde hem voor de eerste keer, verkende de textuur van zijn lippen en hoopte dat dit moment heel lang zou duren.

'O,' zei ze toen hij eindelijk zijn hoofd terugtrok. 'O, wauw.' Nog steeds niet in staat een samenhangende zin te vormen, keek ze hem aan, hopend dat hij haar weer zou kussen, zich afvragend of hij dat wilde. Logan smaakte heerlijk, naar het zout van de zee en naar zichzelf. Het was opwindend en sexy en totaal onverwacht. Wat was het lang geleden dat ze een man had gekust. En ze was blij dat de persoon die ze kuste Logan O'Donnell was.

Hij glimlachte naar haar. 'Ik ben blij dat we dat hebben gedeeld.'

Het was haar niet helemaal duidelijk of hij de dolfijnen of de kus bedoelde. 'Ik ook,' zei ze, en ze wist zelf precies wat ze bedoelde.

'Weet je zeker dat je vandaag moet vertrekken?' vroeg hij.

O, zo verleidelijk. Ze haalde diep adem. Het was maar een kus, hield ze zichzelf voor. Het was maar een kus. 'Ja, ik heb een klus voor mijn werk.' Na die woorden boog ze zich voorover om het koord rond haar enkel los te maken.

'In een feestweekend?'

Ze kwam overeind, knikte en haalde een hand door haar haren. 'Voor deze klus moeten we precies de juiste weersomstandigheden hebben. Het is een fotosessie waar we sneeuw en ijs voor nodig hebben, en dat wordt voor morgen en zondag voorspeld.'

'Klinkt geweldig. Waar is die sessie?'

'Lake Placid,' antwoordde ze. 'Het is voor een advertentie voor wintersport.'

'Cool. Maak je zelf ook foto's?'

'Nee, al zou ik het heel graag ooit willen leren.'

'Het wordt overschat,' zei hij snel, bijna bot. Toen hij haar verbaasde blik zag, voegde hij daaraan toe: 'Mijn ex is fotografe.'

'Ik geloof niet dat het besmettelijk is.'

'Ja, sorry.' Hij gaf haar een handdoek aan. Hun handen raakten elkaar, en hij keek haar even in de ogen.

Nog een keer, dacht ze. Laten we nog een keer kussen. Tot haar teleurstelling pakte hij haar strandtas en liep hij richting het huis. Ze volgde hem.

'Wat doe je dan wel tijdens die fotosessie?' wilde hij weten. 'Ben je styliste of...'

'Ik, eh... ik ben degene die wordt gefotografeerd.' Ineens voelde ze zich een beetje opgelaten.

'Sorry, wat?'

'Degene die wordt gefotografeerd.'

'Je bedoelt dat je model bent?'

'Ik ben een van de atleten,' antwoordde ze, enigszins beledigd dat hij zo verbaasd was. Ze wist dat ze niet echt het uiterlijk van een model had, maar ze wilde wel dat hij dat vond.

'Nu ben ik in war. Ik dacht dat je in de reclamebranche werkte.'

'Dat klopt. Ik werk in de sportmarketing,' legde ze uit. 'Het is een heel specialistisch vakgebied. Ik werk met sponsors, en de foto's zijn bedoeld om hun uitrusting te showen.'

'Hoe bedoel je "ik werk met sponsors"?'

'Als een gesponsorde atleet.'

'Serieus? Welke sport?' vroeg hij terwijl hij de achterdeur voor haar openhield. Hoewel er niemand in de keuken was, rook het er heerlijk naar verse koffie.

'Snowboarden is mijn specialiteit. Ik test uitrusting en kleding, en dan worden er foto's en videoopnamen gemaakt voor de catalogi en websites van de sponsors. Daarom is het dus belangrijk dat we het doen als het weer meewerkt.' Ze schonk twee koppen koffie in.

'Dus je snowboardt om de producten van je sponsors te testen, en dat is je baan?'

'Ja, soms wel.' Ze kreeg het gevoel dat ze zichzelf moest verdedigen, alsof hij bekritiseerde wat ze deed. Er kwam veel meer kijken bij haar werk dan gefotografeerd worden, maar dit weekend kwam het daar wel op neer.

Zijn mok met koffie omhoog houdend alsof hij een toost bracht, zei hij: 'Dat is echt een droombaan.'

Ze lachte. Oké, hij bekritiseerde haar dus niet. 'Mijn werk is niet elke dag zo leuk, maar ik mag niet klagen.'

'Heel cool. Hoe beter ik je leer kennen, hoe leuker ik je vind.' Nadat hij twee Engelse muffins in de broodrooster had gestopt, vroeg hij: 'Pindakaas, aardbeienjam of allebei?'

'Hou op met al die verwennerij voor het me te veel wordt,' zei ze lachend. O, dit was niet best. Want ze vond hem leuk, maar hij was precies waar ze níet naar op zoek was: een alleenstaande vader, een man die bijna zodra ze elkaar hadden ontmoet had gezegd dat hij een groot gezin wilde. Haar maag trok samen bij het idee.

'Ik weet zeker dat je het geweldig gaat vinden om met mij op te trekken,' merkte hij op terwijl hij de Engelse muffins met pindakaas en jam bestreek en er haar een gaf.

'Hoe kom je erbij dat ik met jou wil optrekken?' Ze nam een hap van de warme muffin. Hij was bijna zo lekker als kussen met Logan.

'Omdat ik een skiresort heb. Ik bedoel dat ik deel uitmaak van een groep investeerders, maar ik ben besturend partner en algemeen manager.' Hij keek naar haar terwijl ze genietend de muffin opat; zijn blik bleef maar naar haar lippen glijden. Hij pakte een servet en veegde voorzichtig een kruimel uit haar mondhoek. 'En daar heb jij me de inspiratie toe gegeven.'

Dat was wel het laatste wat ze had verwacht te horen. 'Hè?' zei ze enigszins gesmoord, omdat er pindakaas aan haar verhemelte plakte. Heel charmant, dacht ze.

'Vorige zomer, toen we het hadden over risico's nemen.'

'Dat je je dat nog herinnert!' Het bracht haar van haar stuk, maar tegelijkertijd was ze... gevleid.

'Dus als je in de toekomst een locatie nodig hebt om je nieuwe uitrusting te testen en fotosessies te houden, kan ik je carte blanche geven op Saddle Mountain. Kom binnenkort eens een kijkje nemen. Heel binnenkort.'

'Dat,' zei ze, 'is een geweldig aanbod. Ik zal het zeker doorgeven aan mijn team. Er loopt een project met een nieuw snowboardbedrijf waar we in december foto's voor moeten maken.'

'Dan moet je Saddle Mountain proberen. We zullen jullie als vips behandelen.'

Gretig stopte ze het laatste restje van de Engelse muffin in haar mond. Ze kon zich niet herinneren wanneer ze voor het laatst zo'n heerlijk ontbijt had gegeten. 'Wauw. Het heeft dus duidelijk voordelen om besturend partner te zijn.'

'Besturend partner?' Al O'Donnell liep de keuken in. 'Waar hebben jullie het in vredesnaam over?'

Omdat Darcy het gevoel kreeg dat ze beter kon gaan, zei ze: 'Ik ga maar eens douchen.'

'Je hoeft niet te vluchten,' zei Al met een enigszins schaapachtige uitdrukking op zijn gezicht. 'Logan en ik kunnen het hier later over hebben.'

'Of niet.' Logans toon was luchtig terwijl hij een kop koffie voor zijn vader inschonk. 'Ik moet eigenlijk...'

Op dat moment ging de mobiele telefoon die op het aanrecht lag. Logan keek naar het scherm, en zijn gezicht verstrakte ineens. 'Sorry, ik moet dit telefoontje aannemen.' Na die woorden pakte hij de telefoon en liep de achtertuin in.

Darcy nam een slok van haar koffie en duwde toen het kannetje met koffiemelk over het aanrecht richting Al. Je zoon heeft me net gekust, dacht ze, en ik vond het heerlijk. Hopelijk waren haar wangen niet zo rood als ze aanvoelden. 'Hm,' zei ze, 'dit is zo'n ongemakkelijk moment waarop mensen niet weten wat ze moeten zeggen.'

Al grinnikte. 'Onzin. Ik bedoelde niet... Logan begrijpt blijkbaar niet hoe trots ik ben op alles wat hij heeft bereikt.'

'Heb je dat aan hem weleens verteld?'

'Misschien niet direct, maar dat weet hij.'

Dat wist Darcy nog niet zo zeker.

'We hebben het over dat resort gehad,' zei Al. 'Saddle Mountain, of hoe het ook alweer heet. Ik hoopte dat het een gril was. Ik had nooit verwacht dat hij het echt zou doen. Klinkt als financiële zelfmoord.'

Dit was iets tussen Logan en zijn vader, dus ze zei niets. Al had blijkbaar de behoefte om te praten. Hij leek een aardige man. Luidruchtig en bazig, maar met een goed hart. India aanbad hem. En hij was een knappe man, met zijn lange atletische lichaam en zijn volle rode haar, dat grijsde aan zijn slapen. Naar Al kijkend, kon ze zich voorstellen hoe Logan er over dertig jaar zou uitzien. Een angstaanjagende gedachte: ze vond het fijn om Logan zich over dertig jaar voor te stellen.

'Hij is altijd veel te gek geweest op skiën en snowboarden,' zei Al, door de keuken ijsberend. 'Als je iets heel leuk vindt, wil dat niet per se zeggen dat je er je werk van moet maken.'

Ze lachte. 'Al, luister eens naar wat je zegt.'

'Goed, maar toch. Als jij je kind zo'n enorm risico zag nemen, zou je dan ook niet bezorgd zijn?'

'Logan lijkt zijn eigen zaken te kunnen regelen. Ik zou me niet druk maken.'

'Waarom maak je je druk over pap?' vroeg Charlie, die de keuken binnenkwam gelopen. Zijn gezicht was nog zacht van de slaap, waardoor hij er jonger dan tien uitzag.

Ineens werd Darcy overvallen door de behoefte om hem vast te pakken. Kinderen moesten vaak geknuffeld worden. Voor iemand die niet van kinderen houdt, had Logan gezegd, hou je behoorlijk veel van kinderen.

Slaperig aan zijn nek krabbend vroeg Charlie: 'Moet ik me zorgen maken over pap?'

'Natuurlijk niet,' zei Al, die hem een kus op zijn hoofd gaf. 'Je hebt een geweldige vader.'

'Dat kun je wel zeggen.' Logan kwam weer de keuken in met zijn telefoon in zijn hand. 'Ik heb een nieuwtje, Charlie Boy.'

'O ja?'

'Je vriend André?'

'Van Camp Kioga? Ja? Wat is er met hem?'

'Hij en zijn zus zijn met Kerstmis bij ons.'

'Cool!'

'Wat?' Het gezicht van Al veranderde in een donderwolk.

Logan knikte. 'Kerstmis aan Willow Lake. Dat klinkt goed, toch?'

'We vieren Kerstmis altijd hier,' zei Al.

'Nu ga ik écht douchen.' Darcy had geen zin om betrokken te worden in dit gesprek. Het klonk net als haar eigen familie: ruzies, machtsstrijd, bezorgdheid, de liefde die soms zo verstikkend was.

Hoofdstuk 8

Op het moment dat Logan het geratel van wieltjes op de tegels van de hal hoorde, wist hij dat Darcy op het punt stond te vertrekken. Hij had net gedoucht en leunde voorover naar de spiegel om er zeker van te zijn dat hij zich netjes had geschoren. Daarna liep hij snel naar beneden om afscheid van haar te nemen.

Ging ze maar niet weg. Als ze bleef, zou hij haar weer kunnen kussen. Hij wilde zijn handen over dat geweldige, atletische, strakke lichaam laten glijden, de zoete geur van haar haren opsnuiven, de aardbeienjam van haar lippen likken…

Helaas was dat niet mogelijk. Ze moest snel terug naar New York en Lake Placid voor die fotosessie. Zelf moest hij hier Thanksgiving afronden, afscheid nemen van Charlie tot Kerstmis en dan terugreizen naar Avalon om te werken. Bovendien was er nog een ander, zwaarder project waar hij al zijn energie en aandacht op zou moeten richten: hij moest zich voorbereiden op de komst van Maya Martins kinderen.

Waarschijnlijk was het maar goed dat hij en Darcy gescheiden werden voor er echt iets gebeurd was. En toch… Het zou een hele tijd duren voor hij die kus was vergeten.

Darcy stond in de hal met zijn zussen en moeder en controleerde nog een laatste keer of ze alles had. Telefoon, boardingpass, het contactsleuteltje van haar huurauto. 'Het was zo heerlijk om hier te zijn,' zei ze. 'Heel erg bedankt voor alle goede zorgen.'

'Ik wou dat je langer kon blijven,' zei India, die zich vervolgens tot Logan wendde. 'Jij niet, Logan?'

'Natuurlijk.' Hij grijnsde naar zijn zus, zich afvragend of ze wist dat haar koppelpoging het gewenste resultaat had opgeleverd, ook al was het maar even geweest. Toen liep hij langs haar naar Darcy. 'Ik vond het heel leuk dat je hier was om Thanksgiving met ons te vieren.'

'Ik ook.' Ze keek hem aan met haar open blik. 'Nogmaals bedankt dat je me hebt meegenomen naar dat jeugdcentrum. O, en bedankt voor het surfen. En de dolfijnen.'

'Die dolfijnen had ik niet geregeld,' zei hij.

India keek hem verbaasd aan. 'Hebben jullie dolfijnen gezien?'

'Ja, toen we aan het surfen waren,' antwoordde Logan. 'Laten we vanmiddag met de kinderen gaan. Misschien dat we ze weer zien.'

'Het was onvergetelijk,' zei Darcy zachtjes, en hij zag dat haar wangen kleurden. Toen nam ze afscheid van de anderen.

Nadat ze was vertrokken, besloot hij het met zijn ouders en zussen over Kerstmis te hebben. Hoewel hij niet van plan was geweest zijn familie twee keer te choqueren, kon hij onder de omstandigheden niet anders.

'We vieren Kerstmis hier,' zei zijn moeder. 'Zoals altijd.'

'Ik heb een ander idee,' wierp hij tegen. 'Avalon. Iedereen komt dit jaar naar Avalon.'

'Waar moeten we dan allemaal slapen?' Ze keek hem aan met een onzekere blik. 'Je hebt nooit genoeg ruimte voor ons allemaal.'

'In de opzichterswoning op Saddle Mountain,' zei hij. 'Daar woon ik nu.'

'Wat? Ik begrijp niet wat je zegt.'

'Ik heb mijn huis verkocht en ben verhuisd naar het resort.'

'Wanneer was je van plan ons dat te vertellen?'

'Het ging allemaal heel snel. Zodra ik mijn huis op de markt zette, waren er kopers die de volledige vraagprijs wilden betalen. Een stel uit New York dat op zoek was naar een huis in de buurt van Willow Lake. Ik ben twee weken geleden naar de opzichterswoning verhuisd. Het is een oud huis, maar enorm. Hiervoor werd het gebruikt als een B&B.' De winst van de verkoop van zijn huis had hij in het resort gestoken, zoals ongeveer al zijn geld.

'Maar hoe zit het dan met je verzekeringskantoor?' vroeg zijn moeder, die bleek was van bezorgdheid. 'Logan, je hebt zo hard gewerkt om daar een succes van te maken, en het loopt zo goed.'

'Ik heb nog steeds een aandeel als stille partner, maar iemand anders leidt de zaak nu. Ik steek al mijn energie in het resort.'

'Wat?' Zijn moeder keek hem vol afschuw aan. 'Dat meen je niet!' Nu richtte ze haar blik op haar man. 'Ik dacht dat jij het hem uit zijn hoofd had gepraat.'

Al fronste zijn voorhoofd. 'Ik dacht dat ik dat had gedaan.'

'Luister,' zei Logan, 'Kunnen we hier een andere keer over praten? Laten we het nu over kerst hebben.'

'We hebben al plannen,' zei zijn moeder. 'De Costello's geven zoals elk jaar op kerstavond een feest in het Paradise Cove Clubhouse, en ik ben medeorganisator van het ontbijt van de kerk.'

'Plannen zijn er om aangepast worden,' zei Logan. 'Dat zeggen ze, in ieder geval.'

'Ik heb Darcy uitgenodigd om de feestdagen met ons te vieren,' merkte India op. 'Je verwacht toch niet dat ik haar ga vertellen dat ze naar Avalon moet komen in plaats van naar Florida?'

Darcy met het fantastische lijf en de vlijmscherpe geest? Hij wilde absoluut dat zij ook naar Avalon kwam.

'Ik weet zeker dat ze het even fijn vindt om te snowboarden als om te surfen.'

China keek hem aan met een peinzende blik. 'Misschien dat de kinderen het wel leuk vinden voor de verandering. Ik kan me niet herinneren wanneer we voor het laatst een witte kerst hebben gehad.'

'Een witte kerst kan ik garanderen,' zei Logan. Hij knikte dankbaar naar zijn zus. 'Het wordt geweldig. Een perfecte kerst.'

Deel 5

Twee gouden regels:

1. Het ontbijt is de belangrijkste maaltijd van de dag en mag nooit overgeslagen worden.

2. Er is niets – ik herhaal níéts – wat niet lekkerder wordt als je er bacon bij doet.

Broodpudding met bacon en esdoornsiroop

bakspray
450 gram bacon
esdoornsuiker of bruine suiker om de plakjes bacon doorheen te halen
350 milliliter room
120 milliliter esdoornsiroop
1 theelepel speculaaskruiden
snuf zout
6 eieren
8 sneetjes oud wittebrood of brioche

Spuit een ovalen ovenschaal van minimaal 20 centimeter breed in met bakspray.

Haal de plakjes bacon door de esdoornsiroop of bruine suiker. Bak ze in een hete oven op een bakplaat tussen twee stukken bakpapier tot ze knapperig zijn, 15 tot 20 minuten. Haal de bacon uit de oven en verkruimel de plakjes.

Meng room, esdoornsiroop, speculaaskruiden, zout en eieren door elkaar. Bekleed de ovenschaal met het brood en schenk daar het eiermengsel overheen. Bestrooi met de baconkruimels. Dek af en laat een paar uur of een hele nacht in de koelkast staan. Verwarm de oven voor op 190 graden. Bak 20 tot 25 minuten tot de eieren gestold zijn. Serveer met warme stroop.

Hoofdstuk 9

In de week na de fotosessie in Lake Placid, toen Darcy terug was in New York, namen haar zussen haar mee uit lunchen. Het was hun jaarlijkse lunch waarbij ze de kerst planden. Ze bepaalden wat er zou worden gegeten en staken elkaar aan met hun enthousiasme over de naderende feestdagen. Darcy zag er als een berg tegenop.

Vroeger had ze altijd uitgekeken naar deze traditionele lunch, omdat die het begin was van haar favoriete tijd van het jaar. De vijf zussen, die hun hele leven al wisten dat ze meer hersens en creativiteit dan geld hadden, hadden het heerlijk gevonden om nieuwe manieren te bedenken om Kerstmis echt feestelijk te maken. Het plannen was de helft van de pret. De familie Collins – nog altijd 'de buurjongens' genoemd door hun zonen Badgley en Huntley – hadden kerst altijd samen met de Fitzgeralds gevierd. Die traditie was nog versterkt toen Lydia tien jaar geleden met Badgley was getrouwd. Toen Huntley met zijn eerste vrouw getrouwd was, hadden ze haar ook bij de festiviteiten betrokken. Nadat hun kinderen – Amy en Orion – waren geboren, had Darcy met veel plezier mutsjes en sokjes voor hen gehaakt, nooit vermoedend dat ze op een dag hun stiefmoeder zou worden. In het jaar dat Huntleys huwelijk op de klippen was gelopen, had ze hem samen met haar zussen getroost. Het jaar daarop was ze zijn vrouw geworden. Huntley en zijn kinderen waren alles voor haar geweest.

Ook de gezamenlijke viering van de feestdagen had ze geweldig gevonden. De feestmaaltijd op kerstavond, de wandeling naar de kerk voor de nachtmis, waarbij ze kerstliedjes zongen, het ontbijt de volgende dag, het uitpakken van de cadeautjes, het spelletje waarbij ze cadeautjes van elkaar afpakten, de rare augurkprijs. Elk moment was geworteld in traditie en werd deel van hun gezamenlijke, gekoesterde herinneringen. Nu ze gescheiden was, begreep ze hoe kwetsbaar dat allemaal was, hoe gemakkelijk het uit elkaar viel. De liefde die ze in het begin had gevoeld, was eenvoudigweg verdwenen.

'Thanksgiving was niet hetzelfde zonder jou,' zei Kitty.

Lizzie knikte instemmend. 'Precies. Daarom hebben we een nieuwe regel gemaakt. Niemand gaat er meer alleen op uit met de feestdagen, om wat voor reden dan ook.'

'Ik kan me niet herinneren dat ik daarmee heb ingestemd,' zei Darcy.

'We hebben die regel ingevoerd met jou in gedachten. Deel twee van de nieuwe regel is dat je het mag zeggen als er iemand op de gastenlijst staat waar je niet blij mee bent.' Lydia keek verlangend naar de cocktails maar koos een glas sinaasappelsap met bruisend mineraalwater.

'En dan luisteren jullie ook echt? Wat een geweldig concept. Vanwaar ineens die ommekeer?' Darcy liet even een stilte vallen. 'O, wacht. Ik weet het al. Huntleys kinderen waren onuitstaanbaar.' Ze stelde zich Amy en Orion op hun ergst voor: prikkelbaar, overal een puinhoop van makend, ruziënd met elkaar, zeurend over het eten. Toen ze nog met Huntley getrouwd was, had ze de kinderen goed in de hand gehad. Ze hadden dan misschien wel geklaagd dat ze streng was, maar ze hadden wel naar haar geluisterd.

'Volgens mij missen ze je,' zei Mary.

Ik mis hen ook, dacht Darcy. Ja, ze waren de afgelopen paar jaar vreselijk lastig geweest, maar het waren kinderen, kinderen die verdriet hadden.

'We hebben besloten dat het niet eerlijk is om Huntley uit te nodigen als dat betekent dat jij er niet bent met de feestdagen.'

Hadden haar zussen enig idee hoe klein ze zich daardoor voelde? Hoe kinderachtig en egoïstisch? Ze probeerde zich voor te stellen hoe het zou zijn als Huntley en zijn kinderen niet mochten meedoen aan de traditionele kerstviering. Zouden Huntleys ouders dan ook niet komen? Zijn broer? En dan Lydia? Kerstmis zou instorten als een kaartenhuis, alleen maar omdat zij niet bij Huntley in de buurt wilde zijn.

Ze schudde haar hoofd. 'Dat gaat niet werken. Badgley en Huntley zijn praktisch een Siamese tweeling. Ik kan me niet voorstellen dat Badgley hiermee akkoord gaat.'

'Badgley heeft geen keus,' zei Lydia. Ze sloeg haar armen over elkaar. 'Alsjeblieft, Darcy. Dit een heel belangrijke tijd voor ons.'

'Hoe bedoel je, heel belangrijk?'

'We...' Er verschenen tranen in Lydia's ogen en ze nipte aan haar drankje. Haar mimosa zonder alcohol, gemaakt met bruisend mineraalwater.

'O mijn hemel!' riep Darcy uit. 'Je bent zwanger!'

Lydia knikte. Haar flauwe glimlach was trots en mysterieus. 'Ja. Eindelijk.'

In haar haast om Lydia te omhelzen, trok Darcy haar zus bijna van haar kruk. 'Dat is geweldig, Lydia! Ik ben zo blij voor je.'

De andere zussen maakten opgewonden geluiden en omhelsden Lydia ook. Lizzie, altijd de emotioneelste van het stel, pinkte een traantje weg.

'Jullie zijn de eersten die het weten,' zei Lydia, haar ogen afvegend. 'Zeg nog niets tegen pa en ma. Badgley en ik willen het met Kerstmis vertellen. Daarom is het zo belangrijk dat iedereen er is.'

Darcy pakte de handen van haar zus vast en gaf er een kneepje in. 'Ik vind het echt geweldig voor jou en Badgley. Maar ik wil dat het moment waarop je het de hele familie vertelt perfect is, een moment dat je je altijd zult herinneren. Als ik erbij ben terwijl ik Huntleys aanwezigheid moet verdragen, zou dat alleen maar een domper zijn.

'Darcy –'

'Ik maak het iedereen makkelijk door –'

'Nee,' zeiden Mary en Kitty tegelijkertijd.

'Mijn goede vriendin India heeft me uitgenodigd om kerst met haar en haar familie te vieren, en ik heb de uitnodiging aangenomen.'

'Maar dat heb je met Thanksgiving ook al gedaan,' merkte Lydia op.

'Ja, en dat hebben we allemaal overleefd.' Ze dacht nog heel veel vaak terug aan dat droomweekend. Veel te vaak. In de kou en duisternis van de New Yorkse winter kwamen er regelmatig herinneringen boven aan de zon op haar huid, surfen in de zee, zwemmen met dolfijnen en de kus die Logan O'Donnell en zij hadden gedeeld…

Kitty schudde haar hoofd gedecideerd. 'Dit is anders. Dit is Kérstmis. Je kunt je niet onttrekken aan Kerstmis.'

'Ik onttrek me er ook niet aan. Ik vier het gewoon… ergens anders.'

'Dat gaat niet gebeuren,' zei Lizzie, die met een rode pen figuurtjes in haar agenda had zitten tekenen. 'Met kerst moeten we bij elkaar zijn. Dat móét.'

'Anders vergaat de wereld?' Darcy raakte even de arm van haar zus aan. 'Luister, ik wil geen problemen veroorzaken. Door niet met Huntley in één kamer te zijn, bespaar ik iedereen een hoop spanning en ongemakkelijk gedoe.'

'Als je niet gespannen en ongemakkelijk doet, is er niets aan de hand,' zei Mary, alsof het de eenvoudigste zaak van de wereld was.

Darcy verloor haar zelfbeheersing. 'Natuurlijk. Ik moet gewoon vergeten dat hij nog steeds aan tafel zit met de feestdagen, alsof hij dat recht heeft verdient.'

'Wij willen hem er ook niet bij hebben,' verzekerde Kitty haar. 'We willen dat jíj erbij bent. Daarom moet je komen, en dan zeggen we tegen Huntley dat hij niet welkom is.'

Dit gesprek kon nog eeuwen zo doorgaan. Darcy kwam sterk in de verleiding om haar zussen te vertellen dat Huntley haar had bedrogen, maar dat zou alleen maar tot meer conflicten leiden. Ze zouden haar kant kiezen, ze zouden Huntley aanvallen, er zou een breuk ontstaan tussen de families, net op het moment dat Lydia in verwachting was van een nieuwe Collinsbaby. Dus klemde ze haar kaken op elkaar, vastbesloten om niet de aanstichtster te zijn van al die ellende. 'Mijn besluit staat vast,' zei ze tegen haar zussen. 'Ik ga weg met Kerstmis. En ik ga het heel erg leuk hebben.'

'Met je vriendin India? Voelt zij zich niet een beetje schuldig over het feit dat ze je bij je familie vandaan houdt? Wat ben je dan voor vriendin?' wilde Mary weten.

'De beste soort vriendin die je kunt hebben. De soort vriendin die er voor me is als ik haar nodig heb en me geeft waar ik behoefte aan heb. In dit gevoel heb ik behoefte aan iets leuks, iets anders. Zoals surfen met Thanksgiving.'

Lizzie glimlachte. 'Daar heeft ze dan wel weer gelijk in. Surfen klinkt leuk.'

'Heel erg leuk,' verzekerde Darcy haar. 'Hoewel ze misschien niet gaan surfen. Volgens India weten de O'Donnells nog niet zeker waar ze Kerstmis zullen vieren.'

'Hoe bedoel je?' Het was Lydia die dit vroeg. 'Waar nemen ze je mee naartoe?'

'Ze zijn aan het beslissen of het sneeuw of zon wordt.'

'Je bedoelt dat ze meer dan één fantastisch vakantiehuis hebben?' Kitty gaf Lydia een por in haar zij. 'Misschien moeten we allemaal vrienden worden met de O'Donnells.'

'Misschien wel,' zei Darcy. 'Een deel van de familie wil Kerstmis op het strand in Florida vieren. De rest wil een witte kerst in de Catskills.'

'Wat voor een plek in de Catskills?'

'India's broer, Logan, is medeeigenaar van een skiresort in Avalon, in Ulster County.' Darcy wist wel waar ze heen wilde, maar ze had natuurlijk geen stem in de plannen van de O'Donnells.

Lydia floot zachtjes. 'Er is een bróér.'

'En die broer,' vroeg Lizzie, 'is die toevallig vrijgezel?'

'En heeft hij toevallig rood haar en groene ogen en een geweldige glimlach, om maar te zwijgen over zijn buikspieren, waar je kaas op kunt raspen?'

Darcy gaf haar zacht een klap. 'Hé, je hebt in mijn zaken lopen neuzen.'

'Ik noem het onderzoek doen. Is het een geheim?'

'Nee, maar het is… nieuw. Misschien dat het helemaal niets wordt. Of misschien wel.' Ze wist dat haar wangen nu vuurrood waren, want ze wílde dat het iets zou worden. Sterker nog, ze had een fotosessie gepland op Saddle Mountain in de hoop hem tegen het lijf te lopen.

'Nu wordt het ineens allemaal duidelijk,' zei Lydia, lachend om Darcy's rode wangen. 'We weten wat Darcy wil hebben voor Kerstmis.'

'Hé –'

'Je mag me niet slaan. Zwangere zussen slaan is verboden.'

Hoofdstuk 10

Logan liep heen en weer op het perron, zwaaiend met zijn armen en stampend met zijn voeten om warm te blijven. Sinds de vorige avond hingen er dikke sneeuwwolken boven Avalon. Het dorp was bedekt met een verse laag wit, en de zon probeerde door de wolken te breken, zodat er af en toe een glimp hemelsblauwe lucht te zien was. De sneeuw was goed nieuws voor het Saddle Mountainresort, dat op 1 december met veel bombarie was geopend. Sinds die tijd waren er elke dag drommen mensen naar de berg gekomen: inwoners van Avalon en toeristen, bezoekers uit New York, mensen die van de verfrissende winterlucht hielden en genoten van een dagje op de pistes.

Hij had geen dag – of zelfs maar meer dan een paar uur achter elkaar – vrij gehad sinds de burgemeester onder aan de grootste stoeltjeslift het lint had doorgeknipt. Ook dit was een bijzondere dag, zij het op een akelige manier. Maya Martin moest de gevangenis in, dus kwam ze haar kinderen brengen, zodat hij twee maanden voor hen kon zorgen.

Zijn oorlellen deden pijn van de kou. Hij trok zijn muts verder naar beneden en liep nog wat sneller, ook omdat hij nerveus was. Wat ging er op dit moment door Maya heen? Hij kon zich niet eens voorstellen. Hoe nam je voor twee maanden afscheid van je kinderen omdat je de gevangenis in moest? Oké, hij vond het elke keer weer zwaar om Charlie naar zijn moeder te sturen, maar de omstandigheden waren nooit zo extreem als die waarin Maya nu verkeerde.

André en Angelica zouden haar niet mogen bezoeken. Daar stond Maya op. Ze wilde niet dat haar kinderen naar de met prikkeldraad en hekken beveiligde gevangenis zouden komen. Daar zouden ze worden gefouilleerd en ondervraagd en dan naar een deprimerende bezoekerszaal worden gebracht waar zij ongetwijfeld zou instorten zodra ze hen zag. Dat zou hun allen slechts tranen en verdriet opleveren.

Sinds hij ermee had ingestemd om voor de kinderen te zorgen, was Logan twee keer naar New York gereisd om André te zien en zijn jongere zusje Angelica te leren kennen. Op die manier zouden ze niet helemaal het gevoel hebben dat ze bij een vreemde werden ondergebracht. Hij was uitgebreid ondervraagd door sociaal werkers die zelf ook onderzoek hadden gedaan naar zijn verleden; een begrijpelijke inbreuk op zijn privacy.

Met zijn verkleumde hand pakte hij zijn telefoon uit zijn zak en scrolde naar een foto van het kleine meisje. Angelica's naam paste goed bij haar, want ze zag er inderdaad uit als een engeltje: net zo mooi als haar moeder, maar dan zeven en met twee ontbrekende voortanden.

De eerste keer dat hij haar had ontmoet, had ze een liedje voor hem gezongen: haar eigen versie van Born This Way van Lady Gaga. Het ontroerde hem altijd om kleine kinderen te zien zingen en lachen. Kleine kinderen die met Kerstmis gescheiden waren van hun moeder deden meer dan hem alleen ontroeren. Die braken zijn hart.

De trein reed het station binnen en stopte met piepende remmen. Ineens klopte zijn hart sneller. Hij wilde dat dit goed ging. Hopelijk zouden de kinderen niet huilen of, erger, paniekerig worden.

Hij en Maya hadden een plan. Ze zouden samen naar zijn nieuwe huis op de berg gaan, zij zou blijven tot de kinderen een beetje geacclimatiseerd waren en dan daar afscheid nemen. Dat leek de minst traumatische manier om dit aan te pakken.

Er kwam een stroom mensen uit de trein: toeristen en reizigers, allemaal goed ingepakt tegen de kou. Tevreden keek hij naar de uitstappende skiërs en snowboarders, die naar Saddle Mountain zouden gaan. Het chalet was helemaal volgeboekt tijdens de feestdagen.

Hij was vastbesloten het niet alleen goed te laten lopen – hij wilde dat het een overweldigend succes werd. Grotendeels omdat hij iets wilde bereiken, iets wilde opbouwen voor de toekomst. Voor Charlie. En ja, hij was eerlijk genoeg om toe te geven dat hij ook aan zijn vader wilde bewijzen dat hij dit kon.

‘Kijk eens aan,’ zei een heldere, opgewekte stem. ‘Nu voel ik me echt een vip. Wat leuk dat je me van de trein komt halen.’

Tot zijn grote verbazing zag hij Darcy Fitzgerald, die een rolkoffer voorttrok terwijl ze over het perron naar hem toe liep. Wat deed ze in vredesnaam hier? Zijn hart sloeg over toen ze naar hem glimlachte. Op hetzelfde moment kwamen er herinneringen bij hem boven: alle leuke dingen die ze hadden gedaan toen ze elkaar de vorige keer hadden gezien. Surfen in het zonnige Florida. Het strand. De kus. Die kus had nog dagen door zijn hoofd gespeeld.

Hij had haar moeten bellen, maar hij had het te druk gehad. Ten eerste had hij Charlie op het vliegtuig naar zijn moeder moeten zetten. Toen was hij zelf teruggevlogen naar Avalon om alles te regelen voor de opening van het resort. En hij had samen met Maya een plan moeten maken voor het opvangen van haar kinderen. De tijd was hem door de vingers geglipt, en uiteindelijk had het vreemd geleken om achter Darcy aan te jagen. Waarschijnlijk had ze toch niet zitten wachten op een telefoontje van hem. Maar nu was ze hier, onaangekondigd, als een pakketje dat onverwacht werd bezorgd.

Ze omhelsde hem kort, en hij voelde haar warme adem op zijn ijskoude wang. Zelfs door de lagen van hun kleding heen kon hij haar strakke, atletische lichaam voelen. Wat was dit? Hij probeerde erachter te komen of dit het soort omhelzing was dat ze de broer van een vriendin gaf… of een man in wie ze interesse had.

‘Ik neem aan dat India je heeft verteld dat ik kwam.’ Ze sprak snel, alsof ze nerveus was. Of misschien gewoon opgetogen.

‘Nou, eigenlijk ben ik…’ Hij maakte zijn zin niet af. Dit was absurd. Ze leek te denken dat hij voor haar naar het station was gekomen. Het zou te veel tijd kosten om de situatie met Maya en de kinderen uit te leggen.

‘Deze week bleek perfect te zijn voor een van onze klanten.’ Ze klonk nu duidelijk opgetogen. ‘We gaan foto’s en videoopnames met een kerstachtig tintje van hun snowboardspullen maken. Ik heb jouw advies opgevolgd en iedereen hierheen laten komen in plaats van naar

Gore of Whiteface. Je had gelijk, het is hier perfect in de kersttijd.' Haar ogen glinsterden toen ze de capuchon van haar parka van haar hoofd trok en rondkeek. Het station was versierd met dennentakken, lampjes en glimmende ornamenten. Uit de luidsprekers kwam kerstmuziek. 'De fotografen die we hebben geregeld, zijn echt de beste in hun vak. Ze zullen ervoor zorgen dat Saddle Mountain eruitziet als een droom, dat beloof ik je. De anderen zijn gisteren al hierheen gegaan om de fotosessie voor te bereiden, maar ik moest nog wat dingen afmaken op kantoor. We zien elkaar straks allemaal op het resort. Je assistente heeft echt heel goed geholpen bij het organiseren.'

Eindelijk vielen alle stukjes op hun plaats. Hij had haar uitgenodigd, hoewel hij nooit had verwacht dat ze op zijn uitnodiging zou ingaan. Zijn assistente, de hyperefficiënte Brandi, had slechts één missie: alles waar hij geen tijd voor had afhandelen. Daar viel ook de public relations onder, wat waarschijnlijk de reden was waarom hij niet over Darcy's project had gehoord.

Ineens werd hij erg enthousiast over deze nieuwe ontwikkeling. Blijkbaar was dit een vroeg kerstcadeautje. 'Dat is geweldig,' zei hij.

'Waar staat je auto?' Ze keek in de richting van de uitgang.

'Eh... ja, eigenlijk ben ik hier om iemand anders op te halen,' zei hij, erg slecht op zijn gemak. 'Ik realiseerde me niet –'

'O!' Haar wangen werden rood – nog roder dan ze al waren door de kou. 'O nee! Wat stom van me ervan uit te gaan dat je hier bent om mij een lift te geven.'

'Normaal gesproken zou ik dat met alle plezier doen.' Hij keek om zich heen, bedenkend hoe hij met haar zou kunnen afspreken. Zodra Maya's kinderen er waren, zou het lastig zijn om tijd vrij te maken. 'Maar vandaag komt er een bijzondere persoon.'

'O.' De vrolijkheid in haar ogen doofde uit, al bleef ze glimlachen.

Die heerlijke volle lippen. Hij wist hoe zacht ze waren, dat ze smaakten naar met bosbessen; de herinnering achtervolgde hem sinds hij haar had gekust. Hij was een idioot. 'Ik bedoel niet dat jij niet bijzonder bent, ik bedoel –'

'Logan!' riep Maya, die zwaaiend kwam aan lopen, gevolgd door haar kinderen. Haar gezicht stond strak van de spanning. Toen ze bij hem was, sloeg ze haar armen om hem heen en gaf hem een knuffel. Het was hem duidelijk waarom ze zich zo aan hem vastklampte: hij voelde dat ze bevend ademhaalde en wist dat ze op het punt stond te breken.

'Hoi,' zei hij, en hij deed een stap achteruit. Dit was het ongemakkelijkste moment van zijn leven.

'Zo,' zei Maya met gemaakte vrolijkheid, 'gaan we meteen naar jouw huis of –'

'Mijn huis,' zei hij. Hij ging nog iets verder van haar af staan, maar het was al te laat. Hij had precies de verkeerde dingen gezegd. 'Eh… Maya, dit is Darcy.'

'Hoi,' zei Darcy. Ze richtte haar blik weer op Logan. 'Sorry, ik kan beter gaan. Ik heb… Je weet wel, een hoop te doen voor mijn werk.'

'Natuurlijk. Goed.'

'Het was leuk om je te zien,' mompelde ze, waarna ze zich ze zich zo snel mogelijk uit de voeten maakte. Ze rende bijna richting de taxistandplaats.

Met moeite onderdrukte Logan een kreun van frustratie. Op dit moment kon hij zich niet druk maken over haar. Hij dwong zichzelf zijn aandacht op de kinderen te richten. Hoe kon hij dit in hemelsnaam makkelijker voor hen maken? Dat kon hij niet. Dat kon niemand.

'Oké, jongens. Naar de top van de berg. Ik weet zeker dat jullie het daar geweldig zullen vinden.'

'Ik ben al een keer bij jou thuis geweest,' zei André. 'Vorige zomer. Weet je nog? Ik heb een nacht bij jullie gelogeerd voor het kamp begon.'

'Dat klopt. Maar dat was een ander huis, in het dorp. Dat huis heb ik verkocht, en ik woon nu ergens anders,'

'Waar dan?' wilde Angelica weten.

'Boven op de berg, zoals ik al zei. Daar staat een enorm huis waar iedereen in past die Kerstmis komt vieren. Jullie slapen in een kamer met stapelbedden, samen met Charlie en zijn neefjes.'

'Cool,' zei André. 'Ik slaap bovenin.'

Logan maakte de achterbak van de jeep open en zette hun bagage erin. 'Stap maar in. Het is ongeveer een halfuur rijden naar mijn nieuwe huis. Zelfs Charlie heeft het nog niet gezien. Hij komt pas over twee dagen.'

De kinderen kletsten aan een stuk door terwijl ze de berg op reden. Tot Logans opluchting leken ze het een spannend avontuur te vinden in plaats van dat ze doodsbang waren omdat ze hun moeder zo lang niet zouden zien.

'Mama gaat een tijdje weg omdat ze moet werken,' zei Angelica.

Logan keek even naar haar in de achteruitkijkspiegel. Blijkbaar vermoedde het meisje niets. Hij kon het Maya niet kwalijk nemen dat ze de waarheid had verdraaid. Het had geen zin om de kinderen bang te maken door hun te vertellen dat hun moeder naar een angstaanjagende plek ging. Toen hij een blik op André's gezicht wierp, zag hij dat de jongen minder argeloos was. Logan had de indruk dat hij niets van het verhaal geloofde. Met een strak gezicht en zijn ogen half dichtgeknepen, keek de jongen uit het raam. 'Charlie kijkt er heel erg naar uit om samen met jullie Kerstmis te vieren,' zei Logan. 'Hij kan niet wachten om jullie te zien. Over een paar dagen komt hij helemaal vanuit Oklahoma hiernaartoe.'

André knikte. 'Hij gaat verhuizen naar Japan. Dat schreef hij in een email.'

'Leuk dat jullie elkaar mailen.' Logan was blij om dat te horen. Zelf kreeg hij ook regelmatig emails van zijn zoon, meestal korte opsommingen van feiten – de wereld volgens Charlie: ik ben vandaag naar de kapper geweest, we zijn op excursie geweest naar het verkeersopleidingscentrum, sushi is uitgevonden in Japan. Ik heb één rolletje sushi gegeten en het was heel vies. Als ik in Japan woon eet ik geen sushi.'

Logan schreef altijd meteen terug. Hoewel het niet hetzelfde was als bij elkaar zijn, zorgden de emails en dagelijkse videogesprekken die ze voerden er toch voor dat ze echt deel uitmaakten van elkaars leven.

'Waarom ben je naar boven op de berg verhuisd?' vroeg André. Hij staarde nog steeds naar de winterse bossen. De zwarte stammen van de bomen leken in de bergwand te zijn geëtst.

'Ik woon niet helemaal op de top van de berg,' zei Logan, 'maar het komt aardig in de buurt. En ik woon daar omdat ik werk op het resort dat daar ligt.'

Angelica werd duidelijk nieuwsgierig. 'Wat voor een resort is het?'

'In de winter kun je er skiën en snowboarden en sleeën. Als je jezelf goed inpakt en op de paden blijft, kun je ook wandelingen maken.'

'Dat klinkt leuk,' zei Maya. 'Of niet, jongens?'

'Hoe weet de Kerstman dat we hier zijn?' vroeg het kleine meisje.

Logan lachte. 'Dat is geen probleem voor de Kerstman, dat weet hij gewoon. Het is een van zijn bijzondere eigenschappen.'

'Echt?'

'Toen ik zo oud was als jij, namen mijn vader en moeder me met Kerstmis altijd mee naar Florida. En de Kerstman vond me altijd, ik vond altijd de cadeautjes die ik wilde hebben onder de boom.'

'Ik snap niet hoe dat kan.'

'Zo gaat het gewoon,' verzekerde Maya haar dochtertje.

Logan knikte. 'Je moeder heeft gelijk. Het is een wonder. Wat willen jullie hebben van de Kerstman?'

'Dat zeg ik niet,' antwoordde André. 'Ik vertel het alleen tegen de Kerstman zelf.'

'Goed plan,' zei Logan.

André legde het verder uit. 'Ik heb gehoord dat je misschien niet krijgt wat je wilt als je het tegen te veel mensen vertelt.'

Voorzichtig reed Logan verder de kronkelige bergweg op. Het dorp verdween uit het zicht, nu zagen ze alleen nog de indrukwekkende bossen, waar hier en daar zonlicht doorheen viel. 'Ik weet het goed gemaakt. We zullen extra lampjes ophangen, zodat de Kerstman weet waar hij moet landen met zijn slee. Voor alle zekerheid.'

'Als we bij jou wonen terwijl mama weg is, wie zorgt er dan voor ons?' vroeg Angelica.

'Ik,' zei Logan.

'Maar wie is de mama?'

'Ik kan alles doen wat een mama doet, alleen ben ik beter in sommige dingen.'

'In welke dingen?'

'In zingen, bijvoorbeeld. En snowboarden.'

'Echt? En waarin nog meer?'

'In koken. Wacht maar tot je mijn warme chocolademelk proeft. Ik weet zeker dat je dan zegt: "Logan, dit moet je voor iedereen op aarde maken. Dan komt er overal vrede. En dan stopt het broeikaseffect."'

Er werd gegiecheld op de achterbank. 'Wat nog meer?'

'Scheten laten met je oksel. Dat zal ik je leren.' Ze reden langs het resort, en hij wees hun de belangrijkste gebouwen aan. 'Dat is het hoofdgebouw, waar je heerlijke chili con carne kunt eten, en de beste frietjes die ooit zijn gemaakt. Daar aan de andere kant is de skischool. Alle instructeurs dragen fluorescerende groene parka's zodat je ze makkelijk kunt herkennen. Het chalet is een hotel, en het heeft een buitenzwembad en twee bubbelbaden.'

'Mogen wij het zwembad ook gebruiken?' vroeg André.

Logan knikte. 'Natuurlijk. Wij regelen hier de boel, en dat brengt voordelen met zich mee.'

'Vet!'

Hoewel ze hem eraan herinnerden hoe erg hij Charlie miste, vond Logan het leuk om de kinderen om zich heen te hebben. Toen hij de auto voor zijn garage had geparkeerd, probeerde hij naar het huis te kijken zoals een vreemde zou doen, en hij besefte opnieuw hoe enorm het was. Het huis had dezelfde nostalgische uitstraling als de rest van het resort, met luiken voor de ramen en overal bruin geverfde relingen, met schoorstenen op elke hoek van het dak. Wanneer hij in zijn eentje in het grote gebouw was, voelde hij zich net één knikker in een grote glazen pot. De kinderen zouden zijn eenzaamheid ongetwijfeld verdrijven.

'Daar zijn we dan,' zei hij, waarna hij uitstapte en hun bagage uit de achterbak haalde. 'Kom binnen, dan geef ik jullie een rondleiding.'

'Wie past er op ons wanneer jij aan het werk bent?' vroeg Angelica.

'Chelsea,' zei Logan. 'Vanmiddag komt ze langs om kennis met jullie te maken. Ik weet zeker dat jullie dol op haar zullen zijn.' Chelsea was een vriendin die hij had overgehouden uit de tijd dat hij getrouwd was. Na een scheiding vielen de vrienden meestal uit elkaar in twee groepen: vrienden van de exbruid en vrienden van de exbruidegom. Chelsea was een van de weinigen die contact met hem zowel als zijn ex had gehouden.

'Je hebt echt een enorm huis,' zei Angelica, naar binnen lopend. Ze keek haar moeder aan, die bemoedigend naar haar knikte.

Glimlachend zei Maya: 'Meer dan genoeg ruimte voor iedereen.

Logan gaf hun een korte rondleiding: de keuken en de woonkamer, de tvkamer en een heel grote eetkamer, met daarin een lange tafel waar zestien mensen aan konden zitten. Tot nu toe had hij nog nooit aan die tafel gegeten. Het voelde belachelijk, één man aan zo'n groot blad. De tweede en derde verdieping bestonden uit slaapkamers en badkamers in allerlei maten, waaronder slaapkamers voor acht personen met stapelbedden.

'Hier slapen jullie. Als Charlie en de anderen hier zijn, zijn jullie met zeven kinderen.'

'Cool,' zei André, en hij klom als een aap naar een van de bovenste bedden.

Maya trok een wenkbrauw op. 'Dat zijn een hoop kinderen.'

'Dat kan ik wel aan,' verzekerde Logan haar.

Ze keek om de paar minuten op haar telefoon. Terwijl ze door het huis liepen en alle hoeken en gaten verkenden, werd ze steeds nerveuzer.

Toen ze het hele huis hadden bekeken, liet hij hun nog even het resort zien. In het hoofdgebouw zag hij Darcy Fitzgerald vanuit de verte, maar ze was in gesprek met haar vrienden of collega's, dus stoorde hij haar niet. Het was duidelijk dat Maya dit niet lang meer volhield, en hij moest ervoor zorgen dat de kinderen zich al een beetje thuis voelden voor hun moeder vertrok. Hij liep samen met hen terug naar het huis.

'Gaat het?' vroeg hij zachtjes, de deur voor Maya openhoudend.

'Mijn zenuwen begeven het bijna,' zei ze. 'Ik heb een kalmerend middel gekregen van mijn huisarts, maar de pil die ik vanochtend heb genomen, begint volgens mij al uit te werken.'

'Wie heeft er trek?' vroeg hij, en hij wendde zich tot de kinderen.

'Ik ben uitgehongerd,' antwoordde André.

'Kom, dan gaan we boterhammen smeren.'

Terwijl de kinderen probeerden te besluiten of ze liever een boterham met pindakaas en jam of een tosti wilden, keek Maya met een smachtende, liefdevolle blik naar hen.

Logan had intens medelijden met haar. Wat moest dit vreselijk moeilijk voor haar zijn. 'Concentreer je op de toekomst,' fluisterde hij. 'Denk aan februari, wanneer je vrijkomt.'

'Dat is het enige wat me op de been houdt.' Ze keek weer naar haar telefoon. 'Mijn lift naar het station zou er al moeten zijn.'

Adam Bellamy had aangeboden haar terug naar het station te brengen. 'Hij komt zo,' stelde Logan haar gerust.

'Ik wil het afscheid nu eigenlijk gewoon achter de rug hebben.'

Logan knikte. 'Dat lijkt mij ook een goed idee.'

'Ja. O hemel, hoe ik kon toch zo stom zijn?' Ze liep naar de foyer, zodat de kinderen haar niet konden horen. 'Zo, zo stom.'

'Luister, je moet niet zo hard voor jezelf zijn. Je bent ook maar een mens.'

'Ik dacht dat ik van hem hield. Ik dacht… Nee, ik dacht juist níét. We doen zulke stommen dingen door de liefde. Waarom is dat toch?'

'Geen idee. Zelf heb ik ook meer dan genoeg stomme dingen gedaan.' Hij zag dat ze haar kinderen verslond met haar ogen. 'Ik zweer op mijn leven dat ik goed voor ze zal zorgen.'

'Dat weet ik, Logan. En daar kan ik je niet genoeg voor bedanken.'

Toen Adam zijn auto voor het huis stopte, wankelde ze even op haar benen.

Logan pakte haar arm vast om haar te ondersteunen. 'Rustig aan,' mompelde hij. 'Het komt allemaal goed.'

'Hé jongens!' riep ze naar haar kinderen. 'Ik moet ervandoor! Kom hier en geef me knuffels en kussen.' Ze moest zich zichtbaar bedwingen om niet te huilen terwijl ze zichzelf op één knie liet zakken en haar armen uitspreidde.

Logan voelde zijn hart breken toen ze voor de laatste keer hun geur kon opsnuiven. Hoewel de kinderen haar stevig omhelsden, lieten ze haar snel weer los, niet wetend waar ze echt heen ging.

'Wees sterk,' zei hij tegen haar. 'Je slaat je hier doorheen.'

Ze vluchtte bijna Adams truck in en keek niet om. Verdrietig keken de kinderen haar na.

Meteen kwam Logan in actie. 'Ik heb een verrassing voor jullie.'

'Wat dan?'

'We gaan kerstkoekjes versieren. Hebben jullie dat al eens eerder gedaan?'

André keek sceptisch. 'Je bedoelt met glazuur en zo?'

'Glazuur en gekleurde hagel en allemaal lekkere dingen. Je zult versteld staan van wat ik allemaal heb gekocht. Maar dit zijn geen gewone koekjes.'

'O nee? Wat zijn het dan wel?'

'Het zijn Walking Deadkerstkoekjes.' Logan bewoog ineens schokkerig als een zombie en probeerde de kinderen te pakken terwijl hij dreigend gromde. Angelica gilde, en ze renden allebei weg. Nog steeds grommend dreef hij hen de keuken in, waar hij de muziek harder zette en er het beste van hoopte.

Hoofdstuk 11

Darcy was hopeloos afgeleid terwijl ze werkte. Iedereen in haar team was razend enthousiast, en normaal gesproken zou ze die energie delen, zou ze volop genieten van het feit dat ze zoiets gaafs gingen doen. Er waren maar weinig dingen leuker en spannender dan uitgekozen zijn door een klant om hun uitrusting en kleding uit hun nieuwe collectie voor de camera te testen.

Vandaag had ze echter iets anders aan haar hoofd, of beter gezegd: iemand anders. Logan O'Donnell. Ze had zichzelf volledig voor schut gezet op het station. Wat een ontzettend stom plan om onaangekondigd hierheen te komen, met zo'n doorzichtig excuus. En om er dan ook nog eens vanuit te gaan dat hij op het station was om haar op te halen... Ze rilde van afschuw en vroeg zich af of ze in staat zou zijn om te lachen voor de camera.

Het was een enorme tegenvaller om te ontdekken dat de man op wie je een oogje had – een totaal misplaatst oogje, bleek nu – een vriendin met kinderen had. Een beeldschone vriendin bovendien. Fijn voor hem.

Wat had haar bezield om achter hem aan te jagen terwijl hij haar niet had gebeld, geappt, of zelfs meer een paar woorden had gemaild sinds Florida? De fotosessie was een hopeloos doorzichtig excuus om hierheen te komen. Het was hetzelfde als een schoolmeisje dat langs het huis van een knappe jongen fietste om zijn aandacht te trekken.

Nu ze erover nadacht, had ze dat ook gedaan toen ze in de brugklas zat, en ook toen had het haar ook niets opgeleverd. Geen wonder dat Logan haar niet meer had gebeld na Florida. Eén kus schepte nu niet bepaald verplichtingen. Zelfs als het een fantastische kus was. Zelfs als die kus volgde op een magisch moment dat ze met elkaar en de dolfijnen hadden gedeeld. Zelfs als het de soort kus was waar ze nu nog doorlopend aan moest denken.

'We zijn er klaar voor, Darcy!' riep de coördinator van de sessie, 'Wauw. Je ziet er geweldig uit.'

'Twee uur in de makeupstoel, en ik ben een natuurlijke schoonheid,' zei ze, theatraal zwaaiend met haar hand, die in een modieuze handschoen was gestoken.

'Haha.'

'Waar wil je me hebben?'

'Boven aan de lange stoeltjeslift. Het licht is echt perfect vandaag. Dit resort is trouwens ideaal. Wiens geniale idee was het om hierheen te gaan in plaats van naar Lake Placid?'

'Het mijne,' antwoordde Darcy. Ik en mijn achterlijke ideeën, dacht ze.

'Het is super. Ik wil wedden dat we binnen één dag klaar kunnen zijn.'

Dat was een opluchting, dacht ze, terwijl ze de stoeltjeslift naar boven nam. Bij haar was Jeff, een man die zei dat hij uit het dorp kwam en al van kinds af aan op Saddle Mountain skiede.

'Ik vind het heel goed wat de nieuwe eigenaar doet,' zei hij.

Ik niet, dacht Darcy. Maar uit beleefdheid vroeg ze: 'Wat doet hij dan?'

'Hij behoudt wat de mensen leuk vinden aan het resort en bouwt daarop verder, in plaats van alles in één keer te veranderen.'

Boven aan de lift stond haar ploeg te wachten, samen met Brandi, Logans hyperefficiënte assistente, die alles perfect had geregeld via email. Brandi droeg een vintage skibroek van stretch en een strakke trui en was mooi genoeg om model te zijn. Even later kwam ook de operationeel manager van het resort bij hen staan; een opvallende jonge vrouw met rood haar die een groen jumpsuit droeg. De cameraman kon zijn ogen niet van haar af houden. Blijkbaar omringde Logan zichzelf graag met aantrekkelijke vrouwen. Geen wonder dat hij niet geïnteresseerd was in haar. Onmodieuze Darcy met haar alledaagse uiterlijk…

'Klaar?' vroeg de fotograaf.

Darcy knikte. 'Klaar.'

'Laat onze spullen op hun best uitkomen,' zei de vertegenwoordiger van het snowboardbedrijf.

'Ik ga mijn best doen.' Ze was geen supermodel, dat wist ze. Maar als ze snowboardde, kreeg ze het magische gevoel dat surfen haar ook bezorgde. Alle schoonheid van de wereld stroomde door haar heen, en het genot dat ze ervoer terwijl ze over de sneeuw gleed, was bijna iets tastbaars, een element dat je kon zien en vastleggen. Vandaag was het bovendien extra bijzonder: het kerstseizoen was begonnen.

Het was altijd haar favoriete tijd van het jaar geweest, en ze had zich vast voorgenomen haar plezier door niemand te laten bederven. Ook al zou ze niet deelnemen aan de gezamenlijke kerstviering van de Fitzgeralds en de familie Collins, ze werd toch vrolijk bij het vooruitzicht van Kerstmis. Het feit dat Logan een vriendin had, was juist goed nieuws, besloot ze. Nu hoefde ze niet te beslissen of ze wel of niet een beetje verliefd op hem was. Ze hoefde niet te besluiten of ze een relatie wilde hebben of toch vrijgezel wilde blijven. Die twijfel bewees eens te meer dat ze helemaal niet klaar was voor een nieuwe vriend en dat ze al helemaal niet geïnteresseerd was in een man met een kind. Ook al was die man belachelijk aantrekkelijk en kuste hij als een droomminnaar.

Dat was dus dat, dacht ze, en ze liet zich van de helling glijden, de zonnige, besneeuwde vallei in. Het was een dag die was gemaakt om te zweven. De lucht was strakblauw. De sneeuw die gisteren was gevallen, glinsterde in de zon en maakte de heuvel tot een schitterende diamant. Het pure genot van langs de helling naar beneden stuiven, nam bezit van haar. Ze voelde het in elke beweging, in haar snelheid en haar houding. De koude wind op haar gezicht en de zon in haar ogen gaven haar het gevoel dat ze leefde. Ze slalomde tussen de kale esdoorns en berken door, vervuld van de speciale energie van deze fraaie winterdag.

'Fantastisch,' zei Kyle Bohner, de videograaf, die, behangen met foto en filmapparatuur, tegelijk met haar de berg was afgedaald. 'Dit wordt zo cool.'

De zonneschijn was een zeldzaam geschenk. Terwijl ze werkte, vergat ze alle andere dingen. Haar ploeg had een afgelegen piste gevonden waar nog niemand vanaf was gegaan. De besneeuwde helling vormde een schitterend contrast met het ruige graniet van de Catskills. Darcy's outfit en uitrusting, van de helm tot de kleurige onderkant van het snowboard, zouden er geweldig uitzien in dit licht en tegen deze dramatische achtergrond.

De fotograaf en videograaf maakten talloze foto's en opnames van haar terwijl ze over het steile terrein stoof en stunts deed, waaronder de Fitz Twist, die ze zelf had bedacht. Tegen het eind van de sessie had de adrenaline die door haar lichaam gierde de herinnering aan de ongemakkelijke ontmoeting op het station verdreven. De zon raakte net de top van Saddle Mountain toen de coördinator zei dat ze genoeg materiaal hadden. Het plan was om allemaal terug te gaan naar het hoofdgebouw om even op te warmen voor ze hun spullen inpakten en weer naar New York te reizen. De klus was geklaard.

Toen Darcy de helm afzette en haar handen door haar haren haalde, zag ze Logan en zijn vriendin uit de opzichterswoning komen. Hij hield de deur voor haar open terwijl ze naar buiten liep. Op dat moment keek hij op, zag Darcy – ze was moeilijk te missen, aangezien de kleur van dit seizoen appelgroen was – en zwaaide naar haar.

Het zal mij een biet zijn, terugzwaaiend. Het was een geweldige dag geweest, en ze was niet plan van hem of wie dan ook die te laten bederven.

Ze ging bij de rest van de ploeg in de rustieke bar zitten, waar houten stoelen stonden en een enorme haard van riviersteen was. Uit verborgen speakers kwam leuke muziek. In stilte foeterde ze zichzelf uit omdat ze had gedacht dat het iets kon worden tussen haar en Logan O'Donnell. Ze had beter moeten weten.

'Er zit je iets dwars,' zei Bohner. 'Waar denk je aan?'

'Dat je nooit verwachtingen moet hebben,' zei ze, waarna ze een slok nam van haar warme chocolademelk. 'Dan word je ook nooit teleurgesteld.'

'Wauw. Ik weet niet of ik het daar wel mee eens ben.'

'Soms moet je jezelf beschermen,' zei ze. 'Nee, niet soms. Altijd.'

'Als je jezelf altijd beschermt, kun je ook de goede dingen missen.'

'Je bent in ieder geval veilig,' kaatste ze terug.

'Interessant dat je bereid bent je leven te wagen op een skipiste, maar emotioneel geen risico durft te nemen.'

'Ik wist niet dat je amateurpsycholoog was.'

Hij lachte, waardoor zijn lange dreadlocks schudden. 'Het komt denk ik omdat ik gewend ben naar mensen te kijken.'

Terwijl ze de rekening betaalden, vroeg ze zich af of dit incident betekende dat ze haar plannen voor Kerstmis moest wijzigen. Ze had er zo naar uitgekeken om de feestdagen samen met de O'Donnells te vieren. Sneeuwpret, Kerstmis in een schitterend dorp, lekker eten en goede vrienden. Het feit dat Logan blijkbaar het bed deelde met een beeldschone vrouw, zou daar niets aan moeten veranderen.

Maar dat deed het helaas wel. Misschien moest ze andere plannen maken. Misschien kon ze naar een land vliegen waar ze nooit van Kerstmis hadden gehoord.

Haar telefoon gaf een piepje, wat betekende dat ze een berichtje had ontvangen. Toen ze naar het scherm keek en zag van wie het bericht was, sloeg haar hart over. Het was van Logan O'Donnell. Gespannen opende ze het bericht.

Voor alle duidelijkheid: ze is niet mijn vriendin.

Meer niet. Dat was alles. Waarom liet hij haar dat in vredesnaam weten? Was het waar? Dacht hij dat het ertoe deed? Ze stuurde een appje terug:

Voor alle duidelijkheid: dat ben ik ook niet.

Deel 6

Zombiekoekjes doen het altijd goed bij kinderen. Het maakt niet uit als ze breken, dat past goed bij zombies. En iedereen weet dat gebroken koekjes net zo lekker zijn als hele.

Walking Deadsuikerkoekjes

290 gram bloem
1 theelepel bakpoeder
1 theelepel kaneel
1/2 theelepel geraspte nootmuskaat
1/4 theelepel zout
250 gram kristalsuiker
225 gram zachte boter
1 ei
2 theelepels vanilleextract

Glazuur
120 gram poedersuiker
2 tot 3 theelepels melk
1/2 theelepel vanilleextract
3 tot 4 druppels rode voedselkleurstof

Klop de kristalsuiker en boter in een grote kom met een elektrische mixer tot je een luchtige crème hebt. Doe het ei en de vanille erbij, klop goed. Voeg op een lage snelheid geleidelijk de droge ingrediënten toe tot alles goed gemengd is. Zet het deeg twee uur of een hele nacht in de koelkast.

Verhit de oven voor op 190 graden. Rol het deeg uit op een licht met bloem bestoven oppervlak tot ongeveer 1 centimeter dikte. Steek uit het deeg koekjes met een koeksteker in de vorm van een mannetje. Leg ze op een met bakpapier bedekte bakplaat.

Bak 8 tot 10 minuten of tot ze goudbruin zijn. Laat volledig afkoelen.

Maak het glazuur door alle ingrediënten behalve de kleurstof door elkaar te mengen. Verdeel het witte glazuur over twee kommetjes en meng de kleurstof door één van de kommetjes.

Gebruik het witte glazuur om mummiewindsels te maken en het rode voor verwondingen en bloedige stompjes. Bestrooi royaal met gekleurde hagel en andere versieringen.

(Bron: losjes gebaseerd op een recept van McCormick Spice Collection.)

Hoofdstuk 12

Op de dag dat de O'Donnellclan op het resort zou aankomen, was Logan gespannen, wat niets voor hem was. Om zijn gedachten te verzetten hield hij zich bezig door het pad dat naar het huis leidde sneeuwvrij te maken. Het huis zag er goed uit. Niet zo perfect als dat van zijn ouders in Florida, maar wel als een kersthuis, met ijspegels die van het dak hingen en gekleurde lampjes in de kerstboom voor het raam. Hij en de kinderen hadden de boom de dag voor Charlies aankomst opgetuigd.

Het was de eerste Kerstmis die hij organiseerde voor de familie, en hij wilde dat alles perfect zou zijn. Er was meer dan genoeg ruimte voor iedereen in het grote huis op Saddle Mountain. Het zou een opluchting zijn de kamers op de bovenverdiepingen te vullen met gasten. Alle lege ruimte in het huis was soms overweldigend.

Ze reden allemaal tegelijk de oprijlaan op. Op een koude ochtend in de week voor Kerstmis stapten zijn ouders, zijn zussen en hun gezinnen uit drie jeeps.

'Kom, Charlie, André, Angelica!' riep Logan. 'Trek jullie jas en laarzen aan, dan kunnen jullie helpen met de bagage.'

'Super,' zei Charlie. 'Mijn neefjes en nichtjes zijn er!' Hij was duidelijk heel erg opgetogen.

Na de rit moesten de gasten even wennen aan het licht van de zonnige koude dag. Iedereen begroette en omhelsde elkaar.

Rondspringend in de diepe sneeuw riep zijn nichtje Bernie: 'Je woont in Kerstmisland, oom Logan!'

Hij spreidde grijnzend zijn armen. 'Daar heb je denk ik gelijk in. Je zult het hier vast naar je zin hebben.'

'Meen je dat nou? Ik vind het nu al geweldig!' Zij en haar zusje Nan deden hun roze rugzakken om en liepen over het pad naar de voordeur.

Zoals altijd nam zijn moeder de leiding. Toen zijn ouders eenmaal hadden besloten bij Logan kerst te vieren in plaats van in Florida, had Marion O'Donnell zich volledig op haar taken als moeder van de familie gestort. Ze bepaalde wie welke kamer moest nemen en haalde toen grote plastic bakken vol met kerstversiering uit een van de auto's.

Logans hart maakte een sprongetje toen hij Darcy Fitzgerald richting het huis zag lopen met een grote plunjezak op haar rug. Haar glimlach was vriendelijk maar enigszins gereserveerd.

'Hoi,' zei hij.

'Hoi. Ik hoop dat je het niet erg vindt om een verloren schaap in huis te nemen met Kerstmis?'

Verdorie, wat was hij gek op haar glimlach. 'Welnee. Sommige van mijn beste vrienden zijn verloren schapen. Kom binnen, daar is het lekker warm. Ik heb warme chocolademelk en warme cider met kruiden.'

'Twee van mijn lievelingsdrankjes.'

Hij wilde weten wat verder haar lievelingsdingen waren, maar hij kreeg het gevoel dat zijn kans daarop was verkeken. Sinds de ontmoeting op het station had hij haar niet meer gesproken. En hij had niet geweten hoe hij moest reageren op het appje dat ze hem had gestuurd in antwoord op zijn bericht. Hij had haar alleen maar duidelijk willen maken dat Maya en hij absoluut geen stel waren. De blik waarmee ze hem nu aankeek was cryptisch, net als het berichtje dat ze had gestuurd. Nou ja, als hij heel eerlijk tegen zichzelf was, moest hij toegeven dat het helemaal geen cryptische boodschap was geweest. Ze wilde gewoon niet zijn vriendin zijn.

Het was één grote chaos toen iedereen binnen was. De kinderen renden rond om het huis te verkennen, bewonderden de boom die ze hadden opgetuigd, en kozen de stapelbedden in hun slaapkamer. Tot nu toe leek het goed te gaan met André en Angelica. Het gaf Logan veel voldoening om te zien dat ze zo genoten van de feestdagen, ver van New York, ver van hun moeder. Ze hadden allebei een rol in het jaarlijkse kerstspel van de Heart of Mountainskerk. Toen Maureen en Eddie Haven, die de kerstshow organiseerden, Angelica hoorden zingen, hadden ze haar meteen een solo – Sleep My Baby – gegeven. Het meisje had de afgelopen dagen nonstop geoefend. Daarnaast hadden ze skilessen op het resort. André was een natuurtalent en leerde de nieuwe sport moeiteloos. Hoewel Angelica iets voorzichtiger was, vond ze het toch leuk om van de heuvel te glijden met haar ski's in een V, zodat ze af en toe kon stoppen.

Charlie was een paar dagen geleden op het resort aangekomen, en zodra Logan zijn zoon had gezien, had hij het gevoel gehad dat zijn wereld compleet was. Tot zijn opluchting merkte hij dat hij en Charlie meteen weer met elkaar omgingen alsof ze elkaar gisteren nog hadden gezien, iets waar hij erg dankbaar voor was. Het was heerlijk dat André en Angelica er waren en het huis vulden met een energie en warmte die het daarvoor niet had gehad. Charlie was nog niet op de pistes geweest, maar hij kon niet wachten om ze uit te proberen. De volgende ochtend, had Logan hem beloofd.

Het avondeten bestond uit verschillende gerechten, met verschillende voorgerechtjes, die zijn zussen en moeder op tafel zetten. Logans befaamde chili con carne was het hoofdgerecht, en hij vond het leuk om te zien dat de pan zo snel leeg raakte.

'Ik ben trots op je kookkunst.' Zijn moeder glimlachte goedkeurend. 'Je kunt echt geweldig koken.'

'Hoor je dat, Charlie? Ik ben een geweldige kok.'

'Dat is mooi om te weten,' zei Charlie.

'Vergeet niet om dat tegen de Kerstman te zeggen, anders krijg ik niets.'

'De Kerstman!' riepen de nichtjes. 'Wanneer gaan we naar de Kerstman?'

'Morgen, na het skiën,' antwoordde Logan. 'De oude man heeft een levensgroot speculaashuis in het dorp, en er wordt een kerstparade gehouden.'

'Ik wil álles voor Kerstmis,' verkondigde Logans neefje Fischer.

Zijn broertje Goose schudde zijn hoofd. 'Je krijgt niet alles. Dat is onmogelijk.'

'Maar ik kan wel alles wíllen.'

Logan schoot in de lach. 'Jouw manier van denken bevalt me wel, maatje.'

'Waarom heet je eigenlijk Goose?' wilde Angelica weten.

'Het is een bijnaam. Hij komt uit mama's favoriete film.'

Fisher legde het verder uit. 'Uit Top Gun. Ze kijkt die film 's avonds als ze denkt dat wij slapen, en huilt elke keer als Goose zijn straaljager neerstort.'

'Hé.' India bloosde.

'Je bent mooi betrapt,' zei Bill.

Angelica ging verder met haar verhoor. 'Hoe heet je dan echt?'

'Reginald, en dat is de schuld van mijn vader. Zijn vader heet ook zo.' Goose trok een gezicht.

'Mijn echte naam is Emile,' kwam Charlie tussenbeide.

Logan raakte zijn borst aan. 'Kijk niet naar mij. Daar heb ik geen stem in gehad. Ik ben allang blij dat je een coole tweede naam hebt.'

'Ik ga morgen tegen iedereen op de skicursus zeggen dat ze je Reginald moeten noemen,' zei Fischer tegen zijn broer.

'Mooi niet.'

'Moet jij eens opletten.'

'Als jullie je niet gedeisd houden en naar bed gaan, gaat niemand morgen iets doen,' zei India. 'Ik leg de kinderen vanavond wel op bed.'

Er werd gekreund, maar met indrukwekkende efficiëntie dreef India de kinderen naar de gang en naar hun slaapkamer. In de stilte die ze achterlieten, legde Logan nog een paar houtblokken op de haard en zette daarna zachte jazzachtige muziek op. Zijn vader had Irish coffee voor iedereen gemaakt, en ze zaten ontspannen rond de haard.

'Welkom in mijn nieuwe huis,' zei Logan, zijn mok omhoog houdend. 'Welkom in mijn nieuwe leven.

'Daar drink ik op!' zei Bill. 'Je nieuwe leven is fantastisch.'

'Dank je.' Op sommige dagen, zoals vandaag was hij er helemaal van overtuigd dat zijn leven geweldig was. Maar er waren ook dagen, vooral wanneer Charlie in een andere tijdszone woonde en Logan alleen in het enorme lege huis ronddoolde, dat hij daar niet helemaal van overtuigd was.

'En, hoe gaan de zaken?' vroeg zijn vader. Uiteraard was hij degene die dat vroeg. Voor Al O'Donnell waren zaken het belangrijkste in het leven.

'Het is een hoop werk, maar ik heb een fantastisch team,' zei Logan. 'De vorige operationeel manager is gebleven. En dat geldt ook voor de meeste medewerkers die hier al lang werken. Ik krijg deskundig advies op elk gebied.' Wat hij niet aan zijn vader vertelde, was dat het financieel gezien minder goed ging. Aan het eind van elke dag had hij het gevoel dat hij op de rand van de fiscale afgrond balanceerde. De winst kwam maar net boven de kosten uit. Op een of andere manier slaagde hij er echter in de boel draaiende te houden. Het resort liep op zich goed. Dankzij het dikke pak sneeuw kon er volop geskied worden en kon hij het hoofd net boven water houden.

'Dus het geld stroomt gewoon binnen?' hield zijn vader vol.

'Al.' Logans moeder wierp haar man een waarschuwende blik toe. 'Niet nu.'

'Precies. Het stroomt binnen,' zei Logan.

China mengde zich ook in het gesprek. 'Het lijkt zo ontzettend veel werk.'

'Ik ben niet bang voor hard werk.'

'Zorg je wel goed voor jezelf?' vroeg zijn moeder. 'Je ziet er mager uit.'

'Ik ben niet mager, mam.'

'En bleek,' ging ze verder.

'Het is hartje winter. Iedereen is bleek.'

Hij probeerde het luchtig te houden. De dynamiek van families veranderde nooit. Of niet vaak. Mensen vielen terug in vertrouwde rollen die een generatie eerder waren vastgelegd. Zijn ouders hadden verwacht dat hij stomme fouten zou maken. En als hersenloze tiener had hij vrolijk telkens weer aan hun lage verwachtingen voldaan, tot aan het punt waarop hij als scholier een meisje zwanger had gemaakt. Nu dachten ze dat alles wat hij deed gedoemd was te mislukken, hoeveel tijd er ook was verstreken.

'Het gaat goed,' zei hij. 'Maak je geen zorgen, ik ga niet failliet. Dat zou ik Charlie nooit aandoen.'

India knikte. 'Pap denkt dat eigenaar zijn van een skiresort een mannendroom is, net als een sportbar runnen of racewagens bouwen. Leuk om te doen, maar niet winstgevend genoeg om van te leven.'

'Want als iets leuk is, moet je het meteen wantrouwen. Of niet, pap?' vroeg China.

'Meisjes,' zei haar moeder, 'zo hoor je niet tegen je vader te praten.'

Logan wierp een blik op Darcy. 'Je bent vast vreselijk blij dat je hier bent. Wat een geluk, toeschouwer zijn van een familievete.'

Lachend zei ze: 'Het klinkt min of meer als mijn familie, alleen hebben wij meer meisjes.' Ze keek Logans vader aan. 'Ik heb hier een fotosessie gehouden voor een van onze grootste klanten. Het was fantastisch. Ik kan me voorstellen dat je betwijfelt of iets wat zo leuk is ook winstgevend kan zijn.'

'Aha,' zei Al. 'Hoe was het uiteindelijke resultaat?'

'Het waren zo'n beetje de beste foto's die we het hele jaar gemaakt hebben. De klant was razend enthousiast, en het is geweldige reclame voor Saddle Mountain.'

'Laat ons de foto's zien.' Het was India die dit zei. 'We willen ze allemaal graag bekijken.'

'O, ik weet niet...' Darcy richtte haar blik op de vloer.

Geïntrigeerd door haar plotselinge terughoudendheid, drong Logan aan: 'Kom, dan krijgt iedereen alvast een indruk van het resort.'

Ze aarzelde. 'Het is heel erg commercieel. Helemaal gericht op het verkopen van hun producten.'

'Maar het is hier gefilmd,' hield Logan vol.

'Goed dan. Heeft je televisie een USBingang?' Toen hij knikte, zei ze: 'Ik ben zo terug.'

Knap gedaan, dacht Logan, terwijl ze haar portemonnee haalde en daar een USBstick uit tevoorschijn haalde. Ze had het gesprek over financiën handig omgebogen en een positieve kant van Saddle Mountain belicht.

'Goed,' zei ze, 'tenzij de techniek ons in de steek laat...' Ze stak de stick in de USBpoort.

Logans moeder keek haar verwijtend aan. 'Heb je echt werk meegenomen op vakantie?'

'Een klein beetje maar. Er is in januari een grote beurs voor buitensportbedrijven, dus ik heb een aantal deadlines.'

Toen Logan de TV aanzette, verscheen het logo van de klant in beeld, begeleid door opzwepende muziek.

'Dit is een montage met videobeelden die op de website van de klant komt te staan en in hun winkels zal worden getoond,' legde Darcy uit. 'Dit weekend gaat hij live.'

Het filmpje begon met beelden van de berg en een strakblauwe lucht. De bergkammen staken scherp af tegen de heldere hemel. Toen werd er ingezoomd op een berkenbos en zagen ze een hert dat in de camera keek voor het zich omdraaide en over de heuvel wegvluchtte. Door die beweging vloog een bruinmetwitte havik plotseling op. Meteen daarna volgde een serie beelden van een snowboarder die door de lucht schoot alsof ze uit een kanon was afgeschoten. Een spoor in het zonlicht schitterende sneeuw volgde haar terwijl ze vloog. Toen landde ze in spectaculair opstuivende poedersneeuw en gleed verder het bosrijke dal in.

'Dat is trouwens Darcy,' zei India tegen haar ouders.

Haar moeder trok haar wenkbrauwen op. 'Die snowboarder?'

'Ze is goed, hè?'

'Goed' was veel te zacht uitgedrukt. Het was geweldig om te zien hoe ze door de besneeuwde wildernis schoot, alsof zwaartekracht voor haar niet bestond. Ze was alles wat een wintersport moest zijn:

spannend en kleurrijk, sierlijk en opwindend. Saddle Mountain had er nooit beter uitgezien.

Toen het filmpje was afgelopen, leunde Bill in de richting van China en zei: 'Laten we snowboardlessen nemen.'

'Of beter nog, ' verbeterde China hem, 'laten we die coole uitrusting kopen.'

Darcy glimlachte tevreden. 'Mijn klant zou dolblij zijn als hij dat hoorde.'

'Het resort ziet er schitterend uit,' zei Logans moeder. 'Ik ben blij dat we hierheen zijn gekomen voor Kerstmis. Dat meen ik echt.

'Dank je, mam. Het wordt geweldig, dat zal je zien.'

'Hopelijk worden dat niet Logans beroemde laatste woorden,' zei India toen haar ouders naar bed waren gegaan.

Darcy, die samen met haar in de keuken de koffiemokken afwaste, vroeg: 'Hoezo? Wordt hij door rampspoed achtervolgd?'

India lachte. 'Daar komen we vanzelf achter.' Toen pakte ze een glazen pot en trok het deksel eraf. 'Kerstkoekje?'

'Dank je.' Darcy pakte een koekje uit de pot. Het was een speculaasmannetje, maar het miste een been en had maar één bakparel als oog. Het rood met witte glazuur maakte van het koekje een zombie.

'Het zijn Walking Deadkoekjes,' zei Logan, die met meer vaat in zijn handen de keuken in kwam lopen. 'De kinderen en ik hebben ze samen gemaakt.'

Darcy nam een hap. 'O, wauw! Dit is volgens mij het lekkerste koekje dat ik ooit heb gegeten.'

'Dat zeg je vast tegen elke man.'

'Ik kan je verzekeren dat ik dat nog nooit tegen een man gezegd heb.'

'Hij is goed, hè?' zei India.

Voor ze antwoordde, nam Darcy nog een hap. Het koekje was heerlijk knapperig en subtiel gekruid. Het smaakte naar Kerstmis. 'Volgens weet hij dat zelf ook.'

'Hij vindt het in ieder geval niet erg om het anderen te horen zeggen.' Logan dimde de lampen in de keuken en deed de verlichting in de tuin uit.

Uit het grote raam in de keuken kijkend, at Darcy de rest van het koekje op. 'Het sneeuwt weer,' fluisterde ze.

'Die woorden hoort hij ook graag.'

'Iedereen houdt van de woorden "het sneeuwt". Ze hebben nu eenmaal iets magisch.'

'Ze spreken het kind in ons allemaal aan,' stemde India in. 'Dagen vol sneeuwpret, lekker buiten spelen. Nu we het toch over kinderen hebben; ik ga eens kijken of de kids ondertussen ook echt slapen, en dan ga ik zelf naar bed. Welterusten, allebei.'

'Welterusten, India. Gaan we morgen skiën?' vroeg Darcy.

'Alleen als je belooft dat je me niet een ravijn in laat gaan.'

'Dat zou ik nooit doen.'

Darcy was zo dankbaar dat ze vanavond hier was en een ontspannen avond deelde met vrienden. Maar toch was ze niet helemaal op haar gemak. Logans aanwezigheid, zeker nu hij zo dicht bij haar was, prikkelde haar. Ze voelde zich verward wanneer ze bij hem was, en vol vragen. Maya's kinderen waren hier, maar waar was hun moeder?

Dat zijn jouw zaken niet, zei ze tegen zichzelf. Resoluut richtte ze haar aandacht weer op de grote vlokken die langzaam naar beneden zweefden en in de keurig bijgehouden tuin vielen. Ze voelde een eeuwenoud verlangen in haar borst; ze was weer kind, met haar neus tegen het raam gedrukt. 'Het is zo mooi.'

'Pak je jas en je laarzen,' zei Logan.

'Echt? Je hebt mijn gedachten gelezen.'

'Dat is een van mijn superkrachten. Wist je dat niet?'

In het rommelhok naast de keuken wapenden ze zich tegen de kou: donzen parka's, wanten, laarzen, een lantaarn en een zaklamp.

'Deze heb je ook nodig.' Hij overhandigde haar een paar lichtgewicht sneeuwschoenen. 'Weet je hoe je ze moet aantrekken?'

'Ik heb dit model getest,' antwoordde ze grijnzend.

'Man. Je moet me echt meer vertellen over het leven van een gesponsorde atleet.'

'Soms voelt het alsof je van hobby je werk maakt. Andere keren is het eerder andersom. Uiteraard vind ik dat eerste fijner.'

Hij gaf haar skistokken aan en deed een rugzak om.

'Wat zit er in die rugzak?' vroeg ze.

'Een project. Jij kunt me erbij helpen.'

'Wat voor een project?'

'Kom, dan laat ik het je zien.'

Samen liepen ze naar buiten. Koude lucht en sneeuwvlokken raakten haar gezicht, en ze boog haar hoofd naar achteren om de frisse nacht te verwelkomen.

'Op een heldere avond kun je hier de sterren tellen,' zei hij.

'Ik heb het gevoel dat New York miljoenen kilometers hiervandaan is.'

Rechts van hen, aan het eind van een met sneeuw bedekt pad, zag ze lichtjes: het hoofdgebouw van het resort. Een aantal auto's reed met brandende lichten behoedzaam de parkeerplaats af.

'De laatste ronde in The Powder Room is om negen uur,' zei Logan. 'Daarna wordt het snel rustig. Laten we deze kant op gaan.'

Ze liepen weg van het resort. De lantaarn wierp zijn licht op de witte stammen van de berken om hen heen. Hoewel de maan scheen, was het schijnsel zwak vanwege de vallende sneeuw.

'Ik vind dit heerlijk,' zei ze. 'De stilte en de kalmte.'

'Dus je vindt het niet erg dat we niet naar mijn ouders in Florida zijn gegaan?'

'Ik ben nogal een fan van de winter.' Met haar sneeuwschoenen liep ze moeiteloos over de vederlichte sneeuw, genietend van de kou op haar wangen en het bonzen van haar hart terwijl ze door de schaduwen liepen.

'Dat is me opgevallen. Je bent geweldig in dat filmpje.'

'Gewoon een normale werkdag.' Na die woorden keek ze hem glimlachend aan. 'Geintje. Zo'n dag heb ik maar zelden. Het grootste gedeelte van de tijd zit ik net als iedereen in saaie vergaderingen of in mijn kantoor.'

'Hier heb je geen kantoren.'

'Hier wonen is een droom,' zei ze. 'Misschien dat je vader daarom zo wantrouwig is.'

'Ja, volgens hem is iets alleen de moeite waard om te doen als je je er ellendig bij voelt.'

Niet voor het eerste keer vroeg ze zich af waarom zijn relatie met zijn vader zo gespannen was. Ze wilde er meer over horen. Ze wilde alles over hem weten.

Toen ze het berkenbosje uit liepen, kwamen ze bij de rand van een veld dat was bedekt met maagdelijke sneeuw. In het midden stond een grote spar.

'In de zomer,' zei hij, 'is dit een vogelweide, en daar is een sportveld.'

'Dat is nu nauwelijks voor te stellen. Dit is schitterend, Logan. Net een kerstkaart.'

'Dat is precies wat ik dacht.'

Plotseling vloog er een schaduw voorbij. Geschrokken greep ze zijn arm vast. 'Hé, moet je kijken.' Het was een uil die met uitgespreide vleugels tussen de bomen door zweefde. 'Dat is fantastisch!'

Hij knikte. 'Een uil in de winter. De eerste keer dat ik zoiets zie.'

'Echt?'

'De dolfijnen had ik ook nooit eerder van zo dichtbij gezien. Op een of andere manier heb ik geluk met wilde dieren wanneer ik bij jou ben.'

Het was belachelijk hoe blij ze was dat hij dat zei.

'Warm genoeg?' vroeg hij.

'Ja hoor.'

'Goed, dit is mijn idee voor het project. We gaan lampjes in deze enorme spar hangen.' Hij wees naar de boom in het midden van de open plek.

'Wat een leuk idee. Is hier elektriciteit?'

'Ja. In de zomer wordt het sportveld verlicht. Onder aan de boom zit een stopcontact.'

'Cool.'

'Het leek me een leuke verrassing voor de kinderen. We kunnen zeggen dat dit veld een landingsbaan voor de Kerstman is.'

'Wat zou het anders zijn?'

Ze staken de weide over, waarbij hun sneeuwschoenen ronde afdrukken achterlieten in de maagdelijke sneeuw. Logan trok zijn schoenen uit toen ze onder aan de boom stonden.

'Waarom heb je geen ladder meegenomen?' vroeg Darcy. 'Dit ding is zes meter hoog.'

'Ik kan erin klimmen.'

'Dat meen je niet!'

Grijnzend haalde hij een hoofdlamp uit zijn rugzak. 'Moet jij eens opletten.'

'Je meent het wel. En je bent stapelgek.'

'Gek op een goede manier. Ik klim omhoog en hang de lichtjes in de boom terwijl ik weer naar beneden klim. Als jij hier blijft staan, kun je ervoor zorgen dat het snoer niet in de war raakt en kun je me bijschijnen met de zaklamp.'

De onderste takken beklom hij moeiteloos, maar die daarboven zaten dichter bij elkaar en bogen door onder zijn gewicht.

'Doe me een plezier en val niet naar beneden,' zei ze.

'Dat was ik niet van plan. Hoewel het met zoveel verse sneeuw een zachte landing zou zijn.'

Ze ging onder hem staan en scheen omhoog met de zaklamp. Toen hij tegen een tak stootte die bedekt was met sneeuw, kreeg ze een kleine lawine op haar hoofd. 'Heel fijn,' zei ze, de sneeuw uit haar gezicht vegend.

'Sorry!' riep hij. 'Bijna klaar!' Hij klom omhoog tot het punt waar de takken dunner werden en strekte zich uit om het snoer met lampjes aan de top van de boom vast te maken. Vervolgens klom hij weer naar beneden, ondertussen het snoer om de boom windend. 'Dit noemen ze nou extreem optuigen.'

'Eerlijk gezegd had ik niet verwacht dat we kerstlampjes zouden ophangen in de wildernis toen je me uitnodigde om te gaan wandelen.'

'Maar je vindt het niet erg.' Het was geen vraag.

'Je kent me nauwelijks. Hoe weet jij nou wat ik wel en niet erg vind?'

'Dat is ook een van mijn andere superkrachten.' Hij werkte snel en zorgvuldig terwijl ze hem bijlichtte. Toen stapte hij op het uiteinde van een tak die onheilspellend doorboog. Ze hoorde een luide krak, en hij viel als een zak kolen naar beneden.

Haar hart bleef even stilstaan. 'O nee, Logan!' Bezorgd ploegde ze door de sneeuw en liet zich toen op haar knieën naast hem neervallen. 'Gaat het?'

Hij verdronk zo'n beetje in de diepe sneeuw. Aan zijn bewegingen kon ze zien dat hij zijn lichaam controleerde op blessures – rug, nek, armen en benen.

'Nog geen krasje,' zei hij, zijn hoofd optillend. 'Mijn superkrachten hebben me beschermd.'

Ze ging rechtop staan en stak haar hand uit. 'Volgens mij hangen er nu wel genoeg lampjes in de boom. Laten we de stekker in het stopcontact steken en zien of ze werken.'

'Natuurlijk werken ze. Ik heb ze getest voor we hierheen kwamen.' Na die woorden pakte hij haar hand vast, maar ze raakte uit haar evenwicht en viel voorover op hem. De sneeuw om hen heen viel op haar rug.

'Het spijt me,' zei hij. 'Verdorie. Dit gaat helemaal niet goed.'

Ze klom uit het gat en haalde zijn sneeuwschoenen, zodat hij hetzelfde kon doen. Als de boorden aan de mouwen van haar parka niet zo stevig om haar polsen hadden gezeten en ze haar das niet om had gehad, had ze het nu heel erg koud gehad.

Na wat gezoek tussen de lagere takken vond hij het uiteinde van het snoer. 'Is alles goed met je?' vroeg hij terwijl hij bezig was.

'Ik heb wel ergere dingen overleefd in de sneeuw.'

'Dat moet je me ooit eens allemaal vertellen.' Met snelle bewegingen veegde hij de sneeuw van een pijp in de buurt van de boomstam waar het stopcontact in zat. 'Goed. Klaar om de lichtjes aan te doen?'

'Wil jij de honneurs waarnemen of zal ik het doen?'

'Jij hebt het verdiend, na al je geduld met mijn capriolen.'

'Noem je het zo?' vroeg ze. 'Capriolen?'

'Ik ben expert in het maken van capriolen.'

'Goed, ik zal de stroom aansluiten.'

Zodra ze de stekker in het stopcontact stak, lichtte de boom op in bonte kleuren. 'Gelukt!' riep ze uit.

'Moet je eens zien wat mooi.'

In de gloed van de lampjes zag hij er jongensachtig en ontzettend aantrekkelijk uit. Ze hoopte dat hij haar pootje zou haken, zodat ze in de sneeuw zou vallen en hij haar dan keer op keer zou kussen. Maar hij bewaarde afstand.

'Ik ben blij dat het werkt. Anders had ik voor niets mijn leven gewaagd,' zei hij.

'Het was een productieve avond,' zei ze. 'Maar nu wil ik wel weer wat te drinken.'

'Laten we teruggaan naar het huis, dan maak ik mijn befaamde chocolademelk voor je.'

'Eigenlijk bedoelde ik een drankje voor volwassenen.'

'Ik kan er pepermuntlikeur in doen?'

'Dat klinkt al een stuk beter.'

Toen ze bij de rand van het berkenbos waren gekomen, draaiden ze zich om en bewonderden de boom. Het was een winters kunststukje, de lampjes die door de vallende sneeuw schenen.

'Het ziet er echt uit als Kerstmis,' zei ze. 'Precies zoals een kind Kerstmis voor zich ziet in een droom. Goed gedaan, Logan.'

'Nu weet de Kerstman waar hij moet landen. Kom, we gaan terug.'

Met een ogenschijnlijk ongedwongen en natuurlijke beweging legde hij zijn hand tegen haar onderrug en duwde haar zachtjes richting het pad dat ze hadden gemaakt. Het voelde fijn om door hem te worden aangeraakt. Te fijn. Ze bleef stilstaan en draaide zich naar hem om. 'Over dat appje dat je me hebt gestuurd. Ze is dus niet je vriendin.'

Hij aarzelde. 'Maya, bedoel je?'

'Ja.' Ze verwenste zichzelf omdat zij er als eerste over begon, maar ze moest het gewoon weten.

'Ja, ik moet je uitleggen hoe dat zit,' zei hij. 'Zoals ik al zei, we zijn geen... Wat ik schreef in dat appje, zo zit het.'

O jee. Als hij een relatie met iemand had, was er geen dilemma. Als hij vrijgezel was, zou ze moeten toegeven dat ze hem aantrekkelijk vond. Dat ze meer over hem te weten wilde komen. Dat ze het fijn vond als hij haar aanraakte. Dat ze doorlopend aan zijn kus dacht. Dat ze na alle ellende van haar haar scheiding toch weer verliefd wilde worden.

Er viel een lange stilte. Het was zo stil dat ze afzonderlijke sneeuwvlokken zachtjes haar parka hoorde raken.

'En het bericht dat jij mij terug stuurde?' wilde hij weten. 'Wilde je daarmee zeggen dat je een relatie hebt? Of dat je een oogje op iemand hebt?'

Ze keek aandachtig naar zijn gezicht, dat half verborgen was in de schaduw en werd gekleurd door de lampjes in de boom. 'Op dit moment heb ik alleen oog voor jou,' fluisterde ze terwijl ze haar muts van haar hoofd duwde en hem aankeek.

'En ik voor jou.'

'Wat zijn we aan het doen, Logan?'

'We leren elkaar kennen.'

'Oké.' Een deel van haar wilde hier in het bos blijven met hem, hem kussen, hun lippen en lijven aan elkaar opwarmen. Ze dwong zichzelf een stap achteruit te doen. 'Laten we naar binnen gaan. Je hebt me warme chocolademelk beloofd.'

'Ik ben een man van mijn woord.'

Toen ze weer in het huis waren, trokken ze hun sneeuwschoenen, parka's en laarzen uit. Logan legde een paar blokken hout op de haard en warmde chocolademelk op. Ondertussen keek Darcy met haar handen tegen het raam naar buiten en bewonderde de nu verlichte boom. Ze had het gevoel dat het leven fris en nieuw was sinds ze hier was. Het was een goed idee geweest om hierheen te komen. Goed voor haar. Maar was het ook goed voor haar familie? Deze avond had ze zich verschillende keren afgevraagd wat haar ouders aan het doen waren. Misten ze haar? Wat zeiden ze over haar?

'Waar denk je aan?'

'Mijn familie.'

'Ah. Families.' Uit zijn toon bleek dat hij begreep waar ze het over had. Voorzichtig schonk hij de hete chocolademelk in twee mokken, waarna hij zoals beloofd een scheut pepermuntlikeur toevoegde aan haar mok. 'Zijn ze boos op je omdat je de kerst niet met hen viert?'

'Een beetje. Ze komen er wel overheen. Thanksgiving konden ze me nog vergeven. Dat is niet zo'n vreselijk belangrijke feestdag. Maar Kerstmis is een ander verhaal.'

'Kom hier. We gaan lekker bij het vuur zitten.' Hij liep voor haar uit naar de woonkamer. Ze namen plaats op een grote, comfortabele Chesterfieldbank met ronde armleuningen. Voor hen knapperden en gloeiden de houtblokken.

Dankbaar ontspande ze zich, en ze nam de mok van hem aan.

'Proost,' zei hij, haar mok aanstotend met de zijne. 'Proef het. Ik weet zeker dat je het zo lekker vindt dat je me nooit meer laat gaan.'

'Jij doet echt nooit serieus,' zei ze, hoewel zijn woorden een onmiskenbare opwinding in haar opriepen. De chocolademelk was romig en vol, met een vleugje pepermunt. 'Je hebt gelijk,' zei ze, genietend van de heerlijke smaak. 'Ik wil je voor altijd houden.'

'Jij doet ook nooit serieus. Dat vind ik zo leuk aan je.'

Ze nipte weer van haar mok. 'Ik heb geprobeerd serieus te zijn. Dat pakte uiteindelijk niet zo geweldig uit.'

'Vertel me eens wat meer over je familie. Wat mis je deze kerst? Wat heeft mijn zus je ontzegd door je uit te nodigen?'

'Ik zal er niet bij zijn als mijn zus Lydia haar grote nieuws vertelt. Ze is de eerste van de Fitzgeralddochters die in verwachting is.'

'Het klinkt alsof je het nieuws al gehoord hebt. Gefeliciteerd trouwens.'

'Dank je.'

'Goed, wat loop je nog meer mis?'

'Een generatie aan tradities. Na mijn scheiding werken die tradities echt niet meer voor mij. Kort gezegd zijn mijn ouders en de ouders van mijn ex beste vrienden.'

'Ja, maar familie gaat toch boven vrienden?'

'Daar wordt het ingewikkeld. Mijn ouders en het echtpaar Collins vonden het een van hun grootste prestaties dat de twee Collinszonen allebei getrouwd waren met een Fitzgeraldmeisje; ik en Huntley, en Lydia en Badgley. Die huwelijken zouden de clans voor altijd met elkaar verbinden.'

'En toen gingen jij en Huntley uit elkaar.'

'Ja.'

'Hij ging vreemd?'

Ze keek hem verbluft aan. 'Hoe weet je dat?'

'Een vermoeden,' zei hij. 'Het is altijd de eerste reden die bij me opkomt. En ik heb nog een vermoeden: je hebt je familie niet verteld dat hij je heeft bedrogen.'

'En hoe weet je dat dan weer?'

'Omdat dat het einde zou betekenen van hun hechte kerstviering.'

Hij begreep het. Wat een opluchting dat er eindelijk iemand was die het begreep. 'Ik kon het mijn familie niet vertellen. Nou ja, ik had het kunnen doen, maar dat zou vreselijk zijn geweest voor mijn zus. Lydia is een Collins. Ze verwachten hun eerste baby, en ze wil het aan iedereen vertellen met Kerstmis. Dat wilde ik niet voor haar verpesten.'

'Je bent een martelaar.'

'Nee, gewoon een zus, hoewel dat in sommige families op hetzelfde neerkomt.' Ze nam nog een slok van haar chocolademelk. Het drankje was zo heerlijk dat ze wou dat de mok nooit leeg ging.

'Is de wereld vergaan door jullie scheiding?' vroeg hij.

'Dat heb ik geprobeerd te voorkomen. Het was de bedoeling dat we beschaafd met elkaar zouden omgaan na de scheiding. In het begin heb ik dat geprobeerd. Maar ik kwam erachter dat ik hem niet om me heen kon verdragen. Ik moest gewoon ontsnappen, en India was zo aardig om me een reddingsboei toe te gooien. Hoe is jouw huwelijk eigenlijk op de klippen gelopen?' vroeg ze impulsief, maar ze had meteen spijt van haar woorden. 'Sorry. Is het niet vreemd dat we hier zitten te praten over onze scheidingen? Ik dacht dat je dat niet hoorde te doen in onze situatie.'

Hij haalde zijn schouders op. 'Ik vind het fijn om met je te praten. Zeg maar wat je wilt weten, dan vertel ik het je.'

Met half toegeknepen ogen vroeg ze: 'Ging een van jullie twee vreemd?'

'Nee. Daisy werd zwanger toen we allebei in ons eindexamenjaar zaten. Op die leeftijd kenden we onszelf nauwelijks, laat staan elkaar. Zij en ik... We probeerden er een succes van te maken. Voor Charlie. Maar we pasten absoluut niet bij elkaar. Hoewel de scheiding een ellendige periode was, dwong het me wel toe te geven dat we onszelf allebei voor de gek hadden gehouden. En daarnaast blijft Charlie het beste wat me ooit is overkomen.'

Kinderen, dacht ze. De eeuwige complicatie.

'Ik moet je iets vertellen,' zei hij. 'Het is nogal persoonlijk.'

'Daar kan ik wel tegen.'

'Ik ben niet het type dat de hoop op liefde opgeeft na een slechte ervaring. Sterker nog, ik *wíl* weer verliefd worden. Ik wil dat Charlie weer een gevoel van veiligheid krijgt en misschien zelfs ooit broertjes en zusjes.'

Dan ben je bij mij aan het verkeerde adres, dacht ze, maar ze zei niets. Als ze elkaar gewoon alleen leerden kennen, hoefden ze geen grenzen te trekken. Later, dacht ze. Als het verder gaat dan dit, dan zal ik het hem vertellen. 'Oké...' Ze dwong zichzelf te glimlachen.

'En ik wil dat je één ding weet,' zei hij terwijl hij hun mokken pakte en die op een bijzettafeltje zette. 'Je ex is een idioot.'

Haar glimlach was nu oprecht, en ze vroeg zich af hoe ze onopvallend naar hem toe kon schuiven, zodat hij haar in zijn armen zou nemen. Hij zag er gewoon zo uitnodigend uit met dat warrige rode haar, die brede schouders. 'Je vertelt me iets wat ik allang weet, *mister*.'

'Ik moet je ook nog vertellen hoe het zit met Maya,' zei hij. 'Waarschijnlijk heb je daar vragen over.'

'Een paar.' Die omhelzing kon ze dus wel vergeten. Hadden hij en Maya een verleden als stel?

'Ze is een vriendin, meer niet,' zei hij, alsof hij haar gedachten had gelezen. 'We hebben elkaar ontmoet toen onze kinderen vrienden werden op zomerkamp. Charlie en André konden het heel goed met elkaar vinden.'

'Waar is ze?' vroeg Darcy. 'Komt ze ook hier Kerstmis vieren?' Haar maag draaide zich om. Er stond een extra tweepersoons bed in haar slaapkamer. Zou ze haar kamer moeten delen met dit fotomodel?

'Helaas niet, nee.'

Wat een opluchting… 'O, wat jammer,' zei ze. Leugenaar.

'Ze moet een tijdje ergens anders zijn. Tot februari, om precies te zijn.'

'Je bedoelt dat ze niet bij haar kinderen is met Kerstmis?'

'Nee, ze kan niet bij ze zijn. Ze zit namelijk…' Hij liet zijn ellenbogen op zijn knieën rusten en staarde in de haard. 'Eerder dit jaar heeft ze problemen gehad. Met de politie.'

'O jee.'

'Een kwestie van een verkeerde beslissing. De vader van haar kinderen is een crimineel. Hij dealde drugs en haalde haar over om een pakketje voor hem af leveren. Je weet wel, één simpele transactie. Dat zeggen ze altijd.'

'En zij werd gepakt.'

'Ja, ze had bijna twee jaar kunnen krijgen, maar uiteindelijk werden het twee maanden. Wat dat betreft heeft ze geluk, maar ze kan dus niet voor haar kinderen zorgen in die twee maanden. En kerst valt ook nog in die periode.'

'Dus daarom was ze op het station. Ze kwam haar kinderen afleveren.'

'Yep. We proberen het zo makkelijk mogelijk voor hen te maken.'

'Wauw, het is echt geweldig van je dat je haar kinderen opvangt.' Wat ontzettend aardig van hem om dit te doen, dacht ze. Ze vroeg zich af of ze onder dezelfde omstandigheden net zo aardig zou zijn geweest.

'Het komt doordat ik aan Charlie moest denken. Als ik in die situatie belandde, zou ik hopen dat iemand anders hem ook in huis zou nemen.'

'Hoe gaat het met de kinderen?'

'Niet slecht. Ze denken dat hun moeder moet werken en er daarom niet is. Nou ja, dat denkt Angelica in ieder geval. André... Volgens mij vermoedt hij wat er echt aan de hand is. Maya is een fulltime kindermeisje bij een gezin in New York. Of dat was ze. Ze hebben haar ontslagen, dus ze zal na haar vrijlating helemaal opnieuw moeten beginnen. Nou, dat is dus het verhaal over mij en Maya.'

'Ik ben erg onder de indruk,' zei ze. 'Het is heel bijzonder dat je dit doet.'

'Zo voelt het niet. Ik wil er gewoon voor zorgen dat de kinderen de best mogelijk kerst hebben.'

Ze knikte. 'Tot nu toe slaag je daarin. Ze lijken het heel erg leuk te vinden om hier te zijn.'

'Angelica gelooft nog steeds voor de volle honderd procent in de Kerstman. Dus als we morgen naar de Kerstman gaan, moeten we goed opletten als ze hem vertelt wat ze wil hebben voor Kerstmis. Want wat het ook is, ze krijgt het.'

'Zelfs als het een levende eenhoorn is, of vleugels die echt werken?'

'Zelfs dan. Dat geldt ook voor André en Charlie. Die geloven allebei ook nog steeds. Ik heb me voorgenomen hun een Kerstmis met alles erop en eraan te bezorgen.'

'Dat is echt heel cool, Logan.' Ze liet zich achterover zakken op de bank en keek genietend naar de flakkerende vlammen in de haard. 'Ze hebben geluk.'

'Ik heb geluk. Charlie is mijn oogappel, en de andere twee zijn een bonus.' Na die woorden keek hij haar aan. 'En dat ben jij ook.'

'Een bonus?'

Teder veegde hij een lok haar van haar wang. 'Ja. Ik was al blij dat mijn familie hierheen kwam met de feestdagen. Het feit dat jij ook meekwam... Geweldig.'

Meer was er niet nodig. Hij kuste haar – eindelijk. Warme chocolademelk en de hitte van het vuur. Het voelde heerlijk toen zijn mond haar lippen raakte, fris en opwindend, de smaak van iets nieuws, iets wat misschien hoop was.

'Ik vind het fijn om je te kussen,' zei hij toen hij even later zijn hoofd een eindje terugtrok. 'Heel erg fijn.'

'Dan moet je ermee doorgaan. '

Een deel van haar – oké, een heel groot deel – wilde zijn kleren van zijn lijf stropen en de hele nacht seks met hem hebben. Dat was een enorme opluchting, want ze had dat vurige verlangen al lang niet meer gevoeld. Ze was zo bang geweest dat het voor altijd was verdwenen. Dat het nooit meer zou terugkomen. Maar in Logans armen was het springlevend. Was zij springlevend. Ze had gedacht dat ze dood was vanbinnen, maar dit bewees dat passie in één tel weer kon oplaaien, dezelfde tijd die het kostte om kerstlampjes aan te zetten of in een dikke laag sneeuw te vallen. De hemel zij dank, dacht ze. De hemel zij dank.

Hij trok haar dichter naar zich toe en keek haar aan. 'Dat was heerlijk,' zei hij zachtjes. 'Jij bent heerlijk.'

Met een zucht rekte ze zich uit, opgewonden, maar tegelijkertijd verbaasd dat ze zich bij hem zo op haar gemak voelde. 'Dank je dat je mijn Kerstmis hebt gered.'

'We hebben nog een week te gaan. Meer dan genoeg tijd om het te verpesten. Maar dat ben ik niet van plan.'

'Oké. Ik vertrouw je.'

Hij leunde voorover om haar weer te kussen. Het was de zachtste, tederste kus die ze zich kon voorstellen, het soort kus dat haar in vuur en vlam zette. Ze wilde meer, dieper. Ze legde haar hand op zijn borst en was voldaan toen ze voelde dat zijn hart zelfs nog sneller klopte dan dat van haar. Wat in het begin zo onmogelijk had geleken, voelde nu ontzettend goed. Toen ze haar vuist balde, trok hij haar nog dichter tegen zich aan. Ze wilde dat de kus altijd door zou gaan, tot meer zou leiden...

'Pap.' Charlies stem verbrak de betovering. Als twee betrapte tieners schoven ze snel bij elkaar vandaan.

'Hé,' zei Logan, 'wat doe jij zo laat nog uit bed?'

'Ik kan niet slapen.' Charlie keek Darcy recht aan. 'Ik heb jetlag. Het is een uur vroeger in Oklahoma.'

Die blik kende ze. Het was de blik van een kind dat zijn ouder niet wilde delen, met niemand.

'Daar heeft je vader de perfecte oplossing voor,' zei ze, en ze stond op van de bank. 'Warme chocolademelk. Word je gegarandeerd slaperig van.'

'Echt?'

Ze gaapte theatraal. 'Ik in ieder geval wel. Sterker nog: ik ga naar bed.' Haar blik kruiste even die van Logan. Zijn gefrustreerde opwinding was van zijn gezicht af te lezen. 'Tot morgenochtend,' zei ze.

Toen ze de trap op liep, hoorde ze Logan zeggen: 'Meen je dit nou?'

'Ik kan er niets aan doen dat ik niet kan slapen.'

'Meen je dit nou echt?'

Deel 7

Iedereen heeft een lievelingsrecept voor chocolademelk, maar dit is het allerbeste. Het bevat een geheim ingrediënt. Nee, het is niet kaneel of cayennepeper of zoiets raars. Het is maïzena. Hou je commentaar voor je tot je het geproefd hebt.

Verleidelijke warme chocolademelk

325 milliliter koffieroom
1 1/2 theelepel maïzena
Suiker naar smaak
85 gram pure chocolade van goede kwaliteit, in stukjes gesneden of geraspt.
Een borrelmaat pepermuntlikeur of espresso (optioneel)

Meng een beetje van de koffiemelk met de maïzena in een kom en meng tot je een glad mengsel hebt. Doe de rest van de koffiemelk in een kleine steelpan en verwarm op laag vuur. Breng tegen de kook aan, maar laat niet koken. Wacht tot je bubbeltjes aan de randen van de koffiemelk ziet en meng dan de suiker door de melk. Doe het maïzenamengsel erbij en blijf roeren tot de koffiemelk iets dikker wordt, meestal nog geen minuut. Haal van het vuur en roer dan snel de chocola door de melk tot die helemaal is gesmolten. Voeg eventueel de pepermuntlikeur of espresso toe.

Hoofdstuk 13

Charlie werd als eerste wakker, toen het buiten net licht begon te worden. Liggend in het stapelbed bekeek hij zijn kamergenoten een voor een. Ten eerste André en Angelica, die hier waren met de kerst omdat hun moeder ergens anders was. Dan waren er zijn twee nichtjes, Bernie en Nan, die hun stapelbed al hadden versierd met glinsterende ballen en andere decoraties.

Fisher en Goose, de tweelingbroers, lagen op het tweepersoons matras onder Charlie. Toen hij een blik over de rand van zijn bed wierp, zag hij dat de jongens op een hoopje verstrengeld in elkaar lagen, alsof ze hadden gevochten en allebei hadden verloren.

Het was leuk om wakker te worden in een kamer vol met kinderen, net als op zomerkamp. Op de vliegbasis in Oklahoma had hij zijn eigen kamer. Zijn moeder had gezegd dat hij in Japan ook zijn eigen kamer zou hebben, maar ze hem gewaarschuwd dat die klein zou zijn – alles was kleiner in Japan – net groot genoeg voor één kind en zeker niet voor zeven kinderen.

Zowel zijn moeder als zijn vader zei dat hij maar geluk had dat hij de kans kreeg om op twee zo verschillende plekken te wonen. De meeste kinderen hadden altijd dezelfde buurt, hetzelfde huis, dezelfde kamer. Dus had hij geluk.

Natuurlijk wist hij diep in zijn hart dat ouders dat soort dingen zeiden om kinderen te helpen over de scheiding heen te komen. En nog dieper vanbinnen wist hij dat 'geluk hebben' betekende dat hij geen keus had en dus maar beter gewoon kon wennen aan de nieuwe situatie. Het betekende wakker worden en zijn moeder missen, en zelfs zijn kleine zusje, en weten dat ze ontelbare kilometers bij hem vandaan waren. En het betekende hetzelfde voelen voor zijn vader wanneer hij bij zijn moeder was. En het betekende ook weten dat het altijd zo zou blijven, omdat dit nu eenmaal zijn leven was, of hij dat nu leuk vond of niet.

Overigens had hij meer medelijden met André en Angelica dan met zichzelf. Hun moeder was er niet, en ze hadden helemaal geen familie om zich heen met Kerstmis. Waarschijnlijk waren ze daar heel verdrietig over.

Gelukkig was het deze ochtend niet moeilijk om blij te zijn met zo'n beetje alles. Als hij uit het raam keek, zag hij een dikke laag sneeuw en diepe bossen, een perfect kerstlandschap. En als hij de kamer in keek, zag hij zijn beste vriend André, die net wakker werd en met zijn ogen knipperde vanwege het zonlicht dat werd weerkaatst door de sneeuw.

'Pssst,' fluisterde Charlie. 'Hé.'

'Hoi,' zei André, die rechtop ging zitten en in zijn ogen wreef. Zijn haar was een krullerige warboel. André noemde het kroeshaar en zei dat hij dat had omdat hij gemengd bloed had. Niet gemengd zoals zijn tante Sonnet, maar écht gemengd. Hij had een oma die was opgegroeid op Haïti toen dat nog een Franse kolonie was en een opa die uit Mexico kwam. En zijn andere oma was zwart. Over zijn andere opa wist hij niets. Het enige wat zijn vader hem over zijn opa had verteld, was dat hij blank was. En een gemene kerel.

'Wat ruik ik?' André snoof de geur op, nu ineens wakker.

Charlie deed hetzelfde. Koffie en bacon en... iets zoets. 'Dat,' zei hij, 'is de geur van goed nieuws voor ons. Het is de geur van een superontbijt.'

'Ja? Wat is een superontbijt?'

'Al het lekkerste eten in de hele wereld. Mijn vader maakt vaak een superontbijt voor we een hele dag gaan skiën. Kom, we gaan naar beneden, dan laat ik het je zien.'

Omdat ze allebei hun ninjapyjama droegen, vielen ze meteen in hun rol. Geruisloos als ninja's op een missie gleden ze uit hun stapelbedden. De andere kinderen sliepen roerloos verder, want André en Charlie waren zo stil als de wind. Behoedzaam liepen ze de kamer uit en de gang door, langs de dichte deuren van de andere logeerkamers.

Charlie moest nog steeds wennen aan zijn vaders enorme huis op de berg. Het was absoluut het grootste huis waar ze ooit in gewoond hadden. Zelfs groter dan het huis van zijn opa en oma in Florida of hun huis in Montauk op Long Island. Het gebouw, had zijn vader uitgelegd, was oorspronkelijk bedoeld als verblijf voor gasten, maar het was verbouwd tot huis toen het grote hotel was gebouwd.

André gebaarde dat hij moest bukken als ze niet gezien wilde worden. Uit de radio klonken kerstliedjes, en zijn vader zong mee. Toen hij om de hoek keek, zag Charlie zijn tante India en haar vriendin Darcy. Hoewel het er na gisteravond meer op leek dat Darcy de vriendin van zijn vader was.

Zijn vader had veel vriendinnen gehad sinds de scheiding. Eerst Daphne, die cool was geweest, met haar paarse haar en tatoeages, maar het was uiteindelijk niets geworden omdat ze had gezegd dat ze Nooit Kinderen Wilde. Daarna was er Karma geweest, die yogales gaf en veganist was en niet in huis kon zijn als zijn vader bacon bakte. En vervolgens Tina, die hij had gemogen, want ze was aardig en grappig geweest, maar ze had twee vervelende dochters gehad die Charlie achter hun moeders rug om pestten.

Daarna had zijn vader het te druk gehad met andere dingen, zoals zijn verhuizing naar de berg en de overname van het resort. Er was geen vrouw meer in zijn leven geweest. Maar daar zou waarschijnlijk zeer binnenkort verandering in komen. Charlie wist niet precies wat hij daarvan vond, maar zoals met alles in de wereld van de volwassenen deed zijn mening er niet toe.

Hij en André slopen dichterbij. De geur van bacon lokte hen verder de gang in. Deck the Halls was nu op de radio, en zijn vader, India en Darcy zongen allemaal mee. Toen kwam het doelwit in zicht: een schaal met bacon die net gegrilld was en uitlekte op keukenpapier. Samen kropen ze er op hun buik naartoe.

'Don we now our gay apparel,' zong het koor op de radio.

Darcy zei: 'Ik vind dat zo'n geweldige zin.'

'Maar wat betekent het eigenlijk?' vroeg tante India.

'Geen idee,' zei zijn vader. 'Maar ik denk dat het er ongeveer zó uitziet.' Plotseling kwam er een grote hand naar beneden die Charlie bij zijn middel pakte en hem overeind trok.

Charlie gilde en moest lachen. 'We probeerden jullie te besluipen.'

'Omdat we uitgehongerd zijn,' voegde André daaraan toe.

'Dan kunnen we deze hongerig krijgers maar beter te eten geven.' Zijn vader grijnsde naar hen.

De jongens klommen ieder op een barkruk en bekeken het feestelijke ontbijt.

'Zie je wel?' zei Charlie. 'Een superontbijt.'

Naast de bacon stond er ook een grote kom met bessen op de bar en een schaal met advocaatpannenkoeken, die zijn vader alleen met Kerstmis maakte. De esdoornsiroop was warm en glansde in een kan, en om te drinken waren er grote glazen koude melk. Verder was er muesli, fruit, eieren, gebakken aardappels, een schaal met zoete broodjes en felrood bessensap. Charlie was in de zevende hemel. Ook de andere kinderen waren nu de keuken in gekomen en bekeken het ontbijt met hongerige blikken.

'Hij zei dat je een superontbijt hebt gemaakt,' merkte Darcy op.

'Daar heeft hij gelijk in,' zei zijn vader. 'Probeer dit eens.' Hij voerde haar een stukje advocaatpannenkoek dat hij in siroop had gedoopt.

Ze keek scheel, trok een raar gezicht en legde haar hand tegen haar hart. 'Het is alsof er een engeltje over mijn tong piest,' zei ze.

Darcy was grappig en ze leek aardig. Als zij de vriendin van zijn vader zou worden, dan zou hij daar geen grote problemen mee hebben. Maar als ze bij elkaar bleven, zou ze een stiefmonster worden. Hij had vrienden met stiefmoeders, die ze stiefmonsters noemden. Het was een risico. Maar daar ging hij zich nu niet druk over maken, want het ontbijt was heerlijk, en het beloofde een fantastische dag te worden.

'Eerst,' zei zijn vader, 'gaan we de piste op.'

'Om wat te doen?' vroeg André.

Charlie schoot in de lach. 'Om te skiën of te snowboarden natuurlijk.'

'Ik heb maar een paar lessen gehad,' zei André. 'Ik ben er niet zo goed in.'

Zijn vader stelde André gerust. 'Ik heb ervoor gezorgd er een instructeur bij is. Die zal je helpen.'

Eindelijk een sport waarin André hem niet kon verslaan, dacht Charlie blij. In alle andere sporten was hij beter.

'Daarna gaan we het dorp in om boodschappen te doen en de kerstparade en het aan zetten van de lichtjes in de boom te zien. En dan gaan we naar de Kerstman,' zei tante India.

'Geloven jullie in de Kerstman?' wilde Bernie weten.

Op de radio werd nu Jingle Bells Rock gespeeld.

Daar was hij dan. De vreselijke vraag waar Charlie niet over wilde nadenken. Maar het was ook de vraag die hem al een tijd dwarszat.

Sommige kinderen in zijn klas beweerden dat de Kerstman helemaal niet bestond. En dat waren altijd de populaire kinderen, dus als je zei dat je wel in de Kerstman geloofde, werd je belachelijk gemaakt. Charlie kon alleen niet níet in de kerstman geloven. Hij wist, in het diepst van zijn van hart, dat de Kerstman echt bestond.

Nu keken André en hij elkaar aan. Het was een staarwedstrijd. Wie zou er het eerst met zijn ogen knipperen? Als Charlie zei wat hij echt geloofde, liep hij het risico dat hij afging in de ogen van zijn vriend. Maar als hij zei dat hij niet in de Kerstman geloofde en dan bleek dat André er wel in geloofde, zou hij twijfel zaaien bij zijn vriend, en dat was niet cool.

De anderen wachtten op een antwoord.

'Nou,' zei hij, 'eh…'

'Meen je dat nou?' Darcy mengde zich in het gesprek. 'Moet je dat nog vragen? Iedereen die zelfs maar een paar hersencellen heeft, gelooft in de Kerstman. Deze jongens zien eruit alsof ze wel een paar hersencellen hebben. Samen misschien zelfs genoeg voor een heel brein. Hé, dit is Good King Wenceslas, mijn favoriete kersliedje. Zet de radio wat harder, wil je?'

Wat een opluchting. Hij had geen antwoord hoeven geven. Ook André leek opgelucht, hoewel Charlie niet goed begreep waarom.

'Zijn jullie het hele jaar braaf geweest?' vroeg tante India.

Bedrukt keek Charlie naar de vloer.

Zijn vader keek bezorgd naar hem. 'Wat is er, maatje?'

'Ik heb op mijn kop gekregen op school.'

'Je hebt nooit eerder problemen gehad op school,' zei zijn vader.

'We moesten iets van thuis meenemen om over te vertellen, maar ik nam iets mee waar ik blijkbaar vanaf had moeten blijven. Volgens Isiah, die bij mij in de klas zit, waren het geishaballen. Van de juf moest ik ze meteen in mijn tas stoppen.'

Darcy en tante India hadden het niet meer. Hoewel ze het probeerden te onderdrukken, zag hij dat ze slap lagen van het lachen. Charlie wist nog steeds niet waarom er zo'n ophef was gemaakt over het doosje met de ballen. Zijn moeder had gezegd dat ze het wel zou uitleggen als hij ouder was.

'Ja, eh... Het is waarschijnlijk een goed idee om spullen eerst aan een volwassene te laten zien voor je ze mee naar school neemt,' zei zijn vader. 'Toen ik jong was, heb ik een keer een slang meegenomen. Onze leraar sprong zowat tegen het plafond.' Hij raspte een reep chocola in een pan met room om chocolademelk te maken, en iedereen stopte even met praten om de heerlijke geur op te snuiven.

Terwijl ze het ontbijt verorberden, kwamen de andere grote mensen de keuken binnengedruppeld. Al snel werd er druk gekletterd met borden en praatte iedereen over de plannen voor die dag. André's zusje, Angelica, die zich nog niet had laten zien, kwam als laatste de keuken in, de slaap nog uit haar ogen wrijvend. Met haar roze pluizige slippers en haar opgelapte knuffelhond – Patchy – in haar armen zag ze er schattig uit.

'Jij hebt vast honger.' Zijn vader tilde haar op en zette haar op een barkruk.

'Mag ik een pannenkoek?'

'Natuurlijk.'

Ze straalde toen ze zag dat de pannenkoeken de vorm van sterren en kerstbomen hadden. Dat had tante India gedaan. Als professioneel kunstenaar wilde ze alles mooier maken. Ze had het beslag in ijzeren koekjesvormen gegoten.

'We gaan vandaag naar de Kerstman. Wat ga jij vragen als kerstcadeau?' vroeg Bernie aan haar.

'O, dat is een makkelijke vraag,' antwoordde Angelica. Door haar ontbrekende tanden, sprak ze de S niet helemaal goed uit, maar het ging al beter dan eerder. 'Ik ga tegen hem zeggen dat mijn moeder hierheen moet komen. Ik wil dat ze erbij is als ik met Kerstmis mijn liedje zing in de kerk. Logans vriendin Maureen organiseert de kerstshow, en ze heeft me gevraagd om een solo te zingen.'

Charlie wierp een snelle blik op André, maar die droeg zijn bord al naar het aanrecht. 'Kom, we gaan ons klaarmaken,' zei hij, en hij liep de gang in en de trap op zonder te kijken of Charlie hem volgde.

Eenmaal in hun slaapkamer trokken ze lang ondergoed aan en daarna hun skibroek en deden toen wie de bretels van zijn broek het hardst kon laten klappen. Ze wonnen geen van beiden, maar giechelden allebei als hyena's. Netjes oma Marions instructies opvolgend, maakten ze hun bedden op. Op een of andere manier zag het er nooit hetzelfde uit als wanneer een volwassene een bed opmaakte.

'We hebben in ieder geval ons best gedaan,' zei Charlie, de stem van zijn oma imiterend, wat leidde tot een volgende lachbui.

'Hé,' zei André, 'mag ik je iets vragen?'

'Natuurlijk.'

'Geloof je écht in de Kerstman?'

Daar was die vraag weer. Moest hij ja zeggen, waardoor André hem misschien niet cool zou vinden? Of moest hij nee zeggen en het risico lopen dat hij zijn kerstdromen zou verliezen?

'Geloof jíj in hem?' vroeg hij aan André.

'De Kerstman is overal. Versieringen, kerstsokken, liedjes, toneelstukken op school, alles. Hoe kan de hele wereld zich vergissen?' Hij fronste zijn voorhoofd en knipte toen in zijn vingers. 'We moeten een manier vinden om het voor eens en altijd te bewijzen.'

'Ja!' zei Charlie. 'Laten we dat doen.'

'Hoe? Moeten we een val zetten? Of een camera?'

'Wat hoor ik nou?' vroeg Darcy, die haar hoofd om de deur stak. 'Hebben jullie het over de Kerstman in de val laten lopen?'

Charlies wangen brandden.

'Jullie kennen dat liedje toch wel dat begint met *You'd better watch out?*'

De jongens knikten tegelijkertijd.

'Nou, dat betekent dat je moet oppassen. Want als je begint te twijfelen aan zijn bestaan, ben je al niet meer echt braaf.'

Hoofdstuk 14

Logan was een beetje verliefd op Darcy. En hij gaf aan zichzelf toe dat het goed voelde. Eigenlijk was hij meer dan een beetje verliefd, misschien zelfs meer dan hij ooit was geweest. Het gevoel verliet hem geen moment. Het dwong hem telkens naar de klok te kijken en zich af te vragen wat ze deed en waarom hij niet bij haar was.

Was ze aan het snowboarden op de verse sneeuw die vannacht was gevallen? Lunchte ze met zijn zussen in de Powder Room? Zat ze achter haar laptop te werken?

Op zijn kantoor in Avalon had hij een afspraak met Mason Bellamy, Adams broer en de financieel specialist die de groep investeerders voor het resort had samengesteld. Hoewel ze belangrijke zaken te bespreken hadden, kon hij zich moeilijk concentreren.

'Het komt door haar,' zei Mason, nadat hij hem voor de derde keer een por had gegeven omdat hij dromerig uit het raam zat te staren. 'Die vrouw over wie je me vertelde.'

Logan knikte en richtte met tegenzin zijn aandacht op de spreadsheets die op het bureau voor hem lagen. 'Ik kan nauwelijks aan iets anders denken.'

'Dat doen vrouwen met je.'

'En het vreemde is dat mijn familie dol op haar is.'

'Waarom is dat vreemd?'

'Mijn exen waren allemaal vrouwen waar mijn familie bezwaar tegen had.'

'Misschien zijn het daarom exen.'

'Ik wil niet dat de goedkeuring van mijn familie zo belangrijk is.'

'Ach, dat is nu eenmaal belangrijk. Wen er maar aan.' Lachend spreidde Mason zijn armen. 'Ik ben een Bellamy, dus ik weet het een en ander over families.' Mason was op bezoek om zijn zieke moeder te helpen. Tot nu toe had hij niet kunnen wennen aan het dorpsleven. Maar zijn moeders financiële zaken moesten worden geregeld, en Mason, de man met verstand van geld, was de aangewezen persoon om dat te doen. 'Dus,' zei hij, 'Je bent geïnteresseerd in een vrouw die ze allemaal mogen. Wat is het probleem?'

'Ik blijf het gevoel houden dat er iets niet klopt aan dat plaatje. Toen ik jong was, zocht ik met opzet meisjes uit die niet in mijn familie pasten, hoofdzakelijk om mijn ouders dwars te zitten.' Onrustig tikte hij met een potlood op het bureaublad.

'Ja, dat hebben we vroeger allemaal gedaan.'

'En toen maakte ik een meisje zwanger, wat ze écht dwarszat.'

'Laat me raden wat er gebeurde. Ze zetten zich eroverheen en werden geweldige grootouders voor je zoontje Charlie.'

Logan knikte. 'Oké, ja. Ik word gek van ze. Dat is altijd zo geweest, maar ze zijn de enige ouders die ik heb.' Na die woorden liet hij zich achterover zakken en opende een nieuw tabblad op zijn laptop. 'De laatste volgende van de investeerders in Saddle Mountain zit eraan te komen. Vertel me goed nieuws.'

Mason ging verzitten. Schraapte zijn keel. 'De resort en recreatiebranche is een lastige.'

'Met andere woorden,' zei Logan, 'financieel gezien is het een puinhoop.'

'Het ligt genuanceerder. Er zijn variabelen die je moet meenemen als je...' Mason zuchtte. 'Goed. Ja, een puinhoop. Daar komt het wel op neer.'

Logan werd overvallen door teleurstelling. Hoewel hij had geweten dat hij niet in één klap rijk zou worden met het runnen van een resort, wilde hij niet onverantwoordelijk zijn. Tenslotte had hij een zoon voor wie hij moest zorgen.

'Het is een tijdelijke situatie,' stelde Mason hem gerust. 'De cash flow is goed, maar je reserves beginnen op te raken.'

'Hoe kunnen we dat oplossen?' vroeg Logan. 'Ervan uitgaande dat er geen kerstwonder gebeurt.'

'Een nieuwe financiële injectie zou helpen.'

'Meer investeerders, bedoel je.'

'Ja. Je zou naar een andere investeerder kunnen zoeken of de huidige vragen meer te investeren. Of een combinatie van die twee.'

'Hoeveel tijd heb ik?'

'Het belastingjaar opent op vijftien januari, dus dan moet de boekhouding op orde zijn.'

'Goed.' Logan stond op en raapte zijn papieren bij elkaar. 'Ik bedenk wel iets.' En dat zou hij doen, want hij moest wel. Er was geen alternatief. Hij kon deze onderneming niet laten mislukken. Toch hoorde hij de stem van zijn vader in zijn hoofd. En die stem zei dat hij een grote fout had gemaakt door een goed lopend, winstgevend bedrijf op te geven voor zoiets riskants als een resort. Hij had niet alleen zijn eigen toekomst maar ook die van zijn zoon op het spel gezet. Wat was hij voor een vader?

'Zullen we een biertje gaan drinken?' opperde Mason. 'Adam is bijna klaar met zijn optreden als Kerstman.' Elke middag trok een andere brandweerman van Avalon het pak aan. 'Hij kan naar de Hilltop Tavern komen?'

'Dat gaat niet. Ik heb afgesproken met mijn zussen en hun mannen en kinderen. Ze zijn naar de Kerstman geweest. Aangezien we geen idee hebben wat sommige van de kinderen willen, hebben we Adam opgedragen hun wensen op te schrijven.' Hij schudde Mason de hand, en samen gingen ze naar buiten. Mason vertrok.

'Je ziet eruit alsof je heel veel aan je hoofd hebt,' zei Darcy Fitzgerald, die over de stoep naar hem toe kwam lopen. 'Stoor ik je?'

Hij was belachelijk blij om haar te zien. 'Ik voerde een eeuwenoud gesprek met mijn vader.'

'De vader in je hoofd, neem ik aan.' Ze kwam naast hem lopen.

Met zijn vinger tegen zijn hoofd tikkend, zei hij: 'Hij is een van mijn vaste bewoners.'

'Heb jij dat ook?' Ze grijnsde. 'Die vader heb ik soms ook in mijn hoofd. Of mijn moeder. Het is grappig hoeveel invloed onze ouders op ons hebben.'

'Dat is waar. Ik denk daar veel over na, vanwege Charlie. Hopelijk word ik het soort vader die hij graag in zijn hoofd heeft.'

'Bestaat die?'

'Die probeer ik te worden. Ik doe mijn best om het goed te doen. Voor Charlie en voor...' Abrupt brak hij zijn zin af. Bijna had hij 'Charlie en zijn toekomstige broertjes of zusjes' gezegd. Dat zou niet slim zijn geweest. 'En,' zei hij, van onderwerp veranderend, 'hoe was het skiën en snowboarden vandaag?'

'Fantastisch, maar je wist natuurlijk allang dat het geweldig zou zijn.'

'Na al die sneeuw gisteravond – ja.' Zodra hij het woord gisteravond uitsprak, dacht hij terug aan hun wandeling in het besneeuwde bos en hun kus voor de open haard... Hij stopte zijn handen in zijn zakken zodat hij haar niet midden op straat tegen zich aan zou trekken. 'Waar is iedereen?'

'India en China zijn met de anderen bij de Kerstman, en blijkbaar is er daarna nog een of andere parade. Het is de bedoeling dat we ons weer verzamelen op de parkeerplaats bij de kerk.'

Hij knikte. 'Tot aan Kerstmis wordt er elke vrijdag van december een parade gehouden. Dit dorp haalt alles uit de kast met de kerst.'

Kijkend naar het mooi versierde en met lampjes verlichte plein, zei ze: 'Dat was me al opgevallen. Ik vind het heerlijk. Kun je echt schaatsen op dat meer?'

'Kan ik schaatsen? Nee. Kan het ijs mijn gewicht houden? Waarschijnlijk tot eind februari.'

'Ik kan je leren schaatsen.'

'Daar hou ik je aan. Nou, wat vindt een meisje uit de grote stad van Avalon?'

'Het is een schitterend dorp. Je hebt geluk dat je in zo'n mooie omgeving woont.' Met stralende ogen keek ze naar de etalages en de mensen die over het plein liepen. 'Ik ben dol op alle lampjes en versieringen in deze tijd van het jaar.'

'Geen spijt dat je Kerstmis niet samen met je familie viert?'

'Nee,' antwoordde ze beslist. 'Absoluut niet. Als ik in New York was, zouden mijn zussen en ik ons nu door de menigte op Fifth Avenue wringen, op zoek naar kerscadeautjes. Daarna zouden we overladen met pakjes naar Penn Station wankelen om daar op de trein naar Long Island te stappen, hopend op een zitplaats. Hoewel dat ook wel iets heeft, is dit veel meer ontspannen.' Ze keek naar een jongen en zijn moeder, die samen met een hondje aan een riem de straat overstaken.

'Dus ben je een stadmens of meer iemand voor een dorp?' wilde hij weten.

'Allebei. O, en ik ben dol op de open natuur. Dat klinkt niet erg consequent, of wel?' Even richtte ze haar blik op de grond, maar toen keek ze hem weer aan. 'Ik probeer er nog steeds achter te komen wie ik ben als ik vrijgezel ben.'

'Dat begrijp ik.' Het was hem niet helemaal duidelijk wat ze probeerde te zeggen. Dat ze het fijn vond om vrijgezel te zijn en dat ze dat wilde blijven? Dat ze flexibel was en openstond voor verandering? Dat ze wilde dat hij met haar naar bed zou gaan en alle dingen zou doen met haar waar hij doorlopend aan dacht? 'Er moet toch iets zijn wat je mist?' hield hij vol.

'Cadeautjes kopen voor de kinderen. Dat vond ik altijd een van de leukste dingen aan Kerstmis. Ik bedoel, het is leuk om de perfecte kasjmieren badjas voor je moeder uit te kiezen, maar cadeautjes kopen voor de kinderen is het leukste wat er is.'

'Dat brengt me op een idee,' zei hij. 'Deze kant op.'

Samen liepen ze naar de speelgoedwinkel. Hij vond het leuk om te zien dat haar gezicht begon te stralen toen ze de etalage zag, waarin een modeltrein door een landschap met sneeuw en bomen reed. Daarnaast zagen ze een gewicht heffende robot, poppen, bokshandschoenen, fietsen en degens zoals musketiers die droegen.

'Dit is fantastisch,' zei Darcy. 'Elk kind droomt van zo'n speelgoedwinkel.'

‘Yep.’ Hij knikte naar de manager van de winkel, Guinevere, die er al werkte sinds ze een tiener was. Toen trok hij Darcy mee naar een display met het nieuwste en meest populaire speelgoed en zei: ‘Ik kan je hulp goed gebruiken. We hebben dit jaar extra veel kinderen, en mijn altijd efficiënte oudere zus China heeft me een appje met suggesties gestuurd.’

Het daaropvolgende uur probeerden ze zichzelf te verplaatsen in de kinderen. Waar zouden ze om moeten lachen, wat zouden ze leuk vinden, wat zou ervoor zorgen dat ze warme herinneringen overhielden aan Saddle Mountain?

‘We moeten dingen uitproberen,’ zei Darcy.

‘Dat is waar ook. Jij bent gewend om dingen uit te proberen. Laten we geen spullen kopen die elektriciteit nodig hebben.’

‘Verwacht je een stroomstoring?’

‘Nee, maar het kan wel gebeuren, op de berg. En ik vind nietelektrisch speelgoed ook veel leuker. Jij niet?’

‘Ja. Ken je Zeeslag nog?’ Ze hield het klassieke spel omhoog.

‘Goed gekozen. Dat willen ze allemaal wel hebben.’

‘Dan wordt dat de augurkprijs.’

Hij krabde aan zijn hoofd. ‘De augurkprijs?’

‘Doen jullie niet aan de augurktraditie?’

‘Nooit van gehoord. Maar als het met augurken te maken heeft, wil ik het zeker proberen.’

‘Je hebt een kerstbal in de vorm van een augurk nodig, en die moet je op een niet al te in het oog springende plek in de boom hangen. En wie de augurk op kerstochtend het eerst ziet, wint een prijs.’

‘Nooit verwacht dat ik nog eens een augurk in de kerstboom zou hangen.’

‘Wat vreemd dat je er nog nooit van gehoord hebt. Het is een heel oude traditie. Volgens Wikipedia, in ieder geval.’

‘Ik geloof je op je woord.’

‘Kijk, ze verkopen ze hier ook.’

De augurken lagen bij de kleine cadeautjes voor in kerstsokken. Ze kozen er een met ogen en een mond, die jodelde wanneer iemand in de buurt van het ding bewoog.

'Hoe heb ik al die tijd geleefd zonder een jodelende augurk?' vroeg Logan.

'Er gaat een nieuwe wereld voor je open.'

Net als samen met haar koken, in de sneeuw wandelen en surfen, was cadeautjes kopen met Darcy niet vervelend. Ze was erg serieus bij het uitkiezen en woog de voor en nadelen van katapult versus speelgoedpistool en van xylofoon versus blokfluit zorgvuldig tegen elkaar af. Nog nooit in zijn leven had hij zo hard gelachen met een vrouw. Na de deprimerende afspraak die hij net had gehad, had hij dit nodig: iets anders, een fris perspectief.

Terwijl ze een – behoorlijk indrukwekkende – truc deed met een jojo, keek ze naar hem op en grijnsde.

Haar grijns beviel hem. 'Wat?'

'Dank je.'

'Alsjeblieft. Maar waar bedank je me eigenlijk voor?'

Gebarend naar de cadeautjes die ze hadden uitgezocht, antwoordde ze: 'Ik dacht dat ik dit zou moeten missen.'

Hij keek haar aan. 'Je hoeft helemaal niets te missen.'

'Cadeautjes uitzoeken is een van de leukste dingen aan Kerstmis. Het is een van de dingen die de kerst magisch maken.'

'Voor iemand die niet van kinderen houdt,' zei hij, 'ben je behoorlijk dol op kinderen.'

'Je vergist je. Ik hou wel van kinderen, heel veel zelfs. Neefjes en nichtjes hebben is geweldig. Alleen het ouderschap trekt me niet aan.'

'Maar tante zijn wel?'

'Ja.'

'Klinkt goed.' Hij stapte over op een ander onderwerp. 'Goed, er is nog één kind waar we geen cadeau voor hebben.'

'Angelica,' zei ze. 'Ze is zo'n schatje. Wat zullen we voor haar kopen?'

Het gesprek van die ochtend lag nog vers in zijn geheugen. Grote ronde ogen, een zacht, slissend stemmetje. 'Ik wil dat mijn moeder erbij is als ik met Kerstmis mijn liedje zing in de kerk,' had ze gezegd. 'Het enige wat ze wil, is iets wat we haar niet kunnen geven.'

Hoofdstuk 15

Logan O'Donnell was gevaarlijk. Tot die conclusie kwam Darcy tijdens het uitzoeken van de kerstcadeautjes. Elke keer wanneer ze bij hem was, werd hij interessanter. Dat maakte hem zo gevaarlijk. Interesse leidde tot hevigere verliefdheid, wat leidde tot passie, wat uiteindelijk zou leiden tot een emotionele band waar ze niet aan toe was.

Deze gedachten deelde ze met India toen ze later die dag weer allemaal bij elkaar waren. De kinderen wachtten vol spanning tot de optocht zou beginnen. Goed ingepakt tegen de kou stonden ze reikhalzend uit te kijken onder de fonkelende lampjes.

Heimelijk wierp Darcy blikken op Logan, die net een boom was waar zijn nichtjes en neefjes in klommen. Ze vond dat hij er ongelooflijk sexy uitzag, zelfs terwijl er aan alle kanten kinderen aan hem hingen. Naast hem stond Charlie, een kleinere versie van hem met het gezicht van een engel. Ook Charlie was gevaarlijk voor haar hart, want er gebeurde iets in haar borst wanneer ze naar hem keek. Ze wilde hem vastpakken, hem aan het lachen maken, hem in haar armen nemen, net zoals ze dat met de kinderen van haar ex had gedaan.

'Weet je nog wat de definitie van waanzin is?' vroeg ze aan India, die foto's maakte met haar smartphone. 'Telkens hetzelfde doen en verwachten dat het een ander resultaat oplevert.'

'Wat wil je daarmee zeggen?' vroeg India, haar camera richtend op de met lampjes versierde pilaren van Avalons openbare bibliotheek.

'Luister, ik vind je broer erg leuk – ik denk dat je wist dat dat zou gebeuren. Maar een relatie met hem... Dat kan alleen maar rampzalig aflopen.'

'Jullie passen heel goed bij elkaar. Wat is daar waanzinnig aan?'

'Hij is een alleenstaande vader, net als Huntley. Hij wil meer kinderen, net als Huntley. Het zou gestoord zijn als ik daar opnieuw aan begin en verwacht dat het deze keer anders zal zijn.'

'Dit is niet hetzelfde. Huntley is een sukkel,' zei ze eenvoudigweg. 'Logan niet.'

'Waarom voel ik me niet beter als iemand tegen me zegt dat ik met een sukkel getrouwd was? Het was een slim idee om relaties helemaal af te zweren. Ik ben er gewoon niet goed in.'

'Doe niet zo idioot. Zo ken ik je niet, Darcy. Jij gaat geen dingen uit de weg omdat ze misschien moeilijk zijn.'

'Tegenwoordig wel.' Zou ze ooit over het verdriet en het verraad heenkomen, over het verlies?

'Weet je wat je doet als je een goede man – een goede man als mijn broer – laat lopen?'

'Mezelf beschermen. India, ik doe wat ik kan.'

'Als je zo voorzichtig wordt, dan laat je Huntley winnen. Dan heeft hij alles wat hij heeft gekregen na de scheiding en pakt hij je ook nog het belangrijkste deel van jezelf af. Je hart, je ziel, je optimistische houding, je geloof in de liefde. Dus stel jezelf de vraag: gun je hem dat allemaal echt? Wil je hem echt totaal laten winnen en de dingen die je ooit zo belangrijk vond opgeven?'

'Jeetje, als je het zo zegt...'

'Geef jezelf niet over aan zijn emotionele erfenis. Dit is iets bijzonders. Laat hem dit niet bederven.'

Dit, dacht Darcy, was wat een beste vriendin deed. Ze vertelde je de waarheid, zelfs als je die liever niet wilde horen. 'Weet je wat?' zei ze. 'Het is Kerstmis. Ik ben dol op Kerstmis. Dus ik ga volop genieten van deze vakantie, en dan ga ik terug naar New York en naar de echte wereld en dan...'

'En dan wat?'

'Dan is alles zoals het moet zijn.'

Opgewonden riep Bernie: 'Hij komt! De kerstparade komt eraan!'

Een korte optocht trok voorbij. Voorop liep een koor, het Heart of the Mountainskerkkoor, dat kerstliedjes zong, gevolgd door een paar verenigingen uit het dorp en natuurlijk de Kerstman, die op zijn troon werd rondgereden.

Het duurde niet lang voor de parade hen was gepasseerd. Gezamenlijk liepen ze naar de Heart of Mountainskerk, waar ze hun auto's hadden geparkeerd.

Het was een mooi, traditioneel kerkje met een schitterend verlichte spits die scherp afstak tegen de paarse lucht. Op het besneeuwde plein voor de kerk stond een grote kerststal die werd belicht met schijnwerpers en een bord met daarop de woorden WIJ KOMEN TEZAMEN.

'Het is zo mooi,' zei India tegen Logan, ondertussen meer foto's makend. 'De hele dag is fantastisch. Skiën en lunchen, en de Kerstman. Ik vergeef je honderd procent dat je ons hebt overgehaald hierheen te komen in plaats van naar Florida te gaan.'

Darcy keek naar de vrijwilligers van PAWS, de mensen van het dierenasiel. Ze liepen rond met honden die jasjes droegen waar ADOPTEER MIJ op stond. Andere vrijwilligers deelden folders uit met informatie over het adopteren van dieren.

'O, ik zou willen dat ik er een mee naar huis kon nemen,' zei Darcy, kijkend naar een piepjonge beagle die door de sneeuw rende.

'Dat kan geregeld worden.' Logan kwam naast haar staan. 'Ik weet uit betrouwbare bron dat de Kerstman graag puppy's cadeau doet met Kerstmis.'

'Ik mag geen huisdieren houden in mijn appartement.'

'Dan woon je misschien op de verkeerde plek.'

Waarom had alles wat hij zei een dubbele betekenis? Of zo kwam het althans op haar over. 'Mijn appartement is heel fijn,' zei ze. 'Ik heb er een eeuwigheid voor op de wachtlijst moeten staan. Het heeft alles wat ik nodig heb.'

Toen de parade zich oploste, klauterde de Kerstman van zijn troon, die in de laadbak van een truck stond.

Logan zwaaide naar hem. 'De man achter die baard is Adam, een vriend van me.'

'Aha. Dus hij gaat je vertellen waar de kinderen om hebben gevraagd?'

'Precies.'

'Wat slinks.'

'Kan ik je een geheim vertellen?'

Ja. Vertel me alles. 'Natuurlijk,' zei ze.

'Charlie en André wilden de Kerstman niet vertellen wat ze willen hebben voor Kerstmis. In plaats daarvan hebben ze brieven geschreven met daarin hun wensen.'

'O, o. Kun je raden wat ze het liefst willen?'

'Wat Charlie betreft is het slecht nieuws: volgens mij wil hij een hond. Hij had een hond, Blake, maar die was oud en is doodgegaan.'

Darcy floot zachtjes. 'Dat is lastig.'

'Geen geweldige timing voor mij. En wanneer Charlie bij zijn moeder is, ben ik natuurlijk verantwoordelijk voor de hond.'

'Wat ga je doen?'

'Ik heb wel een paar ideeën. Zoals een speelgoedhond, of een donatie in zijn naam aan het dierenasiel.'

'O, kom.'

'Wat?'

'Weet je hoe suf dat klinkt? Een hond is een hónd. Geen stuk speelgoed. Geen donatie.' Ze wees naar de rumoerige commotie op de parkeerplaats, waar de vrijwilligers van PAWS de dieren inlaadden om hen terug te brengen naar het asiel.

'Ik weet dat je gelijk hebt,' stemde hij in. 'Misschien komende zomer.'

'Geeft de Kerstman tegoedbonnen voor de zomer?'

Hij moest lachen. 'Je bent genadeloos.'

'Als de jongste van vijf kinderen heb ik geleerd keihard te zijn als het op kerstcadeaus aankomt.'

'Ik heb een week om te besluiten wat ik ga doen.'

Even vroeg ze zich af of ze hem moest vertellen over het plan van de jongens om de Kerstman in de val te laten lopen. Charlie en André geloofden nog nét in hem. Eén verkeerde beweging, en de illusie was verbroken.

'Goed nieuws,' zei Adam, die nu weer zijn gewone kleren droeg.

'Ik heb Charlie de waarheid ontfutseld – wat hij wil hebben voor Kerstmis. Die arme jongen had geen schijn van kans met mijn verhoortechniek.'

'Ja?' Logan grijnsde. 'Goed gedaan. En, wat moet ik voor hem kopen?'

'Een nieuw snowboard, eentje met vlammen op de onderkant. En laarzen.'

'Perfect. Veel makkelijker dan een levend dier. Dat is geen probleem.' Toch was Darcy wantrouwig. Dit was te makkelijk. Ze dacht terug aan het gesprek tussen de jongens dat ze had opgevangen. 'En André?'

Adam schudde zijn hoofd. 'Die was zo gesloten als een oester. Kreeg geen woord uit hem. Daar zullen jullie op een andere manier achter moeten komen.'

'Oké,' zei Logan. 'Dat ga ik doen.'

Hem een klap op zijn schouder gevend, zei Adam: 'Zie je snel weer, maatje. En jou, Darcy.'

Terwijl Adam wegliep, vroeg Darcy zich af of ze haar vermoedens met Logan moest delen. Niet nu, besloot ze uiteindelijk. 'Zal ik jóú eens een geheim vertellen?' vroeg ze.

'Nou?'

'Ik geloof zelf ook nog in de Kerstman.'

'Waarschijnlijk vind je het gewoon fijn om bij mannen op schoot te zitten.'

'Dat hangt van de man af. En van de schoot. En hoe weet jij wat ik fijn vind? Je kent me niet eens.'

'Dan moeten we daar misschien verandering in brengen.' Naar haar toe leunend, zei hij zachtjes: 'Ik weet dat je het fijn vindt om me te kussen.'

'Is dat zo?' Kus me nu, dacht ze wanhopig. Kus me nu.

'Ja, het… spijt me, ik moet –' Zonder zijn zin af te maken, rende hij naar de andere kant van de weg, waar een grote hoop sneeuw lag. Charlie, André en een paar andere kinderen speelden op een sneeuwschuiver die eruitzag als de miniatuurversie van een grote sneeuwruimer. Hoewel er een duidelijk zichtbaar een bord met NIET AANKOMEN bij het voertuig stond, waren de kinderen blijkbaar blind, of ze negeerden het gewoon.

'Hé!' riep Logan. 'Ga van dat ding af.'

'Maak je niet zo druk, pap,' zei Charlie. 'Moet je kijken!'

André speelde met de hendels en maakte motorgeluiden.

'Hou op, Charlie! Over een week is het Kerstmis. Moet jij je niet heel erg goed gedragen?'

'Wat als hij zich niet beter kán gedragen?' vroeg Darcy, die naar hen toe kwam lopen. Ze wist niet goed of ze blij of teleurgesteld was dat het moment tussen haar en Logan was verstoord.

'Dan heb ik nog een hoop werk te verzetten,' zei hij.

'Je hebt het toch aan niemand verteld, of wel?' Het was de dag na de parade, en Charlie en André waren een sneeuwfort aan het bouwen op Saddle Mountain.

'Alleen aan de Kerstman,' zei André. 'En alleen in een brief. Een echte brief, geen email. Jij?'

'Ik ook.'

'Ja, maar ik zag dat je gisteren met de Kerstman praatte. Dus je hebt wel iets tegen hem gezegd,' zei André beschuldigend.

'Dat klopt. De man in het kerstmanpak was Adam, een vriend van mijn vader. Ze denken dat ik dat niet weet. Als ik niets had gezegd, had hij dat vreemd gevonden. Dus heb ik gezegd dat ik een snowboard wil, hoewel dat niet is wat ik echt wil.'

'Cool.'

'Cool.'

Ze staarden elkaar aan. 'Gaan we het elkaar vertellen?'

'Beter van niet.'

'Oké.' De sneeuw was perfect om mee te bouwen, net plakkerig genoeg maar niet te zwaar. 'Hé, ik denk dat mijn vader binnenkort een vriendin heeft.' Charlie had er veel over nagedacht. Nu wilde hij het aan iemand vertellen, en André was de juiste persoon. Een beste vriend.

'Ze is cool.'

'Ja. Heeft jouw moeder een vriend?'

André legde een grote handvol sneeuw op de muur. 'Nee. Mijn vader kwam vroeger af en toe langs, maar... hij was niet erg aardig tegen haar.'

'Dat is niet leuk.'

'Nee.'

Charlie had medelijden met André. Zelf had hij een vader én een stiefvader, en die waren allebei geweldig. Met gefronst voorhoofd keek hij André aan. 'Wacht eens even. We kunnen elkaar wél vertellen wat we echt voor Kerstmis willen hebben. Als we de beste vriendeneed afleggen, kunnen we dat geheim met elkaar delen.'

Aarzelend keek André naar de met sneeuw bedekte grond. Toen zei hij: 'Goed, maar het is een eed die je niet kunt breken, toch?'

Charlie dacht aan dingen die braken. Fietskettingen. Dun ijs. Kerstballen. Het huwelijk van zijn ouders. Beloftes. Soms leek het of alles kon breken. Maar een vriendschap niet. Niet als je beste vrienden was. 'Precies. Laten we in het fort gaan zitten, zodat niemand ons hoort.'

Samen kropen ze door de opening het donkere, ijskoude fort in. Charlie haalde zijn zaklamp tevoorschijn en plantte die tussen hen in in de sneeuw, zodat de lichtbundel omhoog scheen en ze werden omgeven door een spookachtig blauwe gloed. Het voelde alsof ze de enige twee kinderen op de wereld waren.

'Goed, zweren we allebei plechtig dat alles wat we zeggen en horen een geheim blijft? Voor altijd?'

'Dat zweer ik.'

'Ik ook.'

'Een hond,' zei Charlie. 'Dat wil ik hebben voor Kerstmis. Een hond.'

André's ogen schitterden, en er verscheen een grijns op zijn gezicht. 'Echt waar?'

'Ja.'

'Man, dat is zo vet!'

'Dat weet ik. Ik had een hond die Blake heette. Toen ze doodging, had ik het gevoel dat ik ook dood wilde. Ik miste haar zo erg dat ik dacht dat ik nooit meer blij zou zijn. Maar toen zag ik een jongen met een zwarte labrador spelen, en toen dacht ik dat het misschien tijd was voor een nieuwe hond. Er zijn namelijk andere honden die mij nodig hebben, andere honden die míjn hond kunnen worden. Dit is het grootste waar ik ooit om heb gevraagd.'

'Dat is het zeker,' zei André instemmend. 'Wat voor soort hond?'

'Dat maakt me niet zoveel uit, zolang het een lieve hond is die graag wil spelen en 's nachts bij mij wil slapen. Ik wil niet te kieskeurig zijn.' Zijn hart begon sneller te kloppen toen hij zichzelf voorstelde met een hond. Spelen en voeren, samen op de bank hangen, wandelen, apporteren. Met een eigen hond zou hij nooit meer eenzaam zijn. 'Ik heb het al zo vaak gevraagd,' ging hij verder. 'Mijn moeder en stiefvader zeiden nee toen Blake dood was, omdat we gaan emigreren en sowieso vaak verhuizen. En mijn vader zei nee omdat hij het heel druk heeft met werken en niet vaak genoeg thuis is. Wat een onzin. Diep in mijn hart weet ik dat het helemaal geweldig zou zijn. Een droom die uitkomt.'

'Dat is heel cool, Charlie. En denk je dat je een hond krijgt van de kerstman?'

'Als hij echt bestaat, moet hij me wel een hond geven, toch?'

'Ja.' Ze maakten de ene sneeuwbal na de andere en bouwden meer muren. Het was fantastisch om een beste vriend te hebben, dacht Charlie. Je kon praten, of gewoon niets zeggen en samen werken. Toen hun gebouw af was, zag het er vanbinnen uit als een donkere grot, klein en koud, een echt fort, waar ze veilig zouden zijn als ze werden aangevallen door vijanden.

'En jij?' vroeg Charlie. 'Waar heb jij om gevraagd?'

André's glimlach verflauwde, en hij keek ernstig. 'Denk eraan dat je een eed hebt gezworen.'

'Natuurlijk, dat zou ik nooit vergeten.'

'Mooi. Want jouw hond is het grootste waar jij ooit om hebt gevraagd. Wat ik aan de Kerstman vraag, is het meest serieuze waar ik ooit om heb gevraagd.'

Charlie probeerde te bedenken wat dat kon zijn.

'Je weet dat we hier bij je vader zijn omdat mijn moeder ergens naartoe moest voor haar werk.'

'Ja, dat lijkt me heel zwaar. Ik mis mijn moeder als ik niet bij haar ben.'

'Ja, maar jij hebt je vader. Dat is anders. Mijn vader is er niet voor mij. En dat zou ik ook niet willen. Hij is gemeen en doet slechte dingen. Het is heel aardig van je vader dat hij ons in huis wil nemen. Mijn wens heeft te maken met mijn moeder.'

'Je kunt de Kerstman niet vragen je moeder hierheen te brengen voor de kerst. Zo werkt het niet.'

'Dat weet ik. Dat is ook niet waar ik om heb gevraagd.'

'Wat heb je dan wel gevraagd?'

André trok zijn knieen naar zijn borst en keek naar de lichtbundel van de zaklantaarn. 'Mijn moeder is niet aan het werk,' zei hij heel zachtjes.

'Waar is ze dan wel?' Charlie had geen idee wat André hem ging vertellen, maar het was duidelijk iets waar André het moeilijk mee had. Net als afgelopen zomer op Camp Kioga, toen Leroy Stumpf had toegegeven dat hij bang was in het donker. Alleen ging dit om iets belangrijkers, dat was Charlie wel duidelijk.

'Ze zit in de gevangenis.'

Charlie fronste zijn wenkbrauwen. 'Nee. Je liegt.'

'Was het maar zo.'

'Waarom zit ze in de gevangenis?'

'Ze heeft problemen gehad met de politie. Mijn vader deed dingen die niet mogen, en ze werden allebei betrapt. Om haar te straffen, heeft de rechter haar naar de Bedford Hills Women's Correctional Facility gestuurd.' André herhaalde de naam alsof hij die uit zijn hoofd had geleerd. 'Ze moet daar blijven tot februari. Het is een gevangenis. De bak. Daar kwam ik achter toen ik die naam online opzocht in de bibliotheek. Angelica weet dit niet. Het is de bedoeling dat niemand het weet. Maar ik heb rondgesnuffeld. Toen ik haar 's nachts hoorde huilen en over de telefoon hoorde praten, wist ik het.'

'O, man. Dat is niet goed, André. Dat is helemaal niet goed.'

'Denk je dat ik dat niet weet?'

'Natuurlijk weet je dat. En ik weet het ook.'

'Ik hoop maar dat mijn moeder niet al te verdrietig is met Kerstmis. Dat is het enige wat ik wil voor de kerst.' André stem brak, en hij vertrok zijn gezicht alsof hij op het punt stond in huilen uit te barsten. Toen liet hij de tranen komen en huilde voluit, trillend over zijn hele lichaam.

'Het komt allemaal goed,' zei Charlie terwijl hij zijn vriend op zijn schouder klopte, zoals zijn vader bij hem deed als hij moest huilen. 'Het is nu rot, maar het komt goed.' Hij had pijn in zijn buik gekregen van het nieuws. Misschien moest hij nog een brief aan de Kerstman sturen: laat die hond maar zitten. Ik wil hetzelfde als André.

'Denk je dat de Kerstman mijn wens zal laten uitkomen?' vroeg André, zijn gezicht afvegend met zijn hand, die was gestoken in een want.

'Als hij dat niet doet, dan bestaat hij echt niet.'

'Maar hij bestaat wel, toch?'

'Hij bestaat. Dus het enige wat we nu hoeven te doen is ons goed gedragen, zodat hij geeft waar we om vragen.'

'Blijven we op kerstavond nog steeds de hele nacht wakker om op hem te wachten?'

'Natuurlijk.'

'Maar wat als hij niet komt?'

Charlie sloeg met zijn in de sneeuw om zijn woorden kracht bij te zetten. 'Dan weten we in ieder geval zeker hoe het zit.'

Hoofdstuk 16

Op kerstavond zat Logan in zijn kantoor in Avalon somber naar de boekhouding van het resort te staren. Aangezien het lokale radiostation in het pand naast zijn kantoor gevestigd was, kon hij de dj, Eddie Haven, horen praten. Eddie kletste bijna irritant vrolijk over het hoogtepunt van de kerstfestiviteiten in het dorp: de kerstshow in de Heart of Mountainskerk op kerstochtend.

Kon hij zijn zorgen maar uit zijn hoofd zetten. Hij was altijd goed geweest met cijfers, goed in zaken. Dat maakte deze situatie zo frustrerend. Na een grote aflossing van zijn schuld en een afdracht aan de belasting zou hij het jaar diep in de rode cijfers afsluiten. Hoewel hij zo veel mogelijk in het budget had gesneden, was er nog steeds niet genoeg geld.

Tobbend tuurde hij naar het scherm tot zijn blik glazig werd.

De voordeur ging open en dicht en zijn vader kwam binnen, rondkijkend in het kleine kantoor met de kasten vol mappen en papieren. 'Dus hier gebeurt het allemaal,' merkte Al op.

Logan keek op van het spreadsheet met de deprimerende cijfers. 'Het is geen O'Donnell Industries.'

'Hoe gaat het?' wilde zijn vader weten.

De vraag was beladen met betekenis. Wat zijn vader eigenlijk wilde weten, was of Logans roekeloze onderneming succesvol was. Maakte hij winst of raakte hij al zijn geld kwijt?

'Ik herken die blik,' zei Al. 'Ik weet wel dat je denkt dat ik jouw hele jeugd met mijn neus in een kasboek heb gezeten, maar ik wist altijd precies waar je was. En dat weet ik nog steeds.'

Verbluft keek Logan zijn vader aan. 'Als dat zo is, waarom deed je dan niets en liet je me ontsporen?'

'Ik deed niet niks, en je bent niet ontspoord. Goed, sommige dingen die zijn gebeurd waren heftig, maar ik heb gezien hoe je jezelf aanpakte en een man werd. Als je iemand te veel helpt, kun je hem vleugellam maken.'

Logan dacht aan alle stomme fouten die hij had gemaakt, de moeilijke jaren waarin hij stuntelend door het leven was gegaan. Maar nu hij terugkeek op die tijd, besefte hij dat hij, ondanks de ellende die hij had doorstaan, die jaren niet had willen missen. 'Dus je liet me aanmodderen om mijn eigen bestwil?'

'Zoiets. Maar er is niet mis met hulp aannemen. Soms,' zei zijn vader, 'hoef je er alleen maar om te vragen.'

'Het is kerstavond.' Darcy kwam met energieke passen het kantoor binnengelopen. In haar schaatskleren en met haar lozende wangen zag ze er fantastisch uit. 'Je kunt hier niet de hele dag als saaie boekhouder boven je cijfers hangen.'

Grijnzend duwde hij zijn bureaustoel achteruit. Na het verrassende gesprek met zijn vader was ze een welkome afleiding. 'Wat een vooroordelen over dat eerzame beroep.'

'Kan me niet schelen. Waar het om gaat, is dat het kerstavond is en jij zit te werken.'

Logan stond op en pakte zijn jas. 'Je hebt een goede invloed op me. Waar zijn de anderen?'

'India is met de vier jongen gaan schaatsen op Willow Lake.'

'Hopelijk gedragen ze zich.'

'Ik heb met hen afgesproken bij het schaatshuis. Vanaf daar gaan we allemaal de berg op voor het donker wordt.'

Wachtend tot zijn computer was afgesloten, zei Logan: 'Mijn werkproblemen vallen in het niet bij mijn cadeauproblemen. Wat gaan we in hemelsnaam morgen tegen Angelica zeggen als ze haar solo zingt en haar moeder er niet is? Ik ga de hele kerstshow filmen, maar dat is niet hetzelfde.'

Ze leunde tegen zijn bureau. 'Ik heb een idee dat ik met je wil bespreken.'

'Laat me raden, je hebt een manier gevonden om een kerstwonder te laten gebeuren.'

'Niet helemaal, maar ik heb iets bedacht wat misschien helpt. Dat wil zeggen... als je het niet erg vindt dat ik me ermee bemoei.'

'Meen je dat nou? Ik ben juist heel erg blij dat je je ermee bemoeit.'

Glimlachend ging ze verder: 'Je weet toch dat ik een enorme fan van Jezebel ben?'

Jezebel, de hiphopster die vorig jaar de hoofdrol had gespeeld in een realityshow die was opgenomen in Avalon, was tot ieders verbazing een lokale heldin geworden. 'Jij en miljoenen anderen.'

'Ik heb elke aflevering van Grote Meid, Klein Dorp gezien. Weet je nog dat een van de voorwaarden van haar vervroegde vrijlating was dat ze een taakstraf moest uitvoeren?'

'Eerlijk gezegd heb ik niet naar de show gekeken, maar ik ken het verhaal. Ze volgden haar terwijl ze haar taakstraf uitvoerde op Camp Kioga, waar ze met kinderen uit achterstandswijken werkte. Zo is het zomerprogramma begonnen.'

'Voor ze werd vrijgelaten, zat ze vast in Bedford Hills.'

Er ging een lichtje aan in zijn vermoeide brein. 'Dezelfde gevangenis waar Maya nu zit.'

'Jezebel filmt daar vanavond en morgen een kerstspecial. Dat zag ik op internet. Dus heb ik gevraagd of we een videogesprek met haar kunnen hebben, zodat Angelica's moeder haar dochter morgen kan zien zingen.' Na die woorden haalde ze haar tablet uit haar tas. 'Er is een app die Real Time heet. Jezebels vriendin in Avalon – ze heet Sonnet – ken je haar?'

'O ja,' zei hij. 'Lang verhaal. Vertel ik je nog wel een keer.'

'Ze lijkt heel erg aardig. Zij en haar man gaan ons helpen. Morgenochtend om tien uur maken we contact via die app, en dan kunnen Angelica en André hun moeder zien. Het is niet hetzelfde als echt bij haar zijn, maar het is in ieder geval iets.'

Zijn hart zwol van blijdschap. 'Hoe komt het toch dat je zo geweldig bent?'

'Vind je me geweldig?'

Hij vond dat ze nog heel veel meer dingen was, maar dat gesprek zouden ze een andere keer moeten voeren. 'Ik zie je thuis,' zei hij. 'Er is iets wat ik nog even snel moet doen.'

Toen hij naar een stapel dossiers reikte, legde ze haar hand op de zijne. 'Hmhm,' zei ze. 'Kerstavond, weet je nog?'

'Word je het soort vriendin die me mijn werk niet laat afmaken?'

'Wie zegt dat ik je vriendin ben?'

'Ik.' Met een snelle beweging ging hij voor haar staan, zodat ze gevangen zat tussen het bureau en zijn lichaam. 'Dat zeg ik.'

De blik in haar ogen werd zachter. Het was duidelijk dat ze hem leuk vond. 'Ja?'

'Ja.' Hoewel hij niets liever wilde dan haar kussen, boog hij voorover en fluisterde in haar oor. 'Vanavond,' zei hij, 'jij en ik, vanavond.'

Hoofdstuk 17

Schaatsen was suf. Daar waren Charlie en André het over eens. Tante India zei dat ze hun schaatsen konden uittrekken en in de sneeuw mochten spelen, zolang ze een beetje in de buurt bleven. Al snel vonden ze een paar andere kinderen, die op een hoge hoop sneeuw op de parkeerplaats bij de kerk aan het spelen waren, wat veel leuker was dan schaatsen.

'Hé, moet je hier kijken,' zei André. Hij gebaarde naar Charlie dat hij naar een hoek van de parkeerplaats moest komen.

Daar aangekomen zag Charlie de kleine rode sneeuwschuiver, die op dezelfde plek geparkeerd stond als eerder. Hij en André klommen op de kuipstoel van de bestuurder, zich samen erin wringend. Beiden motorgeluiden makend, speelden ze met de hendels. Toen Charlie met zijn voet een pedaal indrukte, ging de bak van de sneeuwschuiver tot zijn verbazing omhoog. Hij liet zijn voet een stukje omhoogkomen, drukte het pedaal toen weer in, en de bak volgde zijn bewegingen.

'Cool!' riep André. 'Je hebt hem aan de praat gekregen.'

'Supervet!' zei Charlie.

André rommelde met twee grote hendels. 'Met deze beweeg je hem naar voren,' zei hij. 'En met deze naar achteren. Ik heb het miljoenen keren gezien op bouwterreinen in New York.'

'Goed, dan ben jij de bestuurder en kijk ik of er vijanden aankomen,' zei Charlie. Kerstmis was dit jaar echt geweldig, besloot hij. Vanavond kregen ze eerst een heerlijk maal en vierden ze feest, en daarna zouden ze de hele nacht wakker blijven om de Kerstman te zien. Morgenochtend zouden hun wensen in vervulling zijn gegaan. Dat wist hij zeker. Er was niets beters dan Kerstmis.

André drukte op een groene knop boven hun hoofd, en de motor kwam hoestend en grommend tot leven. Het voertuig trilde onder hen als een wild dier.

‘Je hebt de motor aangezet,’ zei Charlie, die uitlaatgas rook.

‘Inderdaad.’ André keek net zo verbluft als Charlie zich voelde. ‘Ik wil wedden dat ik hem kan besturen.’ Toen hij een van de hendels naar voren duwde, zette de machine zich in beweging.

‘Allemachtig, je rijdt echt!’ riep Charlie uit.

‘Dit is zo cool.’ André duwde de hendel weer naar voren en reed naar het midden van de lege parkeerplaats. ‘Kijk, ik kan hem naar voren en naar achteren laten rijden. En zo draai je hem.’ De sneeuwschuiver draaide rond toen hij de hendels met twee handen bediende.

‘Geweldig,’ zei Charlie. ‘Laten we eens kijken of de bak ook werkt.’ En jawel, de bak ging omhoog en omlaag als hij het pedaal indrukte of omhoog liet komen.

Opgewonden zei André: ‘We zijn nu echt aan het werk. Laten we de sneeuw van dat veld ruimen.’

‘Ja. We maken een pad naar de kerststal.’ Charlie wees naar het besneeuwde kerkplein en de kerststal, die vanavond feestelijk verlicht zou zijn.

Het plein liep schuin af, en de sneeuwschuiver helde voorover als een slee die van een heuvel glijdt. Ineens voelde het alsof ze te snel gingen.

‘Hé, je moet afremmen!’ riep Charlie.

‘Dat gaat niet.’ André probeerde van alles met de hendels. ‘Ik kan niet afremmen.’

‘Dan kun je beter omkeren, want we gaan recht op de –’

‘Duiken!’

Ineens was de kerststal heel dichtbij. De bak van de sneeuwschuiver raakte iets, en toen reden ze de stal in.

Vliegensvlug drukte André op een rode knop boven hun hoofd. De motor viel stil.

‘O jee,’ zei Charlie. ‘We hebben de kerststal geramd.’ Hij keek naar de beelden die nu verspreid lagen in de sneeuw. ‘We zijn over het kindje Jezus heen gereden.’

‘O man, dat is niet cool. Wat moeten we nu –’

'Wat is hier gebeurd?' vroeg iemand op barse toon.

Charlie had het gevoel dat zijn maag in een klomp ijs veranderde. Er stond een politieauto aan de rand van het plein geparkeerd. 'Het is sheriff McKnight,' fluisterde hij tegen André.

'We zitten mooi in de penarie,' fluisterde André terug.

'Klim uit die sneeuwschuiver.' Sheriff McKnight klonk heel boos. 'Is er iemand gewond?'

Schuldbewust keek Charlie naar het gebroken stenen hoofd van Jezus dat in de sneeuw lag. Hij en André klauterden uit de sneeuwschuiver. 'We hebben niets,' zei hij. 'Het spijt ons heel erg, sheriff McKnight.'

'Het was niet onze bedoeling om dit te doen,' voegde André daaraan toe.

Sheriff McKnight keek hen fronsend aan. 'Jullie zitten diep in de problemen.'

Alsof ze dat niet al wisten.

'Echt, we wilden allemaal maar sneeuwruimen, om te helpen,' zei André.

Charlie trok snel zijn muts van zijn hoofd. 'Het was een ongeluk.'

Zich voorover buigend, bekeek de sheriff hen aandachtig. Toen trok hij zijn wenkbrauwen op. 'Charlie? Charlie O'Donnell?'

Sheriff McKnight kende Charlie al vanaf zijn geboorte. De sheriff was getrouwd met Jenny, de eigenaresse van de bakkerij, en ze woonden in een ouderwets huis aan King Street. Wanneer de sheriff geen dienst had, mocht Charlie hem Rourke noemen. Op dit moment was hij op en top sheriff McKnight.

'Jja, *sir*,' zei Charlie met bevende stem. 'Ik ben het.'

'Jullie hebben een werkvoertuig gestolen. Jullie hebben vandalisme gepleegd… op kerstavond. Slechte timing, jongens. Erg slechte timing.'

Charlie keek naar de grond. 'Het spijt ons.'

'Moeten we nu naar de gevangenis?' vroeg Andre zachtjes. Er klonk afgrijzen door in zijn stem.

Charlie wist precies wat André op dat moment dacht: dat hij net als zijn moeder naar de gevangenis zou worden gestuurd. Dat was André's grootste angst. Daarom ging Charlie ineens voor zijn vriend staan, hem daarbij bijna omverduwend. Hij rechtte zijn rug en trok zijn schouders naar achteren om respect te tonen, zoals zijn vader hem had geleerd.

'Ik was het,' zei hij luid en duidelijk. 'André zat naast me, maar ik was degene die de sneeuwschuiver stal en de kerststal ramde. Hij had er niets mee te maken.'

'Wacht eens even,' zei André.

'Als er iemand gestraft moet worden,' vervolgde Charlie, 'dan ben ik het en niet hij.'

'Is dat zo?' vroeg de sheriff.

Charlie wist dat zijn kerstwens nu zeker niet meer vervuld zou worden. Welke jongen werd er beloond met Kerstmis nadat hij zo'n stunt had uitgehaald? De Kerstman zou geen hond voor hem meenemen, niet na wat hij net gedaan had. Dus kon hij net zo goed de schuld op zich nemen, want ineens had hij zich gerealiseerd dat er iets veel belangrijkers was dan zijn kerscadeau, en dat was André. Zijn beste vriend. En André's wens – dat zijn moeder goed de kerst door zou komen – moest gewoon uitkomen.

'Kom, loop mee naar mijn auto,' zei de sheriff. 'Ik moet je vader bellen.'

Verslagen liepen ze achter hem aan de helling op. Normaal gesproken zouden ze het geweldig hebben gevonden om een politieauto te verkennen, maar nu niet.

'Waarom zei je dat het jouw schuld was?' fluisterde André.

'Omdat ik zeker wil weten dat jouw kerstwens uitkomt.'

'Maar jóúw wens dan?'

Charlie werd overvallen door teleurstelling, maar hij hield zijn hoofd omhoog. 'Misschien volgend jaar.' Plotseling kreeg hij een vreemd gevoel, alsof hij heel licht was en zo kon wegzweven. Op het moment dat hij de verantwoordelijk voor het ongeluk op zich had genomen, was er iets door hem heen getrokken, als een golf of een windvlaag. Het voelde goed. Heel goed, ondanks het feit dat hij zijn puppy nu wel kon vergeten. Hij wist waarom het goed voelde om zichzelf op te offeren, en hij wist wat het vreemde gevoel was.

Het was het wonder van Kerstmis. Het was waar alle liedjes en verhalen uiteindelijk over gingen: het geluk van iemand anders zwaarder laten wegen dan je eigen geluk. Hoewel het goed voelde, nam dat niet weg dat sheriff McKnight boos op hem was... en dat Jozef en Maria in de sneeuw lagen. Hij was over Jezus heen gereden. Hoe moest hij dit weer goedmaken? Daar was ook een kerstwonder voor nodig.

Toen ze bijna bij de politieauto waren, zag Charlie Darcy, die naar hen toe kwam rennen.

'Wat is er gebeurd?' vroeg ze. 'Is er iemand gewond?'

De sheriff schudde zijn hoofd. 'Daar lijkt het niet op. En u bent?'

'Darcy Fitzgerald,' antwoordde ze. 'Een vriendin van Charlies tante. Ik was naar hen op zoek in het schaatshuis, en toen zei zijn tante dat ze hier in de sneeuw aan het spelen waren.' Ze zette haar handen in haar zij. 'Het ziet ernaar uit dat jullie iets te veel lol hebben gehad met een sneeuwschuiver.'

'Het spijt ons,' zei Charlie. 'We deden het niet met opzet.'

Sheriff McKnight haalde zijn telefoon tevoorschijn. 'Ik stond net op het punt Logan te bellen.'

Het liefst was Charlie in een ijspegel veranderd, zodat hij zich niet zo ellendig hoefde te voelen. Het was al een belabberde situatie, maar de gedachte dat zijn vader door de politie zou worden gebeld, was onverdraaglijk.

'Wacht,' zei Darcy, 'Kan ik even met u praten?' Zij en de sheriff liepen om de auto heen en hadden een kort gesprek.

Een paar minuten later zei de sheriff. 'Goed, dit gaat er gebeuren. Ik zet de sneeuwruimer terug waar hij stond, en jullie twee bouwen de kerststal opnieuw op. Dit keer komen jullie er met een waarschuwing vanaf, maar als jullie nog één keer zo'n streek uithalen...'

'Dat zullen we niet doen,' zei Charlie.

'Nooit, maar dan ook nooit meer. We zweren het,' vulde André aan.

De sheriff reed de sneeuwschuiver terug naar de plek waar die geparkeerd had gestaan. Ondertussen keek Darcy Charlie en André fronsend aan.

Gespannen richtte Charlie zijn blik op zijn schoenen. Wat als ze besloot zich als een stiefmonster te gedragen en zijn vader te vertellen wat ze hadden gedaan? O, man.

'Kom jongens,' zei ze, 'We hebben een hoop werk te doen.'

Het werd vroeg donker op de berg deze kerstavond, en de bewolkte winterlucht beloofde meer sneeuw. Op de radio werd zelfs gewaarschuwd voor een sneeuwstorm. Darcy had verschillende berichtjes ontvangen van haar zussen en ouders, die bezorgd waren en wilden weten of alles goed met haar was. Ze was net een berichtje van Lydia aan het beantwoorden toen India haar een mok met heerlijk geurende warme wijn aangaf.

'Glühwein,' zei India. 'Een traditie in Tirol, heb ik me laten vertellen. Ze maken het in de Powder Room voor de gasten die hier Kerstmis vieren.'

Nadat ze een slok had genomen, zei Darcy: 'Oei, dat is erg lekker.'

India gebaarde naar Darcy's telefoon. 'Alles goed?'

'Mijn zus wil zeker weten dat we niet doodvriezen in de storm.'

'Blijkbaar bereikt de storm ons rond middernacht.'

'Ik vind het eigenlijk wel spannend,' zei Darcy.

'Laten we hopen dat de stroom niet uitvalt.' Ineens keek India haar aandachtiger aan. 'Je ziet er goed uit.'

'In tegenstelling tot...'

'Ik dacht dat je misschien bedroefd zou zijn omdat je niet bij je familie bent.'

'Ik voel me prima.'

'Vertel eens, jij en Logan...'

'Ook prima,' verzekerde Darcy haar. 'Het gaat allemaal goed.' Ze wilde nog niet praten over de band die zo plotseling was ontstaan tussen haar en Logan. Het was allemaal zo snel en onverwacht gebeurd. En als ze zijn woorden van die middag moest geloven, zou dit een heerlijke kerstavond worden. Dat wilde ze niet bederven door erover te praten. Ze was bang dat ze het zichzelf dan uit haar hoofd zou praten. Hoewel hij niet echt iets had gedaan om haar vertrouwen te winnen, voelde ze zich veilig bij hem. Ze was bereid een risico met hem te nemen.

'Ik ga de kinderen even welterusten wensen,' zei ze tegen India.

'Oké. Volgens mij zijn ze helemaal uitgeput. Charlie zat te knikkebollen aan tafel.'

India wist van niets. De afspraak was dat Darcy niemand iets zou vertellen over de sneeuwschuiver als de jongens de stal weer fatsoeneerden, wat ze hadden gedaan. Ze had hen laten werken als paarden. Gedreven door hun oprechte berouw en met hulp van de sheriff, die erg begrijpend was geweest, hadden ze de stal al gauw weer opgebouwd. Ze hadden een doek om het kindje Jezus gewikkeld zodat de baby er gelukkig als nieuw uitzag. Na de sneeuwstorm van vanavond zouden al hun sporen uitgewist zijn.

Tijdens het herstellen van de schade had ze twee dingen ontdekt. Op de eerste plaats dat ze net zo dol aan het worden was op Charlie als op zijn vader. En ten tweede dat hij de Kerstman alleen maar om een snowboard had gevraagd om hem te misleiden. Ten derde had André, toen ze bijna klaar waren met het repareren van de stal, haar even apart genomen om haar de waarheid te vertellen. Ze hoopte maar dat ze genoeg tijd zou hebben om te doen wat er gedaan moest gebeuren.

Het proces van de kinderen in bed stoppen, begon met een koor van protesten en gekreun.

'Hoe eerder jullie in bed liggen, hoe eerder de Kerstman komt,' hield China hen voor.

'En de augurkprijs,' voegde Darcy daaraan toe. 'Vergeet die ook niet.' Ze legde het spel aan hen uit, waarna ze allemaal naar bed werden gestuurd. Toen ze er eenmaal in lagen, liep Darcy de slaapkamer in om hen welterusten te wensen.

'Dank je,' zei Charlie. 'Bedankt dat je ons vandaag hebt, eh... geholpen.'

'Graag gedaan.' Aangezien ze wist dat hij zijn lesje had geleerd, gaf ze hem geen preek. Ze had de oprechte spijt op zijn gezicht gezien.

'Mag ik je iets vragen?'

'Ga je gang,' zei ze.

'Waarom heb je ons geholpen?'

'Ik heb vier oudere zussen. Dat wil zeggen dat ik heel veel ervaring heb met stomme dingen doen, in de problemen raken, proberen het weer goed te maken en het dan achter je laten. Dat is trouwens een wijsheid.'

'Een wijsheid?'

'Iets om de rest van je leven te onthouden en toe te passen.'

'Bedoel je dat ik nooit meer iets stoms mag doen?'

'Nee, ik bedoel juist dat je ervan uit moet gaan dat je stomme dingen gaat doen. Tenslotte ben je maar een mens. Het belangrijkste is dat je probeert het weer goed te maken en dan doorgaat met je leven.'

'Oké. Ik ben heel blij dat je ons hebt geholpen.'

'Ik help altijd de mensen van wie ik hou.' Het rolde uit haar mond voor ze er erg in had. Geschrokken staarde ze hem aan en Charlie staarde terug met zijn groene ogen.

Haar recht aankijkend, zei hij: 'Ik hou ook van jou. Hopelijk blijf je.'

O jee. Dit kon allemaal vreselijk misgaan. Ze had haar hart verloren aan Charlie, wat een groot risico met zich meebracht. Als het uiteindelijk toch niets werd met Logan, zou ze hen allebei verliezen. Dat had ze al een keer meegemaakt, dus ze vond het eng om zich weer zo kwetsbaar op te stellen. Van de andere kant was Logan nu ook twee keer zo aantrekkelijk. Misschien was het tijd om niet meer bang te zijn. 'Welterusten, Charlie. Ik zie je morgenochtend, wanneer het Kerstmis is, oké?'

Hoofdstuk 18

'Ze liggen in bed,' zei Marion O'Donnell, de trap af lopend.

'Allemaal onder de wol,' beaamde Al.

Bill gaf India een zachte por. 'Dan moet de Kerstman aan de slag. We moeten een paar fietsen in elkaar zetten.'

'Geen zin,' zei ze. 'Ik wil liever een warme grog drinken en dan naar bed.'

'Ik help jullie wel,' bood China's man aan. 'Maar alleen als jullie beloven me te helpen met het poppenhuis. Al die petieterige meubels. Ik snap er niets van.'

'Wij zullen melk en koekjes klaarzetten,' zei China.

'Zet die maar hier neer.' Lachend gebaarde Logan naar de tafel naast hem. 'De Kerstman heeft zin in een snack.'

Darcy, die aan de andere kant naast hem zat, had een warm, tevreden gevoel. Bij deze familie voelde ze zich thuis. Ze hield van de manier waarop ze met elkaar omgingen en om elkaar gaven. Het deed haar denken aan haar eigen familie vóór de problemen met Huntley waren begonnen. Vanavond was ze ontspannen en op haar gemak, ver weg van al dat gedoe.

Naar het scherm van haar telefoon kijkend, zei India tegen Bill: 'Je moeder heeft me geappt. Ze wil weten of alles goed met ons is, in verband met het noodweer.'

'Zeg maar dat we het heel zwaar hebben.' Bill ging naar de keuken om nog een biertje uit de koelkast te pakken.

De naderende storm was landelijk nieuws, aangezien het een erg zware leek te worden. Op dit moment trok de storm over de Grote Meren, waar hij aan kracht won.

Ze bespraken de plannen voor de volgende dag als legerofficieren die zich voorbereidden op een veldslag.

'We zullen vroeg moeten vertrekken,' zei China. 'De nachtmis gaat niet door vanwege de sneeuw, dus de ochtendviering zit waarschijnlijk stampvol.'

'Staat alles klaar voor de liveverbinding met Angelica's moeder?' vroeg Darcy.

Logan knikte. 'We hebben de apparatuur getest. Het komt helemaal goed, storm of geen storm. Als het internet uitvalt, is er altijd nog het mobiele netwerk.'

Ze werd overvallen door een golf van warme gevoelens voor hem. Wat was het fijn om hier samen aan te werken. Hopelijk zou het genoeg zijn om Kerstmis draaglijk te maken voor Angelica en André.

Geleidelijk aan gingen de anderen naar bed, tot alleen Logan en zij voor het gezellig knapperende haardvuur zaten.

'Is dit niet geweldig?' zei hij, gebarend naar het vuur en de enorme verzameling kerstsokken die aan de schoorsteenmantel hing. 'Al die sokken. Mijn moeder en zussen nemen kerstsokken erg serieus.' Hoewel ze allemaal een andere kleuren hadden, waren alle sokken even groot, zodat de kinderen daar geen ruzie over zouden krijgen. Op elke sok zat een foto van hen gespeld.

'Het is heel leuk,' zei ze instemmend.

'Ik vind het heerlijk om met zo'n grote groep te zijn. Een clan.'

Ze gaf geen antwoord. Zelf kwam ze uit een groot gezin, een soort clan. En uiteindelijk had dat niet voordelig voor haar uitgepakt.

Hij liet zijn hand van de rugleuning op haar schouder vallen en streelde die.

'Wat doe je?' vroeg ze.

'Jou verleiden.'

'Dat is opwindend.'

'Dat vind ik ook.'

Het was kalm en rustig in de kamer, en er kwam zachte muziek uit de geluidsboxen gestroomd. Opeens werd de muziek even onderbroken voor een extra weerbericht: er werd negentig centimeter sneeuw verwacht in Ulster County.

'Maak je je zorgen over de storm?' wilde ze weten.

'Ik heb een regel,' zei Logan. 'Geen zorgen op kerstavond. O, en ik ben verzekerd, voor het geval dat. Ik was verzekeringsagent, dus ik ben goed gedekt. Er is maar één ding waar ik me druk over maak.'

'Ja? Wat is dat?'

'Hoe ik jou moet overhalen om de nacht met door te brengen.'

Daar was hij dan, de uitnodiging waarop ze had gewacht, had gehoopt, naar had verlangd, al was ze er ook bang voor geweest. Voor ze haar mond opendeed, wist ze werkelijk niet wat ze zou gaan zeggen. 'Soms hoef je het alleen maar te vragen.'

Voor Darcy was de grootste verrassing van die nacht niet de storm. Het was niet de wind die om het huis raasde. Nee, de grootste verrassing was dat Logan elke belofte waarmaakte die hij met zijn kussen had gedaan. Ja, hij was echt zo teder, zo attent. Hij leek precies te weten hoe hij haar naar hem moest laten smachten met een verlangen dat zo intens was dat ze nauwelijks kon ademhalen.

Stilletjes als een stel tieners waren ze naar zijn kamer geslopen. Het enige licht kwam van een snoer gekleurde kerstlichtjes dat van de dakrand naar beneden hing en een regenboogkleurige gloed over zijn hoge berkenhouten bed wierp. De kamer rook naar hout en zeep en een geur die ze niet kon thuisbrengen maar die haar enorm opwond. Snel liep hij naar een ladekast en stak een kaars aan, waardoor ze een berg nog niet opgevouwen was en een doos met inpakpapier, linten en cadeautasjes zag.

'Sorry dat het zo'n puinhoop is,' mompelde hij. 'Ik verwachtte geen gezelschap.'

'Nee?'

'Misschien hoopte ik erop, maar ik verwachtte het niet.' Na die woorden pakte hij haar hand vast en liep samen met haar naar het bed. 'Ik ben blij dat je er bent.'

Ze deed haar mond open om te antwoorden, maar voor ze iets kon zeggen, liet hij zijn duim langzaam over haar lip glijden. Het kostte haar grote moeite om niet te kreunen.

'Praten kunnen we al aardig,' zei hij. 'We kunnen gesprekken voeren, grapjes maken.'

'Ja, maar –'

'Sst. Laten we eens zien of we samen stil kunnen zijn.' Hij legde zijn handpalm tegen haar wang en kuste haar met lome, verkennende bewegingen van zijn tong.

Opgewonden liet ze haar handen over zijn bovenarmen en schouders glijden. De spieren onder zijn zachte trui waren keihard. Zijn lichaam voelde zo heerlijk aan. Ze was hier helemaal klaar voor – nog een verrassing. Vóór Logan had ze niets van mannen en relaties willen weten. Het enige waar ze aan had gedacht, was het risico en het verdriet. Een paar weken geleden had ze zich niet eens kunnen voorstellen dat ze zich weer kwetsbaar zou opstellen. Nu had ze echter ineens het gevoel dat iemand haar had bevrijd uit een kleine, benauwende cel die ze zelf had gemaakt. Ze deed een stap achteruit, trok haar shirt over haar hoofd en liet het op de grond vallen. Wat was het heerlijk en bevrijdend om eindelijk het verleden te laten rusten en deze nieuwe, onverwachte plek – Logans wereld – te betreden.

Snel ademend legde hij zijn armen om haar middel en trok haar tegen zich aan. Toen boog hij voorover en kuste haar sleutelbeen, terwijl hij zijn handen naar de sluiting van haar beha liet glijden en die probeerde los te maken.

'Deze heeft een sluiting aan de voorkant,' zei ze, langzaam zijn handen leidend en genietend van zijn aanrakingen.

Toen haar beha af gleed, maakte hij een woordeloos geluid dat haar grote voldoening gaf. Met een ruk trok hij zijn trui uit, waarna hij zijn spijkerbroek naar beneden liet glijden. Snel volgde ze zijn voorbeeld. Ze ging op het bed liggen, en hij volgde haar. Ze verwelkomde zijn gewicht op haar, zich verbazend over hoe zeker ze wist dat ze hem wilde. In plaats van beklemming voelde ze bevrijding, alsof ze klaar was voor elk avontuur.

Hij trok een pakje condoom uit het laatje van het nachtkastje. '*Better watch out*,' mompelde hij, het bekende kerstliedje citerend.

'Better not cry,' zei ze.

Nadat hij het condoom had omgedaan, duwde hij zichzelf omhoog en legde haar armen boven haar hoofd voor hij langzaam in haar doordrong. *'Santa Claus is coming tonight,'* fluisterde hij.

Elk besef van tijd verdween. Minuten verstreken ongeteld terwijl ze zichzelf verloren in elkaar. Darcy werd overweldigd door de storm van genot, en toen het voorbij was, volgde er een diepe stilte die alleen werd verbroken door hun voldane ademhaling. Ze lag tegen zijn lange gespierde lichaam, onbekend en opwindend.

Blijkbaar nam haar leven een onverwacht wending. Ze had gedacht dat ze hier alleen was om te ontsnappen aan Kerstmis met haar familie. En nu overkwam haar dit. Dit... liefdesavontuur. Er was echt geen ander woord voor. Een heerlijke draaikolk van emoties had haar gegrepen en haar hart ontketend en het gevuld met geluk. Langzaam verdween het verdriet van het verleden waaraan ze zich zo lang had vastgehouden.

Logan draaide zijn hoofd naar haar toe en kuste teder haar slaap. 'Dat was fijn,' zei hij.

'Ja,' zei ze. 'Maar er is één ding dat ik niet begrijp.'

'En dat is?'

'Dit hoort ongemakkelijk te zijn,' antwoordde ze. 'We kennen elkaar nog maar kort, dit is onze eerste keer, dus... waarom voelt het niet ongemakkelijk?'

'Omdat dit heel diep gaat. Het is niet ongemakkelijk omdat het echt is.'

'Hoe weet je dat? We kennen elkaar nauwelijks.'

'Ik weet dingen.' Hij lachte zachtjes. 'Ik ben slimmer dan ik eruitzie.'

'Wat voor dingen?' vroeg ze. 'Ik bedoel, je bent de eerste met wie ik naar bed wilde sinds mijn huwelijk op de klippen liep. Als je zo slim bent, zou je beseffen dat dit gewoon troostseks is.'

'In tegenstelling tot...?'

'Het soort seks dat je hebt als je je realiseert dat je over je mislukte huwelijk heen bent en klaar bent om verder te gaan met je leven. Als je iemand vindt die goed bij je past en beseft dat je niet reageert op het verleden maar op het hier en nu.'

'Volgens mij heb je net je eigen vraag beantwoord.' Langzaam liet hij zijn vinger over haar kaak glijden en toen over haar schouder. 'Dit was geen troostseks,' zei hij.

'Hoe weet je dat zo zeker?'

'Omdat ik je niet laat gaan.'

Haar hart zwol van blijdschap. Geluk. Ze wilde dat dit gevoel nooit meer zou verdwijnen.

Dat was heel jammer, want ze kon zich niet voorstellen dat dit op lange termijn zou werken. Logan was geweldig, maar er was een rode vlag die zo groot en felgekleurd was als de cape van een matador. Hij beweerde dat hij een vrouw zocht – nódig had – die kinderen wilde. Niet alleen Charlie, maar ook baby's. Dat kon ze hem niet beloven. Het leek gewoon te riskant, gedoemd te mislukken. Het was iets waar ze niet klaar voor was, en ze wist niet zeker of ze dat ooit wél zou zijn.

'Er zijn dingen die je niet weet,' biechtte ze op. 'Dingen waardoor je anders over me zou kunnen denken. Dingen waardoor je misschien zou beseffen dat we dit beter niet kunnen doen.'

'Er zijn heel veel dingen die we niet van elkaar weten, maar dat is alleen een kwestie van tijd. Ik ben van plan alles over je te weten te komen. Waar je om moet lachen, wat je aan het huilen maakt. Waar je kwaad om wordt en wat je verdrietig maakt. Alles. En jij zult het heerlijk vinden om me dat te laten zien. O, en jij zult mij ook vanbinnen en buiten leren kennen.'

'Je klinkt nogal zeker van je zaak.'

'Omdat ik het zeker weet. En hoe beter je me kent, hoe meer je van me zult houden.'

Dat woord. Liefde. Hoewel haar gevoelens voor hem nog erg nieuw waren, kon ze zichzelf er niet van overtuigen dat hij ongelijk had. 'Je weet zoveel over ons. Heb je soms een glazen bol?'

'Ik weet wat ik weet.' Hij kwam omhoog op een ellenboog en keek haar aan, nu met een ernstige blik. In het schemerige licht van de kerstlampjes zagen zijn ogen er diep en intens uit. 'Ik weet wat mijn hart me opdraagt. En het zegt dat ik van jou moet houden. Dat ik je in mijn armen moet nemen en je nooit meer moet laten gaan.'

Angst bekroop haar. 'Maar we willen heel andere dingen! Ik kan nooit de persoon zijn die jij wilt.'

'Darcy, die persoon bén je al.'

'Daar vergis je je in, dat ben ik niet. En dat kan ik ook nooit zijn.' Zijn stelligheid en de gloed in zijn ogen overweldigden haar. Ze zou nooit aan zijn verwachtingen kunnen voldoen. Ze zou nooit de moeder zijn die hij wilde voor Charlie, kon zich niet voorstellen dat ze kinderen met hem zou krijgen.

Hoe vaak moest ze het zeggen? Ze wilde geen kinderen. Bovendien was ze bang. Hoewel ze uiteindelijk redelijk ongeschonden was na haar huwelijk en de daaropvolgende echtscheiding, had ze zich vast voorgenomen voortaan slimmer te zijn. Ze was te jong, te hoopvol om te zeggen dat ze nooit meer verliefd zou worden, dat wist ze onderhand wel. Maar ze was nu verstandiger: áls het gebeurde, zou ze voorzichtig zijn en zich er niet zomaar in storten… zoals ze het trouwens had gedaan.

'Waarom jaagt het idee dat je misschien gelukkig wordt je zoveel angst aan?'

'Omdat geluk nooit standhoudt – en het is verschrikkelijk wanneer je het kwijtraakt.'

'Je raakt het niet kwijt. Als je ware liefde vindt, dan groeit die alleen maar, elke dag een beetje, elk jaar, tot in de eeuwigheid.'

Hij was een hopeloze romanticus. Wat zou ze dat zelf ook graag willen zijn. Kon ze zich ook maar volledig overgeven, zodat ze alle obstakels niet zou zien. Maar dat kon ze niet, dat was te moeilijk voor haar. Ze had tijd nodig. Om te denken. Om te zien of er waarheid school in wat hij zei. 'Het is bijna Kerstmis,' zei ze. 'Kunnen we niet gewoon afspreken dat we genieten van de feestdagen?'

'En dan?'

'Dan moet ik terug naar huis.'

'Terug naar de sokkenwinkel,' zei hij.

'Hé, niet zo vervelend doen. Ik heb echt overal gezocht voor ik mijn plekje in New York vond.'

'O ja? Misschien heb ik wel overal gezocht naar jóú.'

Hoofdstuk 19

Op een zeker moment, midden in de nacht, viel de stroom uit. Logan werd wakker in een koude kamer en zag dat hij alleen in bed lag. De kerstlampjes hingen troosteloos voor het raam, en van de grote kaars op de ladekast was alleen een plas gestolde witte was overgebleven. Zonder de warme herinneringen die rondgingen in zijn hoofd, zou hij misschien hebben gedacht dat hij zijn nacht met Darcy had gedroomd.

Hij sprong uit bed, trok zijn spijkerbroek, een sweater en dikke sokken aan en liep toen naar beneden. Zijn adem vormde wolkjes. In het zwakke licht dat door het raam naar binnen viel, zag de kerstboom er triest en verwaarloosd uit. Nu de storm bedaard was, kon hij zien dat er een enorm pak sneeuw was gevallen. In de verte hoorde hij de noodgenerator van het resort zoemen.

Snel bouwde hij een haardvuur. Een groot vuur, al zou het niet genoeg zijn om de kou uit de lucht te verdrijven. Ineens leek zijn perfecte Kerstmis niet zo perfect meer.

Op dat moment kwam zijn vader de kamer in, ongeschoren en gehuld in meerdere lagen kleding tegen de kou. 'Wat een pech dat de stroom is uitgevallen.'

'Ja.' Logan zette zich schrap, wachtend op een 'ikzeihettoch' en een sneer over het zonnige weer in Florida. Maar die kwam niet. Al ging voor het vuur staan en wreef zijn handen warm.

'Die warme kaneelbroodjes en koffie voor het ontbijt kunnen we denk ik wel vergeten,' zei Logan. 'En tenzij het energiebedrijf meteen aan de slag gaat, geldt dat misschien ook wel voor mams ham uit de oven met alles erop en eraan.' Somber keek hij naar de kerstboom. 'Een kerstboom zonder lampjes heeft iets heel sombers.'

'Misschien dat je hier wat vrolijker van wordt.' Zijn vader overhandigde hem een grote envelop.

'Wat is dit?'

'Een contract. Je kunt de kleine lettertjes later lezen. Het is een investeringsovereenkomst. Ik wil een aandeel in Saddle Mountain.'

Logans mond viel open. 'Krijg nou de –'

'Is hij geweest?' En masse kwamen de kinderen de kamer in gerend, nog in hun pyjama's en met slaperige hoofden. 'Is de Kerstman geweest?'

Logan, die niet kon stoppen met grijnzen, stouwde de envelop in zijn achterzak. 'Ja,' zei hij. 'Daar lijkt het wel op.'

'Joepie!'

Al wendde zich tot de roedel kinderen. 'Alleen heeft de Kerstman geen elektriciteit meegebracht. Misschien moeten jullie eens kijken wat er in jullie kerstsokken zit.'

'Sokken!' riepen de kinderen, en ze verdrongen elkaar om bij hun sok te komen.

India en China waren precies op tijd beneden om getuige te zijn van de eerste kerstgekte. Toen iemand geluidboxjes op batterijen aanzette, werd de kamer gevuld met vrolijke kerstliedjes. Logans moeder stak elke kaars aan die ze maar kon vinden. In de sokken zaten grappige kleine cadeautjes als opwinddinosaurussen die brulden, plaktatoeages, puntenslijpers in de vorm van een neus en windkussens. Charlie was heel blij met zijn minibongo's, en André begeleidde hem op een mondharmonica.

Wanneer mogen we de grote cadeaus openmaken?' wilde Bernie weten. 'We wachten echt al éeuwen.'

'Wanneer iedereen beneden is,' antwoordde China.

Charlie keek rond in de kamer. 'Waar is Darcy?

Goede vraag, dacht Logan. Had het gesprek dat ze vannacht hadden gevoerd haar zo afgeschrikt dat ze de bevroren toendra op was gevlucht?

'Ik ga wel even in haar kamer kijken.' Bernie klauterde de trap op. Een paar minuten later was ze weer beneden, enigszins ontdaan. 'Ze is weg. Haar bed is netjes opgemaakt, en ze is weg.'

Zodra ze dat hoorde, keek India haar broer aan. Uit haar blik bleek dat ze begreep wat er was gebeurd.

Hij schonk haar een schaapachtige grijns en haalde zijn schouders op.

'Waar is ze heen gegaan?' vroeg Charlie. 'Moeten we haar gaan zoeken?'

Iedereen begon door elkaar te praten, gissend waar Darcy was, maar dat duurde niet lang.

'Hé, moet je kijken!' riep André, en hij rende naar de voordeur.

Daar kwam Darcy aan, in haar parka en met haar sneeuwschoenen aan, over het pad naar de deur. Ze trok een rode slee achter zich aan.

Voor Logan was het alsof hij droomde. Klein en opgewekt, een frisse wind in zijn leven. Hij had genoten van hun fantastische nacht samen, en diep vanbinnen wist hij dat het geen onenightstand of troostseks was geweest. Ze hadden nog een hoop uit te praten. En misschien hoefden ze niet alleen te praten…

'Hete koffie en warme chocolademelk uit het restaurant,' zei Darcy, haar sneeuwschoenen uittrekkend. Al en Bill liepen naar buiten om haar te helpen met de spullen.

'Kerstmis is gered.' Logans moeders knikte goedkeurend.

Toen Logan Darcy's jas aannam en de deur achter haar dichtdeed, zag hij dat er een spoor van voetstappen naar de achterkant van het huis liep.

'Mogen we nu de cadeaus openmaken?' vroeg Charlie.

India lachte. 'Op jullie plaatsen, klaar, af!'

De kinderen stormden naar de kerstboom. Ondanks het gebrek aan elektriciteit, verwarmden ze de kamer met hun kreten van opwinding. De cadeaus vielen in goede aarde: een poppenhuis en prinsessenkostuums voor de meisjes, sleeën en sneeuwbalbazooka's voor de jongens, de honkbalhandschoen voor André, Charlies snowboard. Logan zag de jongens een betekenisvolle blik uitwisselen.

'Ik heb een speciale kaart gekregen!' riep Angelica uit. 'Kijk, hij is van de Kerstman!' Toen ze de kaart openmaakte, zag ze een schitterend versierde boom en een korte boodschap:

Tot straks, in de kerk.

'Wat zou dat betekenen?' Nieuwsgierig bestuurde Bernie de kaart en de nette letters.

Angelica's ogen straalden. 'Misschien betekent het dat mijn kerstwens uitkomt.'

'Daar heb je vast gelijk in,' stemde Bernie in.

Waarschijnlijk was Logan de enige die zag dat Charlies glimlach geforceerd was terwijl hij zijn nieuwe snowboard bekeek. 'Het is echt heel erg cool,' zei hij.

Zijn opa zei vrolijk: 'Je kunt vast niet wachten om het uit te proberen.'

'Dat klopt.'

'Precies wat je wilde hebben?' vroeg Fisher.

Naar de grond kijkend, liet Charlie zijn snowboard over het tapijt onder de boom glijden. Er was duidelijk iets aan de hand. Logan kon zien dat Charlies vrolijkheid gespeeld was.

Met een misselijk gevoel in zijn buik liep hij naar de schouw, waar een paar kerstkaarten op stonden. Een daarvan was het briefje dat hij afgelopen zomer op Camp Kioga aan zichzelf had geschreven. Sonnet had zich aan haar belofte gehouden en de kaarten net voor Kerstmis op de bus gedaan. De boodschap die hij had geschreven, was kort maar krachtig:

Zorg ervoor dat Charlie een fantastische kerst heeft.

Hij voelde dat Darcy naast hem was komen staan en over zijn schouder keek. 'Herinner je je dit nog?' vroeg hij aan haar.

'Ja. Ik heb er ook een geschreven, maar die is natuurlijk op mijn eigen adres aangekomen.'

'Wat heb je geschreven?'

Na een korte aarzeling, zei ze glimlachend: 'Misschien vertel ik je dat ooit nog weleens.'

Haar 'ooit' stemde hem hoopvol. 'Daar hou ik je aan.'

'Wat heb jij geschreven?'

Hij liet het haar zien. 'Maar ik bak er niet veel van.'

'Onzin. Moet je eens kijken, Logan,' zei ze, gebarend naar de kamer, naar zijn ouders en zussen, neefjes en nichtjes, André en Angelica en Charlie. Iedereen lachte, of speelde of zat er ontspannen bij terwijl buiten nog meer sneeuw viel. Zijn ouders zaten op de bank koffie te drinken en keken naar de spelende kinderen. Op de radio werd Joy to the World gedraaid. 'Moet je al die blije gezichten zien. Jij hebt dit voor elkaar gekregen, Logan. Jíj.'

Dat waren precies de woorden die hij op dat moment moest horen. Hij zou voor altijd van deze vrouw houden. Dat wist hij zeker. Nu moest hij erachter zien te komen of zij het ook wist. 'Hé –'

'De augurkprijs,' zei ze plotseling, en ze wendde zich tot Charlie. 'Vergeet de augurkprijs niet.'

Zodra ze de woorden had uitgesproken, vlogen de kinderen weer naar de boom toe. Onopvallend tikte Darcy Charlie op zijn schouder en wees naar een plek in de boom.

'Daar is hij!' schreeuwde Charlie. 'Ik zag hem het eerst!' Hij stak zijn hand uit en haalde de kerstversiering uit de boom. De bewegingssensor reageerde, en de augurk jodelde.

'Dan heb jij de augurkprijs gewonnen,' zei Darcy.

Haar met half dichtgeknepen ogen aankijkend, vroeg hij: 'Wat is de augurkprijs?'

'Dat staat vast op dat briefje.' Bernie mengde zich in het gesprek, wijzend naar het stukje papier dat aan de augurk was vastgemaakt.

'Wat staat erop?' wilde Nan weten.

Fisher en Goose zeiden tegelijkertijd: 'Lees het voor.'

Snel vouwde Charlie het briefje uit. 'Er staat "bijkeuken".' Hij legde de augurk neer en liep toen vlug naar de grote bijkeuken.

Nadat hij Darcy een vragende blik had toegeworpen, liep Logan achter zijn zoon aan.

Charlie deed de deur open en tuurde in het donker.

'Wat zie je?' vroeg André, die naast hem in de deuropening kwam staan.

'Gewoon spullen die je in een bijkeuken verwacht,' mompelde Charlie. 'Ik snap niet...' Hij brak zijn zin af en luisterde.

'Wat?' vroeg André.

'Sst.' Hoewel het nauwelijks hoorbaar was door de muziek en al het gepraat, ving Charlie een zacht geluid op. Toen boog hij zich voorover en tilde een rieten mandje gevuld met fleece dekens op. Verbijsterd draaide hij zich om. 'Pap,' zei hij met hese stem. 'Pap, moet je kijken!' Hij zette de mand neer, tilde de dekens op en zag een harig, woelend, zacht piepend beestje. 'Een puppy! Ik heb een puppy gekregen!' Hij gaf bijna licht van blijdschap terwijl hij het hondje voorzichtig optilde.

Opgewonden riep Bernie: 'Charlie heeft een puppy gekregen! O, kijk eens wat schattig!'

Iedereen kwam dichterbij om de pup te bewonderen. Het hondje had flaporen en een goudbruine vacht, een zwart neusje en glanzende ogen. Om zijn nek zat een rood lint met een briefje eraan. 'Zorg alsjeblieft voor deze hond,' las Charlie hardop voor. 'Hij heet Taffy en hij zal voor altijd je vriend zijn. Liefs, de Kerstman.'

Het hondje likte het gezicht van zijn nieuwe baasje, en Charlies gegiechel was het beste geluid dat Logan ooit had gehoord.

Toen hij naar Darcy keek – duidelijk degene die hiervoor verantwoordelijk was – grijnsde ze breed.

'Goh,' zei André, 'de Kerstman bestaat dus toch.'

Logan had Darcy haarfijn uitgelegd waarom het geen goed idee was om een hond te nemen: de puinhoop, de herrie, het werk, de hinder. Maar op dit moment keek hij haar slechts aan en vormde geluidloos twee woorden met zijn lippen: dank je.

‘Hoe komen we bij de kerk?’ vroeg Logans moeder, op haar horloge kijkend. ‘En zijn we er wel op tijd?’ Alle volwassenen waren op de hoogte van het Angelicaproject. Uiteraard wilden ze allemaal dat de videoverbinding zou werken, zodat Maya Martin haar kinderen zou kunnen zien met Kerstmis.

‘Maak je geen zorgen,’ zei Logan. ‘Een van mijn medewerkers rijdt met de grote sneeuwschuiver de bergweg af.’

India dreef iedereen richting de voordeur. ‘Laten we dan gaan.’

Het dorp zag eruit alsof het was bestreken met een zacht wit glazuur, maar de parkeerplaats van de kerk stond desondanks vol met auto’s. Dankzij een generator had de kerk wel stroom, en vrijwilligers deelden warme chocolademelk en koffie uit.

Opgelucht en dankbaar liepen ze allemaal de warme kerk in, waar rond het altaar kaarsen brandden. Charlie had zijn puppy meegebracht in een reismand, waar een zacht matrasje in lag, een attent gebaar van de Kerstman.

‘Hoe heb je dat voor elkaar gekregen?’ mompelde Logan.

Op fluistertoon antwoordde ze: ‘Ik hoorde uit betrouwbare bron wat hij wilde hebben. Gisteren ben ik langsgegaan bij PAWS, en die hebben de hond naar het hoofdgebouw van het resort gebracht, waar hij vannacht heeft geslapen. Ik hoefde hem vanochtend alleen maar op te halen en hem het huis in te smokkelen.’

‘Je bent een geslepen vrouw.’

‘Ik weet dat ik je veel gedoe bezorg waar je niet om hebt gevraagd, maar ik heb ergens gehoord dat het gemakkelijker is om je excuses aan te bieden dan om toestemming te vragen.’

‘Excuses zijn absoluut niet nodig. Je bent geweldig. Charlie en ik zullen nooit vergeten wat je hebt gedaan.’

‘Het is allemaal het werk van de Kerstman. Ik volg slechts bevelen op.’

Eddie en Maureen Haven, die de kerstshow organiseerden, begroetten de mensen. Nadat hij de reismand aan André had overhandigd, liep Charlie met een bleek en ernstig gezicht naar hen toe. ‘Sorry van de kerststal. Het spijt me echt heel erg.’

'Je hebt hem net op tijd gerepareerd,' zei Eddie. 'Niets aan de hand.' Hij keek naar zijn vrouw. 'Jaren geleden heb ik een nog veel grotere puinhoop gemaakt op kerstavond. Het heeft lang geduurd, maar uiteindelijk heb ik het weer goedgemaakt.' Na die woorden schudde hij Charlie de hand.

Logan keek Darcy met gefronst voorhoofd aan. 'Waar ging dat over?'

'Dat vertel ik je later wel. Of misschien dat Charlie het je vertelt.'

Terwijl de volwassenen plaatsnamen op de kerkbanken, trokken de kinderen hun koorgewaden aan. Logan en Darcy keken naar Zach Alger, die de videoverbinding aan het voorbereiden was. 'Alles doet het,' zei hij, naar hen gebarend.

Er gerust op dat de verbinding werkte, liep Logan met André en Angelica naar Zach toe en zei: 'Er is iemand die jullie gedag wil zeggen.'

De kinderen begonnen te stralen toen ze naar het kleine scherm keken. Daar was Maya, met een onzekere glimlach op haar gezicht. Ze droeg een blauw shirt met een kraag, en haar haren waren netjes bij elkaar gebonden. Hoewel ze wallen onder haar ogen had, leek haar vermoeidheid te verdwijnen zodra de kinderen voor de camera gingen staan. 'Hé, schatjes,' zei ze. 'Vrolijk kerstfeest.'

'Vrolijk kerstfeest, mama,' zei Angelica.

'We missen je,' voegde André daaraan toen. 'We kunnen niet wachten tot je terug bent.'

Met het rode lint van haar gewaad spelend, vroeg Angelica. 'Ga je kijken naar het optreden? Ik zing een speciaal liedje.'

'Ja, ik ga kijken. En ik zal zo trots op je zijn. Ik hou van jullie allebei. Tot snel.'

'Hoe snel, mama? Soms huil ik 's nachts omdat ik je zo erg mis,' zei Angelica.

'O, schatje, ik vind het heel erg dat ik niet bij jullie kan zijn. Ik huil ook. Maar vandaag niet. Niet met Kerstmis. Ik hoop dat jullie het leuk hebben, daar in de bergen.'

Angelica knikte. 'Het is echt superleuk!'

'Ik leer snowboarden,' zei André.

'En Charlie heeft een puppy gekregen van de kerstman.' Zich omdraaiend naar Charlie, ging Angelica verder: 'Een echte hond. Laat hem eens aan haar zien, Charlie.'

Hij haalde de pup uit de reismand en hield het hondje voor het scherm. 'Hij heet Taffy.'

'Ach, wat een schattig beestje,' zei Maya. 'De Kerstman heeft je echt verwend dit jaar.'

Angelica keek haar moeder aan via de camera. 'Ik heb ook gekregen wat ik wilde, mama. Jíj was mijn kerstwens. En hier ben je dan.'

'Ja.' Maya's stem was hees. 'Hier ben ik dan.'

'Ik wou heel graag dat je me zou zien zingen en ik dacht dat het niet ging gebeuren, maar nu gaat mijn wens toch in vervulling.'

'Is alles goed met je, mam?' vroeg André bedremmeld. Ineens klonk hij veel ouder dan hij was.

Logan legde een hand op zijn schouder. Op het scherm kostte het Maya duidelijk moeite om te blijven glimlachen.

'Nu wel, jochie van me,' zei ze. 'Nu wel.'

'Kerstmis was niet perfect.' Logan legde zijn arm om Darcy's schouders terwijl ze die avond op de bank zaten. De anderen waren al naar bed gegaan. 'Maar het was een van de beste kerstfeesten ooit.'

Glimlachend kroop Darcy dichter tegen hem aan. De stroom was pas tegen de avond weer aan gegaan, waardoor hun kerstdiner had bestaan uit hotdogs die ze boven het haardvuur hadden geroosterd. Maar de kinderen hadden allemaal een geweldige dag gehad en waren tevreden naar bed gegaan.

'Misschien was het op zijn eigen manier toch perfect,' zei ze. Zenuwachtig hield ze zich voor dat ze nu moest zeggen wat ze te zeggen had. Als het niet liep zoals ze wilde, als ze hem afschrikte, wist ze in ieder geval hoe het zat. Dan zou ze verder kunnen gaan zonder knagende twijfel. Zou ze hem missen? Natuurlijk. Zou ze er dood aan gaan? Nee, ze had ergere dingen overleefd.

Eindelijk voelde ze zich weer zichzelf. Na al die tijd en alles wat ze had meegemaakt, waren haar dromen en hoop verdwenen. Ze had haar verwachtingen naar beneden bijgesteld. Het was de beste manier geweest om jezelf te beschermen tegen teleurstelling.

Ach, dat was een kromme redenering. In Logans armen besefte ze weer dat sommige dingen het risico waard waren. Het was beter om alles te riskeren voor iets waar je in geloofde dan om het beste in het leven de rug toe te keren: liefde, verbondenheid en geluk. Ineens gebeurde dit, midden in haar leven, iets wat ze niet had gepland, iets waarvan ze niet had durven hopen dat het haar zou overkomen.

Wanneer ze bij Logan was, wist ze dat de dromen die ze had weggestopt echt konden uitkomen. Ondanks haar gebrek aan hoop en haar angst, en zonder dat ze het zich had gerealiseerd, was er iets ontstaan. Ze voelde het diep vanbinnen, het gevoel dat er iets op zijn plaats viel. Het was alsof haar lichaam het besefte voor haar brein accepteerde dat het gebeurde. Eindelijk voelde ze zichzelf ontspannen en liet ze het verleden los. Het was alsof ze uitademde nadat ze een jaar lang haar adem had ingehouden.

'Hoe loopt dit af?' vroeg ze aan Logan. 'Krijgen we een happy end of...'

'Wat als het helemaal niet afloopt?' was zijn wedervraag.

'Wat bedoel je daarmee?'

Hij glimlachte en kuste haar slaap. 'Misschien is dit het begin van iets waar nooit een eind aan komt.'

Helder nadenken was onmogelijk als hij haar kuste. 'Oké. Maar er zijn logistieke zaken waar we over moeten nadenken.'

'Logistieke zaken?' herhaalde hij vragend.

Ze ging verzitten op de bank en keek hem recht aan. 'Logan, we willen allebei andere dingen.'

Hij wendde zijn blik af. 'Ik dacht altijd dat mijn geluk afhing van een gezin. Je weet wel, meer kinderen. Broertjes en zusjes voor Charlie.

Meer baby's om op te voeden. Ik dacht altijd dat ik daar blij van zou worden.'

Het voelde alsof haar maag was veranderd in een blok ijs. Meer baby's om op te voeden... Zou ze het doen? Kón ze dat doen? 'Ik heb geen –'

'Maar toen bedacht ik iets.'

O hemel, dacht ze. O nee. Ze aarzelde. Kon iemand die nooit kinderen wilde gelukkig zijn met iemand die wél kinderen wilde? In dit geval was er geen sprake van een compromis.

Ze stelde zich een toekomst met hem voor. Stelde zichzelf zwanger voor, met een dikke buik. Het ongemak. 's Nachts voeden. De worsteling en het geluk. Met Logan.

Dit was geen compromis. Met haar hele hart verlangde ze ernaar verliefd op hem te worden. Dat was ze eigenlijk al. Maar kon ze dezelfde dingen willen als hij? Niet meer bang zijn, zei ze tegen zichzelf. Als het goed zit, hoef je niet meer bang te zijn. Misschien, dacht ze, was het niet het vooruitzicht van kinderen krijgen dat haar het gevoel gaf dat ze gevangen zat, maar de manier waarop ze een relatie benaderde. En hoe haar exman haar had behandeld. Alles was nu anders. Alles.

'Logan –'

'Laat me uitpraten.' Hij streelde haar lokken. 'Luister. Mijn beeld van de toekomst is helemaal veranderd. En dat komt door jou. Ik wil dat jij mijn toekomst wordt. Niet een of ander beeld dat ik had, een concept in mijn hoofd. Jij maakt me gelukkig. Jij en ik samen, dat is wat ik wil. Wij.'

'Ik begrijp het niet. Wat bedoel je?'

'Dat als ik nu aan een gezin denk, ik jou voor me zie. En Charlie. Meer heb ik niet nodig.'

Haar adem stokte, en om een onverklaarbare reden barstte ze in tranen uit. 'Dat is ook wat ik wil.'

'Echt?'

'Maar ik ben ook van gedachten van veranderd.'

'Darcy –'

'Nee, luister. Ik ben zo lang bang geweest. Bang om gekwetst of teleurgesteld te worden. Maar toen realiseerde ik me dat je niet doodgaat aan teleurstelling. Teleurstelling leert je dat je geen hoop moet hebben... En het toont je hoe sterk je kunt zijn.'

'Ik zal je geen verdriet doen, Darcy. Of je teleurstellen.'

Daar vertrouwde ze met haar hele hart op. 'Dat weet ik,' zei ze. 'Ik wil ook een toekomst met jou. Ik wil ook een gezin. Ik wil ons.' Het uitspreken van die woorden was bevrijdend maar tegelijkertijd voelde ze zich kwetsbaar. Ze sloeg haar armen om hem heen en bad dat ze hem nooit meer zou hoeven laten gaan. 'Maar zal je niet teleurgesteld raken in míj?'

'Ik heb gehoord dat je in wonderen gelooft. Dat heb je me zelf verteld.'

'Ja.'

'Dan moet je geloven dat je wensen kunnen uitkomen.'

Epiloog

Een jaar later

Het krioelde van de kinderen op Saddle Mountain, en Darcy vond het heerlijk. Ze genoot volop van het lawaai, de chaos, het geruzie, het gelach, de vrolijkheid. Het was makkelijk om genoegen te scheppen in elk moment. Zelfs André en Angelica waren er. Na haar vrijlating was Maya naar Avalon verhuisd. Ze huurde een klein appartement in het dorp en werkte in de bruidswinkel, waar ze jurken vermaakte. Eindelijk woonde ze op een veilige plek met haar kinderen, ver van haar exman.

Er was dit jaar nog een andere familie naar Saddle Mountain gekomen om Kerstmis te vieren: de Fitzgeralds. Vader, moeder en zussen en Lydia en Badgley met hun nieuwe baby. Huntley was nergens te bekennen, en niemand leek hem te missen. De Fitzgeralds leken hem een beetje vergeten. Badgley zou vast nog wel contact onderhouden met zijn broer, maar daar had hij het in ieder geval niet over. En alle aandacht ging natuurlijk uit naar de nieuwe baby, zoals altijd weer een wonder van volmaaktheid.

Het afgelopen jaar was een tijd van groei en verandering geweest voor Darcy, niet altijd gemakkelijk maar o zo waardevol. Soms betrapte ze zichzelf erop dat ze nog steeds over haar schouder keek, naar het verleden. Meestal was haar blik echter vooruit gericht.

Verliefd worden op Logan was iets heel lichamelijks. Niet alleen in de zin van een bonzend hart en heerlijke duizeligheid zodra ze hem zag. Dat voelde ze ook allemaal, en het was geweldig – wilder en opwindender dan welke afdaling op een snowboard dan ook. Maar het was meer dan dat. Wanneer ze bij hem was, kon ze slapen. Dat was een grote verandering. Tot ze in zijn armen had gelegen, had ze heel slecht geslapen. Toen haar huwelijk voorbij was, had ze elke nacht liggen woelen in bed, piekerend over de situatie. Ze had door haar slaapkamer geijsbeerd, alles geprobeerd om in slaap te vallen, maar niets had geholpen.

Nu begreep ze waarom ze de slaap niet had kunnen vatten. Het kwam doordat ze te onrustig was geweest, wetend dat er een leegte in haar leven was die ze niet kon vullen. Nu ze Logan had gevonden, was haar hart waar het thuishoorde.

Tegenwoordig keek ze met verwondering naar de toekomst. Dat was op zich al verbazend, aangezien ze nooit eerder had geweten welke mogelijkheden het leven allemaal bood als je de persoon had gevonden met wie je voor altijd samen wilde zijn. Het was een liefde die ze zich nooit had durven voorstellen. Een blijdschap waarvan ze het bestaan nooit had vermoed. Het was niet perfect. Zij was niet perfect, en dat gold ook voor Logan. Als personen hadden ze allerlei onvolkomenheden. Hun liefde was echter perfect, zonder enige twijfel het beste wat haar ooit was overkomen.

Op kerstochtend maakte Taffy, Charlies hond, iedereen wakker, en de kinderen raceten naar hun cadeautjes. Darcy zat naast Logan en lachte terwijl ze speelden met bokshandschoenen, makeupdoosjes, een xylofoon, een karaokeset.

'Hé, we moeten de augurk niet vergeten,' zei Charlie plotseling. 'Darcy, help me zoeken naar de augurk.'

Hoewel de blik die Charlie en zijn vader uitwisselden haar wantrouwig maakte, liep ze toch naar de boom en keek tussen de takken. Charlie trok aan een glinsterende slinger, en ze hoorde het bekende, volslagen idiote gejodel. Daar hing de augurk, in het midden van de boom, dicht bij de stam.

'Je hebt de kerstaugurk gevonden,' zei Charlie.

Darcy pakte de versiering en liet hem bungelen aan zijn haakje, zodat iedereen hem kon zien. 'De jodelende augurk. Is het niet geweldig?'

'Dat betekent dat je een prijs krijgt.'

'Blijkbaar is het mijn geluksdag.'

'We zijn heel even weg,' zei Logan tegen de anderen, en hij stond op. 'Zo terug.' Hij nam Darcy bij de arm.

Haar adem stokte. Ze dacht terug aan het afgelopen jaar. Zij en Logan hadden een steeds hechtere band gekregen, en ze hoopte met haar hele hart dat ze samen de volgende stap zouden nemen. Op dit moment verraadde zijn gezichtsuitdrukking niets.

Nadat ze hun parka's en sneeuwschoenen hadden aangetrokken, liepen ze samen het bos in. Het was een vredige winterochtend. Er stond geen wind, en de berkenbomen en dennen stonden roerloos. Het gaf Darcy het gevoel dat de wereld zijn adem inhield. Samen liepen ze naar de open vlakte, waar de grote dennenboom stond die ze ook dit jaar weer hadden versierd.

Daar haalde Logan een plat, rechthoekig doosje uit zijn zak. 'Dit heb ik vorig jaar al gekocht, op kerstavond. Toen wist ik het al, Darcy. Toen wist ik al dat ik voor altijd bij je wilde zijn, maar het was allemaal nog zo pril. Ik wilde dat je er klaar voor was. Op dat moment was je nog steeds verdrietig. Ik wilde je niet bang maken.'

'Ik ben niet verdrietig meer en ik ben niet bang,' zei ze. 'Dat is nog eens een verandering.'

Toen gaf hij haar het doosje. Er zat duidelijk geen ring in. Ze was teleurgesteld dat hij haar niet het zo begeerde teken van liefde gaf. Het doosje was verpakt in dik, glanzend, goudkleurig papier waar een gouden strik omheen was gebonden.

'Kom,' zei hij. 'Maak het open.'

Toen ze haar wanten had uitgetrokken en het zwarte doosje had uitgepakt en opengemaakt, zei ze: 'Een bedelarmband.' Ze glimlachte, maar het was een bitterzoete glimlach, want ze had ergens anders op gehoopt. 'Je hebt een bedelarmband voor me gekocht.'

'Kijk, de eerste bedel is de vlag van Camp Kioga, omdat we elkaar daar voor het eerst hebben ontmoet. Gekocht in de cadeauwinkel daar.'

'Ik heb India toen de mantel uitgeveegd omdat ze ons probeerde te koppelen.'

'Volgens mij heb ik dat ook gedaan,' biechtte hij ook. 'Nu kan ik haar niet genoeg bedanken. Goed, de volgende twee. Een surfplank en een dolfijn.'

'Onze Thanksgiving in Florida.'

'Onze eerste kus. Ik werd zo opgewonden van je dat ik bijna scheel keek.'

'O ja?' plaagde ze hem. Hoewel het niet was wat ze had verwacht, werd ze steeds blijer met de armband. 'Blijkbaar kon je daardoor het scherm van je telefoon niet zien, want je belde niet. Je schreef niet...'

'Hé, dat heb ik allemaal goedgemaakt. De volgende bedel, een sneeuwschoen, staat voor Kerstmis vorig jaar. Het hart, dat is natuurlijk Valentijnsdag.'

'We waren in New York, waar we Maya mee uit lunchen namen om haar vrijlating te vieren. Dat was een geweldige dag, Logan.'

De bedeltjes stonden allemaal voor mijlpalen in het afgelopen jaar: een schelp voor de eerste keer dat ze hem had meegenomen naar Cupsogue en hem had voorgesteld aan haar familie. Een kleine vuurtoren voor het weekend dat ze in Montauk, waar de O'Donnells woonden, hadden doorgebracht. Een esdoornblad voor hun herfstweekend in Canada, en een dennenappel die hij had gekocht in Mohonk Mountain House, waar ze haar verjaardag hadden gevierd.

'Het is erg romantisch,' zei ze. 'Jíj bent romantisch.'

'Omdat jij zo inspirerend bent.'

De laatste bedel was een augurk. 'Het is een kleine zilveren augurk,' zei ze verbaasd. 'Wie had kunnen bedenken dat er zoiets bestaat?'

'Ik kende de hele traditie niet voor jij me er vorig jaar over vertelde.'

'Dus de augurk staat symbool voor deze kerst?'

'Ja, het betekent dat je de augurkprijs hebt gewonnen.'

'Is de armband niet de augurkprijs?'

'Nee. Dít is de augurkprijs.' Na die woorden deed hij zijn hand open en schoof hij met één soepele beweging een ring met een diamant aan haar vinger.

Haar mond viel open. 'Logan!' Ontroerd sloeg ze haar armen om hem heen en begroef haar hoofd in zijn parka. De onvermijdelijke tranen kwamen, maar ze lachte ook. 'O, lieve hemel. Ja, duizend keer ja. En zelfs duizend keer ja is niet genoeg.'

Hun kus was nog inniger dan gewoonlijk, had een smaak die ze nog niet eerder had geproefd. 'Je hield me voor de gek,' mompelde ze, met haar lippen tegen zijn mond gedrukt. 'Je liet me geloven dat ik een zilveren bedelarmband kreeg voor Kerstmis.'

'In plaats daarvan krijg je mij. En Charlie. En Taffy.'

'En een happy end,' zei ze. 'Jij bent degene bij wie ik altijd wil blijven. Ik ben zo blij. Vanochtend bedacht ik nog dat ik nooit eerder zo blij ben geweest. Het is fantastisch. Jíj bent fantastisch.'

Hij kuste kaar lippen, en toen haar hand met de ring eraan. 'Hou je hand stil, dan doe ik je de armband om.'

Glimlachend bewonderde ze de bedeltjes, een kroniek van het jaar dat ze samen hadden gedeeld. 'Laten we teruggaan en het aan iedereen vertellen. En ik heb je nog steeds jóúw cadeau niet gegeven.'

Hij boog voorover, gaf haar een kus en fluisterde in haar oor. 'Ik heb nog niet één cadeautje opengemaakt, maar ik heb al alles wat ik wil.'

Een schaatsje van zilver

Hoofdstuk 1

Elaine St. James liep gehaast door Fifth Avenue in een poging het kerstgebeuren te snel af te zijn, maar het haalde haar bijna in. Een groep kerstliedjeszangers, die Hark the Herald Angels kweelden en geld ophaalden onder de winkelaars en toeristen, zat haar op de hielen.

Ze sprong opzij om een waggelende Santa te ontwijken. Zijn adem rook naar te veel feestvreugde te vroeg op de dag.

Hoewel Elaine haar mobieltje tegen haar oor gedrukt hield, kon ze haar vriend Byron nauwelijks verstaan. Ze had echter genoeg gehoord om te snappen dat het niet leuk was.

'Een mannequin die beha's showt?' schreeuwde ze in haar met madeliefjes versierde mobieltje.

Byrons reactie klonk gesmoord en eindigde in 'hè?'

Dus schreeuwde ze nog harder: 'Je laat me zitten voor een behamodel?'

Té laat realiseerde ze zich dat de zangers niet meer kweelden en dat het verkeer stilstond voor rood licht. Iedereen om haar heen had het gehoord.

Onder de nieuwsgierige blikken van alle omstanders liet Elaine haar hand zakken en hees haar tas op haar schouder. Byrons zeurderige stem klonk vaag krakend uit haar mobieltje, maar ze wilde geen woord meer horen. Ondanks de beschamende rode kleur van haar wangen stak ze haar kin in de lucht en zei tegen niemand in het bijzonder: 'Ach, laat maar zitten.'

Ze klikte haar StarTac uit, draaide zich op haar gelaarsde hielen om en liep door. Achter haar begon het verkeer weer te rijden. De zangers zetten Silver Bells in.

Oké dan, het is kerst, zei Elaine in zichzelf, geschokt dat ze opeens tranen voelde prikken. Niet om Byron, wist ze, maar omdat er weer een droom verloren was gegaan. Het viel niet mee om een droom te laten varen, geen hoop meer te hebben.

Ze rechtte haar rug en marcheerde verder. Ze had geleerd te doen wat er van haar verwacht werd, en daar was ze uitermate goed in. Ook had ze een enorme dosis zelfdiscipline. Ze moest gewoon de dag zien door te komen. Zo moeilijk was dat toch niet?

Elaine probeerde in net zo'n stemming te komen als al die vrolijke mensen om haar heen. Ze zag glimlach na glimlach en deed een moedige poging zelf ook te glimlachen, maar het voelde meer aan als knarsetanden.

Waarom was kerst toch zo gemakkelijk voor veel mensen maar zo onmogelijk voor haar? Waar had ze gezeten toen de kerstspirit werd uitgedeeld?

Ze wist wel waar: binnen de kille omheining van de juiste kostschool, het juiste zomerkamp, de juiste universiteit. Zo bezig met aan alle verwachtingen te voldoen dat ze zich nooit had afgevraagd waarom eigenlijk.

Op de volgende hoek drong een vrouw beladen met glimmende tasjes en pakjes met strikken zich als een tanker voor Elaine langs. Elaine perste haar lippen op elkaar om geen rotopmerking te maken, maar een woeste blik kon ze niet voorkomen. Ze was weer veel te laat voor haar lunchafspraak, waar ze geen zin in had ook nog. Gezien haar huidige situatie viel een beetje slecht humeur toch wel te rechtvaardigen.

Ooit, heel lang geleden, had de uitbundige kerstsfeer haar een magisch gevoel gegeven. Ze miste dat nu, maar had geen idee hoe ze dat fantastisch fijne gevoel nieuw leven kon inblazen. Byron was duidelijk het antwoord niet. Natuurlijk had ze dat van het begin af aan kunnen weten, maar ondanks alle teleurstellingen in haar leven, zat ergens diep van binnen nog dat kleinemeisjesgevoel dat in magie wilde geloven.

Ergens klonken echte zilveren belletjes, rinkelend als een ouderwetse wekker.

Even later stond ze oog in oog met een hulpSanta die een collectebus met de foto van een grijnzend weesje erop voor haar neus hield. Met opeengeklemde kaken staarde ze recht voor zich uit alsof ze hem niet had gezien. Als ze hem niet aankeek, kon ze hem wellicht ontlopen. Ze was tenslotte erg goed in het vermijden van contact. Het had haar jaren behoed.

Dit soort straatzangers voor een goed doel waren toch maar zwendelaars, hield ze zichzelf voor, net als die waggelende Santa. De bijdragen gingen rechtstreeks in hun eigen zak en vonden hun weg naar een biljarttent of slijterij. Als je voor hun trucs viel, kwamen er juist meer bietsers.

'Het is al bijna Kéééérstmis!' zong een hulpSanta.

Elaine keek naar de groene plastic slingers en blinkende lichtjes die de stad hadden geteisterd sinds de dag na Halloween. Het kerstseizoen leek wel steeds eerder te beginnen. Elaine kon er niets aan doen, maar ieder jaar weer voelde ze toch stiekem iets van opwinding. En hoop. Misschien is het dit jaar wel anders, dacht ze altijd. Maar er veranderde nooit iets, en met de jaren werd ze steeds cynischer en kribbiger.

'Kom op, dame, doe niet zo flauw, doe een duit in het zakje.' De hulpSanta rammelde met de collectebus. Hij had een liedjesbundel bij zich en een naamplaatje opgeplakt met Hi! Ik Ben Larry. Hij had een knalrode sjaal om en grijnsde onverantwoordelijk vrolijk.

Het licht sprong op groen; ze liep met de golf voetgangers mee de zebra op. De volhardende man bleef naast haar lopen.

'Iets voor de Westside Children's Charities.' Hij woof met een officieel uitziend pasje.

Dat is vast nep, dacht Elaine.

'Alsjeblieft, dame, voor de kinderen.' De belletjes dansten om zijn puntmuts.

Ze keek hem woest aan. 'Ga weg.'

Hij keek terug met van die jongehondjesogen.

Sterk blijven, hoor. Als ze aan deze toegaf, kwam de volgende, en voordat ze het wist zou de halve stad iets van haar willen. Met haar neus in de ijzige wind schreed ze verder.

De hulpSanta bleef naast haar huppelen. 'Hoor eens,' zei hij, 'het is mijn schuld niet dat die knakker je voor een dom wicht heeft gedumpt. Daar hoeven de kinderen toch niet onder te lijden.'

Nu hield ze het niet meer. 'Denk je nu echt dat dat helpt?'

'En die arme kinderen dan? Geven heeft iets magisch, wist je dat niet?'

'Ik geloof niet in magie.' Zo, die zat. Als je het maar hardop zei, werd het net zo reëel als de hobbelige ijskoude stoep onder haar modisch geschoeide voeten.

'Dat wil nog niet zeggen dat er niets magisch kan gebeuren, maar je moet wel wat geven. Kom op, wat betekent vijf dollar nu voor iemand met Manololaarzen van duizend dollar?'

Een hulpSanta die iets van schoenen afwist. Het werd ieder moment gekker.

'Vijf dollar, en de magie begint te werken,' zei hij. 'Gegarandeerd.'

'Dus als ik je betaal dan hoepel je op?'

Hij gaf haar opgewekt knikkend een knipoog. 'Geloof me, je zult er geen spijt van hebben. Help ons, dan word jij ook geholpen.'

'Waarom denk je dat ik hulp nodig heb?'

'Je kunt niet eeuwig langs de rand van de overvolle levenspaden blijven schuifelen en al het menselijk medegevoel afschrikken zodat het niet te dichtbij komt.'

Fantastisch. Hij wist niet alleen wat van schoenen af, maar kon ook nog Dickens aanhalen. Ik leef in een wereld vol gekken, dacht Elaine.

'Maak er een tientje van, en ik zorg dat er een wonder gebeurt,' zei Larry gul.

'Ik word hier niet goed van.' Haar geduld was nu echt op. Ze greep een briefje van twintig uit haar portemonnee en smeet het hem bijna toe.

'Gelukkig kerstfeest, Elaine!' riep hij vrolijk.

'Laat maar zitten.'

Toen pas drong het tot haar door dat hij haar bij haar naam had genoemd. Ze stond opeens stil, waardoor een man van achteren tegen haar op botste, om haar heen liep en iets gromde wat op een excuus leek. Ze scande de menigte om haar heen, maar Larry de hulpSanta was nergens meer te bekennen. Hoe wist hij hoe ze heette? Een gok? Nee, waarschijnlijk had hij iets met haar naam erop gezien toen ze dat briefje van twintig opdook.

Ze zette het hele gebeuren schouderophalend uit haar hoofd en liep verder. De meute kerstzangers schalde: '*We Wish You a Merry Christmas*.'

Kerst had wat Elaine betrof niets met vrolijkheid te maken. En dat al heel lang niet. Tegenwoordig betekende Kerstmis méér vergaderingen, méér planning, méér cliënten die haar tijd opeisten.

Nu Byron de laan uit was, hoefde ze in ieder geval vanmiddag een cadeautje minder te kopen. Alleen de uitleg aan haar ouders zou nogal pijnlijk zijn, want die liepen weg met Byron. Wat zij verder voelde, kwam niemand te weten. Ze was er erg goed in geworden om haar pijn te verbergen.

Ze schoot een zijstraat in die gelukkig helemaal leeg was, op een dakloze in een oude legerjas en zijn scharminkel van een hond na. Ze zaten haar op de stoep naast Fezzywig's Bar and Grill te bekijken.

In haar haast liet ze haar tas vallen, en de helft van de inhoud rolde over de smerige, met zout bestrooide stoep. Geïrriteerd knarste ze met haar tanden, hurkte neer en begon haar spullen op te rapen: haar mobiel, een doosje pepermuntjes, haar leren agenda, een lippenstift en nog wat rommeltjes. Toen ze weer omhoogkwam, zei de man: '*Miss*, je bent iets vergeten.' Hij hield een bos sleutels op aan een sleutelring met een zilveren schaatsje.

'Bedankt.' Elaine greep de bos en stopte die in haar tas. Net toen ze wilde weglopen, bedacht ze zich en viste een dollarbiljet uit haar portemonnee. Ze had geen gat in haar hand, maar vond wel dat je voor bewezen diensten moest betalen. Bovendien had de man haar het zilveren schaatsje teruggegeven en daar verdiende hij een beloning voor.

Die sleutelring had een speciale betekenis voor Elaine. Ze bewaarde hem als een herinnering aan het schenken van haar hart.

Hoofdstuk 2

Ze ging gauw de supertrendy bar Fezzywig's in, sinds kort de hot spot in de stad. Dankzij haar publiciteitsfirma was de Bar and Grill nu dé favoriete tent van de incrowd, indetwintigers die met naam en toenaam vermeld werden op societypagina's en in roddelcolumns.

Binnen in het uitgekiende, gedimd verlichte decor van chroom en leer klonk het vrolijke gerinkel van glazen en – gelukkig – geen kerstmuzak. In plaats daarvan vormden de jazzy klanken van John Coltrane een stijlvolle muzikale achtergrond voor de ultrachique menigte. Met een zucht van verlichting ontdeed Elaine zich van haar jas, hoed en handschoenen en gaf ze aan het garderobemeisje.

Toen dook ze de damestoiletten in. Haar ivoorkleurige wollen broek en trui konden er prima mee door – vooral met de boterkleurige Manolo's, vond ze – maar haar haar en makeup waren een ramp. Nog zoiets wat ze haatte aan kerst: de harde wind en vooral die vreselijke kou en gladde straten.

Ze flufte haar haar op tot de bekende glanzend blonde bob, pakte haar makeupset en begon haar gezicht met ervaren bewegingen bij te werken. Ondertussen dacht ze koortsachtig na.

Dus Byron had haar gedumpt. Hoe kon ze dat het beste spelen? Als de getroffen partij, diepbedroefd en met een wanhopige behoefte aan steun? Dan zou ze zich kunnen koesteren in de troostende clichés van haar vriendinnen: dat de engerd haar niet verdiende, dat hij nooit goed genoeg voor haar was geweest, dat hij later bittere tranen van spijt zou plengen omdat hij haar had laten schieten.

Met haar gezicht bijna tegen de spiegel aan, kamde ze de klontjes uit haar mascara. Of ze kon haar vernedering en teleurstelling achter sarcasme verbergen en van Byron Witherspoon de grap van de dag maken. Dat was gemakkelijk genoeg, vooral omdat hij haar had gedumpt voor een eersteklas leeghoofd.

Oké, dacht ze, daar gaatie dan. Ze borg haar lipgloss op en plakte een glimlach op haar gezicht. Het is de dag voor kerst. De perfecte tijd voor wat lol. Ze zou zich er met gemak doorheen slaan en net doen of het verlies niets voorstelde.

Hoewel, ze hoefde niet eens te doen alsof. Ze trok nog wat wenkbrauwhaartjes uit en bestudeerde zichzelf in de spiegel. Helemaal niet slecht, die combi van fluffy haar, kasjmier trui en gouden oorbellen. Niet echt het beeld van een in de steek gelaten vrouw.

Ze voelde dat ze zelfs niet in de buurt kwam van een emotionele instorting. Alleen vond ze het jammer dat het verlies van Byron betekende dat ze vanavond op de party van haar ouders zonder partner moest verschijnen. Het kwam vreselijk ongelegen. Dat zou haar nog jaren nagedragen worden.

Hoe zat het nu eigenlijk? Waar waren de pijn, het trauma, het jammeren en weeklagen? Geen ondraaglijke buikpijn? Dit zou toch een gigantische ramp moeten zijn en niet het emotionele equivalent van een gebroken nagel? Als ze kon huilen en stampvoeten, al was het slechts voor een paar minuten, dan had ze tenminste de afgelopen zes maanden niet bedorven door met een man om te gaan voor wie ze niets voelde. Ach, ze had helemaal geen behoefte om te huilen en stampvoeten. Ze had veel meer zin om zich uit de naad te werken.

Hoewel het nog vroeg was, zaten er al aardig wat mensen bij te tanken voor de laatste gelegenheid om te winkelen en voor de serie party's van vanavond. Elaine groette hier en daar, wuifde en drukte kusjes in de lucht naar deze en gene, haar beroepsglimlach onverstoord door Byrons verraad. Ze was gek op deze incrowd, de acteurs en trendsetters, en zíj zagen haar helemaal zitten. Hier was ze in haar element, in de spotlights, zich een weg banend naar haar zakenpartners die ook nog eens haar beste vriendinnen waren.

Toch was er een probleempje, dat niets te maken had met haar recente, zeer publieke conversatie met Byron. Ze wist niet goed waarom het gebeurde, maar soms, op de meest ongelegen momenten, voelde ze iets dat iemand in haar positie niet verwacht werd te voelen, nooit, namelijk eenzaamheid.

Het was absurd, gezien het volle drukke leven dat ze leidde, maar ze kon het niet helpen. Hoe vaak ze ook geprobeerd had de waarheid te ontkennen, ze werd soms gegrepen door een gevoel van nutteloosheid en pijnlijke leegheid.

Die leegheid was haar vijand. Ze bestreed die altijd door onmiddellijk tot actie over te gaan. Sleep dat account in de wacht, grijp die publiciteitskans, stort je in de blitse wereld van de mode en het entertainment, zorg dat je naam maakt. Het was haar door pure wilskracht en vastbeslotenheid in zeer korte tijd gelukt een van de actiefste, meest invloedrijke prmensen in de stad te worden.

Opgekrikt door die gedachte schreed ze langs de bar naar haar vriendinnen die nippend van hun cocktails en druk kletsend op haar zaten te wachten.

'Elaine, daar ben je dan eindelijk!' Melanie zwaaide. 'Je bent laat.'

'Sorry.' Elaine schoof op de bank naast Bobbi, die niet zomaar haar beste vriendin was, maar haar allerbeste vriendin. 'Ik moest op kantoor nog wat telefoontjes afwerken.' Ze had een beetje de smoor in. Alleen omdat het kerst was, dachten haar partners dat ze zomaar vrij konden nemen en belangrijke business konden laten liggen. Ze zouden beter moeten weten. PRkansen lagen altijd voor het grijpen, ook als het volgens de kalender vrije dagen waren. Sterker nog, vrije dagen waren juist een reden om nog actiever te zijn.

Larry de hulpSanta had het helemaal mis. De magie van deze dagen zat hem niet in geven, maar in slim zakendoen.

Het was na twaalven, dus bestelde ze een kir royale. Ze schoof haar tas van haar schouder en deed haar uiterste best om te glimlachen. Jenny P (haar achternaam was Pinkwater, maar die had ze al tijden geleden laten varen) zag er uiterst elegant uit met rode lippenstift en zwarte kniehoge suède laarzen. Melanie Benz, liefkozend Bitchcakes genoemd door haar klanten die dol op haar waren, legde haar Day Timer en Palm Pilot op tafel. Dun als een asperge met in punten geknipt witblond haar en wenkbrauwen als identieke boogjes van constante verbazing. Bobbi, die de mazzel had eruit te zien als een supermodel, was een wandelend reclamebord voor hun klanten in haar T. Gallaghersweater en leren rokje, Chez Moimakeup en met haar kapsel van Iago.

Elaine had Bobbi, een onbetekenend meisje uit een provinciestadje in North Carolina, onder haar hoede genomen toen Bobbi probeerde door te breken in de showbusiness. Elaine en haar partners hadden andere plannen met haar. Door hun magische macht over de pers hadden ze Bobbi weten om te turnen in het nieuwste hotste meisje van de stad. Ze hadden haar de juiste look gegeven, haar naast de juiste sterren en showbizzfiguren gezet en haar naam in de juiste oren gefluisterd. Het had gewerkt. Ze was verschenen in alle magazines die echt iets betekenden: W, Vogue en Quest. Binnen de kortste keren was de telefoon gaan rinkelen en waren de uitnodigingen binnen gerold. Binnen enkele weken had Cosmo haar willen hebben als model voor een zomerreportage. Bobbi's lancering was een klaterend succes geweest.

Elaine had nog een bonus gekregen ook met haar creatie van een media*darling*. Net zo bruisend en verfrissend als een fles champagne, was Bobbi ook nog eens haar beste vriendin en vertrouwelinge geworden, de zus die ze nooit had gehad, iemand om je geheimen en droompjes mee te delen. Iemand aan wie Elaine misschien zelfs zou durven toegeven dat de breuk met Byron eigenlijk niet eens pijn deed, maar dat ze er nu wel aan twijfelde of ze hoe dan ook een relatie in stand kon houden.

Nee. Zover zou ze niet gaan. Zelfs haar boezemvriendin mocht dat niet weten.

Vanavond zou Bobbi de sleutelrol spelen in de ratrace om hun bedrijf nog succesvoller te maken. Zij moest de mysterieuze, ambitieuze Axel zien te verleiden, een hippe Zwitserse parfumeur die ze als klant probeerden binnen te halen. Axel zou eindelijk aan haar ouders het bewijs leveren dat ze in staat was iets te doen wat ertoe deed, dat ze een leven voor zichzelf kon opbouwen en op haar eigen benen kon staan. Zij hadden altijd gedacht dat ze maar wat aan het liefhebberen was, hun Upper East Sideprinsesje, dat een beetje de publiciteitsvrouw speelde om de tijd te verdrijven tot ze zich settelde en met iemand trouwde met de juiste kwalificaties, iemand als Byron Witherspoon.

Elaine had Axel nu meer nodig dan ooit. Als ze de business van de Zwitserse multimiljonair binnenkreeg, zou dat de vernedering minder erg maken en het verlies van Byron verzachten.

'Als we het voor elkaar krijgen hem te laten tekenen, dan opent hij voor ons de deuren naar de belangrijkste accounts in Europa,' zei Elaine toen ze de laatste details doornamen van de gebeurtenis van die avond, die al jarenlang op de society pagina's bekend stond als de St. James Affair. Elk jaar nodigden haar ouders, net als haar grootouders vóór hen, alle belangrijke mensen uit op hun jaarlijkse kerstfeest. In tegenstelling tot andere jaren hadden ze er deze keer in toegestemd dat Elaines bedrijf de totale organisatie op zich nam. Dat mocht ze beslist niet bederven.

'Wat is het voor man?' vroeg Bobbi. 'Ik ben er zevenennegentig procent zeker van dat ik het nog nooit met een multimiljonair heb gedaan.'

'Hij is perfect.'

'Hé, heb jij het met hem gedaan dan?' vroeg Mel aan Elaine.

'Natuurlijk niet, maar Axel en ik kennen elkaar al heel lang. We zaten op hetzelfde internaat. Hij is zo'n stuk dat hij eigenlijk van school verwijderd had moeten worden. Je zult het zien.' Elaine zag het helemaal zitten. Mensen koppelen en iemand anders de kneepjes van het vak leren, waren haar lust en haar leven. Constant nadenken over de volgende zet, dat was waar het om draaide in haar leven.

Melanie en Jenny staken de hoofden bij elkaar als een paar generaals, om te bepalen wie naast wie moest zitten op het feest.

'Ik merk het vanavond vanzelf.' Bobbi liet haar stem wat zakken. 'Eh, Elaine... zou je me nog een piepklein voorschot kunnen geven? Ik zit een beetje krap.'

Elaine fronste haar wenkbrauwen. 'Je hebt zoveel voorschotten gekregen dat je salaris er tot aan de zomer al doorgejaagd is,' zei ze.

'Ik weet het, maar deze lifestyle is zo vreselijk duur. Alles stapelt zich op. Mijn creditcards zijn helemaal over de rooie. En morgen is het Kerstmis, Elaine. Nou, wat zeg je, lieverd?'

Elaine dwong zichzelf te ontspannen. Sommige mensen hadden echt geen zelfbeheersing en geen idee van werkethiek. 'Kom morgen op kantoor, dan schrijf ik een cheque voor je uit.'

'Ik was niet van plan om morgen naar de zaak te komen!'

'Het is de drukste tijd van het jaar, Bobbi.'

'Het is Kerstmis!'

'Druk dus.' Elaine nam een fikse slok.

'Het is maar één keer per jaar.' Bobbi begon te smeken. 'Elaine, ik wil mijn familie zo graag zien. Mijn zus Jimmi heeft net weer een kindje gekregen. O, Elaine, wat is er nu mooier dan een baby met kerst?'

'Een contract met een Zwitserse multimiljonair,' zei Jenny.

Melanie liet een glanzend gelakte vingernagels over een lijst in haar planner glijden. 'Overigens, Elaine, je moeder is een fantastisch mens om mee te werken.'

Elaine forceerde een glimlach. 'O ja?' In feite had Freddie St. James slechts met de grootste terughoudendheid ingestemd met Elaines lijst van suggesties. Ze had haar twijfels over het gewaagde menu en de trendy gastenlijst, maar was wel enthousiast over de manier waarop Elaine de pers aanpakte. En dat had de doorslag gegeven.

Voor Freddie was het enige dat belangrijker was dan het geven van een geslaagd feest, dat de kranten volstonden met berichten over haar geslaagde feest. Belachelijk genoeg konden Elaine en haar moeder het nu beter met elkaar vinden dan ooit, want ze hadden hetzelfde doel voor ogen. Ze waren nu nog slechts oceanen van elkaar verwijderd in plaats van sterrenstelsels.

'Je lijkt wel zenuwachtig,' zei Jenny terwijl ze Elaine onderzoekend aankeek. 'Dat ben je nooit. Wat is er aan de hand?'

'Ja zeg, het is het feest van mijn ouders. Mag ik alsjeblieft?'

'Nou en? We doen niet anders dan feesten organiseren. En ook nog eens beter dan wie ook. Wat zit je dwars?'

Elaine haalde diep adem. Ze moest het er maar eens uitgooien. 'Ik haat kerst. Ik haat mijn leven. Byron heeft me gedumpt voor een be-hamodel.'

Een doodse stilte volgde op dat nieuws.

'Je zou met hem gaan trouwen!' zei Jenny ontsteld. 'Zijn vader is min of meer alleeneigenaar van een omroepimperium. Het was de bedoeling dat jullie tweeën het machtigste stel van de mediawereld werden.'

Bobbi omhelsde haar. Elaine voelde zich klein worden bij haar moederlijke knuffel. 'O meid toch,' zei Bobbi met haar lieve zuidelijke accent. 'Ik vind het zo triest voor je.'

'Dat hoeft niet. Ik heb eigenlijk alleen maar de smoor in over zijn slechte timing.'

'Je kunt best nog iemand anders vinden voor vanavond.' Mel begon in haar Palm te zoeken. 'Het is kerst. Je kunt niet zonder partner verschijnen.'

Elaine trok een grimas. Waar het om ging, was dat ze helemaal geen partner wilde, ook geen kerst trouwens. Ze wilde alleen de feestdagen doorkomen en weer aan het werk gaan.

'Het wordt vast en zeker perfect vanavond,' verklaarde Jenny met geheven glas. 'Je ouders zullen perplex staan, Axel zal exact doen wat we willen, en daarna leeft iedereen nog lang en gelukkig.'

Elaine glimlachte als een boer met kiespijn, maar hief niettemin haar champagneglas naar de longdrinkglazen van haar vriendinnen. 'Op nog lang en gelukkig.'

Het heldere geluid van klinkende glazen drong door het lawaai van muziek en opgewonden conversatie heen. Ze zou het wel overleven, dacht Elaine. Eenzaamheid en zelfmedelijden waren voor losers. Het zou allemaal perfect verlopen vanavond.

Ze keek naar de bubbeltjes in haar glas. Door het halflege glas heen zag ze iets... iemand... door wie ze volledig bevroor. Ze vergat te ademen, te bewegen, te denken.

Alles om haar heen verdween in een waas van kleur en geluid, alles behalve hij. Ze zag hem heel scherp, elk detail was nog steeds even bekend, en dat terwijl er – in gedachten telde ze even snel – zeven jaar voorbijgegaan waren. Vandaag exact zeven jaar.

Ze voelde zich in het nauw gedreven, maar gek genoeg ook waanzinnig blij, alsof ze in honing wegzonk. De enorm intense sensatie van een eerste liefde nam met geweld weer bezit van haar, gevoelens opwekkend die ze al jaren als verdwenen beschouwde. Het was volstrekt onmogelijk, merkte ze, om haar blik af te wenden van dat breedgeschouderde postuur, die vlotte glimlach, die zelfverzekerde houding en dat vibrerende sexappeal. Door de jaren heen waren al die details, die haar in haar dromen nog steeds af en toe plaagden, slechts intenser geworden.

Een klassieker van Bob Marley klonk op.

'Elaine, wat is er aan de hand?' vroeg Jenny. 'Het lijkt wel of je een geest ziet.'

Ze boog haar hoofd om niet te laten zien dat ze bloosde en zette haar glas neer. 'De geest van een vorige kerst.'

Hoofdstuk 3

'Een vorige kerst? Van wie?' vroeg Jenny.

'Van mij.' Wat trillerig ondersteunde Elaine haar kin met haar hand en bleef zo naar die lange onvergetelijke figuur zitten staren. Zijn silhouet tekende zich scherp af in het winterse licht dat door het grote raam naar binnen viel.

Ze werd overspoeld door herinneringen aan die korte periode waarin kerst meer voor haar had betekend dan moeizame pogingen om haar sociale leven met haar werk te combineren. Tegen haar wil herinnerde ze zich die nostalgische dagen, toen haar zachtste, kwetsbaarste kant zich zo onverwacht veilig had gevoeld bij een vreemde.

In feite hadden ze elkaar nooit moeten tegenkomen. Zij behoorde tot een sociale klasse die geregeerd werd door strikte maar ongeschreven regels. Een van die regels verbood haar om te gaan met types als Tony Fiore. Hij kwam uit een volledig andere wereld, die trouwens ook regels kende: een groot ItaliaansAmerikaans gezin in Brooklyn dat vond dat je je bij je eigen soort moest houden; net als de familie St. James overigens.

Op haar achttiende was Elaine net begonnen de wereld buiten haar geprivilegieerde, geïsoleerde leventje te ontdekken. En hij was wat je noemt een grandioze ontdekking geweest.

Nu bleef een oudere, mogelijk nog interessantere Tony Fiore aan de andere kant van de bar bij een tafel staan. Hij begon een gesprek met de goedgeklede mensen die daar zaten en kreeg hun volle aandacht.

Elaines vriendinnen volgden haar intense blik. 'Alle mistletoe op een stokje,' zei Mel. 'Die daar?'

'Wie is hij?' vroeg Jen.

Bobbi klopte Elaine op de arm. 'Wie het ook is, Byron valt er als een vergeetmenietje bij in het niet.'

'Hij heet Tony Fiore. We hebben elkaar leren kennen toen we nog op de universiteit zaten.' Hun paden hadden elkaar voor de eerste keer in de kerstvakantie gekruist, op de ijsbaan van het Rockefeller Center. Tony zat op Notre Dame met een ijshockeybeurs. Nooit zou ze die eerste glimp vergeten die ze van hem had opgevangen. Het was razend druk geweest, maar toch wist Tony Fiore moeiteloos tussen alle mensen door te glijden. Zijn indrukwekkende profiel en rappe atletische slagen over het ijs hadden haar aandacht getrokken.

'Fiore.' Jenny zat hem aandachtig op te nemen, met de uitdrukking van een juwelier die een loepzuivere diamant bekijkt. Elaine volgde haar blik. Het bleke daglicht glansde op Tony's dikke donkerzwarte haar met de natuurlijke slordige krullen. 'Ik heb nog nooit van hem gehoord,' zei Jenny. 'Hoe kan dat nou?'

Elaine deed haar best blasé te doen. Ze kon beter denken aan de manier waarop het tussen hen was afgelopen – of eigenlijk hoe het niet was afgelopen. Het lag eraan hoe je het bekeek. Ze waren Romeo en Juliet geweest, maar dan zonder die morsige slotscène.

Zich sterk makend zei ze: 'Dat kan heel goed. Hij is niemand.' Nog terwijl ze dat zei, voelde ze een steek in haar hart. Een onbetekenend iemand, maar wel de enige man die haar ooit had laten zien dat magie wel degelijk bestond. Een onbetekenend iemand, maar wel de man die haar, op de avond dat ze hem haar hart had willen geven, had laten barsten.

'Toch ziet hij er wel als iemand uit,' zei Melanie. 'Ik kan hem alleen niet helemaal plaatsen.'

'Misschien is het wel een filmster,' opperde Bobbi, de kers uit Mels drankje pikkend.

'Als hij een ster zou zijn, kenden wij hem heus wel.'

'Wat is hij eigenlijk aan het doen?' vroeg Bobbi.

Met een clipboard in zijn hand liep Tony Fiore naar een ander tafeltje en begroette de mensen die er zaten. Weer draaide iedereen zich naar hem toe; hun gezichten klaarden op alsof hij een lichtknopje had ingedrukt.

'Misschien vraagt hij om handtekeningen of donaties,' zei Jenny. 'Wat maakt het uit? Moet je hem zien!'

Tony legde het clipboard neer, zette zijn handen op tafel en boog wat naar voren om iemand een pen te geven. Daardoor konden ze de reflecterende letters op de achterkant van zijn dikke parka lezen.

'Krijg nou wat,' zei Melanie. 'Het is een smeris.'

Elaine zat stomverbaasd naar hem te staren. Smeris? Hij zou toch ijshockeyster worden? Alleen daardoor had ze kunnen begrijpen wat er met hen gebeurd was. Ze had altijd gedacht dat hij zich niet kon permitteren om verliefd te worden, omdat hij dan nooit een profcarrière als sportman zou kunnen opbouwen. Nu moest ze zien te wennen aan het idee dat hij haar had laten zitten voor de dubieuze glorie van een baan bij de politie.

Bobbi verschoof wat op de bank en frummelde aan de Pashminasjaal in haar schoot. 'Hij komt hierheen, hè?'

Voordat iemand kon reageren, stond Tony bij hun tafeltje.

O, die glimlach, dacht Elaine, een kreun onderdrukkend. Die ogen, de kleur van gesmolten chocolade. Dat gezicht bleef in haar dromen rondspoken, al waren er ondertussen heel wat kerstdagen voorbijgegaan.

'Middag, dames,' zei hij. Die stem had ze ook nooit helemaal uit haar hoofd kunnen zetten. Diep en zelfverzekerd, met een vleugje Brooklynaccent.

Elaine forceerde een glimlach, maar daaronder was alles bevroren in paniek. 'Tony Fiore, dat is een tijdje terug.' Ze vroeg zich af of hij wist dat het de gedenkdag van hun noodlot was.

'Vanavond zes jaar,' zei hij terwijl hij goedkeurend zijn blik over haar heen liet glijden.

De hemel zij geprezen, dacht ze. Als hij niet meer had geweten wie ze was, zou ze ter plekke neergestort zijn, hier midden in Fezzywig's. De warme blik in zijn ogen, het tikje meer kleur in zijn gezicht, bevestigden dat hij haar wel degelijk herkende.

Ze vroeg zich af of hij nog wist hoe het voelde om hand in hand over het ijs te glijden, of hij ook nooit naar kerstmuziek kon luisteren zonder aan haar te denken, of hij ook 's nachts wakker lag en zich afvroeg hoe zijn leven er nu uit zou zien als hij het lef maar had gehad...

'Zeven,' zei ze, niet in het minst verbaasd dat hij fout zat. 'Maar wat maakt het uit?'

Hij glimlachte. Zijn volle sensuele lippen vormden een gevaarlijke welving. Toch leek hij, net als de jongere man zonder pretenties die zij had gekend, zich er totaal niet van bewust wat voor enorm effect hij had op vrouwen. Er was niets zo sexy als een man die zich niet realiseerde dat hij sexy was. Hij nam haar van top tot teen op. 'Je ziet er goed uit, Elaine.'

'Jij ook.' Ze wierp een vragende blik op zijn clipboard. Eigenlijk keek ze of hij de verwachte trouwring om had. Zo'n man als hij had toch zeker een mollige vrolijke vrouw en een paar bambino's? Lang geleden had hij haar verteld dat dat exact was wat hij wilde, naast zijn ijshockeycarrière. Tot haar verbazing zag ze geen ring. 'Wat ben je aan het doen?'

'Geld inzamelen,' zei hij zonder blikken of blozen terwijl hij bij wijze van begroeting naar haar vriendinnen knikte.

Aha, dacht ze. Net als Larry, de hulpSanta. Alleen langer. Donkerder. Knapper.

Toen deed hij de grijnstruc die ze zich nog zo goed kon herinneren. Zijn ogen met die dikke, misdadig lange wimpers hielden iedereen aan tafel gehypnotiseerd. Elaines vriendinnen openden zich naar hem als bloemknopjes naar de warmte van de zon.

Ze had nooit gesnapt hoe hij het voor elkaar kreeg, maar hij wist mensen als een magneet aan te trekken. Het leek wel... magie. Ze dacht even terug aan de hulpSanta die haar wonderen had voorspeld.

Zelfs Melanie, die zo koel was dat ze ijsblokjes kon laten huiveren, zuchtte hoorbaar.

Elaine voelde zich eigenlijk een tikje bedreigd doordat ze Tony hier zomaar tegenkwam. Het verleden lag achter haar om een duidelijke reden: zodat ze zich er niet meer in hoefde te verdiepen. Ze rechtte haar rug, vastbesloten haar kwetsbaarheid verborgen te houden en het uit te zingen.

Op de gladde, ongedwongen manier die ze zich de laatste jaren met succes had aangewend en met een lachje dat niets van haar echte gevoelens verried, stelde ze hem voor: 'Dit is Tony Fiore, die mijn hart gebroken heeft toen we nog studenten waren.'

'O ja?' zei Jenny, overduidelijk flirtend. 'Hij breekt het mijne nu.'

'Ik jouw hart gebroken?' Hij grinnikte wat sceptisch. 'Wat een mop, Elaine, ik heb je juist een plezier gedaan.'

Ze slokte de rest van haar drankje naar binnen. Dat kon hij toch niet echt geloven?

'Oké, voor de dag ermee,' zei Mel. 'Waren jullie tweeën een stel?'

'We hebben, mmm, drie keer een afspraakje gehad,' zei Elaine losjes.

Jenny floot zachtjes. 'Voor de meeste mensen is dat een lange relatie.'

'Waar ben je eigenlijk geld voor aan het inzamelen?' vroeg Bobbi wat ongemakkelijk.

'Jeugdijshockey,' zei Tony. 'Iedereen op ons bureau werkt eraan mee. We financieren lessen en de huur van ijsbanen in de hele stad.'

Dat verbaasde Elaine niets. IJshockey was ooit zijn leven geweest. En het had ook zijn toekomst, zijn carrière moeten zijn. Hoe zat dat, vroeg ze zich af. Ze nam deze nieuwe Tony eens goed op. Hij was eigenlijk totaal niet veranderd en wist haar nog steeds in vuur en vlam te zetten. Wat voor soort leven leidde hij nu? Verlopen vergunningen en winkeldiefjes?

'Wat kunnen we voor je betekenen?' vroeg Melanie.

Die betoverende glimlach hield stand. 'Wat je maar kunt missen. Het is kerst,' voegde hij daar nogal overbodig aan toe.

'Fantastisch dat jullie de stadse bleekneusjes helpen,' zei Jen.

'Schitterend idee,' verkondigde Elaine.

'Bedankt. We zitten nogal krap dit jaar. In feite moet er een wonder gebeuren om de boel gaande te houden.'

'Je zou een gala moeten organiseren.' Jenny keek hem stralend aan. 'Geloof me, daar weten we alles van. Wij zijn publiciteitsspecialisten.'

Tony keek of hij het in Keulen hoorde donderen.

'Wij regelen dat onze cliënten hun gezicht in de pers krijgen, of dat hun producten in tijdschriften als het nieuwste van het nieuwste worden vermeld. Dat soort dingen,' zei Elaine. 'Ik heb nog nooit van jullie goede doel gehoord. Je zou wat pr moeten doen om bekend te worden. Dan zou je pas donaties krijgen. Geloof me, ik weet hoe belangrijk pr is.'

'O ja? En wat kost jij?' Toen ze niet reageerde, grinnikte hij. 'Je bent vast te duur voor me. Hoe dan ook, de tijd die ik erin stop, is net zo belangrijk.'

Alle vrouwen grepen hun tas. Elaine dacht dat ze kerst niet altijd had gehaat. Uiteraard had ze zich door haar gedisciplineerde levenswijze nooit volledig overgegeven aan al die uitbundigheid, maar toch was ze ooit gek geweest op de warmte en vrolijkheid van de kersttijd, de sentimentele liedjes en de sfeer van vrijgevigheid die zelfs de meest krenterige mensen in zijn greep kreeg. Wanneer was dat alles veranderd in irritatie en ergernis?

Met Tony zo vlakbij wist ze heel goed wanneer dat was gebeurd: op de avond dat hij haar had laten zitten. Exact op die avond was de gestage erosie van de kerstsfeer begonnen. Ze had alle hoop opgegeven toen en was terechtgekomen in de treurige werkelijkheid. Ze was de wereld gaan bekijken door de ogen van een cynicus. In de feestelijkste tijd van het hele jaar zag ze hebzucht in plaats van vrijgevigheid, bedrog in plaats van oprechtheid. Ze had geleerd het slechtste van mensen te verwachten, en daar was ze nooit in teleurgesteld.

Terwijl ze in haar tas rommelde, deed ze haar best die zorgelijke gedachten te verbergen. Ze kwam alles tegen wat ze altijd met zich meesleepte, behalve onder de douche.

Maar geen portemonnee.

Fronsend zocht ze verder naar de gladde leren beurs vol creditcards en bankbiljetten.

Niets.

'Hier klopt iets niet,' mompelde ze. Ze keerde haar tas op tafel om en begon alles stuk voor stuk terug te stoppen. Ze voelde dat Tony stond te kijken. Hij had haar sleutelbos gezien met het zilveren schaatsje. Dat was een cadeautje van hem geweest, jaren geleden, het enige wat hij haar ooit had gegeven. Nou en, dacht ze. Hij moest ervan maken wat hij wilde. Zij wist waarom ze het bij zich droeg.

Terwijl ze door de inhoud van haar tas ging, kreeg ze een ellendig gevoel. 'Iemand heeft mijn portemonnee gestolen.'

Hoofdstuk 4

'Je hebt mazzel,' zei Melanie met een gebaar naar Tony. 'We hebben een heuse politieman bij de hand.'

'Het moet die hulpSanta zijn geweest, of die dakloze,' zei Elaine, woest opspringend.

'Een hulpSanta en een dakloze?' vroeg Jenny. 'Lieverd, je bent wel erg hard aan vakantie toe.'

'Ik heb alles pal voor zijn neus laten vallen, toen moet hij hem gepikt hebben.' Elaine deed een stap in de richting van de deur.

Een hand op haar schouder hield haar tegen. 'Niet zo snel.' Tony's stem had nog precies diezelfde honingachtige intieme klank waardoor haar knieën altijd leken te smelten.

'Wat bedoel je?'

'Je vriendin heeft hem.' Hij knikte naar Bobbi.

'Bobbi?' Verbijsterd liep ze naar de tafel terug.

Bobbi keek nu niet zo vriendelijk meer. Ze zag er opeens als een vreemde uit, niet langer als het zusje voor wie Elaine haar had gehouden. 'Waar heb je het over?' vroeg Bobbi.

'Over die extra portemonnee daar,' zei Tony.

'Dat meen je niet.' Melanie greep Bobbi's sjaal die in een prop op haar schoot lag en ja hoor, daar was Elaines roodleren portemonnee.

'Wat is dit voor grap?' vroeg Jenny.

'Een hele slechte,' zei Melanie zachtjes.

'Ik wilde je alleen een beetje plagen,' zei Bobbi. Haar stem schoot uit van de zenuwen.

Elaine had het gevoel alsof haar een dreun was verkocht. Dit was Bobbi, die zij had gered van een obscuur bestaan als snackverkoopster; Bobbi, haar hartsvriendin. 'Hoe kun je!'

Bobbi sprong op. 'Hoe kan ik wat? Jouw stomme kleren dragen en naar je stomme party's gaan in tenten die ik me niet kan veroorloven? Jouw stomme klanten verleiden?'

'Ik dacht dat we vriendinnen waren,' zei Elaine, die bijna niets meer voelde, zó geschokt was ze.

'Alleen omdat je me een paar Prada's aantrekt en me een mobieltje geeft? Dat maakt mij nog niet tot je vriendin. Hoe kom je op het idee dat wij vieren vriendinnen zijn? Mijn salaris is nauwelijks genoeg voor de huur van dat luizige appartementje in die rotbuurt. En daar zou ik dankbaar voor moeten zijn? Daar zou ik voor in de East River moeten springen!'

'Nou, dat zou je in ieder geval de huur besparen,' bracht Jenny te berde.

'Hou toch op! Jij wilt alleen met een rijke vent trouwen, en Melanie snuift alles op wat ze verdient.' Bobbi's stem schoot uit, het leuke zuidelijke accent klonk nu schril en hard. Ze richtte zich tot Elaine: 'Ze houden jou er alleen bij omdat je van de Upper East Side komt en connecties hebt. Denk maar niet dat dat betekent dat ze je graag mogen. Ze gebruiken jou net zo hard als mij.'

'Luister niet naar haar, Elaine,' zei Melanie. 'Ze is volslagen knots, dat is duidelijk.'

'Nee, ik ben het gewoon zat!' snauwde Bobbie. 'Denk je nu echt dat ik dit allemaal geweldig vind?'

'Eigenlijk wel ja,' zei Elaine. Ze dacht even terug aan hun winkelexpeditie gisteren in BCBG.

'Net iets voor jou,' zei Bobbi. Met een dramatisch gebaar drapeerde ze haar Pashmina over haar hoofd en schouders, waardoor ze een soort heilige Maria werd. 'Was ik maar dood.'

'Ik zou maar uitkijken met zo'n wens,' zei Jenny, doch Bobbi liep al weg. Ze liet hen achter met verwarde pijnlijke gevoelens.

'Ze... ze is stapel,' stamelde Melanie. 'Die komt nooit meer aan de slag in onze business.'

'Wat heet, ze krijgt zelfs geen tafel meer gereserveerd!' zei Jenny briesend. 'Laat haar maar ophoepelen naar Bubba Mills, Carolina, of waar ze dan ook vandaan kwam.'

'Ik snap niet wat ze in haar hoofd haalde,' zei Elaine. 'Morgen zou ik haar een voorschot geven, dat had ik net beloofd.' Maar Bobbi wilde vanavond al naar huis vliegen, zei een stemmetje in haar hoofd.

Tony stond al die tijd onbewogen toe te kijken. Als politieman zou hij wel vaker te maken hebben met mensen die instortten en relaties die knalden.

'Zet haar uit je hoofd en vergeet wat ze gezegd heeft.' Melanie gaf de ontvreemde portemonnee aan Elaine. 'Ze heeft gewoon geen stijl.'

Elaine dwong zichzelf kalm over te komen terwijl ze een bankbiljet uit haar portemonnee pakte en dat over de tafel naar Tony schoof. 'Voor de goede zaak. En bedankt voor het terugvinden van mijn portemonnee.'

Hij tekende de gift aan op zijn clipboard.

Elaine voelde zich door en door ellendig. Waarom had haar leven zo'n ommekeer genomen? Waarom werd ze op de dag voor kerst gedropt door haar zogenaamde vriendje en bestolen door haar beste vriendin?

Kon dit soort pech op een of andere manier haar eigen schuld zijn? Daar moest ze toch eens goed over nadenken. Bobbi was vals en allerminst loyaal, maar toch bleef haar tirade door Elaines hoofd spelen. Hoe afschuwelijk het ook was, Elaine moest toegeven dat er ook wel wat waars stak in wat haar exvriendin had gezegd. Waren Jenny en Melanie haar vriendinnen of deden ze slechts alsof omdat ze haar nodig hadden?

Haar hand trilde een beetje toen ze haar portemonnee in haar tas stopte.

'Het spijt me van je vriendin,' zei Tony met oprecht meegevoel. Die eerlijke bruine ogen wisten alle dikke muren te doorbreken die ze om haar hart had opgetrokken. Met één blik wist hij haar te vertellen dat het leven niet zo in elkaar hoefde te steken. 'Echt, het spijt me heel erg. Vanaf de andere kant van de zaal zag ik haar die portemonnee pakken.'

Dus hij had haar gelijk gezien en naar haar staan kijken. Elaine wist niet goed wat ze daarvan vond. 'Eh, nogmaals bedankt,' zei ze. Opeens brak het klamme zweet haar uit bij het idee dat hij weg zou gaan. Maar dat ging uiteraard gebeuren. Tenslotte had iedereen dat in haar leven gedaan. Er was een tijd geweest dat ze had gedacht dat hij anders was, maar dat was helaas ijdele hoop gebleken. O, ze wilde dolgraag dat hij bleef. Ze wilde dat hij haar zou vertellen dat haar leven echt niet zo afschuwelijk was als het leek, dat ze alleen even over een verkeersdrempel was gebonkt. Ze wilde dat hij haar uitlegde waarom hij eerst haar hoofd met dromen had gevuld en toen verdwenen was.

Hij deed een stap naar achteren alsof hij naar de volgende tafel wilde lopen, maar Elaine hield hem tegen met haar hand. 'Hé, niet zo snel.' Ze schoof wat op. 'Kom bij ons zitten, Tony. We laten je nog niet gaan.'

'Dank je,' zei hij. 'Mijn dag zit er toch op; ik moet alleen nog mijn donaties gaan afgeven bij de ijsbaan. Dank zij jullie, *ladies*, heb ik een mooie lijst vandaag. Jammer, dat van jullie vriendin was minder mooi.'

'Zeg dat. Alles goed met jou?' vroeg Melanie aan Elaine. 'Ik weet dat je Bobbi op handen droeg.'

Elaine had gigantisch de smoor in dat ze zo dom was geweest. Ze had beter moeten weten dan haar hart weg te geven. Had ze dat lesje dan nog niet geleerd? 'Ik vermoed dat ik met een beter soort mensen zou moeten omgaan.' Het leek wel alsof ze haar moeder hoorde praten, dacht ze met een grimas.

'Wind je niet op,' zei Melanie. 'Ze heeft ons allemaal voor de gek gehouden, ons alle drie. Wat een nare dag heb jij, zeg. Eerst Byron en nu dit.' Ze keek Tony aan. 'Meestal kunnen we lachen om dit soort dingen, dat moet ook wel met de klantenkring die wij hebben.'

Hij boog zich oprecht geïnteresseerd naar Elaine over. Net als jaren geleden wist hij haar het gevoel te geven dat ze belangrijk was. 'Was ze een klant dan?'

'Nee, wij hebben haar gemaakt,' zei Jenny. 'Een idee van Elaine.'

'Ze kwam uit een fabrieksstadje in het zuiden,' vertelde Elaine, 'en begon met het verkopen van snacks in ons kantoorpand om op die manier een agent te vinden. Wij wisten haar om te turnen; in een mum van tijd was ze de beste maatjes met de incrowd, droeg ze designerskleding die een gewoon mens zich niet kan permitteren, stond ze in tijdschriften, dat soort dingen. Iedereen wilde haar. Ze was hét nieuwe gezicht geworden.'

Melanie zat met het cocktailstokje in haar drankje te roeren. 'Het was puur machtsvertoon van ons.'

'Noem ons maar de drie dokters Frankenstein,' zei Elaine.

'Eng hoor,' zei Tony.

Elaine zat erover na te denken waarom haar baan zo triviaal klonk wanneer ze er met hem over sprak. Misschien omdat ze nog idealistisch was geweest toen ze hem kende. Ze had over de hele wereld willen reizen, zaken van internationaal belang willen verslaan, invloed willen uitoefenen op de levens van anderen. Terwijl haar leventje nu bestond uit bespottelijk duur winkelen, belachelijke evenementen plannen en persberichten maken vol opgeblazen lucht. De enige invloed die ze had op anderen, betrof de kleur van hun nagellak.

'Hoe dan ook rekenden we op haar vanavond,' zei Melanie tegen Tony. 'We hadden haar nodig om een enorm account binnen te slepen.'

'Op kerstavond?'

'Dat maakt dit beroep nu juist zo leuk, werk en ontspanning gaan hand in hand,' zei Elaine geforceerd vrolijk. Ze voelde dat haar opmerking hol klonk, en dat deed pijn.

'Ik heb een briljant idee.' Jenny legde haar hand op die van Tony. 'Jij moet ook komen vanavond. Het is een fantastisch evenement van Elaines familie, de –'

' – St. James Affair,' vulde Tony aan. Hij moest grinniken om Jenny's verbaasde gezicht. 'Ik woon in Brooklyn, niet in een hol.' Langzaam, met een charmant gebaar, trok hij zijn hand terug. De boodschap was duidelijk. Hij liet zich niet ringeloren.

'Tony heeft vast andere plannen,' zei Elaine gauw. Waarom ook niet? Dat hij geen ring droeg, betekende nog niet dat hij niet getrouwd was. Ze trok een opgewekt gezicht. 'Ik durf te wedden dat er thuis een lief Italiaans meisje op je zit te wachten. En dat je met je kinderen moet spelen.'

Hij lachte wat sceptisch. 'Hé, als dat zo was, dan zou ik nu niet hier zijn.'

'Ik heb altijd gedacht dat je jong zou trouwen en een groot gezin zou stichten,' zei ze. Zelfs al was hij nog vrijgezel, ze had hem altijd het huisvadertype gevonden.

'Zo oud ben ik nog niet, en ik wil nog steeds kinderen. Jij weet hoeveel familie betekent voor de Fiores.'

Elaine herinnerde zich nog goed hoe warm zijn stem altijd had geklonken wanneer hij het over zijn familie had: een luidruchtig, ongeregeld Italiaans allegaartje dat al generaties lang in dezelfde buurt woonde. Ze had hen nooit ontmoet uiteraard, maar ze had een beeld in haar hoofd van mama Fiore die met een geplooid schort om in een pan tomatensaus stond te roeren, op een ouderwets fornuis. Beslist niet een vrouw die zou accepteren dat haar jongste zoon er niet was op kerstavond.

'Wat is hierop uw antwoord, *officer*?' vroeg Jenny.

Zeg ja, dacht Elaine. Ze betrapte zichzelf erop dat ze hem telepathisch probeerde over te halen. Raar eigenlijk dat ze, na alles wat ze had meegemaakt, toch nog kon geloven dat er iets speciaals was aan kerstavond.

'Ik kan best wel even aanwippen eigenlijk,' zei hij.

Elaines hart maakte een sprongetje, voordat ze zichzelf inprentte dat het er niet toe deed. Helaas, dat deed het wel, en hoe. Ze had het belachelijke gevoel dat hij haar zou redden. Dat jaarlijkse evenement van haar ouders had haar nooit aangestaan. Veel te opgedirkte mensen die veel te dure hors d'oeuvres stonden te eten en het nergens over hadden, die met ellebogenwerk in beeld probeerden te komen van de fotografen van de societypagina's.

Dit jaar zou het wie weet ietsje beter zijn dankzij de jeugdige energie en creativiteit van haar prbureau, maar ondraaglijk bleef het. Met Tony erbij kon het beslist niet slechter worden. Sterker nog, hij zou het misschien draaglijk maken.

Hoofdstuk 5

Elaine begon te twijfelen aan haar naïeve gevoelens van hoop toen ze even later op straat een taxi probeerde aan te houden en langzamerhand in een ijslolly veranderde. Tegelijkertijd stond ze te bellen in een poging iemand anders voor Bobbi in de plaats te vinden. Axel was gek op supermodellen, maar tot nu toe bleken ze allemaal bezet die avond. Misschien bracht hij wel zijn eigen ster mee, dacht ze. Ze drukte nog eens een nummer in.

De bedelende kerstzangers waren de straat overgestoken, maar nog kon ze de vrolijke klanken van Joy to the World boven het verkeerslawaai en klokgelui uit horen. Larry de hulpSanta was een leugenaar. Hij had magie en wonderen beloofd, maar alles was van kwaad tot erger gegaan, en toen was ook nog eens Tony Fiore verschenen. Natuurlijk had hij emoties bij haar wakker geschud die ze al die jaren met zoveel moeite had proberen te onderdrukken.

Het nummer was in gesprek. Geïrriteerd hing ze op. Zoekend keek ze de straat rond. Er viel geen taxi te bespeuren, en het sneeuwde steeds harder.

Kerst was een ellende, dacht ze. Humeurig keek ze naar een verliefd stel dat gearmd de vrolijke etalages liep te bewonderen. Kerst was niets anders dan een vercommercialiseerde smoes om niet te werken en te veel te eten. Wie zat daar nu op te wachten?

Opeens zag ze een taxi, en ze probeerde die met gevaar voor eigen leven aan te houden. Het lukte zowaar! Ze rukte het portier open, waarna een weldadige warmte haar tegemoet kwam.

Toen stonden er plotseling een vrouw en een jongetje met krukken naast haar. Ze leken wel uit de lucht gevallen. Bijna wilde Elaine hen gedachteloos negeren en instappen. Op het laatste moment drong het echter tot haar door hoe dat zou overkomen, en ze deed een stap terug.

Het jongetje keek haar blij lachend aan voordat hij zich met zijn krukken voorzichtig in de taxi liet glijden.

'Bedankt,' zei zijn moeder, een zorgelijke vrouw in een armoedige jas.

Elaine vond zichzelf een uitsloofster toen ze de chauffeur geld toestak voor hun rit.

'Dank u wel!' riep de vrouw. 'Gelukkig Kerstmis!'

Elaine knikte haar toe en ging op zoek naar een andere taxi. In de verste verte viel er geen te bekennen. Ze zag zichzelf daar al staan doodvriezen terwijl ieder ander zich op weg haastte naar feesten en familiebijeenkomsten met in de openhaard roosterende kastanjes. Niemand zou haar missen, toch, dacht ze troosteloos. Het zou zelfs niemand opvallen dat ze er niet meer was, dat ze ondertussen een ijssculptuur was geworden waar duiven op konden gaan zitten.

Geïrriteerd probeerde ze Zora aan de lijn te krijgen. Zora had het bestlopende modellenbureau, maar haar voicemail stond niet aan. Wat was er toch aan de hand met iedereen? Je zou bijna denken dat het verplicht was om vrij te nemen.

Een zwarte auto stopte voor haar, en het raampje gleed omlaag. 'Lift nodig?' vroeg Tony Fiore.

Haar hart deed het weer. Het begon van opwinding sneller te kloppen, al probeerde ze nog zo kalm te blijven. 'Bedankt,' zei ze terwijl ze snel het portier opentrok. Ze rook naar babypoeder geurende luchtverfrisser. Het voelde gek genoeg heel intiem aan om bij hem in de auto te zitten en een glimp op te vangen van zijn privéleven. Ze zag een identiteitsbewijs van de politie, een stapeltje vergunningen en een briefje met: haal Nora's ham op, koop isolatieband.

Tony voegde zich in de file. De ruitenwissers veegden sissend de dikke zachte sneeuwvlokken weg. De sneeuw maakte van de jachtige stad een sprankelende wereld van kleur en licht. Hij wierp een blik op haar. Die blik voelde aan alsof ze pas gisteren uit elkaar gegaan waren. Geen enkele man had ooit zo naar haar gekeken als hij. Echt geïnteresseerd, liefdevol en verlangend.

'En, waarheen?' vroeg hij.

'Je gaat de goede kant op.'

'De Upper East Side.'

'Klopt.'

'Je bent dus niet ver van de boom gevallen, hè, Elaine?'

De opmerking klonk vriendelijk, maar maakte ook tegelijk duidelijk waar ze stonden. Eigenlijk hadden ze samen nooit een kans gehad met zulke verschillende achtergronden. Je zou denken dat dat tegenwoordig niets meer uitmaakte, maar dat deed het wél. Voor Elaine, die de goedkeuring van haar ouders belangrijk vond. En voor Tony, wiens plichtgevoel jegens zijn familie al zijn keuzes beheerste.

Gek genoeg had ze het gevoel dat ze zichzelf moest verdedigen, alsof het haar schuld was dat ze tot de wereld van de Gold Coast behoorde. Het juiste adres betekende alles voor het gezin St. James. Haar ouders hadden een appartement met zicht op het park en een zomerhuis op de Sound in de Hamptons. Ze hadden haar naar Marymount en Bennington gestuurd, en nu woonde ze in een elegant gerestaureerd, vooroorlogs luxe flatgebouw in de Upper East Side. Hoe je het ook bekeek, ze leidde een beschermd leventje. Op papier leek het allemaal prachtig, maar in werkelijkheid had ze nauwelijks tijd om eens rustig na te denken over de dingen in het leven die ze miste.

'En jij?' vroeg ze, een tikje aangeslagen.

'Ik ben ook niet ver gevallen. Ik woon in Park Slope.'

Ze kende die buurt nauwelijks, wist alleen dat die in Brooklyn lag. Trouwens, Brooklyn kende ze eigenlijk ook niet, alleen als eindpunt van de krakkemikkige lokale Ftrein die ze nooit zou nemen.

Ze reden in stilte verder, terwijl Elaine bedacht hoe gek het eigenlijk was om na al die tijd samen te zijn. Haar telefoon ging. Ze nam snel op, maar het was alleen Jenny om te zeggen dat ze nog steeds op zoek waren naar een snoepje voor aan Axels arm.

Alsof hij voelde dat ze naar hem zat te kijken, draaide Tony zich naar haar toe. 'Ik vind het fijn je weer te ontmoeten, Elaine. Je ziet er fantastisch uit.'

'Bedankt. Jij ook.' Normaal gesproken was ze niet op haar mondje gevallen, integendeel, het was in haar vak een van haar machtigste wapens. Maar in deze situatie, met deze man, had snobistische gevatheid geen zin. Hij wilde helemaal niet geïmponeerd of geamuseerd worden door haar. Net als al die jaren geleden wilde hij gewoon weten hoe het met haar ging.

Ze was bang dat hij al alles kon zien wat er te weten viel, namelijk dat ze erg oppervlakkig was. Als je de buitenkant weghaalde, bleef er niets van enige substantie over.

Onbeantwoorde vragen en oud zeer hingen tussen hen in. Hij zette de radio aan, en prompt klonk er een kerstliedje. Hij neuriede mee met de dennenboom zonder kaarsjes.

'Ik meende wat ik eerder zei. Het spijt me van je vriendin.'

Elaine moest even nadenken over welke vriendin hij het had. Je kon wel met het hele zooitje medelijden hebben. 'O, Bobbi. Ik weet niet zo goed wat ik ervan moet zeggen. Het is nogal gênant.'

'Een van de dingen die ik jammer genoeg in mijn werk vaak tegenkom, is dat mensen constant bedrogen worden, juist door degenen die ze vertrouwen.'

'Een vrolijke gedachte zo vlak voor kerst.' Ze zat wat voor zich uit te staren naar al die mensen, die ineengedoken tegen de steeds dichter vallende sneeuw haastig langs vrolijk verlichte etalages van volle winkels liepen. Slierten glinsterende knipperende lichtjes hielden alle bomen in een wurggreep.

Ongestelde vragen bleven tussen hen in hangen. Waar was je die avond? Waarom hield je je belofte niet? Waarom werden we niet verliefd en leefden nog lang en gelukkig?

'Wie is die Byron eigenlijk?' vroeg Tony opeens.

Ze had gehoopt dat hij het niet over haar ex zou hebben, maar nee hoor. Wat wilde je met de intuïtie van een politieman?

'Iemand met wie ik omging.' Ze deed nonchalant uiteraard. Byron had de ware moeten zijn. Zijn kwalificaties waren perfect. Hij kwam uit de juiste familie, was naar de juiste scholen geweest en woonde op het juiste adres. Haar ouders liepen weg met hem, en zijn ouders hadden veel bewondering voor haar. Freddie St. James was al het juiste motief voor het porseleinen servies aan het uitzoeken. Elaine zelf was er bijna van overtuigd geraakt dat hij haar eerste echtgenoot zou worden.

In werkelijkheid was hij een nachtmerrie: egoïstisch, onverantwoordelijk, soms zelfs wreed.

'Omging?' Tony reed uitermate geduldig in het drukke verkeer.

Ze knikte. 'Nu net voor de kerst laat hij me in de steek.'

'O ja? Niet leuk.'

'Voor een behamodel.'

'Nog erger.'

'Ik heb het iedereen op Fifth Avenue laten weten.'

Ze vertelde van het telefoontje en de kerstzangers, en ondertussen zat ze hem te bekijken. Hij had zo'n fantastische kop, gelukkig niet te knap door een tikje kromme neus, opgelopen bij een ijshockeyongelukje. Hij had zo'n mond waar je naar moest staren, of je wilde of niet, net als een truffel van Godiva.

'Ik waarschuw je, niet lachen,' zei ze streng.

'Ik zou niet durven. Waarom zou ik lachen om iets dat jou pijn doet?'

Ze keek weer voor zich uit en begon de dennentakken te tellen die aan de lantaarnpalen hingen. Dat was een van zijn specialiteiten: iets liefs en opbeurends zeggen net wanneer je dat nodig had.

'Hield je van hem?' vroeg Tony.

'Ik heb nog nooit van iemand gehouden,' gooide ze eruit. Toen begon ze gauw haar eerlijkheid weg te lachen. 'Maak je geen zorgen. Byron was niet zo… speciaal. Ik vermoed dat ik graag wilde dat hij dat wel was, maar het klikte eigenlijk niet tussen ons.' Ze haatte de manier waarop ze klonk: oppervlakkig, triviaal, harteloos.

Wat moest hij wel niet van haar denken? In de steek gelaten op de dag voor kerst, bestolen door haar beste vriendin, en ze gedroeg zich of ze een afspraak bij de kapper was misgelopen. Het zat zo: ze had zulke dikke lagen isolatiemateriaal om haar emoties gepakt dat niets meer doordrong. Geen pijn, maar ook geen vreugde.

'Je hoeft het niet te bagatelliseren, Elaine,' zei hij. 'Je mag je heus wel rot voelen, althans een tijdje.'

'Zonde van de energie, en het helpt toch niet.'

Hij legde zijn arm over het stuur. 'Heb je erge haast eigenlijk?'

Ze keek op haar Guccihorloge, een presentje van een klant. Toen wierp ze geïrriteerd een blik op haar stille mobiel. Nu moest ze kiezen. Ze kon zich die middag druk maken over de St. James Affair. Of ze kon voor één keer in haar leven eens niet doen wat moest. Even voelde ze een glimpje... ja, van wat? Hoop?

'Eigenlijk helemaal niet. Alles voor vanavond is geregeld. Dankzij Byron hoef ik ook geen cadeaus meer te kopen. Waarom vraag je het eigenlijk?'

'Ik moet nog ergens langs.' Tony draaide in een gereserveerde parkeerplaats. Nadat hij uitgestapt was, hield hij het portier voor haar open. Ze moest flink met haar ogen knipperen tegen de sneeuwvlokken. Het reusachtige opzichtige beeld van Prometheus, dat door licht en kerstliedjes werd overspoeld, werd, markeerde de ingang van de ijsbaan van het Rockefeller Center.

'Wat doen we hier?' vroeg ze met een lachje dat zelfs in haar eigen oren gemaakt klonk. 'Een tripje naar het verleden?'

'Heb je daar moeite mee?'

Ze dwong zichzelf hem recht aan te kijken. 'Niet als jij dat niet hebt.'

Hoofdstuk 6

'Prima. Ik moet deze spullen even afgeven.' Met het clipboard in zijn hand liep Tony voor haar uit door de drukke betonnen doolhof.

De ijzige lucht, de galmende muziek en de onverwachte spanning die Elaine voelde, deden haar denken aan hun eerste ontmoeting. Ieder detail stond nog in haar hart gegrift, maar dat wist geen mens. Ze hield haar meest gekoesterde herinneringen geheim als een verrukkelijke droom die bedorven zou worden als je hem aan iemand vertelde. Zelfs de pijnlijke afloop van haar samenzijn met Tony Fiore deed niets af aan de kracht van die herinneringen. Integendeel, door die afloop werden ze nog gevoeliger, met iets bitterzoets van hoe het had kunnen zijn.

Elaine was nooit het verlegen type geweest. De eerste keer dat ze Tony had gezien op die noodlottige dag voor kerst, wist ze zonder problemen kenbaar te maken wat ze wilde. Door haar bevoorrechte opvoeding had ze een groot gevoel van eigenwaarde verworven. Ze was er ook nog eens van overtuigd dat niemand haar iets kon weigeren. Achttien jaar oud en voor de duvel niet bang. Ze was op hem afgelopen en had gezegd: 'Hoi, ik ben Elaine. Ik heb naar je staan kijken.'

Zijn vrijpostige grijns had haar botten doen smelten, maar haar ook duidelijk gemaakt dat hij net zomin verlegen was. 'Tony. Ik heb ook naar jou staan kijken.'

Het was niet wat je noemt romantisch, maar een treffen als een chemische reactie die hen allebei voorgoed zou veranderen. Aan het eind van de middag waren ze ieder hun eigen weg gegaan, hij naar de traditionele kerstviering van zijn familie, gevolgd door de nachtmis, zij naar de galagebeurtenis van haar ouders. De dag na Kerstmis was hij naar Indiana gegaan om het ijshockeyseizoen weer op te pakken, zij was gaan skiën in St. Moritz.

Ze had dat jaar de hele kerstvakantie aan hem gedacht en wilde dat ze hem haar telefoonnummer had gegeven of op zijn minst haar achternaam.

Terug in het heden liep ze achter hem aan de betonnen trap af richting hoofdkantoor, waar hij zijn clipboard afgaf. 'Was het maar meer geweest,' zei hij toen ze weer weggingen. 'Ieder kind zou zo gek op ijshockey moeten zijn als ik. Het heeft me ongelooflijk vaak uit de problemen gehouden.' Hij bood haar zijn arm. 'Kom op, dan gaan we schaatsen huren.'

Ze stribbelde tegen. 'Moet je geen zakkenrollers en autodieven achterna zitten eigenlijk?'

'Ik heb geen dienst. Toe, Elaine. Omwille van die goeie ouwe tijd.' Hij bleef lopen, haar door de gang met zich mee trekkend naar de ijsbaan.

'Waarom zou ik me die tijd willen herinneren?' vroeg ze.

Hij stond stil met haar arm door de zijne en keek haar aan. 'Omdat het een fijne tijd was,' zei hij zachtjes. 'Over het algemeen.'

Voor ze kon reageren, liep hij alweer door op weg naar de stand waar ze schaatsen konden huren.

'Het is veel te druk,' zei ze. 'Er is vast geen plaats meer op een dag als vandaag.'

'Voor een politieman wel.'

'Ik heb niet meer geschaatst sinds… nou, je weet wel.'

'Dat meen je niet,' zei hij. 'Had je een blessure of zo?'

Ze moest er bijna om lachen. 'Nee, ik had een leven. Een carrière. Wie heeft er nu tijd om te schaatsen?'

'Je gaat me toch niet vertellen dat je alleen hebt gewerkt en niets leuks hebt gedaan?'

'Mijn werk is mijn hobby. Schaatsen is gewoon niet iets wat ik normaal gesproken doe.'

'Des te meer reden om dat nu wel te doen. Het is net als fietsen, je verleert het nooit.'

Ze kneep haar ogen samen en vluchtte in een leugen. 'Ik ben een kei in vergeten.'

Onverwacht pakte hij haar gehandschoende hand en kneep er even in. 'En ik ben een kei in helpen herinneren.'

Voor Elaine het wist en ondanks haar tegenstrijdige gevoelens over hun samenzijn, stond ze een paar kunstschaatsen maat zeven aan te trekken en maakte ze zich zorgen om de manier waarop de verhuurder naar haar designerlaarzen had gekeken. Het was een heel raar gevoel om over de rubberen matten naar de ingang van de baan te strompelen; ze moest Tony's arm grijpen voor steun. Dit was beslist niet de manier waarop ze de middag had willen doorbrengen. Ze was van plan geweest naar Bergdorf's of Saks te gaan om maar weer een designertrui voor Byron te kopen. In plaats daarvan had het lot haar een zingende hulpSanta, een oude vlam en een onderbreking van haar normale leven toebedeeld.

Toen Tony haar het ijs op leidde, vielen al haar ergernissen weg. De muziek die uit luidsprekers aan de lantaarnpalen schalde, had haar eigenlijk moeten irriteren, maar nee, ze werd er zelfs een beetje melancholiek van. De enorme kerstboom met wel duizend glinsterende lichtjes zag er sprookjesachtig mooi uit in de dwarrelende sneeuw. Zelfs de vergulde Prometheus en de serie internationale vlaggen die om Rockefeller Center heen hingen, waren aantrekkelijk door de wijze waarop ze fladderden in de dwarrelende sneeuw.

Met een knipoog en een knikje naar de baanopzichter liep Tony het hekje door en ging opzij staan. Toen gebaarde hij dat ze het ijs op moest. Ze zette zich af, en haar benen schoten onmiddellijk ieder een andere kant op, tot haar knieën het bijna begaven. Met uiterste krachtsinspanning kreeg ze haar voeten weer bij elkaar, zodat ze even later zowaar gleed.

'Je doet het fantastisch,' zei Tony met die bekende grijns.

Ze slingerde, hervond haar evenwicht, en ondanks alles – de vreselijke dag tot nu toe, de spannende avond die nog voor haar lag – merkte ze dat ze terug grinnikte. Overdreven galant strekte hij zijn hand naar haar uit. Ze herinnerde zich wat ze die eerste avond met hem had geleerd: je kon niet anders dan lachend schaatsen.

Zich vastklampend aan Tony's hand schoot ze met wapperende haren en sneeuwvlokken in haar gezicht over het ijs. Hij schaatste nog steeds even krachtig en soepel als ze zich herinnerde. Moeiteloos schoof hij door de mensenmassa heen, haar met zich mee trekkend, zodat ze het gevoel had dat ze vloog.

Ze voelde zich bijna weer net zo blij als toen. Waar was die blijheid al die jaren gebleven? Gewoon verdwenen, net zoals een ongenode gast stiekem wegglipt voor hij eruit wordt gegooid. Nu leek alles opeens weer te kunnen, maar ze wilde even niet weten waarom. PostByron euforie waarschijnlijk.

Ergens van binnen fluisterde echter een stemmetje dat haar ex er niets te maken had.

Ze vloog over het ijs met een man die ze nooit had verwacht nog eens te zien. Ongelooflijk, ze neuriede zelfs mee met de muziek! De mensen weken voor hen uiteen, sommigen bleven zelfs staan om naar hen te kijken. Nou ja, naar Tony dan, niet naar haar. Hij was tenslotte de prof. Samen leken ze waarschijnlijk op een Porsche die een Volkswagen sleepte.

Tony paste zijn snelheid aan de hare aan, hoewel duidelijk bleef dat hij de kunst van het schaatsen beheerste. Zonder enige moeite zwierde hij over de baan, kennelijk zonder te kijken waar hij ging, want hij keek naar haar.

Tegen wil en dank moest ze ook naar hem kijken. Hij had zo'n karaktervolle kop, een enorm contrast met de conventionele lege knappe hoofden van de mannelijke modellen en incrowdtypes uit haar wereldje. Dat was nu net wat haar zo in hem had aangetrokken: dat hij zo anders was dan de jongens die ze kende. Op de high school en in de eerste jaren aan de universiteit was ze omgegaan met slanke blonde jongemannen, net zo blasé als de vele generaties vóór hen. In tegenstelling tot die bleke verwende jongetjes had Tony Fiore een ongegeneerde levenslust, een sterke competitieve geest en iets wat niemand haar nooit gegeven had: oprechte belangstelling in Elaine zelf, in haar verwachtingen en dromen, niet in haar sociale contacten en bankrekeningen.

Als je erlangs schaatste, veranderde de omheining van de ijsbaan in langgerekte strepen van kleur en licht, en die surrealistische beelden wekten weer alle gevoelens op van jaren geleden. Toen had ze zich licht in haar hoofd gevoeld en vol verwachting. Zelfs al was die eerste ontmoeting toeval en waren ze elk hun eigen weg gegaan, toch had ze geloofd dat het het begin was van iets speciaals. Dat kon toch niet anders als je zag hoe hij met die magische blik naar haar keek?

Helaas waren de ondoordringbare muren tussen hen blijven staan.

'We zouden moeten daten,' had hij gezegd.

'Hoe dan?' had zij gevraagd. 'Per telefoon? Email? Nee, dank je wel.'

Die avond had hij haar slechts één keer gekust, maar bij die kus verbleekten alle volgende. Daarna had hij, niet helemaal voor de grap, gezegd: 'Volgend jaar, zelfde tijd?'

Hoewel iets romantisch tussen hen niet kon, hadden ze zich toch allebei aan die afspraak gehouden. Kerstavond. Elaine was weggeglipt van de St. James Affair, Tony was te laat gekomen voor de nachtmis. Ze spotten elkaar over het ijs heen en kwamen midden op de baan bij elkaar. Allebei wisten ze dat de vonk die de eerste keer was overgesprongen, niet gedoofd was, integendeel.

'Dus we beginnen aan dat verboden RomeoenJulietspelletje, hè?' had hij gezegd. Toen hij haar daarna lachend kuste, had ze zeker geweten dat hun aantrekkingskracht tot elkaar iets heel speciaals was, iets wat je niet zomaar van tafel kon vegen. Zij moest echter de volgende dag naar St. Kitts, hij terug naar zijn ijshockey. Het was gewoon onmogelijk allemaal. Ze hadden nog wel grappen lopen maken over de manier waarop de buitenwereld samenspande om hen uit elkaar te houden.

Ook hadden ze nog wat gefantaseerd. Zij zou ook aan Notre Dame gaan studeren en in het meisjeshuis gaan wonen, tegenover zijn jongenshuis... Het idee alleen al had haar in lachen doen uitbarsten.

'Wat is daar zo leuk aan?' had hij gevraagd.

'De gedachte dat mijn vader voor een katholieke universiteit zou betalen.'

'Hé, Notre Dame is zeer respectabel.'

'Vast wel, maar je stuurt je dochter er niet naartoe.'

Toch hadden hun paden zich nog een derde keer gekruist, en wel op de volgende kerstavond. Elaine zag nog voor zich hoe hij eruit had gezien nadat hij in de kou op haar had staan wachten. Met rode oren en neus, maar stralend van plezier toen hij haar zag. Deze keer deden ze niet alsof ze verbaasd waren en zeiden ze ook niet een tikje verlegen 'ik was toevallig in de buurt...'.

Beiden gaven ze toe dat ze voor elkaar gekomen waren, dat het afgelopen jaar eindeloos lang had geduurd en dat de behoefte om contact te leggen bijna onbedwingbaar was geweest. Geen van beiden had echter de magie van hun kerstavonden willen verstoren. Elkaar tussendoor ontmoeten, zou zoiets geweest zijn als te vroeg weten wat je voor cadeautje kreeg. Het was een spelletje. Ze waren jong. Toch wisten ze allebei dat het tot meer dan een spelletje kon leiden.

Ze hadden het er wel over gehad om elkaar tussendoor te zien, maar ze hadden het geen van tweeën gedaan. De magie moest blijven, dat vonden ze allebei. Ze waren bijna bang om daar aan te tornen. Tot dat derde jaar, toen Tony belangrijk nieuws had. Hij zou profspeler worden. Met aandoenlijke verwondering had hij verteld dat hij zelfs een agent had. De New York Rangers wilden hem hebben, boden hem de kans van zijn leven, iets waar hij altijd van gedroomd had. Voor zijn trotse liefhebbende ouders zou hij blijven studeren en zijn graad halen, want dat was een Fiore nog nooit gelukt. Ze wilden dat Tony de eerste ging worden. Het wachten zou afgrijselijk zijn, maar hij was het nu eenmaal aan hen verschuldigd. Hij dacht er niet aan om zijn eigen zin door te drijven.

Die avond had hij haar een cadeautje gegeven: een sleutelring met een zilveren schaatsje eraan. Elaine, die gewend was cadeaus te krijgen van Tiffany en Harry Winston, was tot tranen toe geroerd. Zelf had ze een glazen sneeuwbol gekocht met twee gearmde schaatsende figuurtjes erin; ze had hem gezegd dat hij aan haar moest denken elke keer wanneer hij ernaar keek.

Ze raakte geobsedeerd door Tony. Zijn nieuwe status als rijzende professionele sporter maakte een groot verschil. Hij ging iemand worden die haar ouders konden waarderen. Ze had over hem gedroomd, gefantaseerd. Hij zou de volgende Wayne Gretzky worden. Ze zouden een appartement in de stad nemen en een zomerhuis op Long Island, misschien zelfs eentje met een ijsbaan erbij.

Tegen de tijd dat de vierde kerst eraan kwam, was ze overtuigd geweest. Na slechts drie ontmoetingen wist ze dat ze voor hem was gevallen. Wat kon het schelen dat hij een Italiaanse Amerikaan uit een arbeidersgezin was, dat hij op een gewone school had gezeten en dat hij altijd 's zomers had moeten werken? Wat kon het schelen dat haar ouders haar onmiddellijk in therapie zouden doen en haar ervan zouden proberen te overtuigen dat ze gek geworden was? Zij was verliefd op Tony Fiore. Ze was nog nooit eerder verliefd geweest. Dat vierde jaar was ze al vroeg bij de ijsbaan.

Zelfs nu nog overviel de schaamte haar wanneer ze eraan dacht hoe lang ze op hem had gewacht. Hoe vaak ze opnieuw een kaartje had moeten kopen om er te kunnen blijven, hoeveel wankelende rondjes ze had gedraaid en hoe koud ze het had gekregen. Toen ze haar voeten niet langer kon voelen, had ze haar schaatsen ingeleverd en was ze met een taxi naar het feest van haar ouders gegaan. Ze had te veel champagne gedronken en met te veel mannen gedanst die ze totaal niet zag zitten. Direct de volgende dag was ze met haar ouders op hun jaarlijkse vakantie gegaan.

Toen ze terugkwam, had ze haar studieadviseur gebeld en gezegd dat ze het aanbod van een stage in Europa aannam. Verdoofd door ontgoocheling ging ze naar Londen om voor een gerenommeerd tijdschrift te werken en aan een fabelachtig leven te beginnen. Of ze in dat laatste geslaagd was, hing af van welke kant je het bekeek.

Het hele jaar door was ze een fanatiek lezer van de sportpagina's geweest, op zoek naar nieuws over de ijshockeycompetitie. Ze zocht info over nieuwe spelers maar vond niets over Tony Fiore, alleen dat hij met succes zijn graad gehaald had aan Notre Dame. Ze had natuurlijk niet zoveel aan hem moeten denken, maar ze brandde van nieuwsgierigheid. Wat was er van zijn droom terechtgekomen? Zijn plan om een beroemdheid op het ijs te worden?

Het maakte toch niet uit dat zij geen deel uitmaakte van dat plan? Uiteindelijk lukte het haar hem te vergeten. Het kon haar niet meer schelen.

Ze kwam weer met beide benen op de grond toen ze zilveren belletjes hoorde rinkelen. Kennelijk moest iedereen de baan af om het ijs weer glad te maken. De enorme Zambonimachine die een tunnel uit kwam rijden, begon methodisch het ijs te slijpen dat door zoveel ijzers was doorgroefd. De bestuurder had een helderrode sjaal om die als een vaandel achter hem aan slingerde.

Elaine keek nog eens een keertje goed.

'Wat is er?' vroeg Tony.

'Ik word achtervolgd door een hulpSanta.'

'Ach, welnee.' Lachend pakte hij haar hand. 'Ik trakteer je op warme chocolademelk.'

Hoewel het slappe chocolademelk was uit een apparaat, was de waterige zoetheid gek genoeg toch best lekker. 'Dus je bent politieagent geworden,' zei ze. 'Hoe kwam dat zo?'

'Het was plan B voor het geval het ijshockey niet doorging.'

'Dat ging dus niet door, begrijp ik.'

Hij nam een slok. Ze wachtte af, maar hij gaf geen commentaar. In plaats daarvan vroeg hij: 'En jij? Ik had gedacht dat je een sterreporter zou zijn. Je studeerde toch journalistiek?'

Even dacht ze terug aan haar idealisme. Ze had journalist willen worden om aan de levens van anderen een wending te geven door feiten op te diepen en die de maatschappij voor te houden. In plaats daarvan organiseerde ze feesten en stimuleerde de verkoop van luxe producten. Ze probeerde vrouwen die zich zelfs de metro niet konden permitteren, ervan te overtuigen dat ze echt niet zonder een lippenstift van zeventien dollar konden. Als schrijfster van opgeblazen persberichten deed ze aan een wel erg dubieuze vorm van verslaggeving.

Tony's vraag hing nog steeds in de lucht.

Ze nam een slokje. 'Maar ik werd publiciteitsagent, nou en? Misschien bescherm en dien ik niemand, maar ik kan in mijn levensonderhoud voorzien. Hoor eens, Tony, je trof me toevallig op een slechte dag.'

'Hoe ziet een goede dag er dan uit?'

Ze aarzelde even. 'Als al mijn klanten blij zijn en mijn bedrijf hun welbestede uren in rekening kan brengen, dan heb ik plezier in mijn werk,' zei ze met een gevoel alsof ze zich moest verdedigen. 'Dat is geen misdaad, toch? In mijn vak betekent werken uitgaan. Mensen betalen me om premières te zien en naar gala's van beroemdheden te gaan. Zo slecht is dat toch niet?'

'Klinkt helemaal niet slecht, behalve wanneer echte afspraakjes en echte feesten als werk aanvoelen.'

Oef, dacht ze. Ze probeerde zich in te houden maar ze hield het geen moment langer uit, ze kon de bittere beschuldiging die op haar tong had gelegen vanaf het moment dat ze hem had gezien, niet meer binnenhouden. 'Je was er niet, die laatste avond.'

Hij vroeg zelfs niet over welke avond ze het had. 'Ik ben er nu toch.'

Hoofdstuk 7

De Zambonibestuurder leek al eeuwenlang op de ijsbaan te werken. Hij was niet zomaar een ijstechnicus of onderhoudsman, nee, hij maakte een vitaal onderdeel uit van het hele schaatsgebeuren. Sterker nog, hij was bijna een beroemdheid. Soms vroegen kinderen zelfs om zijn handtekening, die hij dan welwillend gaf.

Wanneer zijn enorme machine ieder uur het ijs op ronkte om het gladmaakritueel te volvoeren, trok hij net zoveel aandacht als de amateurkunstschaatsers met hun dubbele axels. Als je die machine het oppervlak glad zag wrijven, gaf dat een uiterst bevredigend gevoel. Alle ruwheid verdween als sneeuw voor de zon. Er zat iets fascinerends Zenachtigs aan om te zien hoe het ijs weer glad tevoorschijn kwam. In perfecte ovale rondjes schraapte de machine het gepokte en gemazelde laagje van de ijsbaan af, spoelde de schraapsels weg en liet dan een gladde spiegel perfect ijs achter.

Met een topsnelheid van vijftien kilometer per uur kroop de Zamboni zo langzaam rond dat de bestuurder volop de tijd had om de mensen om hem heen te bestuderen. Dat was nu net de reden waarom hij jaar in jaar uit elke winter op zijn verwarmde plastic stoel zat: mensen bekijken. Hij had alle tijd van de wereld om te observeren hoe zij zich gedroegen, stormen weerstonden, tegen muren aan liepen, weer op de been krabbelden na een val en het leven enthousiast omhelsden.

Al die verschillende soorten mensen had hij zien komen en gaan. Het waren meestal toeristen, maar ook mensen die regelmatig kwamen. Zo nu en dan zag hij een interessant iemand die emotioneel in de knoop zat. Dat vond hij boeiender dan wat ook. Hij kon blijven kijken naar bij voorbeeld een moeder die een woordenwisseling had met haar tienerdochter of naar een net gescheiden man die zichzelf moed insprak om een vrouw mee uit te vragen. Of een jong stel dat op het punt stond verliefd te worden.

Het deed hem watertanden om een glimp op te vangen van het leven van anderen, daar voor hem op zijn ijs. Sommigen verdwenen voorgoed, en dan kon zijn levendige verbeelding de oplossing van hun moeilijkheden verzinnen. Anderen kwamen terug, en dan bleek hun probleem verergerd of, wat ook voorkwam, opgelost.

Eén regel had hij: bemoei je er nooit mee. Hij zat daar om het ijs glad te strijken, niet hun levens. Soms was het wel zeer verleidelijk, zoals nu.

Hij kon onmogelijk Tony Fiore vergeten en het meisje van wie hij hield, een of ander societytype dat Elaine heette. Een paar jaar geleden had Tony Fiore de kans gekregen om een ijshockeyster te worden, misschien wel de beste die hier ooit had geschaatst. Zijn explosieve snelheid en nooit falende coördinatie waren goed genoeg voor welk team dan ook. Maar het was vooral zijn liefde voor het schaatsen, dat zeldzame oprechte gevoel voor het ijs onder zijn ijzers, dat hem 'je van het' maakte. Dit té volle toeristenmekka was uiteraard niet de plek waar hij normaal gesproken schaatste, maar op een dag voor kerst was hij zomaar een keer verschenen. Dezelfde dag dat ook het meisje Elaine kwam. Misschien waren ze allebei wat eenzaam geweest die dag, of gefrustreerd door het verplicht cadeautjes kopen, of hadden ze wat tijd over. Hoe dan ook, ze waren vlak na elkaar komen opdagen.

Hoewel het heus wel vaker gebeurde, waren deze twee toch echt iets bijzonders: op het eerste gezicht vielen ze voor elkaar. Het ijs smolt bijna onder hun schaatsen. Zij waren het helemaal: jong, vol spirit en hoop. Iedereen die hen zag, wist dat zij bijzonder waren.

Toen het schaatsuurtje om was, gingen ze elk huns weegs, logisch. De Zambonibestuurder was echter helemaal niet verbaasd toen hij ze het jaar daarop terugzag en weer een jaar later ook. Ieder jaar verdiepte zich hun interesse in elkaar en waren ze duidelijk nog verliefder. Ze veranderden, oké, maar dat deden alle jonge mensen. Toch bleef er altijd iets aan dat paar dat geen verandering onderging: ze keken naar elkaar alsof ze de eersten waren die de ware betekenis van liefde ontdekten. Je zag het zo: in hun jonge knappe koppies, hun stralende lach, de manier waarop ze elkaars handen vasthielden.

En toen opeens: niets meer. In feite was het onbelangrijk en zeker niet iets waar hij mee te maken had, maar toch voelde hun verdwijning aan als een persoonlijke mislukking. Diep van binnen wist hij wat er gebeurd was. Eigenlijk wilde hij liever dat hij geen gelijk had, maar helaas. Het leven zelf was tussen die twee gekomen, en ze hadden dat stom genoeg laten gebeuren.

Nu waren ze er weer. Hij zat gespannen te kijken of ze er eindelijk achter waren gekomen wat hij allang wist: namelijk dat ze bij elkaar hoorden, niet één keer per jaar, maar voor altijd. Nadat hij zijn rondjes had gedraaid, parkeerde hij de machine en liep naar de bar, die bestond uit een paar tafeltjes en banken op een ondergrond van rubber. Aan een goedkoop metalen tafeltje zaten ze met hun handen om plastic bekertjes warme chocolademelk naar elkaar te kijken om te weten te komen wat er toch allemaal gebeurd was de afgelopen jaren.

'Nee maar, het liefdespaartje,' zei hij. 'Hoe gaat het nu met jullie?'

Elaine keek geïrriteerd naar hem op. 'Gaat het jou wat aan?'

'Totaal niet.' Hij ging zitten, maakte de bovenste knopen van zijn overall los en trok zijn rode sjaal af. De naam Larry was op het zakje van zijn overhemd geborduurd.

Met een verbijsterde frons keek ze hem aan. Waarschijnlijk probeerde ze erachter te komen of hij dezelfde Larry was als die ochtend. Hij wilde het haar best vertellen trouwens. 'Je weet niet meer wie ik ben of wel?'

'Jij bent de Zambonibestuurder,' zei Tony.

'Waarom doe je eigenlijk net alsof je ons kent?' vroeg Elaine.

'Ik ken jullie ook.'

Een nerveus lachje van haar kant. Ze was nu nog knapper dan jaren geleden, zekerder van zichzelf, volwassener. Toch had ze iets weemoedigs over zich.

'O ja?' vroeg ze.

'Drie jaar achter elkaar zie ik jullie samen alsof jullie de liefde op het eerste gezicht hebben uitgevonden, en dan het vierde jaar –'

'– kwam hij niet opdagen,' zei Elaine.

Larry hoorde hoe scherp haar stem opeens klonk. Ze keek een beetje gepijnigd, alsof ze er spijt van had dat ze hardop had gezegd wat ze dacht. Dat effect had hij soms op mensen. Het verbaasde hem niet dat ze haar warme chocolademelk liet staan en wegliep.

'Wel waar!' riep Larry.

Ze leek wel in een ijssculptuur te veranderen, zo bevroor ze. Daarna draaide ze zich op haar hakken om.

Larry knipoogde naar Tony, die hem kwaad zat aan te kijken. 'Volgens mij heb jij wat uit te leggen.'

Hoofdstuk 8

'Nou, je wordt bedankt hoor.' Tony keek kwaad naar de Zambonibestuurder.

'Je hebt geen tijd om me te bedanken.' Larry wees naar de verhuurstand. Hij was klein en kwiek, een open, vriendelijke man van onbestemde leeftijd. Zijn haar was wit, maar zijn ogen sprankelden met een leeftijdloze mengeling van wijsheid en plezier. 'Nou, waar wacht je nog op? Een gedrukte uitnodiging?'

Tony liep naar Elaine, die hem niet aankeek maar ongeduldig met de punt van haar laars op de grond tikte. Oké, dacht hij. Het feest is voorbij nog voor het begonnen is. Samen liepen ze terug naar de auto; hij hield het portier voor haar open. Toen ze instapte, ving hij een vleugje frisse koude lucht op uit haar haar.

'En? Wat heb je daarop te zeggen?' vroeg Elaine toen ze haar veiligheidsgordel omdeed.

Niets eigenlijk.

Hij wierp even een blik op haar, maar concentreerde zich toen op het rijden. De auto voegde zich in het verkeer. Hij keek haar nog eens van opzij aan.

Elaine St. James. Hij kon het nog steeds niet geloven dat hij haar na al die tijd weer zag. Vergeten was hij haar nooit. Dat was ook onmogelijk. Die koele blonde schoonheid, dat gewiekste gevoel voor humor, die bijna onzichtbare lieve kwetsbaarheid die hij zag als zij niet merkte dat hij naar haar keek. De afgelopen jaren was ze nog eleganter en mondainer geworden. Ondanks al zijn pogingen haar te vergeten, de laatste jaren, wilde hij haar nog steeds. En hoe.

Zij was de reden waarom hij nooit getrouwd was en zich gesetteld had. Dankzij haar zou hij nooit gelukkig kunnen zijn met een andere vrouw. Dat wist ze niet, en hij zou het haar ook niet vertellen. Toch, wat hij had gedaan – of liever gezegd wat hij had nagelaten – die laatste keer dat hij haar had gezien, had grotere gevolgen gehad dat hij had kunnen voorzien. Want vanaf dat moment, vanaf die beslissing, was zijn hart stil blijven staan. En hij begon te geloven dat dat voor Elaine net zo was.

Nu voelde hij dat ze naar hem keek en op zijn antwoord wachtte. 'Geen idee waar die man het over had,' zei hij.

'Heel eenvoudig. Hij wist dat we elkaar elk jaar op kerstavond ontmoetten –'

'Elk jaar, Elaine?'

'Oké, drie jaar dan. Er zat regelmaat in. Zelfs de Zambonibestuurder zag dat.'

Tony zei een tijdje niets. Een zanger op de radio liet Little Drummer Boy klinken als een liefdessong. 'Oké,' zei hij ten slotte. 'Ik was er die avond.'

Ze hield even haar adem in. 'Ik heb je niet gezien.'

'Ik bedacht me.' Hij kon zich voorstellen dat ze te trots was om te vragen waarom, maar de vraag schreeuwde door de stilte. 'Ik kon niet eens naar beneden, naar de ijsbaan, want ik was geopereerd en zat in een rolstoel.'

'In een rolstoel?' Ze boog voorover om zijn benen eens goed te bekijken. 'Wat was er dan gebeurd?'

'Mijn knie was stuk, ik kon niet meer schaatsen, zat aan te kijken tegen maanden fysiotherapie, en daarna...'

Even hing er een ontzette stilte in de auto.

Niet alleen zijn knie was geruïneerd, maar ook zijn kans om profspeler te worden, zijn plannen voor de toekomst en de enige manier waarop hij een meisje dat alles had, iets kon bieden. Nog goed herinnerde hij zich hoe hij daar achter het hek boven de ijsbaan had gezeten met pijnscheuten in zijn knie, en haar met speurende ogen rondjes had zien draaien. Hij had zich geprobeerd voor te stellen wat er door haar hoofd ging. Of zorgde het schaatsen ervoor dat ze helemaal nergens aan dacht, zoals dat bij hem altijd het geval was? Zelfs nu nog wist hij precies wat hij had gezien en gedacht terwijl zij daar in haar eentje over het ijs gleed: een slank figuurtje dat soepel tussen de mensen door schaatste. Woede. Verdriet. Frustratie. Schaamte. En liefde.

'Ik heb een tijdje naar je zitten kijken,' zei hij. 'Je had een lange witte sjaal om.'

'Wacht even, snap ik het goed? Jij was daar en je vond het niet nodig om met me te praten?'

'Het was nog allemaal heel pril tussen ons. Ik wilde het niet bederven.'

'Nou, dat deed je dus wel.'

'Ik heb er geen excuus voor.' Behalve stomme mannelijke trots. Het verpletterende gegeven dat alles waar hij zijn hele leven naartoe had gewerkt, van de baan was. 'Ik had geen idee wat ik tegen je moest zeggen. Ik was nog aan het proberen erachter te komen wat ik tegen mezelf moest zeggen, wat ik met de rest van mijn leven moest doen. Daar zat ik mee. Het leek me beter later contact met je op te nemen, wanneer ik alles in mijn hoofd op een rijtje had.'

'Jouw hoofd? En wat dacht je van het mijne?'

'Ik ging ervan uit dat je gewoon verder zou gaan met je leven.'

'Hoe kon je? Je kende me niet eens! Ik zou het heus wel begrepen hebben.' Bijna had ze hem verteld dat ze overmand was geweest door verdriet, maar ze was te kwaad op hem om dat toe te geven.

'Dan moet je mij eens vertellen, Elaine, en geef eerlijk antwoord. Als ik naar je toe was komen hobbelen in een rolstoel en had gezegd: "Hé, waarschijnlijk krijg ik voor de rest van mijn leven een invaliditeitsuitkering, en waarschijnlijk zal ik nooit meer kunnen lopen, maar wat dacht je ervan als we een toekomst samen plannen?" Hoe zou je dan hebben gereageerd? Zou je me bijgestaan hebben om te herstellen en weer te leren lopen?'

Ze trok wit weg, maar bleef hem aankijken. 'Dat zul je nooit te weten komen, want jij had de beslissing al voor me genomen.'

Dat kon hij niet tegenspreken. Na een lichte aarzeling besloot hij eerlijk te zijn. 'Ik heb die avond een grove fout gemaakt. Dat gebeurt niet meer.'

'Kun je één reden noemen waarom ik je nog een kans zou geven?'

Hij parkeerde voor het adres dat ze hem had gegeven. Een luxe gebouw compleet met een portier in livrei.

Dit is waanzin, dacht hij, kijkend naar een professionele hondenuitlater achter een heel stel rashonden in de met bomen omzoomde laan. Elaine en hij kwamen uit totaal verschillende werelden. Ze moesten het gewoon vergeten. In plaats daarvan legde hij zijn arm om haar stoelleuning. 'Omdat,' zei hij, 'je nog nooit verliefd geweest bent.'

'Dat heb ik nooit gezegd.'

'Zeker weten van wel.'

'Wat heeft dat met ons te maken?'

'Misschien niets,' zei hij, 'maar misschien ook alles.'

Haar lippen gingen een stukje open, en hij had zin om haar te kussen, maar deed het niet. Later, dat wel, beslist.

'Bedankt voor het schaatsen,' zei ze, waarna ze hem een tijdje bestudeerde. 'Heb je zin om even binnen te komen?'

Hoofdstuk 9

Toen Elaine de portier begroette, voelde ze zich niet erg op haar gemak. Misschien was het toch niet zo'n goed idee om Tony Fiore weer in haar leven te laten komen. Tenslotte hadden ze slechts drie afspraakjes gehad, en zo kon je ze eigenlijk niet eens noemen. Het was allemaal puur toeval geweest. Ze kenden elkaar nauwelijks. Het was waarschijnlijk beter dat maar zo te laten.

Wat hij haar echter net allemaal had verteld, kon alles tussen hen veranderen, als ze dat toeliet. Ze was er kwaad over dat hij haar niet had verteld van zijn blessure. Maar wat ze nog erger vond, was haar schaamtegevoel over de realiteit. Want als hij het wel had verteld, dan zou ze gehuild hebben uit medelijden om hem. Ze zou woedend geweest zijn over de onrechtvaardigheid en met hem getreurd hebben over het verlies van zijn levensdroom. Daarna zou ze zich stilletjes gedrukt hebben. Zo was ze toen, maar zo'n mens wilde ze niet meer zijn.

'Aardig gebouwtje.'

'Bedankt. Het is horizontaal eigendom.'

'Dit soort plekken vind je niet zo gauw.'

'Het bestuur weet meer van me af dan mijn gynaecoloog, mijn therapeut en de belastingdienst bij elkaar.' Ze beet op haar lip, want ze had hem niet moeten laten weten dat ze een therapeut had. Ze deed de deur van haar flat open en ging voor hem uit. Het antwoordapparaat had een prettig bericht: Jenny had iemand gevonden die Bobbi's plaats kon innemen. Dat was tenminste iets.

Haar flat was uit de kunst. Het sobere, puur witte straalde ruimtelijkheid en koele elegantie uit. Eigenlijk had ze nu liever dat het ietsje… fantasierijker was. Wat kleurige kussentjes op de designersofa, of wat kunst aan de muur waarvan je kon zien wat het voorstelde. Ze zag dat Tony naar een serie zwartwit foto's in zilveren lijstjes stond te kijken op een etagère van roestvrij staal en glas. Misschien boden die foto's wel een persoonlijke touch, dacht Elaine tegen beter weten in. Maar nee. Het waren geen vrolijke prenten van een lachend gezin, maar aandenkens: zijzelf met beroemdheden, popsterren, zakenlieden.

Alsof hij haar blik voelde, keek hij haar glimlachend aan. 'Leuke –'

'Zeg alsjeblieft niet dat het leuk is hier.'

'Waarom niet?'

'Omdat het dat niet is.'

'O nee? Waarom woon je hier dan?'

Ze knipperde met haar ogen. 'Dat heeft nog nooit iemand me gevraagd.' Ze had zichzelf zelfs nooit die vraag gesteld. Gewoon, ze woonde hier omdat het de Upper East Side was. De elegante Italiaanse sofa stond er omdat de binnenhuisarchitect die had gekozen vanwege de stijl, niet omdat je er zo lekker op zat. De salontafel met een blad van Venetiaans glas stond daar omdat hij bij de sofa paste. Alles in haar flat paste exact bij elkaar. Haar binnenhuisarchitect had dat precies zo bedoeld.

Het enige wat er op dit moment niet in paste, was Tony Fiore zelf. Hij was té aards, té echt.

'Het is een fantastische flat. Mensen staan jaren op de wachtlijst voor zoiets.' Ze gebaarde naar het boomrijke uitzicht.

'Je hebt mijn vraag niet beantwoord, Elaine.'

'Kan ik je iets te drinken aanbieden?' Ze liep de glanzende keuken in. Hij kwam achter haar aan. Met een zwaai deed ze de koelkastdeur open. 'Water? Bier?'

'Dank je.' Hij pakte een flesje water.

Ze probeerde te bedenken hoe hij zich gevoeld moest hebben op die avond toen zij ophield in kerst te geloven.

Hij was ook iets kwijtgeraakt. Hoe zou het zijn geweest om zo'n duidelijke droom te hebben als hij had gehad en die dan in duigen te zien vallen? Ze stelde zich voor hoe hij daar van bovenaf naar haar had zitten kijken en ondertussen had zitten bedenken wat hij in vredesnaam moest doen nu zijn volledige levensplan uit elkaar was gespat. De afgrijselijke waarheid was dat ze niet verder durfde te denken. Wat zou haar reactie geweest zijn als hij naar haar toe was komen rollen? Ze was zo jong geweest, zo egocentrisch en volledig gericht op glamour en succes. Ze had zoveel gefantaseerd over het soort leven dat zij samen zouden leiden – Tony als beroemde ijshockeyspeler, zij als internationaal bekend journaliste. Misschien had hij wel de juiste keuze gemaakt door haar de rug toe te keren die avond. De persoon die ze toen was geweest, had er niet mee kunnen omgaan. Er zat toen gewoon niet genoeg in haar om van een man te houden die niet paste in het geïdealiseerde toekomstbeeld dat zij had. Nu wist ze wat het was om een leven te leiden dat op papier perfect leek. Het had slechts één dimensie, net als het papier zelf.

Het was zo gek hem hier te zien, waar zij woonde. Waar zij sliep, onder de douche ging en telefoneerde. Hij zag haar in haar eigen omgeving, en ze wilde wanhopig graag dat die omgeving hem beviel. Maar hoe kon dat als die zelfs haar niet beviel?

'Hoor eens,' zei ze. 'Wat vanavond betreft... je hoeft echt niet –'

'Hé, ben je nu helemaal?' Hij zette zijn water op het aanrecht en keek haar aan. Toen hij glimlachte, leek het wel alsof ze een droom zag die ze dacht vergeten te zijn. 'Je denkt toch niet dat ik nog een kans laat varen om kerstavond met jou door te brengen?'

Hoofdstuk 10

'Ma, toe nou, dit is niet het einde van de wereld,' zei Tony met de hoorn onder zijn kin, ondertussen de inhoud van zijn kast bestuderend. Als hij nu geen schoon overhemd meer had, schoot hij zichzelf overhoop. 'De plannen zijn gewoon veranderd.'

'De plannen zijn veranderd, zegt hij! Hoor je dat, Salvatore? Hij laat zijn familie in de steek op kerstavond, en dat noemt hij gewoon een ander plan.' Gina Fiore hield altijd twee gesprekken tegelijk: het ene aan de telefoon en het andere in haar warme keuken.

Tony's vader, Sal, mompelde iets onduidelijks. Hij was eraan gewend dat zijn vrouw gek was op drama. Wat hij trouwens, net als Tony, stiekem best leuk vond.

'Weet je wat,' zei Tony. Hij ontdekte een kraakhelder wit overhemd, nog in het plastic van de stomerij. 'Ik zal proberen op tijd te zijn voor de nachtmis.'

'Hoe zit het dan met het diner, hè? Dan mis je de *torta di spinaci, bauletti di maiale, pandoro*.'

Hij trok vijf dassen van het rekje op de kastdeur. 'Dat overleef ik wel, ma.'

'Wat is er gaande, Tony?'

Hij haalde even diep adem: 'Tja, er is een meisje –'

'Ik wist het wel! *Ringrazi il cielo*, hoor je dat, Sal? Tony heeft een meisje! Een kerstavondmeisje!'

Tony schudde zijn hoofd, maar moest wel grinniken. 'Luister, Ma, raak nu niet te –'

'Ha! Je hoeft mij niets te vertellen. Ik weet wat het betekent als een man de kerstavond met een meisje doorbrengt! Hebben je vader en ik ons niet verloofd op kerstavond, hè? Hoor je me?' Ze viel even stil om haar neus te snuiten. 'Het is precies hetzelfde als toen je op de universiteit zat. Je bleef maar beloven dat je een meisje zou meenemen om aan ons voor te stellen. Het brak echt mijn hart dat je haar nooit thuis hebt gebracht, Tony.'

Hij wist dat hij nu eigenlijk moest uitleggen dat het om een afspraak ging die toevallig op kerstavond viel. Hij wist dat hij moest uitleggen dat Elaine St. James buiten zijn bereik viel, dat ze zeer waarschijnlijk ieder huns weegs gingen na vanavond, dat zij net zomin in de wieg was gelegd om vrouw van een politieman te worden, als hij geschikt was voor de rol van societyechtgenoot. Hij zou zijn moeder moeten vertellen dat hij midden in Elaines designerflat had gestaan vandaag en zich gevoeld had alsof hij ET was.

Hij zei echter niets van dat al, want er zat iets heel koppigs in zijn hart, iets wat hem liet geloven dat, heel misschien, Elaine en hij het deze keer gingen maken.

'Heb je je schoenen gepoetst?' Nu klonk ze praktisch.

'Wat?'

'Je schoenen. Je schoenen. Je moet ze laten glanzen totdat je tanden erin weerspiegelen, hoor je me?'

Weer grinnikend pakte hij zijn netste schoenen. 'Goed, ma.'

'En je pak, dat wat je voor de begrafenis van oom Rico hebt gekocht, toch?'

'Een uitstekende keus.'

Ze ratelde nog een serie instructies af terwijl hij elke das even ophield om te zien welke de beste was.

'Ik moet gaan douchen nu, ma,' zei hij na een tijdje. 'Ik wil niet te laat komen.'

'Ga maar, ga maar,' zei ze, 'maar... Tony?'

'Ja?'

'Neem haar deze keer mee naar huis, wil je?'

Hij trok het plastic van het witte overhemd. 'Ik zal mijn best doen, ma.'

Hoofdstuk 11

Elaines werk voor de St. James Affair was allang gedaan. Nu zou ze zich gewoon moeten ontspannen, van het feest genieten en ervoor zorgen dat iedereen een fantastische tijd had.

Vanavond lag het evenwel allemaal wat anders. Het was kerstavond, de klanten waren haar ouders, en wie weet kon ze het grootste account van haar leven binnenslepen. Of dat nog niet genoeg was, moest ze ook nog eens haar problemen zien te vergeten: dat haar beste vriendin haar had bestolen en dat haar vriendje haar had laten vallen.

Toch was dat alles niet de reden waarom ze trilde van de zenuwen in de lift naar de flat van de familie St. James' op de eenendertigste etage. Wat stug glimlachend naar de liftbediende, moest ze wel toegeven dat de oorzaak van haar gespannenheid iets heel anders was.

Ze kon er niet omheen. Als ze in de buurt was van Tony Fiore, of zelfs maar aan hem dacht, raakte ze zo opgewonden dat het bij na schaamteloos werd. Ze was geen naïef meisje meer, maar bij Tony voelde ze zich jong en lichtvoetig, iets wat ze al jaren niet meer had gekend.

Toen ze in de liftspiegel een glimp van zichzelf opving, merkte ze dat er een rode vlek in haar hals zat. Het leek wel een rode kaart van de vroegere Sovjet Unie die uit het decolleté van haar perfecte cocktailjurkje oprees. Dat had ze in eeuwen niet gehad, hoewel het vroeger maar al te vaak voorkwam. 'Exploderende extase' had ze het ooit voor de grap genoemd toen haar kamergenote had gevraagd of ze soms koorts had. Geïrriteerd trok ze de kraag van haar jas wat op.

Op de eenendertigste etage tikte de liftbediende aan zijn pet. 'Gelukkig Kerstmis, Miss St. James.'

'Wat? O, bedankt. Van hetzelfde.'

Geagiteerd stapte ze de lift uit, de woning in waar ze haar jeugd had doorgebracht. Zoals altijd zag het er grandioos uit: glanzend marmer, gesoigneerde chic. Met nu nog iets feestelijks door de subtiele decoraties van de ontwerper die ze voor deze avond had ingehuurd.

Het gracieuze minimalistische kerstdécor was van een pure elegantie die niets te maken had met de gebruikelijke kersttakken en mistletoe. In de hal flankeerden een paar kaarsen van bijenwas een enkele aronskelk in een kristallen vaas, met smaak gearrangeerd op een Louis XVI wandtafeltje. De woonkamer was bestemd om te dansen en te converseren. De ontwerper die speciaal voor het feest was ingehuurd en zijzelf hadden haar moeder ervan weten te overtuigen dat ze niet zoals gewoonlijk een vier meter hoge boom moest neerzetten, want die zou te veel plaats innemen. De ontwerper had erop aangedrongen dat de 'suggestie' van een boom – een abstracte roestvrijstalen sculptuur van een dennentak op de schoorsteenmantel – zou volstaan.

Elaine vond nu dat ze te weinig tegen hem was ingegaan.

Sinbad, zonder achternaam en zo begaafd dat hij al jaren volgeboekt was, zat zich in te spelen achter de witte Steinway. Ze gaf haar jas aan een van de geüniformeerde medewerkers van de cateraar, die naar de gastenkamer liep die vanavond fungeerde als garderobe.

Elaine deed even snel de ronde. In de grote, uitmuntend uitgeruste keuken orkestreerde kok Armand de voorbereidingen als een verkeersregelaar. Hij hield alleen even op om haar te begroeten en haar ervan te verzekeren dat alles perfect liep; en haar te laten proeven van de met tamarinde geparfumeerde *seviche*.

'Verrukkelijk,' zei ze, na een hapje van de met limoen besprenkelde rauwe vis. Stiekem had ze liever tacochips en salsa.

Toen ze het bekende klikken van haar moeders hakken hoorde, ging ze terug naar de schitterende grote woonkamer, die ontworpen was door Mongiardino. De kamer viel evenwel in het niet bij Elaines moeder.

De pers was altijd bijzonder aardig over Freddie St. James, en terecht. Als vrouw van Banner St. James, die met zijn rijkdom en achtergrond diepe wortels had in de mythologie van de stad, was ze alles wat de media wilden van een vrouw als zij: gracieus, beschaafd en generereus. Iedereen bewonderde haar: van de assistente van haar boekhouder tot de Minister van Justitie aan toe.

Die avond droeg ze een originele Vera Wang en juwelen van Cartier. Een onzichtbaar waas van Gucci Rush omringde haar.

'Wow,' zei Elaine. 'Als ik niet beter wist, zou ik gezworen hebben dat je van het castingbureau was. Je ziet er perfect uit, mam.'

Freddie stak glimlachend haar handen uit. 'Hallo, lieverd. Gelukkig Kerstmis.'

Ze bogen zich naar elkaar over, maar alleen hun handen raakten elkaar aan. Allebei wisten ze dat ze elkaars perfecte makeup niet moesten beroeren. Freddie deed een stap terug en onderwierp Elaine aan een scherp onderzoek. 'Wauw, jij ook,' zei ze met oprechte bewondering. 'Die jurk is fabuleus.'

Dat was precies wat Elaine had gedacht toen ze hem voor de eerste keer had aangetrokken. Over een tuniek van zwarte Sea Islekatoen met lange mouwen had de ontwerper een glanzend netwerk van ragfijn gouddraad gedrapeerd.

'Vind je?' vroeg ze. Ze besefte dat ze er altijd op uit was geweest om er zo perfect mogelijk uit te zien, alleen om haar moeders goedkeuring te verdienen.

'Gelukkig Kerstmis!' riep een stem joviaal. Banner St. James kwam naar hen toe lopen, tijdloos knap in zijn diepzwarte Armanismoking.

Elaine begroette haar vader hartelijk en liet een melancholieke blik over haar ouders glijden. Je kon hen drieën geen hecht gezinnetje noemen. Haar mooiste kerstherinnering ging terug naar het jaar van de grootste sneeuwval aller tijden. Met geen mogelijkheid hadden ze naar buiten gekund. Bovendien viel de stroom uit, zodat ze met hun drieën onder dekbedden rond de open haard in de woonkamer hadden geslapen. Hun diner had bestaan uit een blikje soep en crackers, waarna ze bij kaarslicht spelletjes hadden gedaan. Het trage ritme van die magische dag had haar meer voldoening gegeven dan welke internationale skitrip of luxe cruise ook.

Ze twijfelde er geen seconde aan dat haar ouders van haar hielden of dat zij van hen hield, maar ze hadden nooit die spontane vanzelfsprekende liefde gekend die ze had bespeurd in gezinnen die het minder druk hadden, minder met zichzelf en hun imago bezig waren.

Vol vertrouwen verzekerde ze hen glimlachend dat de party fantastisch zou verlopen. Eigenlijk wilde ze hun vertellen over Bobbi en Byron en dat ze Tony Fiore tegen het lijf was gelopen, waardoor ze nogal van slag was. Wat wilde ze niet graag een kalme, rustige kerst met hen doorbrengen in plaats van dit overdreven gedoe. Maar ja, dat ging nu eenmaal niet.

Melanie en Jenny kwamen binnen en zetten onmiddellijk een kettingreactie aan voorbereidingen in gang, waarna de eerste gasten in groepjes hun entree maakten. Binnen de kortste keren was de St. James Affair volop bezig. Met Sinbads perecte pianospel op de achtergrond brak het feest los, maar op Elaine kwam het over als puur plastic.

Toen Tony Fiore de kamer binnenkwam, viel er een subtiele stilte, alsof iedereen zijn adem inhield. Het speculeren begon meteen toen Elaine op hem afliep om hem te verwelkomen. Ze kon een doordringend gefluister horen als onderstroom van de oppervlakkige prietpraat. Zou hij een rijzende jonge ster zijn, de minnaar van een beroemdheid, een topsporter?

Toen Tony zijn parka en handschoenen uitdeed, leek hij zich totaal niet bewust van al die aandacht, of hij trok zich er niets van aan. Hij keek slechts naar Elaine. In zijn donkere pak en witte overhemd met wijnrode das zag hij er oogverblindend uit.

Ze pakte zijn hand en trok een grimas. 'Je bent bevroren.'

'Ik heb altijd koude handen, ook als ik eraan denk mijn handschoenen aan te trekken.' Hij gaf zijn jas en handschoenen aan een bediende.

Elaines ouders begroetten hem met de hun gebruikelijke hoffelijkheid, maar ook met niet geuite vragen die ze nauwelijks konden onderdrukken.

'Byron komt niet,' zei Elaine. Ze wist dat het tamelijk laf was om dat nieuws te vertellen waar zoveel mensen bij waren, maar dit was wel zo veilig. 'Tony is vanavond mijn begeleider.'

'Het is een genoegen kennis met u te maken,' zei Freddie op beschaafde toon.

'Hij is exijshockeyster,' zei Elaine, als vanzelf vervallend in de partyprietpraat die ze tot kunst had verheven. Ze was een ware kunstenaar in het mooier maken van de werkelijkheid en kon mensen en producten buiten proportie ophemelen. Met slimme woordentrucs wist ze onbezoldigde acteurs in rijzende sterren om te turnen en in vergetelheid verzonken artiesten tot avantgarde toppers te maken.

Het probleem was dat Tony nogal geamuseerd stond toe te luisteren hoe ze een draai aan alles gaf. Toen ze zei: 'Hij zit in de toegepaste tak van de rechtsorde...' barstte hij in lachen uit.

'Voordat ik merk dat ik een neef van Kennedy ben, kunnen we beter gaan dansen.' Hij schonk haar ouders een joviale glimlach en leidde Elaine de ronddraaiende menigte in.

'Nu snap ik het,' zei hij.

'Wat snap je?'

'De reden waarom het niet had kunnen werken tussen ons.'

'O ja? Waarom dan niet?'

'Je ouwelui. Het zijn vast fantastische mensen, maar hun idee van de perfecte man voor hun perfecte dochter ben ik zeker niet.'

'Toen niet, misschien.'

'En nu?'

'Nu heeft die zogenaamd perfecte dochter haar eigen mening.'

'Daar ging ik ook van uit, Elaine.'

Hij drukte haar tegen zich aan, en ze voelde zich net zo fantastisch als tijdens het schaatsen. Hij bewoog soepel, zijn hand lag stevig en zelfverzekerd om haar middel. Zijn omhelzing, zijn harde lijf en die tedere glimlach: complete magie. Ze dompelde zich helemaal onder in zijn nabijheid, zijn warmte en zijn mannelijke geur.

Niet alleen van de muziek raakte ze vervuld, maar ook van herinneringen en emoties. Ze voelde zich warmer en tevredener dan ze in jaren had gedaan. Te lang had ze in de kou gestaan, waardoor ze gevoelloos was geraakt op zeer vitale plekken. Nu begon ze te ontdooien, en ze was maar al te blij met de pijnprikkels die dat teweegbracht. Daardoor wist ze dat ze leefde.

Wanneer had ze voor de laatste keer gedanst omdat het fijn was? Gewoon om het gevoel van mannenarmen om je heen en het genot je te bewegen op het ritme van de muziek? Ze kon het zich niet eens herinneren. Tegenwoordig danste ze alleen om te entertainen, zaken te doen of indruk te maken. Tony Fiore kon het niet weten, maar dit was pas een kerstcadeau: met hem dansen, zonder verdere reden. Ze besefte heus wel dat hij haar dit hervonden gevoel van vrolijkheid en vrijheid gaf. Dat effect had hij nu eenmaal op haar. Daarom was ze die eerste avond dat ze samen geschaatst hadden ook voor hem gevallen. Daarom ook was ze steeds teruggekomen.

Ze keek naar hem op, en tot haar verbazing gleed er een traan over haar wang. Als hij het nu maar niet zag, bad ze in stilte. Hij zag het natuurlijk wel.

'Hé, wat is dit?'

Wat maakte het ook uit? Hij wist al veel te veel van haar af. Altijd al. Dus het had geen enkele zin om haar gevoelens te verbergen. 'Dit is fijn,' zei ze. 'Ik vind het heerlijk om met jou te dansen. Het lijkt een beetje op schaatsen, maar hier ben ík beter in.'

'Als jij dit zo fijn vindt, dan wil ik je niet gedeprimeerd zien.' Uiterst teder streek hij met zijn duim over haar wang om de traan weg te vegen. Hij glimlachte nu nog liefdevoller; verrukt dacht ze even echte ongecompliceerde liefde in zijn blik te zien. Het was zo verschillend van hoe anderen naar haar keken… Geïnteresseerd, oké. Met eigenbelang, ongetwijfeld. Behoedzaam of respectvol, af en toe. Maar rechttoe rechtaan zonder verplichtingen om iemand geven, was iets wat ze zelden tegenkwam. Door Tony voelde ze zich belangrijk en gewaardeerd, niet om haar afkomst maar eenvoudigweg om haar zelf.

'De vrouwen in mijn familie worden ook altijd heel emotioneel wanneer het kerst is,' zei hij, haar traan verkeerd uitleggend. 'Mijn tante Flo kan niet eens naar een kerststalletje kijken zonder in een fontein te veranderen.'

Elaine besloot het zo te laten. Het zou te gecompliceerd zijn om haar onverwachte reactie te verklaren. Ook ging ze geen poging doen hem uit te leggen dat ze niet van kerst hield omdat ze bang was dat het iets voor haar zou betekenen. Ze kon zichzelf er niet toe brengen te bekennen dat ze de laatste keer dat ze iemand in haar hart had willen sluiten, zo gekwetst was dat ze zich daar nooit meer aan had gewaagd. En ze zou beslist nooit toegeven dat hij die iemand was geweest.

'Hij is hier,' fluisterde Jenny, die zonder woord van excuus tussenbeide kwam. 'Showtime.'

'*Wíj* zijn hier midden in een dans,' zei Tony op neutrale maar resolute toon.

'Sorry, maar *wíj* zitten hier midden in een deal,' zei Jenny met een glimlach die bedoeld was om te betoveren.

Hij was niet betoverd, dat zag Elaine direct. 'Een minuutje, Jen,' zei ze.

'Een halve minuut,' zei Jenny kortaf.

Ze ging gehaast terug, en Elaine deed net of ze het een leuke grap vond. 'Dus jij krijgt nog dertig seconden, en dan is het echt showtime.'

'Elaine, zelfs ik werk niet met kerst.'

Ze wilde er niet aan denken hoeveel het voor haar betekende met hem te dansen, hoe het had gevoeld toen hij haar traan wegveegde. Ze moest zichzelf goed voorhouden hoe belangrijk het was om dit account in de wacht te slepen. En niet alleen voor haar. Jenny en Melanie hadden het ook nodig. Met hun drieën hadden ze het bedrijf opgebouwd, en zij drieën gingen met het succes of de mislukking ervan mee omhoog of omlaag. Haar partners konden niet mislukken, want zij hadden niet, zoals zijzelf, een trust als een vangnet onder zich dat hen zou opvangen als ze mislukten of er uit verveling de brui aan gaven.

‘Hoor eens,’ fluisterde ze tegen Tony, ‘ik heb gezworen dat ik ze zou helpen met die man. En we missen vanavond al iemand.’ De gedachte aan Bobbi zat haar erg dwars. Ze zag haar vroegere vriendin al voor zich: in haar kleine flatje, vol zorgen om onbetaalde rekeningen en treurend dat ze niet naar haar familie kon gaan. Dat beeld van Bobbi’s ellende gaf Elaine geen gevoel van rechtvaardigheid of morele overwinning. Het was slechts deprimerend.

‘Oké,’ zei Tony toegeeflijk. ‘Ik neem nog wel wat van die broodjes leverworst intussen.’

Ze moest er wel om glimlachen toen hij op een ober afliep met een blad vol *pâté de foie gras en croute*. Het volgende uur mengde Tony zich moeiteloos in het glamourvolle gezelschap. Met zijn open vriendelijke manier van doen wist hij iedereen voor zich te winnen, van de barkeeper tot en met de ambassadeur van Uruguay.

Er viel even een afwachtende stilte in de muziek en de gesprekken toen Axel de kamer binnenkwam. Het subtiele ‘sst’ was anders en dramatischer dan toen Tony zijn entree had gemaakt, want Melanie had geregeld dat Sinbad echt even pauze hield. Axel en de leden van zijn Eurochique entourage waren zo door en door uitgekiend opgedoft dat ze wel mannequins leken. Hun gemillimeterde haar glansde en glom, hun smokings zaten als handschoenen om uitgeteerde lichamen, die waarschijnlijk leefden op Campari en Dunhills.

‘Daar is hij dan,’ mompelde Melanie in haar oor. ‘Het ultieme account. Hopelijk kun je hem binnenhalen zonder Bobbi’s hulp. Kom op.’

Elaine zette moeiteloos haar charmeknopje om. Ze deed de introducties en bracht de sombere Zwitser in het middelpunt van alle actie. Hij was verbluffend knap, zijn slanke figuur volmaakt als een kunstwerk in een Italiaans pak, zijn gezicht zo glad en glanzend als gepolitoerd hout. Hij stond bekend als een fantastische maar veeleisende minnaar en was doorgaans omgeven door supermodellen. Daar was Bobbi voor bedoeld geweest. Zonder haar moesten ze improviseren. Jenny kwam naar voren met de ingehuurde escortdames, een paar magere gretige meisjes in gehuurde designerjurkjes.

Axel gedroeg zich beminnelijk, alsof alles vanzelf sprak, en begroette iedereen met ouderwetse charme. Elaines ouders waren nog net zo onder de indruk van hem als ze op de ouderdag op school in Lugano waren geweest. Hij was exact hun type. Zijn stamboom hing vol met Europese koninklijke namen. Iemand die prins Rainier 'oom' kon noemen, was maar al te welkom in hun huis.

Elaine voelde zijn aandacht als een straal koud licht.

'Uw dochter heeft me altijd zo verrukt dat het me naar mijn hoofd stijgt,' verklaarde hij dramatisch, met een accent dat droop als gesmolten chocolade.

Elaine had de grootste moeite om niet met haar ogen te rollen. Alleen al de gedachte aan Tony deed haar blozen, maar de vleierij van de Zwitserse multimiljonair gleed van haar af als water van een eend.

Ze ving Tony's blik en wenkte hem. Op het moment dat hij bij hun groepje kwam staan, zag ze het contrast tussen hen. Het was bijna komisch. Aan de ene kant Tony, het toonbeeld van de Amerikaanse man: groot, gespierd, vol zelfvertrouwen en met een duidelijke dosis testosteron. Aan de andere kant Axel, een slanke elegante Europeaan met om zijn gewelfde lippen een spottend glimlachje. Het was te merken dat ze allebei een onuitgesproken rivaliteit voelden.

'Mag ik deze dans?' vroeg Axel aan Elaine terwijl hij haar zijn hand toestak. Zijn nagels glansden door een manicure, zijn met laser gebleekte tanden schitterden.

Het enige doel van deze avond was het binnenkrijgen van zijn business, hield Elaine zichzelf voor. Dus zei ze: 'Maar al te graag.' Toen draaide ze zich naar Tony om: 'Jenny en Melanie zullen goed voor je zorgen.'

'Dat is oké, maar ik moet toch onderhand gaan.'

Een steek van paniek trof haar. Hoe kon hij haar alleen laten nu ze hem net weer gevonden had? 'Maar –'

'Ik ga altijd naar de nachtmis met mijn familie. Een prettige avond nog en bedankt voor de uitnodiging.' Hij gaf haar vluchtig een kusje op haar wang en draaide zich toen om. 'Ik zie je nog wel een keer, oké?'

Voor ze iets kon uitbrengen, was hij verdwenen en was zij aan het dansen met het ultieme account, de man die ze zonder erbij na te denken voor de fotograaf van Vogue manoeuvreerde terwijl ze zelf stralend glimlachte voor de camera.

Oude gewoontes slijten niet snel. Een fijne kerstavond met Tony Fiore doorbrengen, lukte toch niet. Dat had ze al vaker geprobeerd, en het liep nooit positief af.

Ze hoorde zichzelf opgewekt met Axel babbelen, hoorde hem met sensuele waardering lachen terwijl hij haar de dansvloer rondleidde. Hij was een uitstekend danser, dat moest ze toegeven, maar hij bracht haar niet in vervoering. Hij gaf haar geen blij gevoel. Hij zorgde ook niet dat ze wilde dat ze weer van kerst kon houden.

Toen ze uit gedanst waren, gaf hij haar een witte envelop. 'Dit is voor jou.'

De envelop bevatte een reisschema.

'Ik wil dat je met me mee gaat skiën,' zei hij. 'Je hoeft alleen je paspoortinfo aan mijn bureau door te geven, dan zorgen zij voor de reserveringen en tickets.'

Skiën. In Gstaad. Met leden van Europese koningshuizen. Dat was niet niks, dacht Elaine. Waarom was ze dan helemaal niet onder de indruk?

Ze keek naar de dag van vertrek. 'Dat is morgen al.'

'Ja.'

Ze schoof het schema weer in de envelop. 'Dit is nogal onverwacht, ik weet niet goed wat ik moet zeggen.'

Hij wierp haar een ijzige glimlach toe. 'Toe nou, dat weet je heus wel. Ik ben er zeker van dat je ouders het zullen toejuichen. Als we samen zaken gaan doen, dan kunnen we daar beter plezier in hebben ook, toch?'

Hij bood haar zijn business aan, niet meer en niet minder. Dit zou het mooiste moment van haar carrière moeten zijn, van haar leven zelfs, maar dat was het niet.

Ze glimlachte opgewekt, hoewel niet oprecht. Dat kon ze zien aan haar spiegelbeeld in het glanzend zwarte glas van het raam. 'Ik laat het je straks weten.'

Zonder hem nog een blik waardig te keuren, liep ze naar de hal.

Jenny en Melanie struikelden over hun gefluisterde vragen en protesten. 'Wat doe je nu?' wilde Jen weten.

Elaine vertelde van Axels uitnodiging.

'Laat hem nu niet vallen,' zei Melanie op waarschuwende toon.

'Zijn jullie paspoorten in orde?' vroeg Elaine aan hen allebei.

'Het mijne wel,' zei Melanie. 'Wat –'

'Ik zal je vertellen wat.' Met een lachje overhandigde Elaine haar de envelop. 'Vandaag is je geluksdag. Je gaat morgen skiën in Zwitserland. Je logeert in het Hotel Grande Suisse. Neem contact op met dit bureau, dat zorgt voor alle papieren.'

Ze liet hen overweldigd en tegensputterend achter – Melanie verviel van verbazing in extase – en liep naar de gastenkamer annex garderobe. 'Mijn jas graag,' zei ze kalm tegen de ingehuurde jongedame. Ze voelde zich heel ontspannen en bevrijd. 'Die heer die net wegging – heeft hij gezegd waar hij heen ging?'

'Nee.'

Tja, uiteraard niet. Nou, hij woonde in Brooklyn, dat maakte het zoekterrein iets kleiner.

'Hij heeft iets vergeten,' zei het meisje, dat een paar grote, veelgebruikte handschoenen ophield.

Elaine stopte ze in haar tas. 'Die moet ik hem dan maar gaan brengen.'

Voor haar vertrek ging ze haar ouders gedag zeggen.

Haar moeder keek haar geschokt aan. 'Ben je ziek?'

'Ik heb me nog nooit zo goed gevoeld.' Elaine boog voorover voor de gebruikelijke denkommijnmakeupkus in de lucht. Toen trok ze haar moeder impulsief tegen zich aan en omhelsde haar vader. 'Gelukkig Kerstmis,' zei ze tegen hen allebei, zich realiserend zich dat ze die woorden voor het eerst in jaren uitte.

Hoofdstuk 12

Buiten was de wereld wit geworden: straten en stoepen lagen er zacht en pluizig bij. Sable, de vrouwelijke portier, belde een taxi. Samen wachtten ze in de glanzende hal.

'Dus de man die net wegging – Mr. Fiore – heeft geen taxi genomen?' vroeg Elaine.

'Nee, hij had zijn eigen auto.' Sable keek naar de fikse sneeuwval buiten. 'Geen lolletje om nu te rijden.'

'Heb je gezien welke kant hij op ging?'

'Richting Roosevelt, dacht ik.'

Aandachtig nam Elaine Sable eens op. Het onflatteuze uniform met de dubbele rij knopen was al generaties lang hetzelfde. Het zag er belachelijk uit, zeker met een jonge vrouw erin. 's Winters werd die modeflop tenminste verborgen door de warme koetsiersjas. 'Heb je plannen voor vanavond?' vroeg ze opeens.

Sable keek achterom om te zien tegen wie Elaine het had. 'Ik?' Ze drukte een hand tegen haar borst. 'Ik speel Santa Claus voor onze twee kinderen.'

Elaine had nooit geweten dat Sable kinderen had. 'Klinkt goed.'

'Dat is het ook.' Bijna ongezien gleed Sables blik naar de klok. 'Dit jaar gaan we een fiets en een poppenhuis in elkaar zetten. Ik neem aan dat mijn man al een eind op weg is met de fiets, maar hij heeft geen idee van poppenhuizen.' Ze glimlachte. Er zat iets speciaals in die glimlach: iets zachts wat liefde, trots en verlangen impliceerde. 'Hij zal er zijn handen aan vol hebben om ze in bed te krijgen.'

'Dan moet je naar huis gaan om hem te helpen,' zei Elaine tot haar eigen verbazing.

Sable keek weer op de klok. 'Het duurt nog een uur voor Ravi hier is.'

Ondanks Elaines haast om Tony te vinden, voelde ze een golf van sympathie oprijzen. Het was een dilemma, en ze aarzelde nog.

Ach, tenslotte had ze Tony al zoveel jaren gemist. Nu wist ze op zijn minst waar ze hem kon vinden. En hier had je een vrouw die moest werken in plaats van dat ze haar kinderen in bed kon stoppen op kerstavond. Wat was er nu belangrijker dan dat? Tja, geven betekende opofferen, toch? 'Ik neem je plaats wel in.'

Sable lachte. 'Lijkt me niet, Miss St. James. Als iemand dat te weten komt, ben ik mijn baan kwijt.'

'Alsjeblieft, zeg, zulke dingen gebeuren niet met kerst. Kom op, geef me je jas, hoed en fluitje.'

Sable stond vreselijk in tweestrijd. Elaine legde een hand op haar arm. 'Alsjeblieft. Ik doe dit niet alleen voor jou, maar ook voor mezelf.' Ze gebaarde naar buiten. 'Daar is je taxi.' Ze wist de portiersattributen van de jonge vrouw te bemachtigen, trok haar de koude avond in en duwde haar toen in de taxi. Daarna betaalde ze de chauffeur alvast en bleef op de stoep staan kijken terwijl de taxi optrok. Sable draaide zich om en zwaaide door de achterruit tot de sneeuw haar aan het gezicht onttrok. Het laatste wat Elaine zag, was Sables glimlach, die leek op de tevreden grijns van een spinnende kat.

Terug in de hal voelde ze zich uiterst tevreden over haar kerstdaad. Kerst mocht voor haar dan een ramp zijn, dat was nog geen reden waarom iemand anders het ook niet fijn mocht hebben. Kerst betekende echt wat voor vrouwen als Sable, die het hele jaar door hard werkten en het verdienden tijd te kunnen spenderen aan het vertroetelen van hun kinderen.

Met een dramatische zwaai wierp Elaine de duifgrijze met purper portiersmantel om en stopte de knopen in de daarvoor bestemde lussen. Voor de spiegel met vergulde lijst zette ze de bijpassende pet op en trok de leren klep zwierig schuin over een oog. Ze zag er belachelijk uit. Als een uit de kluiten gewassen orgelaapje. Wie had deze outfit in vredesnaam bedacht?

Vanuit een ooghoek zag ze beweging op straat. Een groepje goedgeklede echtparen stapte uit een limousine. Gasten! Snel hield ze de met koper beslagen deur open voor drie paren. Ze stond op het punt de Wyndhams, de Blantons en de McQuiggs, vrienden van haar ouders, te begroeten. Tenslotte had ze jarenlang met hun kinderen op school gezeten en was ze met hen op zomerkamp geweest.

Lachend en kwetterend liepen ze langs haar heen. Niet eentje keek naar Elaine. Niemand begroette haar. Ze voelde zich niet gekwetst, was alleen uitermate verbaasd. Was het alleen dit groepje of behandelde iedereen een portier zo? Waarschijnlijk iedereen. In haar wereld waren bediendes onzichtbaar.

Toen de volgende groep voorbijgesneld was, moest ze wel vaststellen dat het geen toeval was. Zij negeerden haar ook, en dat terwijl ze nog niet zo lang geleden een van de kersverse echtparen een Tiffanyschaal voor hun bruiloft had gestuurd. Toen stapte een man uit een taxi die ze goed kende. Het was een beroemde dirigent, die diverse malen bij hen thuis had gedineerd. Hij zou het beslist fantastisch vinden haar weer te zien, dus glimlachte ze blij. Zijn blik gleed echter over haar heen terwijl hij een laatdunkend knikje gaf en naar de lift liep. Al die mensen, realiseerde Elaine zich, beschouwden een portier als niet meer dan een plant in een pot.

De stalen deuren van de lift schoven dicht. Elaine moest wel tot de schokkende conclusie komen dat zij in het gewone leven ook 'een van die mensen' was.

Toen Ravi kwam, probeerde ze hem uit te leggen wat zij hier deed, maar hij begreep er duidelijk niets van. Dus belde ze een taxi. Ze gleed op de achterbank en rilde even toen haar dijen de harde plastic bekleding raakten. Ze trok haar warme designerjas dichter om zichzelf heen en zat even te peinzen, want ze had geen idee waar ze naartoe wilde.

Ja, Tony vinden, want ze wilde hem vertellen dat ze door hem weer te zien eens goed was gaan nadenken over haar leven. Ze was weggelopen van de allerbelangrijkste party en had haar carrière op het spel gezet om een uur als portier te werken. Alleen omdat ze hem weer had gezien en besefte dat de droom nog bestond, wachtend op het juiste moment om weer op te leven. Dus óf ze was helemaal gek geworden, óf ze was in iemand anders aan het veranderen.

Ze merkte dat de chauffeur in het achteruitkijkspiegeltje naar haar keek. 'Brooklyn,' zei ze. Normaal gesproken, zelfs nog een uur geleden, zou ze een taxichauffeur geen blik waardig gekeurd hebben. Nu merkte ze dat het leek alsof hij haar kende.

'Oké.' Hij sloeg rechtsaf Roosevelt Drive in. 'Kunt u iets duidelijker zijn?'

Snel nadenkend zei ze: 'Kent u een katholieke kerk daar?'

Hij moest grinniken. 'Een paar dozijn zo'n beetje.'

'Misschien kom ik nog op de naam.'

Het bleek dat ze ruimschoots de tijd had om na te denken, want even verderop, nog voor de brug, stond het verkeer stil.

'Fantastisch,' zei Elaine. 'Nu ik van plan ben me voor de tweede keer in mijn leven in de schoot van een man te werpen, zit ik vast in een file.'

'Voor de tweede keer? Wat gebeurde er de eerste keer dan?'

'Hij kwam niet opdagen.' Het gerinkel van belletjes klonk uit de autoradio, zo zilverig mooi dat ze ervan rilde.

'Ik dacht dat hij dat had uitgelegd.' Iets in 's mans stem trok haar aandacht; ze bekeek hem eens goed. Ach, hij was gewoon een taxichauffeur, dacht ze. Hij droeg een pet met oorkleppen en had een felrode das om.

Er liep een rilling over haar rug. Ze boog voorover om het legitimatiebewijs op de meter te kunnen lezen. Lawrence E. Simms.

'Larry ?' vroeg ze.

Eindelijk kwamen ze bij de brug aan, die vreemd genoeg vrijwel verlaten was. 'Dat ben ik.'

'Larry de hulpSanta? Larry de Zambonibestuurder?'

De taxichauffeur leek haar niet te horen toen hij het raampje opendraaide en zijn hoofd naar buiten stak. 'Hé, *lady*, zie je wat ik zie? O nee!'

Elaine deed haar uiterste best om door het mistige sneeuwgordijn heen te kijken. 'Wat is er?'

'Er staat iemand op de brug.'

'Wat bedoel je?'

Larry ging langzamer rijden en stopte toen. 'Daar, is dat geen springer?'

Een vrouw stond aan de verkeerde kant van de brugreling. Op een of andere manier was ze om de veiligheidsafrastering heen geklommen en nu stond ze over de rivier uit te kijken. Ze droeg geen jas; door de wind wapperden haar haren om haar gezicht.

Elaine liepen de rillingen over de rug. 'Wat is er aan de hand? Gaat die vrouw...' Midden in haar zin hield ze op, niet in staat om haar angst onder woorden te brengen.

'Ze zeggen wel dat het er de tijd van het jaar voor is.'

Elaine rukte het portier open en stapte uit. Griezelig genoeg was er verder helemaal niemand – alleen de taxi... en de vrouw op de rand van de brug.

Ze voelde de koude sneeuwvlokken op haar gezicht toen ze naar de vrouw toe liep, er niet langer op gebrand Tony te zoeken. Ze wilde gewoon helpen.

Belachelijk natuurlijk. Wat kon zij in 's hemelsnaam doen om te helpen? Ze keek even snel om zich heen, maar er waren geen andere auto's in zicht. 'Dit is de drukste brug van de hele stad,' mompelde ze tussen haar opeengeklemde tanden door. 'Hoe kan die er zo verlaten bij liggen?'

Beneden op de rivier klonk het tjoektjoek van een boot in de spookachtige stilte van de avond. Rillend van angst liep Elaine op de vrouw af. De mistige gloed van een lantaarn bescheen het tengere figuurtje, dat er als bevroren bij stond. Ze was heel jong en had niets anders aan dan een suède rokje en een wollen trui – geen jas, geen muts, geen handschoenen.

Er begon iets te dagen bij Elaine. Een ijskoude rilling liep over haar rug. Ze kende die vrouw! Haar hart sloeg over. IJskoud van angst liep ze op de reling af en greep zich vast aan het koude staal. 'Bobbi,' zei ze, intuïtief zo kalm mogelijk, 'ik ben het, Elaine.'

Gelukkig leek Bobbi niet al te geschrokken, zelfs helemaal niet verbaasd. Ze zag er breekbaar en broos uit, maar bewoog niet. Ze stond daar maar, als een soort boegbeeld.

'Ga weg.' Dat was het enige wat ze zei, luid en duidelijk.

'Nooit! Ik ben juist blij dat ik hier ben. Alsjeblieft, Bobbi, doe jezelf niets aan.'

'Wat kan jou dat schelen?'

'Op de eerste plaats omdat ik geen kans heb gehad om mijn excuses.'

'Ach, fantastisch Elaine! Dit gaat natuurlijk weer over jouzelf.'

Elaine vond het eigenlijk wel goed om te horen dat Bobbi kwaad werd. 'Nee, helemaal niet.'

'Wat wil je dan? Mijn leven verbeteren voor jouw lol en jouw poen?'

Elaine werd verscheurd door schuldgevoelens. Ze was ook vreselijk bang, want nu, op deze ijzige avond, was ze gedwongen haar relatie met Bobbi onder ogen te zien. Ze waren vriendinnen geworden op totaal foute gronden. Hun vriendschap had nooit enige diepte of oprechte intimiteit gekend. Het was, zoals al haar relaties, een zakelijke overeenkomst geweest.

'Ik had het helemaal mis,' zei Elaine. 'Ik was afschuwelijk tegen je. Bobbi, alsjeblieft. Wat je ook van me vindt, doe jezelf niets aan. Het is kerst nota bene.'

'Een gewone werkdag wat jou betreft. Wat is er plotseling zo speciaal aan Kerstmis?'

'Nou, er is...' Elaine viel stil. Opeens, nog wel op het allerslechtste moment, had ze geen flauw idee wat ze moest zeggen.

'Er is wat?'

'De kerstboom,' zei Elaine luchtig. 'Op welke andere tijd van het jaar kun je zo'n enorm modeaccessoire in je kamer zetten en daar nog plezier van hebben ook?'

'Alleen omdat je weet dat je hem weer weg gaat halen,' snauwde

Bobbi. 'Als dat een reden voor mij moet zijn om te willen leven, dan moet je toch echt iets beters bedenken. Jij hebt geen flauw idee wat de ware betekenis is van kerst, zelfs al zou die je voor je neus gehouden worden.'

'Nou, in dat geval zou ik degene moeten zijn die aan die kant van de brug stond,' snauwde Elaine. Nog steeds was ze doodsbang. Ze moest Bobbi aan de praat houden, zodat die niet sprong. 'Ik weet wat kerst betekent voor mensen: samen zijn met degenen van wie je houdt.'

'O ja?' vroeg Bobbi. 'Daarom ben jij zeker op kerstavond zo hard aan het werk? Je houdt van al die klanten van wie je opdrachten wilt binnenslepen.'

'Nee,' zei Elaine. 'Daarom ben ik weggegaan van de St. James Affair, omdat ik besefte dat ik juist níet met die mensen samen wilde zijn.'

Het was niet duidelijk of haar woorden tot Bobbi doordrongen. Ze moest het ijselijk koud hebben, daar op die reling boven het water.

'Ja,' zei Bobbi beverig, 'samen zijn met de mensen van wie je houdt, dat wilde ik ook zo graag. Daarom heb ik...' Ze zweeg, maar Elaine begreep wat ze had willen zeggen.

'Ik begrijp waarom je mijn portemonnee pakte,' zei ze. 'Als ik wat beter naar je had geluisterd, dan had je dat niet hoeven doen.'

Bobbi wendde haar blik af van het donkere water en keek even naar haar. 'Jij luistert toch nooit,' zei ze bitter. 'Jij weet altijd wat voor iedereen het beste is. Iedereen danst naar je pijpen, ik ook, al wilde ik het eigenlijk helemaal niet.'

'Je hebt helemaal gelijk,' zei Elaine. 'Dat zie ik nu in. Voor mij is dat het belang van Kerstmis, dat je je realiseert wat er echt toe doet in je leven. En dat is niet geld, maar warmte en liefde.'

'Dat kun jij makkelijk zeggen!' snauwde Bobbi klappertandend. 'Jij hebt geld genoeg. En je bent tenminste bij je ouders, ook al is dat dan op zo'n belachelijk feest.'

'Ja, wat je zegt, een belachelijk feest,' zei Elaine. 'Hoor eens, Bobbi, kerst is een feest van samenzijn, we vieren de liefde die we voor elkaar voelen met extra aardig zijn, cadeautjes uitwisselen en met ons allen eten. Maar het allerbelangrijkste is misschien wel dat we met kerst ook vieren dat we ons kruis niet alleen hoeven dragen, dat we elkaar kunnen helpen. Dat is toch mooi, Bobbi? Jij bent ook niet alleen. Ik weet dat ik het er niet zo goed van afbreng – jou een reden geven om niet van deze brug af te springen, maar één ding weet ik wel: ik ben afschuwelijk geweest. Ik moet weer van voren af aan leren aardig en vrijgevig te zijn. En dat leer ik van mensen als jij, Bobbi. De wereld heeft je nodig.'

'Hoezo, heeft de wereld nog meer dieven nodig?' Bobbi's stem brak.

'Meer mensen zoals jij om mensen zoals ik te laten zien wat echte wanhoop is. Jij was wanhopig, en ik herkende dat niet eens.'

Voor de eerste keer draaide Bobbi haar hoofd om om Elaine rechtstreeks aan te kijken. 'Dat begint er op te lijken, maar het gaat nog steeds over jou.' Ze staarde weer naar de rivier. 'Dit soort leven wil ik niet. Ik wil onder mensen zijn van wie ik hou, bij mijn familie. Ik wil meer dan een speelpop voor de media zijn. Jij hebt me helemaal niets gegeven, Elaine, alleen de mogelijkheid om een namaakleven te leiden. Dat drong vandaag eindelijk tot me door.'

'Goed, dan gaan we zorgen dat je thuis bent met kerst. Je moeder wil je zien, lieverd. Ze heeft je nodig. Dus we krijgen je op het vliegveld en in het volgende vliegtuig naar Raleigh Durham. Op kerstochtend ben je thuis.'

'Oké,' zei Bobbi zachtjes.

Een golf van opluchting sloeg door Elaine heen. 'Prima.' Ze rommelde in haar tas. 'Ik bel mijn reisbureau. Die hebben vierentwintig uur dienst, alle dagen van het jaar.' Toen ze haar mobieltje pakte, kwam de sleutelhanger mee. Haar speciale sleutelhanger met het zilveren schaatsje. Voor ze hem kon grijpen, viel hij door de reling de zwarte diepte in.

In gedachten kon ze een plonsje horen. Ze deed even haar ogen dicht, zei tegen zichzelf dat het niet uitmaakte, dit kón gewoon geen slecht teken zijn. Toen belde ze en reserveerde voor de eerstvolgende vlucht. 'Geregeld,' zei ze tegen Bobbi. 'Tijd om naar het vliegveld te gaan.'

Bobbi staarde naar de rivier. Eindelijk zei ze met een pathetisch stemmetje: 'Ik ben bang.'

Elaine hoorde achter haar het geluid van een auto. Ze was doodsbang dat Bobbi in paniek zou raken en zou vallen.

Bobbi's designerlaarzen glibberden op de gladde smalle stalen rand. Hoe kreeg ze het ooit voor elkaar zich om te draaien?

Elaine hoorde een auto stoppen, maar durfde niet om te kijken.

'Ik pak haar wel.' Een lange man liep snel langs haar.

Elaine smolt bijna van opluchting. 'Tony!'

Hij keek nauwelijks naar haar terwijl hij op Bobbi af liep. Behendig kroop hij door een opening in de afrastering, klom toen over de reling en schoof naar haar toe.

'Straks vallen we allebei nog!' jammerde Bobbi.

'Nee, dat doen we niet. Geen denken aan.'

Elaine hield haar adem in. De glanzende koude stalen afrastering was bedekt met ijs. Tony sloeg een arm om een paal en stak zijn andere arm uit. 'Pak mijn hand,' zei hij. 'Toe maar. Ik grijp je wel.'

Trillend van paniek tastte Bobbi blindelings achter zich. Tony greep haar vast. 'Oké, oké,' zei hij geruststellend. 'Je bent veilig.' Nu draaide Bobbi zich om en liet zich overhalen om schuifelend over de stang te lopen. Ze gleed uit, zwaaide met haar ene arm. Elaine beet op haar knokkels om het niet uit te schreeuwen. Tony greep Bobbi en trok hard, zodat ze in zijn armen belandde en samen met hem door het gat in de afrastering tuimelde.

Elaine rende op haar af en omhelsde haar. Tot in haar ziel getroffen trok ze haar jas uit en legde die om Bobbi's schouders.

'Het spijt me,' zei Bobbi. 'Dit had ik niet moeten doen.'

'Ik zat ook fout,' zei Elaine. 'Ik heb niet naar je geluisterd.'

Bobbi kon niet ophouden met bibberen. 'Nee...'

Elaine dacht terug aan het moment waarop ze bij haar ouders thuis in dat zwarte raam had gestaard. Daarin had ze haar spiegelbeeld gezien: zij met de perfecte carrière, de perfecte outfit, de perfecte juwelen, maar met zo'n eenzaamheid in haar ogen dat die deden denken aan twee lege kommen.

De taxichauffeur toeterde. 'Tijd om te gaan!' riep hij. 'Het is nog een kwartier naar het vliegveld.'

Elaine duwde Bobbi in de taxi en drukte een bundeltje bankbiljetten in haar hand. 'Zal ik meegaan naar het vliegveld?'

'Nee, ik red het wel,' zei Bobbi snuffend.

Toen de taxi wegreed, keek Tony verbaasd. 'Die taxichauffeur. Is dat niet die man –'

'Ja,' zei Elaine, 'hij is magisch.'

Er was weer wat meer verkeer. Tony legde zijn jas om Elaines schouders en hield die met zijn stevige arm op zijn plaats. Zo kon ze wel de hele nacht blijven staan: warm, veilig en beschermd.

'Hoe wist je dit?' vroeg ze. 'Hoe wist je waar ik was?'

'Ik was net op weg naar de kerk toen het bericht doorkwam op de politieradio.'

De taxichauffeur, wist ze.

'Wat was je hier eigenlijk aan het doen, Elaine?' drong hij aan.

'Jij was je handschoenen vergeten.' Ze viste ze uit haar tas en gaf ze hem.

'Op kerstavond wilde je helemaal naar Brooklyn toe om mij mijn handschoenen te brengen?'

Ze knikte.

Schallend van de lach nam hij haar mee naar zijn auto, duwde haar erin en zette de verwarming op volle kracht. 'Ik neem aan dat je wel een lift naar huis wilt.'

Ze wilde al knikken, maar keek hem toen recht aan. 'Ik wil niet naar huis.'

Hoofdstuk 13

Elaine St. James was wel de laatste met wie Tony had gedacht zijn kerstavond door te brengen, maar ook de enige met wie hij dat wilde. Hij liep voor haar uit van de parkeergarage naar zijn appartementengebouw in Park Slope Street, een rustige straat. Terwijl hij een blik wierp op die zwijgzame vrouw naast hem, bedacht hij dat zij nu zijn huis én zijn leven in zou komen. Hij hoopte dat het binnen niet een al te erge rotzooi was...

De trapleuningen en de deur van het oude gebouw waren versierd met dennentakken. In de hal had iemand een tak mistletoe over de brievenbussen gedrapeerd. Er hing een Santamuts over de knop van de trapleuning. De geur van brandende kaarsen zweefde door de lucht. Het was laat, dus bleven ze stil tot ze in zijn appartement op de derde verdieping waren.

Hij liet haar binnen, benieuwd naar haar reactie. Op een bepaald moment in zijn leven had hij besloten de dingen niet langer te laten verslonzen. Het zag er binnen dan ook niet te erg uit en het rook er niet naar een hamsterhok.

Anderzijds was het natuurlijk niet het soort woning waar Elaine St. James in thuishoorde. Ze leek wel een exotische bloem zoals ze daar stond, totaal niet in haar element.

Ze glimlachte wel, deed zijn parka af en gaf hem die terug. 'Bedankt,' zei ze. 'Ik zou anders bevroren zijn.'

De chique jas die ze aan haar vriendin had gegeven, was vast een maand van zijn huur waard.

'Hou ik je van andere plannen af?' vroeg ze.

Verbaasd merkte hij dat ze zenuwachtig was. 'Ik heb de nachtmis overgeslagen,' zei hij, 'maar ik vermoed dat me dat wel vergeven wordt. Tenslotte moesten we je vriendin helpen.'

Huiverend knikte ze. 'Ik hoop dat alles goed met haar gaat.'

'Vreselijk om je vriendin in zo'n situatie te zien.'

'Ik weet niet zeker of ze wel mijn vriendin was, maar ik had beslist niet gewild dat ze zichzelf iets aandeed.'

'Dat is aan haar. Wat jij hebt gedaan, was een goede daad, Elaine.'

'O ja? Toen ze om een voorschot vroeg en ik haar afwees, wat dacht je daarvan? Daarmee is deze nachtmerrie begonnen.'

'Je kunt het niet altijd meteen bij het juiste eind hebben, dat kan niemand. Waarom ga je niet zitten?' Hij knikte naar de bruine corduroy bank. Zijn schrale kerstboom stond op een tafel bij het raam, een boompje van niets dat ook nog scheef hing door te veel lichtjes aan een kant.

Hij sprak een boodschap in op het antwoordapparaat van zijn ouders, schonk toen twee glazen wijn in – hopend dat ze van rood hield – en reikte haar er een aan. 'Alles oké met jou?'

'Jawel.' Ze liep wat door het appartement, net als hij in het hare had gedaan. Toen ze zijn serie ingelijste foto's bekeek, brak de uitdrukking op haar gezicht zijn hart. Ze zag dat hij naar haar stond te kijken. 'Foto's van vrienden en familieleden,' zei ze wat melancholiek terwijl ze zich op zijn wat ingedeukte bank liet zakken. 'Leuk.'

Zij verdiende ook vrienden en familieleden, dacht Tony. Ze was een goed mens. Toch, op een of andere manier, was ze in een leven vast komen te zitten dat minder was dan ze verdiende en meer dan ze wilde.

Dat was zijn schuld niet, maar hij had er wel een rol in gespeeld. Jaren geleden had hij haar in de steek gelaten omdat hij dacht dat hij zonder zijn ijshockeycarrière niet aan haar normen voldeed. Dat had hij echt geloofd. Uiteindelijk had hij het einde van zijn droom geaccepteerd en een nieuw leven voor zichzelf opgebouwd.

Elaine was nog steeds rijk en van een andere klasse dan hij, maar hij zag haar niet meer als iemand boven zijn niveau. Hij had een flinke klap gehad en daar vrede mee gekregen. Nu kreeg hij een tweede kans.

Hij zag haar keel bewegen toen ze een slok wijn nam. Ze had het soort gezicht dat altijd mooi zou zijn, op iedere leeftijd, of het nu straalde van jeugd of gerimpeld was door ouderdom. Die transformatie wilde hij meemaken, hoe gek dat ook leek en hoe verschillend hun werelden waren. En daar wilde hij nu mee beginnen.

De sfeer tussen hen was geladen en gespannen. Sommige dingen veranderden nooit.

'Elaine.' Hij pakte haar glas en zette dat naast het zijne op de salontafel. 'Wat doe je hier?'

Hoofdstuk 14

Elaine wist niet wat ze moest zeggen. Ze keek hem handenwringend aan. Hij liet haar geen seconde uit het oog. Hoewel ze elkaar niet aanraakten, kon ze zijn warmte voelen, zo gloeide hij. Hoe moest ze zijn vraag beantwoorden?

Ze wilde niets en ze wilde alles. Dat zou hij toch nooit kunnen begrijpen?

Zwijgend gleed ze op de bank naar hem toe en drukte haar handen tegen zijn borst. Zijn adem stokte even, en toen greep hij haar polsen. Ze was even bang dat hij haar van zich af zou duwen, maar hij pakte nu haar hand en bracht die naar zijn lippen. Hij kuste haar lippen, eerst zachtjes, daarna harder, onderzoekend. Het was een kus die ze nooit eerder had ervaren: vurig, het delen van een emotie die niet onder woorden gebracht kon worden.

Het leek alsof iemand een snel brandende lont had aangestoken. Alles binnen in haar borrelde op en liep over, alsof al haar verlangens en begeertes samenkwamen in dit ene wanhopige moment.

Ze klemde zich aan hem vast, haar handen gleden over zijn brede schouders, haar vingers grepen in het dikke haar dat om zijn boord krulde. Geen idee had ze gehad dat ze zich nog zo kon voelen. Ze was weer jong, vrolijk en vol hoop, nu ze zeker wist dat ze eindelijk op de juiste plek met de juiste man was.

Hij stond op en trok haar met zich mee, haar bij haar bovenarmen vasthoudend en haar indringend aankijkend. 'Je moet wel weten,' zei hij fluisterend, 'dat ik niet aan een onenightstand doe.'

'Dat is dit ook niet,' zei ze.

'Wat is het dan wel?'

O, wat had ze hem nodig. Niet alleen in haar armen, maar in haar leven. Niet alleen voor vannacht, maar voor altijd. Ze had zachte explorerende kussen nodig en warme huid tegen warme huid. Eindeloze gesprekken over dingen die zij alleen begrepen. De pure vreugde van het opbouwen van een leven samen, moment na moment. Het was verbazingwekkend hoe goed zij en Tony elkaar kenden, hie intens ze naar elkaar verlangden. Ze waren intieme vreemden die al jaren naar deze ontmoeting hadden uitgekeken, naar deze ontmoeting toe gegroeid waren zonder het te weten.

'Dit is wat jaren geleden had moeten gebeuren.'

Hij glimlachte. 'Dat was precies wat ik dacht.' Weer kuste hij haar; hun monden bleven elkaar vasthouden, zelfs toen hij haar langzaam met zich mee trok. Het parket veranderde in tapijt, en ze maakte zich even los om een indruk te krijgen van zijn slaapkamer. Groot bed. Ouderwetse commode met een foto van zijn familie erop. Een schoenpoetsdoos. Diverse dassen over de leuning van een stoel.

Wat schaapachtig grinnikte hij. 'Ik wist niet goed welke ik moest kiezen, zo nerveus was ik.'

Ze pakte zijn hand en legde die op haar bonkende hart. Wat was ze blij dat hij dat kon toegeven. 'Nu ben ik zenuwachtig.'

'Ik ook,' zei hij terwijl hij zijn duim over haar sleutelbeen liet glijden. 'Ik heb hier zolang van gedroomd.' Hij trok wat onpraktisch aan haar zwart met gouden jurk. 'Alleen had ik niet gedacht dat je een maliënkolder zou dragen. Je hebt hier toch geen kuisheidsgordel onder aan?'

Zachtjes lachend maakte ze aan de achterkant de gouden hes los en liet die aan haar voeten vallen. Daarna liep ze op hem af, rechtstreeks in zijn armen, en toen ze in zijn ogen keek, zag ze zichzelf weerspiegeld. De liefde en verrukking op haar gezicht waren verbazingwekkend.

Er waren geen onhandige of pijnlijke momenten meer, ook niet tijdens het uitkleden. Ze brandde van verlangen, spanning en nieuwsgierigheid en realiseerde zich dat ze eindelijk, totaal onverwacht iets heel reëels had herontdekt. Iets wat diepte kon geven aan haar leven, wat de leegtes kon vullen die haar zo'n eenzaam gevoel gaven. Iets wat haar eindelijk belangrijk maakte voor iemand.

Hij sloeg het dekbed op en trok haar met zich mee. Hitte trok door haar heen. Ze liefkoosde hem en voelde eindelijk de man van wie ze zo vaak gedroomd had.

Hij streelde haar zo teder dat haar lippen een woordeloze kreet van vreugde vormden. Ongelooflijk, hoe diep ze iedere streling, iedere kus van binnen voelde. Haar wild kloppende hart had zich volledig overgegeven. Toen hun lichamen samenkwamen, greep ze hem nog steviger vast. Ze wilde hem nog dichter bij zich hebben. Lieve woordjes in zijn oor fluisterend, raakte ze in een extase die haar volledig vervoerde naar een verrukkelijke hoogte die ze nooit voor mogelijk had gehouden.

Toen ze na die gelukzalige momenten weer tot zichzelf kwam, wist ze dat ze herboren was.

Ze voelde die verandering heel diep vanbinnen. Na deze nacht zou niets meer hetzelfde zijn, dat wist ze zeker.

Hoofdstuk 15

De geur van versgezette koffie kietelde Tony stukje bij beetje wakker. Elaine. Die gedachte kwam bij hem op als het laatste heerlijke stukje van een bijna vergeten droom. Eventjes was hij bang dat hij haar hád gedroomd. Nee, ze was er echt. Het kuiltje naast hem, waar ze de hele nacht in zijn armen had gelegen, was nog een tikkeltje warm. Zijn kussen rook nog een beetje naar haar haar.

In zijn hart wist hij dat er in de hele geschiedenis van de wereld geen ochtend ooit zo goed kon zijn als deze.

Elaine St. James. Haar terugvinden was een wonder op zich, zoiets als een diamant zien liggen glinsteren in de sneeuw.

Ze stond in de keuken te staren naar het druppelen van het koffiezetapparaat. Ze had een paar sokken en een oude trui van hem aan. Haar makeup was verdwenen, en haar haar was een warboel. Ze zag eruit als een godin.

'Gelukkig Kerstmis,' zei hij. Hij schoof zijn handen om haar middel en kuste de zijkant van haar hals.

'Ja, dat is het,' zei ze zachtjes, zich tegen hem aan drukkend. 'Ik wilde wat kerstliedjes op de radio zoeken.'

Hij reikte over het aanrecht, zette de radio aan en draaide even aan de afstemknop. God Rest Ye Merry Gentlemen klonk door de keuken.

'Goed idee,' zei hij. Hij draaide haar in zijn armen om en trok haar mee richting slaapkamer, waar het bed nog warm en uitnodigend was. Hij voelde zich fantastisch, want hij wist exact wat hij ging doen – nu en de rest van zijn leven. Nog nooit was hij zo zeker van iets geweest.

'Ik was koffie aan het zetten,' zei ze tegenstribbelend.

'Dat ding doet er eeuwen over.'

Ze wilde weer protesteren maar toen ontspande haar gezicht en keek ze hem liefdevol aan. 'Oké.'

'Wat denk je, zou het klaar zijn?'

'Wie, wat?' Elaine voelde dat ze lag te glimlachen. En dat hield niet op. Het leek wel alsof ze zo geboren was en op die manier de rest van haar leven zou blijven.

'De koffie.'

'Dat moet wel. Het apparaat begon een uur geleden al te druppelen.'

Hij rolde opzij, haar een verleidelijke blik gunnend op zijn hele lijf, greep de wekker van het nachtkastje. 'O nee!'

'Wat is er?'

'Ik had al bij mijn ouders moeten zijn.'

Haar zelfvertrouwen kreeg een deuk, maar ze verborg haar teleurstelling door weg te kijken en haar haar voor haar gezicht te schudden. Dat alles voor haar veranderd was, wilde nog niet zeggen dat dat voor de rest van de mensheid ook zo was. Een van de pijnlijke ontdekkingen die ze had gedaan toen ze volwassen werd, was dat de wereld niet om haar draaide. Ook deze ochtend lag de werkelijkheid klaar om zich als een roofdier op haar geluk te storten.

'Ga maar vast douchen,' zei ze praktisch als altijd, 'dan bel ik een taxi.'

'Het is te belopen.'

'Voor jou, maar ik moet ook weg.'

Hij nam haar in zijn armen. 'Waar naartoe dan?'

Ze aarzelde even. Haar ouders sliepen meestal uit met kerst, gaven elkaar dan smaakvolle cadeaus, hadden een champagnebrunch en gingen vervolgens op vakantie naar een exotisch oord om te skiën of in de zon te liggen. Ze vonden het prettig om op eerste kerstdag te reizen, want dan was het minder druk dan net ervoor of erna. Dat was wel logisch uitgekiend, maar het beviel Elaine helemaal niet, al jaren niet meer. Ze had er alleen aan meegedaan omdat er niets anders te doen viel.

'Naar mijn ouders, neem ik aan,' moest ze wel zeggen.

'Bel ze om te zeggen dat je niet kunt.'

'Waarom zou ik niet kunnen?'

'Omdat je met mij mee gaat. Je zult mijn familie fantastisch vinden en zij jou.' Hij trok een scheve grijns die ze nauwelijks kon weerstaan.

'Geen denken aan,' zei ze echter terwijl ze uit bed stapte. Een voor een pakte ze haar kledingstukken op, waarbij ze moest denken aan het genot dat het uittrekken ervan haar had gegeven.

'Je weet wat ik gezegd heb.' Hij trok haar tegen zich aan. 'Dat ik niet aan onenightstands doe.'

'Ja, dat weet ik nog.' Ze rilde in zijn armen want ze wist dat ze nu de beslissing van haar leven moest nemen. Ze was veranderd. Ze was een totaal anders mens, daar moest ze goed aan denken.

'Als je nu weggaat,' zei Tony, 'dan wordt het dat wel.'

Een halfuur later liep Elaine in haar couturejurkje, zonder de gouden hes en met een vormeloze van Tony geleende jas naar buiten, de kerstochtend in.

Kerkklokken luidden met vreugdevolle overgave; ergens in de verte kon je horen dat er kerstliedjes gezongen werden. De sneeuwstorm was voorbij, de zon piepte door de wolken heen. Er lag een glinsterend tapijt van intens wit over alles heen, waardoor geparkeerde auto's op enorme suikerspinnen leken en hopen afval op ijssculpturen. Overal speelden lachende kinderen op straat, terwijl hun ouders met dampende mokken in hun handen stonden toe te kijken.

Ze kwamen een meisje tegen met een doos in haar armen. 'Tony, kijk eens wat Santa heeft gebracht,' zei ze. Ze deed het deksel van de doos, en ze zagen een paar spiksplinternieuwe ijshockeyschaatsen. Tony knipoogde naar haar moeder. 'Je moet dit jaar wel heel braaf geweest zijn, meisje.'

'We gaan naar Prospect Park om ze gelijk uit te proberen.'

Hij zwaaide naar hen toen ze naar de bushalte liepen. 'Zij is mijn beste vleugelspeelster,' zei hij.

'Dus ze zit in jouw ijshockeyclub.'

'Tja, zolang het duurt.' Hij trok een bezorgd gezicht.

'Het geldgebrek is een groot probleem, hè?' Elaine keek naar het meisje en haar moeder bij de bushalte. Hun gezichten glommen van plezier. 'Dat hoeft het niet te zijn.'

'Ik weet het. Betere pr, grotere donaties, maar we kunnen ons geen betere pr veroorloven.'

'Wel als het gratis is.'

Tony trok een wenkbrauw op. 'Ja ja, en waar haal jij de tijd vandaan?'

Ze glimlachte, zeker van zichzelf, zekerder dan ze zich ooit had gevoeld. 'Van nu af aan ga ik tijd maken. Mijn bedrijf gaat een prafdeling zonder winstbejag oprichten voor klanten die geen geld hebben.'

Grinnikend sloeg hij zijn arm om haar heen. 'Handig om de baas te zijn.'

Zo naast hem voelde ze zich heel lichtvoetig, alsof ze uit een lange verlammende slaap was gewekt en eindelijk een leven ging leiden. Dit was Tony's wereld, deze kleurrijke lawaaierige, niet perfecte plek die zinniger op haar overkwam dan haar eigen wereldje. Hij maakte deel uit van deze buurt, deze met bomen omzoomde straat vol mensen en gelach.

Ze voelde zich er thuis, merkte ze, alsof ze er ook bij hoorde: kerstliedjes zingend en lachend om een jong hondje. Na die lange vreemde nacht wist ze opeens waarom ze zich zo vrolijk en blij voelde. Het was ongelooflijk eenvoudig: geluk. Puur en zonder pretenties en reëler dan de verse sneeuw die onder haar voeten kraakte.

'Ik ben zo gelukkig als een schoolkind,' zei ze lachend. 'Alsof ik dronken ben van geluk.'

Tony moest om haar lachen en trok haar tegen zich aan. 'Maar goed dat je lekkerder ruikt dan een dronkenlap.'

Het verlangen naar hem dat ze jaren geleden had gevoeld, was nooit weggegaan. Het was juist sterker geworden op een geheim plekje in haar hart. De dingen die er echt toe deden, hadden begraven gelegen onder de verstikkende druk van ambitie, eerzucht en alles wat haar leven had beheerst toen ze even niet oplette. Nu was ze vrij, en ze wist dat ze blijheid uitstraalde, want dat kon ze van zijn even blije gezicht aflezen.

Ze liepen zwijgend verder naar het huis waar hij was opgegroeid. Pas toen ze ervoor stonden, kon ze zich niet meer inhouden. 'Je weet niet half hoe zenuwachtig ik ben.'

Hij keek haar aan. 'Hé, hoelang denk je wel niet dat mijn familie heeft moeten wachten op het moment waarop ik de liefde van mijn leven thuisbreng?'

Ze kon nauwelijks meer ademhalen, denken al helemaal niet. Nog nooit had ze zich zo gevoeld, maar ze begreep wel wat het was. Een droom. Haar droom werd eindelijk werkelijkheid. De tijd die voor haar lag, was van haar. Zijzelf kon beslissen hoe ze die doorbracht. Ze kon doorgaan met haar jachtige eerzuchtige leven tot ze net zo wanhopig als Bobbi aan de rand van de afgrond stond. Ze kon ook een ander pad nemen, naar een geheel nieuwe onverwachte bestemming.

'Ongeveer net zolang,' zei ze, 'als ik heb moeten wachten om hen te ontmoeten.'

Tony glimlachte opeens een beetje verlegen. 'Voor we naar binnen gaan, wil ik je iets geven.'

Ze fronste even. 'Wat dan?'

Hij pakte iets uit zijn zak. 'Dit had ik je gisteravond al willen geven.'

Haar hart sloeg over. 'Waarom geef je het me dan niet nu gelijk?'

Midden op de besneeuwde stoep liet hij zich op een knie zakken en gaf haar een doosje. 'Elaine St. James, dit betekent meer dan je misschien zult denken.'

Omstanders probeerden niet al te opvallend te staren, maar ze deden het toch, grinnikend, fluisterend, elkaar aanstotend. Ach, dat gaf niets. Dit moment behoorde hen alleen toe, hun tweeën en al die warmte tussen hen.

Elaines handen trilden een beetje toen ze het pakje openmaakte. Stomverbaasd haalde ze er een sleutelring met een zilveren schaatsje uit. 'Hoe heb je die in 's hemelsnaam kunnen krijgen?'

'Niet vragen,' zei hij grinnikend. 'Het is magie.'

Ze stond naar hem te staren, in haar hoofd klonken kerst en liefdesliedjes.

'Over een paar dagen,' zei hij, 'zal dit een ander soort ring zijn.' Hij stond op. 'En jij gaat ja zeggen, Elaine, want ik hou van jou en heb dat altijd gedaan.'

Ze voelde warme tranen van ontroering over haar wangen glijden. 'Ik weet het,' zei ze fluisterend. 'Dat weet ik, Tony. Ik hou ook van jou. Voor altijd.'

Ze klemde het schaatsje vast, beseffend dat het echte cadeau iets was wat ze niet had verwacht en misschien zelfs niet verdiende: een kans om haar leven te veranderen.

Met haar gezicht tegen zijn schouder haalde ze diep adem, vol hoop, vol dromen en zonder zorgen. Deze keer, dacht ze, zal ik het niet bederven, dat beloof ik mezelf.

Zo bleven ze een tijdje staan, met de sfeer van kerst overal om hen heen. Uiteindelijk maakte Tony zich los en liep op het huis af.

Hij deed een deur open die toegang gaf tot een grote lawaaierige, volle keuken die rook naar versgebakken brood en galmde van het gelach en gepraat. Iedereen draaide zich naar hen om toen ze binnenkwamen.

'Dit is Elaine,' zei Tony, die haar met zich mee trok de keuken in. 'We zijn thuis.'

Lees meer van de hartverwarmende *Avalon*-serie van Susan Wiggs

WORLD of ROMANCE

Voor meer informatie: **www.harpercollins.nl**

HarperCollins Holland @harpercollins_holland